夜旅人

赵熙之 著

SPM
南方传媒 | 花城出版社

中国·广州

图书在版编目（ＣＩＰ）数据

夜旅人 / 赵熙之著. -- 广州 ：花城出版社，
2024.7
　　ISBN 978-7-5360-9847-3

　　Ⅰ．①夜… Ⅱ．①赵… Ⅲ．①长篇小说－中国－当代
Ⅳ．①I247.5

　　中国国家版本馆CIP数据核字(2023)第117143号

出 版 人：张　懿
策划编辑：陈宾杰
统筹编辑：王大宝
责任编辑：陈诗泳
技术编辑：凌春梅
责任校对：汤　迪
装帧设计：四阿哥
插　　图：羊大拿　唐饮水　张大嗨

书　　名　夜旅人
　　　　　YE LÜ REN
出版发行　花城出版社
　　　　　（广州市环市东路水荫路 11 号）
经　　销　全国新华书店
印　　刷　佛山市浩文彩色印刷有限公司
　　　　　（广东省佛山市南海区狮山科技工业园 A 区）
开　　本　880 毫米 ×1230 毫米　32 开
印　　张　16.75　1 插页
字　　数　380,000 字
版　　次　2024 年 7 月第 1 版　2024 年 7 月第 1 次印刷
定　　价　68.00 元

如发现印装质量问题，请直接与印刷厂联系调换。
购书热线：020-37604658　37602954
花城出版社网站：http://www.fcph.com.cn

目　录

第 1 章

1

过了零点，路灯恹恹。

一场雨欲落又止，深夜空气里只有闷闷的热。

殡仪馆外停了一辆警车，大众帕萨特，左侧车尾刷着编号H3987，车窗开了一半。

外面一男一女挨着车窗抽烟，宗瑛坐在副驾上开一盒豆豉鲮鱼罐头，拉环断了，只能用刀。

刀尖稳力扎入，调整角度划绕半圈顺利启开，倒扣罐头，只滚下来一颗油腻的豆豉，孤零零地趴在凉掉的米饭上。

车外男警掐灭烟头，看一眼车内："宗老师还吃得下啊？我刚才都要吐出来了。"

"多出几次现场，吐着吐着就习惯了。去，把防护服收了回局里。"抽烟女警吩咐完后辈，转过身同宗瑛说，"别吃了，这盒饭是他们中午剩的，天这么热早该坏了。"

她夹烟的手指搭在车窗玻璃上，烟雾飘进车内。

宗瑛抬起头，把盒饭放到一边，徒手去撕余下半圈未启的罐头盖。

饥饿的人不择手段，宗瑛已经十二个小时没有进食了。

马不停蹄出了三个现场，辗转大半个申城，一身的味道。

现场勘验和尸体解剖都是体力活，从防护服里解放出来的身体，筋疲力尽，并且饥肠辘辘。

宗瑛额头上细密的汗珠不断往外冒，制服衬衫后背上是巴掌大一块汗印子，灰板肩章上的四角星花被车内昏黄的灯映得很亮。

她用力过猛，锋利的金属片猝不及防割破右手虎口，这时候手机响了。

被切开的皮肉瞬间涌出血来，混着食物的油脂往下滚。

铃声越发急促，宗瑛瞥一眼来电显示，不动声色地从裤兜里摸出酒精纸，单手撕开包装袋，擦拭油脂与血液。

"怎么不接啊？"车外女警将手伸进车内，正要替宗瑛接时，铃声却歇了。

女警抓起手机点亮屏幕——

"盛秋实，未接来电。"

紧接着进来一条短信："你弟弟急诊入院。"女警敛起眼睑，手机又"叮"的一声，进来第二条短信："须用血，速来。"

女警意味不明地勾起嘴角，将手机屏转过去示向宗瑛："去吗？"

宗瑛抬起头，屏光照亮她的脸。酒精压在伤口上是密集的刺激，但拿开后这痛苦马上就消失了。

她正要回话，手机铃声再度响起——是局里来电。

宗瑛拿回手机，接通后那边说："交通事故，需要你同小郑去一趟，地址马上发给你。"

她移开酒精纸后，血珠子继续往外冒，汇聚成一条线顺着掌纹往下滴，一直落进鲅鱼罐头中。

她复抬头，看着窗外回道："这里还没结束，我让选青和小郑过去。"

远处墓园里密密麻麻矗着墓碑，她移开视线挂掉电话，同车外女警讲："选青，代我出个现场，下次替你双份。"

薛选青拉开车门坐进驾驶位，疲惫的叹气声里藏了一缕恨铁不成钢的无奈，但还是摁灭手中的烟，妥协成交："走吧，送你一段。"

"不顺路，那边有急事，你们抓紧时间去，我打车就行。"

薛选青看她下车往外走，于是打开车大灯照她一程，只见那个背影抬起手臂挥了挥，很快就拐个弯，消失在视野中。

小郑整理妥当返回车内，被告知局里先不用回了，还要再去一个现场。他唉声叹气一番，发觉脚下踩了个皮夹，拿起来一看，皱眉问薛选青："这是宗老师的钱夹吧？"

薛选青迅速一瞥，暴脾气马上蹿出来："册那，不带钱打鬼个差头[①]！"

警车驶出街道，薛选青一路搜寻都未见宗瑛身影。

小郑说："那我打个电话给宗老师。"

薛选青却突然掉转车头，带了点怒气似的驳道："不要打，随她去。"

半夜难打车，宗瑛又是一贯的没好运，好不容易拦下一辆，司机探出头来，半沪半普地讲："唉，车后边已经有人了。警察同志，你等别的车吧。"

他自己挂着空车灯，被拦下来却说已经载了人。宗瑛这时已无法再等，报了医院地址问他是不是顺路，司机便说："顺路倒顺路的，不过要问问后面的先生肯不肯。"说着当真掉过头去征求意见，"这位小姐到医院去有急事。"

后座的确有一人，他和气应道："我不赶时间，请你随意。"

宗瑛在车外听到回应，拉开后门车坐进去，到这时，她才有空闲仔

---

① 出租车。

细地处理伤口。

虎口往大鱼际方向割开大约四厘米，切进去很深，摊开手来，掌心全是血。

左手探进裤兜，却发觉酒精纸已经用完，她犹豫好一下，最终还是开口问司机："师傅，有纸巾吗？"

司机瞥一眼空荡荡的抽纸袋："还真不巧，正好用完了。"

宗瑛闻言，刚要将手握起，旁边"不赶时间先生"却突然递来一块手帕，素色棉织物，吸水佳品。

宗瑛一怔。

"没有用过，干净的。"

他说话时一张脸陷在阴影中，白衬衫黑长裤，膝盖上搭了一只公文包，脚边放了一把伞——黑色折叠伞。

虽然天闷得很，但并没有下雨。

而他的伞是湿的，脚垫上聚了一摊水。

宗瑛敛回视线，接过手帕，干瘪地道了一声谢。

"不必客气。"他说。

宗瑛压紧了手帕止血。

司机打开电台，恰好是深夜新闻时政谈话节目，时有听众互动。宗瑛幼年时这节目就已开播，那会儿她外婆总讲，大半夜竟有这么多人睡不着。

夜里还匆匆忙忙的人，有常人看不到的故事。

今夜车子与红灯绝缘，一路未停驶入医院。

车子停稳后，宗瑛腾出手来掏口袋，竟未寻到钱夹。

"不赶时间先生"善解人意地开口："既是顺路，就当作我们一起叫的车，不必另外再出。你有急事，快去吧。"

司机原本还想捞外快，眼看要泡汤，心有不甘地讲："你们不认识的呀，怎么能讲是一起叫的车呢！"

"已经认识了。"他说着伸手做请的姿势，俨然一副老派绅士送人走的模样。

宗瑛手里还握着血迹斑驳的手帕，临关门了再次道谢，却得对方一句——

"不必谢，我们会再见面的。"

他稳稳坐着，昏灯映照的脸上是体面的微笑。宗瑛还想再仔细辨那张脸，对方却已经关上了车门。

车子掉转方向，重新驶出了医院北门。

宗瑛在原地站了三秒，迅速转身踏上台阶，匆匆步入大楼。

这是她二十四小时内第二次来医院。第一次是昨日早晨，她避开盛秋实的门诊，做了颅脑核磁共振检查，但未取到报告。

第二次是现在，有人须用血，而她恰好是那个供血者——分明是异母姐弟，却离奇地共有同种罕见的血型。

进电梯，上七楼。走廊里的电子挂钟显示"02:19:37"，红彤彤一串数字，每次闪动仿佛都生死攸关。

按说是十万紧急的事，可她因为疲劳而过速的心跳很难再体会多一层的急慌。

她拿出手机正要打电话给盛秋实，对方却已经迎面快步走来。

宗瑛将受伤的右手藏进裤袋。

盛秋实一把抓过她，二话不说便带她去病房。重症监护，因此宗瑛只在外面看了一眼就去隔壁采血。

宗瑛没有问缘由，站在一旁帮忙填表的盛秋实便主动同她说明："宗瑜舅舅带他回家的时候出了车祸，他送来医院抢救；但他舅舅运气不好，当场死亡。医院已经通知宗瑜妈妈了，应该也快到了。"

盛秋实讲话期间，实习护士将宗瑛的浅蓝色衬衫袖卷到上臂，系紧扎带，用凉凉的碘伏和酒精在肘窝抹了一大块。

实习护士对着白光辨别细得过分的血管，微微蹙眉。

外面走廊里传来杂沓的脚步声。

隔着一扇门，宗瑛听到她大姑的声音。高嗓门，语气急迫，无非是质问事故又佐些抱怨，想要进去探望却被护士阻拦，如此就更添怨急，以至于讲个不停。

深夜里情绪似游乐场中坐过山车，起伏不定，更易极端。

大姑是十足激动，宗瑛是反常的平静。

外面大姑开口抱怨——

"宗瑛怎么还没来？听说亲属血抽了也勿能直接用，又要检查制备还要辐照，个么都需要时间的，耽误了怎么办?!快打电话催催。"

"这位家属懂得蛮多的，还晓得制备、辐照，听起来老有经验的样子。"另一名护士从盛秋实手里收了表格，顺嘴一评。

盛秋实没接话。

外面又讲："要是宗瑛还在医院上班，也就勿要这样等了呀！"

大姑突然将急怨全撒到宗瑛身上："放着医生不做，弄到现下这个地步倒好了哦？庆霖整日里只顾公司，也勿盯她！她现下跟她姆妈一样阴阳怪气，天天同死人打交道，一身怪味道，哪个要同她谈朋友？这样晦气，当心将来嫁不出去！"

实习护士这时终于有了头绪，16号针头刺破皮肤，没入静脉，透明导管有了颜色，三联血袋在晃动中逐渐充盈。

宗瑛合上眼。

没有椅背可挨，就只能紧靠着墙面，获得一点支撑。

盛秋实推门出去，同时又关上门，与外面的大姑及宗瑜妈妈打招呼，之后无非是带她们去楼下诊室等待，免得在这里吵到别人。

外面走廊重获安静，室内似有血气流淌。

采液控制器的数字稳步上跳，实习护士取过创可贴在手臂入针处贴好，宗瑛这时说："再给我两个。"

实习护士这才注意到她右手的伤口，于是赶紧拔了针头缠好绷带，将余下的一联创可贴都给了她。

宗瑛迅速贴好，拉下袖子起身就走。

护士反应过来要将糖水给她，可她已经带上门走了。

进电梯，下行至二楼。

电梯里惨白的顶灯照得人心慌，宗瑛索性闭上眼。叮的一声，电梯门打开，她刚睁眼就看到盛秋实挤了进来。

他伸手按到一楼："我有个急诊，那边的会诊要去，马上就回来，你先去诊室休息一下。"说着就推宗瑛出了门。

宗瑛走到护士站，一个护士正忙着泡茶。她同宗瑛是旧识，一抬头便脱口而出："宗医生！"

"梁护士。"

宗瑛应一声，她便将两个纸杯推过来："你家人要的水，我正好要去查房，你要是去诊室的话刚好带过去。"

寥寥茶叶或浮或沉，水面泛着白光。宗瑛端起两个纸杯走向诊室。

推开门，双排灯通亮，没有一点温情，像是躺在无影灯下，教人无可遁形。

宗瑜妈妈坐在沙发里，双手拢在脸上，掩住几近崩溃的情绪。

大姑抬头看她，宗瑛将纸杯递过去。

大姑扫一眼她的制服，又因嗅到怪味皱眉："今天值班啊？"

"是。"

"从单位过来的？"

"不，殡仪馆。"宗瑛端着纸杯的手悬在空中。

大姑脸色微变，也不伸手去接那只杯子。

宗瑛遂将杯子放在沙发茶几上，随后直起身走到窗边，尽可能地远离了靠墙的沙发。

"你看你现下这个工作多辛苦，酬劳又少。小姑娘家，一身这种味道实在不讨喜。我之前那样讲，也是为你好。"

是为你好。

夜越深越闷，外面轰隆隆响起了雷声，宗瑛挨着玻璃却捕捉不到一丝外面的新鲜空气，室内闷得像陷在泥淖中，里面蹿出粗壮有力的藤蔓来，死死缠住她往下拽。

大姑又说："你有好一阵没回家了是哦？有空要回去看看，老一个人住会孤僻的。

"你爸爸这个当口又出差了，也不知道小瑜会出什么岔子，你毕竟是阿姐，多少要顾一顾。

"你今天还回单位哦？"

宗瑛看着大姑不停地翻动着干燥的唇瓣，视线又落到纸杯上。

她递去的茶水，大姑碰也没有碰一下。

闪电几乎是贴着玻璃炸开，宗瑛转身垂眸看向楼下。

一个眼熟的身影从大楼中走出来，白衬衫、黑长裤，拎一只公文包，还有一把伞。宗瑛认出他，正是出租车上那一位"不赶时间先生"。

雷声乍响，雨终于落下来，梧桐叶在风雨中挣扎，他撑开了手里的折伞。

宗瑛这才看到黑色伞面上的白色莫比乌斯环，底下刷着数字"9.14"。

那是她的伞。

2

宗瑛冲下楼到门口时，迎接她的只有漫天雨帘。

救护车乌拉乌拉驶入急诊大楼，紧接着人来人往，一阵嘈杂，通通融进雨里、夜里。

视线里一个穿白衬衫撑黑折伞的都没有。

宗瑛跑下来只用了三十七秒，对方已消失得无影无踪，她甚至怀疑自己幻视了。

地湿得那样快，车轮轧过时已能激起水花，暑气在夜雨的突袭中溃不成军，大厅内溢进来一种潮潮的凉。

宗瑛往后退几步，又转个身，径直在入口长椅处坐下，平顺呼吸。

外面救护车的声音停了，只有雨声滂沱，多的是新鲜空气涌入，替换身体里沉积的废气。

顶上双排灯倏忽灭了大半，只有很少的人在一楼走动。宗瑛伸长了腿，合上眼，气息也渐缓。

好像是上了楼梯，又像是踏上了云朵，脚下软绵绵的并不踏实，但也走得有惊无险，继续往前却突然一个踏空，跌出梦境，整颗心脏似也跟着猛坠到地。

她睁开眼，有些心悸，却又猝不及防被人拍了肩。

"怎么坐这里？"是会诊归来的盛秋实。

"下来抽烟，不小心睡着了。"

宗瑛随意找了个蹩脚的理由，身体前倾，靠一双手撑住额头。

"这里容易着凉，不要弄出热伤风来。"盛秋实双手插回白大褂口袋，看一眼外边变小的雨势说，"等雨停了，你就回家睡，现在还是先上去坐坐。"

宗瑛并不想动，但对方实在有耐心，就站在一旁等她，等她愿意起来为止。

"你大姑说话是重，但她向来如此，你不要往心里去。"对方积极地试图开导她。

宗瑛也不忍辜负他的苦心，应了一声："嗯。"

她起身跟着盛秋实上楼，对方又问她白天是不是有得休息，她挨着电梯墙实话实说："要备勤。"

电梯门打开，盛秋实回头看她一眼，突然觉得她像一台机器。

推开诊室门，大姑与宗瑜妈妈还在。

大概是得到了一些劝慰，宗瑜妈妈的情绪稳定许多，但眼眶仍是毫无意外地发红。她看到宗瑛进来，用浓重鼻音低声说了一句："宗瑛，谢谢你。"

宗瑛还没回话，大姑却说："之前你突然跑出去，骇了我一跳！"她自言自语一样发牢骚，"从小到大，做任何事情，总弗与人打招呼。"

盛秋实同宗瑛递了个眼色，指指电脑桌后的一把椅子，叫她去那边坐，自己则拖了把椅子坐到沙发对面，与两位家属说："这次事故好像还比较严重，急诊那边都已经有媒体来过了，现在能通知到宗瑜爸爸吗？"

"在国外出差的，哪里能马上回来？"大姑愁容满面，又有点焦躁，"记者也是闲着没事做，这种事情哪里还要放到台面去议论的？也勿晓得会不会对公司有影响。"

那边嘀嘀咕咕议论，宗瑛却并不太关心事情原委。

她手肘不小心碰到鼠标，电脑屏幕亮起来，是她久违的PACS①查询终端，并且已经登录，拥有调阅权限。

读影界面显示的正是宗瑜的颅脑检查影像，3×4的12幅排列格式，她一幅幅审阅下来，基本可以确认宗瑜的脑部伤情况——

很幸运，没有什么大碍。

外面雨声渐小，宗瑛闭上眼，主动屏蔽了室内的交谈声，竟能清晰听到石英钟嘀嗒嘀嗒走动的声音。

心率被走针声越催越快，弯曲的脊柱令人呼吸不畅，让她回忆起昨天早上被推入检查仪器的瞬间，有密闭的窒息感。

她突然难受地叹出一口气，随即睁开眼，握着鼠标的手鬼使神差地重新点开了查询界面。

盛秋实突然偏头看过来，问她在点什么。

宗瑛输入病历号精确筛选，顺利调出属于她自己的核磁共振检查

———

① 影像归档与通信系统。

影像。

她答："扫雷。"

屏光半明半昧，未经标记与增强的原始影像中藏着"判词"。

经验丰富的临床医生，可就此做出诊断。

十分钟后，在屏幕上努力捕捉信息的目光逐渐暗淡，前屈的脖颈也缓缓后收，宗瑛双肩垂塌，呼吸有一瞬的窒闷和消沉，最终重新靠回椅子里，交握起双手。

这个夏夜的诊室中，竟从脚底攀上来一种幽幽的冷。

周遭好像一下子都安静了，连走针声也听不见，霎时却又有喧哗破门而入。

宗瑛抬头，只见有三个人冲进来，煞有介事地举着录音笔、相机叫嚣着要采访当事人。大姑及宗瑜妈妈都有些措手不及，盛秋实霍地起身，大声请对方出去："这里是诊室，不接受采访。"

拿录音笔的那位连家门也不报，径直奔向宗瑜妈妈开门见山："请问你是死者家属吗？"

"死什么死！你讲哪个死了？"

大姑伸手猛地一推，对方仍不改目标，只盯住宗瑜妈妈，继续逼问："请问你是死者邢学义的妹妹吗？邢学义为什么会在凌晨带外甥出门？你对此事知情吗？"

装满疑问的探针凶戾地扎出去，是一种粗暴的入侵。

大姑怒火中烧，一把拿起茶几上的纸杯就泼向对方："都出去！"

电子相机按动快门的声音响起来，盛秋实上前阻拦，却仍有眼尖的人发现了坐在电脑桌后面的宗瑛。

浅蓝色制服衬衫格外惹眼，那人将镜头直接对准宗瑛，旁边的人立即冲过来发问："请问你是负责本案的警官吗？"

就在对方按快门的瞬间，宗瑛偏过头，抓起桌上的处方本挡了侧脸。

她皱着眉拒绝回答，咔嚓咔嚓的快门声却不断，随之而来的各种质问，宗瑛一句也没有听清楚。

内心此刻迫切企望无人叨扰的清净，偏偏要被架上喧闹的审问台，每一秒都煎熬。

保安姗姗来迟，重新恢复安静的诊室里，却添了几分狼藉与沮丧。

从刚才对方咄咄逼人的架势中，宗瑛意识到这似乎不仅仅是一桩性质简单的交通事故，或许牵扯了更多事情，但她现在没有精力去关心。

时间指向凌晨三点五十六分，雨歇了，夜黑黢黢的，每个人脸上都挂着过劳的麻木，各自瘫坐着一言不发。

宗瑛回过神，强打起精神握住鼠标，选中她自己的那条调阅记录，删除。

她起身，将椅子推进去，同盛秋实说："雨停了，我先走一步，有事再联系。"

盛秋实本要送送她，她走到门口却讲："这个点病房里随时会有急事，你留在这里比较妥。"语毕，习惯性地用身体顶开门，悄无声息地走了。

夜色潇潇，地上湿漉漉的。

出了医院门左拐，是宗瑛回家的路。凌晨四点多，街边店铺几乎都落了门锁，只有马路斜对面的二十四小时便利店亮着暖白光，像一只透明的储粮匣子。

汽车驶过，带起哗啦一阵水声，又迅速消逝。

宗瑛快步通过人行道，推开便利店的门，铃声响起来。

"欢迎光临。"

兼职夜班的学生机械地招呼她。

宗瑛从货架上拿了一桶面，打开冷柜取了一瓶水，打算结算时，又转身多拿了一桶面。

"十三块四。"兼职生言简意赅。

宗瑛一摸口袋，想起未带钱夹，于是只能用手机支付，屏幕显示还剩百分之一的电量，同人一样，它也快撑不住了。

接了开水泡面，宗瑛在挨窗的绿色长桌旁坐下，冷气拼命地往下吹。

她拧开瓶装饮料，一口气饮下去大半，空荡荡的胃宛若一只瑟瑟发抖的水袋。

无人进店，兼职生就忙着报废煮烂的关东煮，一个说："这个魔芋丝已经烂得不像话了，这个丸子也要丢掉。"另一个在旁边填报废单，忙完了两个人又争相把洗锅换汤的工作推给对方。

宗瑛在小小的争执声中揭开锡纸盖，泡面浓烈的味道迫不及待地溢出来。

面汤滚烫，辣椒油满满浮了一层，宗瑛吃得额头冒汗，看似爽快，胃却开始抗拒，但她坚持吃完了整整两桶面。

其间薛选青打来一次电话，手机屏亮起，用百分之一的电量顽强撑了二十秒，最终一片漆黑，似一颗星球的熄灭。

饱足的身体好像真的无忧无虑，所有苦恼与琐碎都被挡在玻璃门外。

宗瑛在便利店坐了很久，直到有货车来配送当天新鲜的饭团与面包,她才意识到天快要亮了。

天总归会亮,城市里的人也总要醒来为生计奔忙,宗瑛起身回699号公寓。

公寓距医院很近,步行只十几分钟。空气新鲜湿润,路上有早起买饭的小囡,也有准备出去晨练的老先生,街道尽头不慌不忙地明媚起来,是延续百年的市井。

始建于一九三〇年的699号公寓,是一座曲尺形大楼,一共七层,位于城市中心,闹中取静,历经战火变迁,走过将近一个世纪的风雨。

早年宗瑛外婆住在这里,外婆随幺儿出国后,就只剩宗瑛一人居住,算是她的家。

因为忙碌只能住宿舍,她已有数日未回公寓,正对门一株法国梧桐经过一夜风雨吹摇,落了一地绿叶。

圆拱大门顶上嵌着方方正正的彩色玻璃,有日头的辰光,映得满地斑斓。

刷开门禁进楼,现代电梯早已取代三十年代的老电梯,几十家住户亦都是后来搬入的。

宗瑛住顶楼,旧式跃层套房,在那个世纪也是极时髦便利的,唯一不好的是窗,细条窄框,公寓因此常年缺少阳光,始终阴阴郁郁的。

楼道里满是米粥煮沸的人间味道,宗瑛却似地狱里的一缕幽魂。

她几乎在进屋后就再无余力,哐当一声关上门,走几步彻底陷入沙发里。

窗帘遮得严严实实,屋子里暗沉沉的,几分钟过后,宗瑛缓缓睁开眼,第一个反应是如往常一样去拿案几上的茶杯。

她大概是脑子发昏,茶杯递到嘴边就喝。

干渴了的喉咙先是欢呼水的到来，紧接着才让她意识到一个可怕的事实——

水是热的。

3

现代人的失联是从关机开始的。

车祸现场的路障早已经清除，天亮雨停，甚至出了太阳。

忙了整夜的薛选青站在街边焦躁不安，她已经拨了十几遍宗瑛的号码，起先还有嘟声，到后面全变成对方已关机。

前所未有的情况。

于是她放弃拨宗瑛的手机，往她宿舍打电话——还是没人接。最后又拨向699号公寓，手机里"嘟……嘟……嘟……"地响，就在她要挂时，电话那边的嘟声戛然而止，替而代之的是拎起电话的动静——

她太阳穴突突地跳，张口即骂："册那！热昏头了是伐？关机做什么?！"

可电话那边却传来年轻的男声，温和地应对她的暴怒："你好，需要找哪一位？我可以替你记录。"

陌生，异常。

薛选青反复盯看了屏幕上的显示内容——分明是699号公寓的固定电话。

那边又和和气气地问了一遍："请问找哪一位？"

薛选青心头一撮火苗好似立刻被淋了桶油，咄咄地回了过去："你又是哪个?!叫宗瑛接电话!"

正是凌晨五点五十八分,那边咔嗒一声挂断了。

急促的"嘟嘟嘟"声响起,薛选青直接愣住,再拨,只提示占线——对方空置了电话听筒。

凌晨五点五十八分,也是宗瑛回到699号公寓,摸出钥匙开门的刹那。

被莫名其妙挂了电话,薛选青在原地蒙了好一阵,回过神掀开漆黑的雨帽,将额前湿发往后捋,露出满脸的焦躁。

在旁边等了许久的小郑讲:"薛老师,我们先去吃早饭吧。"见她不答,又主动建议,"吃生煎好不好?"

薛选青哪里有心情吃早饭,摸出车钥匙丢给小郑:"你自己先回局里,我去找宗瑛。"

雨过天晴的早晨,车流往来不歇,人声鼎沸。

六点十分,薛选青挤上了去699号公寓的地铁,宗瑛从沙发上坐了起来。

她屏息听了会,屋子里除老式座钟的声音外,没有其他动静,于是低头打开茶几柜,拖出铝合金勘查箱,"咔嗒",解锁,套上乳胶手套,取一只物证瓶,把马克杯内的温水装进去,同时打开物证袋,放入马克杯,封口。

宗瑛紧接着又起身走向厨房,半开放式的空间里整洁干净,流理台上摆着一只电热水壶。

指腹贴上水壶表面,温度在四十五到五十摄氏度之间。按照经验判断,烧水这一行为发生在二十分钟以内,意味着凌晨五点多的时候,这个人还在她家里。

厨房其他地方几乎没有被动过，宗瑛打开垃圾桶，在里面发现一只牛奶盒，已经空了。

她拣出来，封口处的生产日期标注"2015-07-21"，是前天灌装的牛奶。

检查完厨房，宗瑛又进卧室寻找蛛丝马迹，但一无所获。

她转身上楼，楼上只有一个小间，平日几乎不使用，因久未清扫，门把上积了一层薄灰，然而眼前这门把，却被擦得十分光亮。

宗瑛戴着乳胶手套的手小心地握上门把，打算开启这一扇门，却根本动不了——

门被锁了。

宗瑛从来没有给房门上锁的习惯。

她耐心地提取了把手上的指纹，又下楼逐一检查了门窗——没有任何被撬动的痕迹，对方很可能有她家的钥匙。

对，钥匙。

宗瑛按亮玄关的廊灯，拉开五斗柜最上面一层，里面一串备用钥匙果然不翼而飞，还丢了一些钱。

然而在匣子旁边放了一个信封，信封旁则是已经晾干收好的黑色雨伞。

她还没来得及拿出来，门就被拍得震天响，薛选青喘着气大声道："快点开门，再不开我就叫人来砸了！"

宗瑛上前一步打开门，迎面连挨两个暴栗："在家还关机！在家还关机！"

"忘了充电。"宗瑛一脸坦然。

"你就是存心！"薛选青见到她，原先的担心与怒气已消了大半，但一瞥她的手套就又皱眉，"干什么？"

"强化业务技能。"宗瑛答得一本正经。

"瞎扯个鬼，你家是不是进贼了？"她上前一把挥开宗瑛，进屋就看见敞开着的勘查箱，"你不会报警啊，这样提取的物证有什么用？"

宗瑛答不上来，直觉告诉她这件事必定不是简单的入室行窃，但她目前并不想对任何人进行说明。

"有什么损失吗？"

宗瑛闭口不答，薛选青转过身来盯住她看。

两人差不多的个子，都熬了整夜，眼里布满血丝，谁也没比谁状态更好。

"算了。"对峙片刻，薛选青放弃，"你根本不乐意告诉我，我不打听。"

她说着摸出烟盒，取了两支烟，递一支给宗瑛："你几点到的家？"

"将近六点。"宗瑛接过烟答道。

她记得很清楚，她在沙发上躺下的时候，家里的座钟"铛铛铛"地响了六下。

"那我有必要告诉你——"薛选青打开手机将通话记录示向宗瑛，"五点五十七分，我打了这里的座机，是一个男人接的电话；五点五十八分，他突然挂断——"

"他讲了什么？"

经疲劳过度的大脑努力回忆一番，薛选青复述道："你好，需要找哪一位？我可以替你记录。"

宗瑛敛起眼睑，却说："语气奇怪，不太像贼，可能打串线了。"

薛选青摇摇头："反正不对劲，不过你自己的事，自己处理。"

她说完终于摸出打火机试图点烟，却始终打不着火。焦躁感在加剧，她转头直奔厨房，啪嗒一声拧开燃气灶借了个火，深深吸了一口，才终于切入正题。

薛选青挨着流理台讲："你半夜推给我的那个现场，猜猜肇事者是谁？"

宗瑛脱掉乳胶手套，坐回沙发上，重新拿起那支并没有点燃的卷烟："你不如直接告诉我。"

"邢学义。"

宗瑛缓慢转动卷烟的手稍顿了顿。

"宗瑜舅舅是吧？"薛选青吐出烟圈，又叹了口气，"宗瑜就同他在一台车上，重伤入院需要用血，他们家就喊你去。"她完成自己的推断，唇边扬起一丝冷峭："需要时才想到你，原谅我看不出半点的真心与在意。"

宗瑛放下卷烟，交握起双手。

"不谈这个。"

"那给你讲讲别的。"薛选青往水池里弹烟灰，"想听什么？"

"现场情况。"

薛选青又吸一口烟，皱起眉回她："车辆失控，与隧道内另外三辆车发生连环擦撞，最终又撞上水泥墙，车头几乎撞毁，邢学义当场死亡，宗瑜人在车后，侥幸捡回一条命。"

"就这些？"

"另有两个成人死亡，两个轻伤。"薛选青声音里不带任何感情，却在烟雾中眯起了眼，"邢学义的死符合车祸死亡特征，不过有一点别的发现。"

她突然转过身拉开厚实的窗帘，夏季晨光蜂拥而入，宗瑛下意识地偏头一避。

"自己看新闻。"

薛选青说着调出头条，将手机扔过去。

宗瑛低头浏览，一些关键字眼跳出来——

"连环车祸、新希药物研究院负责人邢某、新希制药高层公子宗某、车内疑似发现毒品、封锁消息、拒绝接受采访、一孕妇、一男子当场死亡。"

往下拉，一连串的配图，有事故现场，有急救现场，有家属照片……还有挡住侧脸的她自己。

宗瑛拇指在图片上划拉了一下，抬起头，正好对上薛选青的视线。

"你会不会挡啊，只挡脸有什么用？"薛选青拧开水龙头，在水池里摁灭了烟头，"就那一串警号，分分钟你就会被人扒得底都不剩，现在这种世道，多一事不如少一事，懂哦？"

宗瑛点开评论区，一连串的质疑与揣测，皆是捋袖子上阵推理的架势。

她问："肇事车失控的原因是什么？"

"机械故障可能性很小，十有八九是人为因素。"

又问："'发现毒品'是真是假？"

"包里发现的，已经送检了。至于是不是毒驾，得看化验报告。"薛选青顿了顿又说，"听说新希最近有新药要上市，这个点药物研究院爆出吸毒这种丑闻，估计接下来不会有好日子过。"

宗瑛关掉了新闻页面，薛选青则因为喉咙干渴直接拿过了电热水壶。

她随手取了一只杯子倒满温水，宗瑛突然抬头，语气骤然变得激动："那个不要喝！"

薛选青却无视她仰头喝水。

宗瑛劝阻失败，霍地起身，上前夺过她手里的杯子，又拿过水壶，将里面的水全倒进池子里。

"发疯啊！"薛选青吼她。

宗瑛不解释也不多言，拉开冰箱门拿了一罐包装完好的苏打水给她，甚至替她启开了拉环。

因为用力，重新崩开的伤口又开始渗血，薛选青这才留意到她布满创可贴的手心。

宗瑛收回手，看一眼时间讲："不早了，你还要回局里交接。这个案子我必须回避，有劳你了。"

薛选青没话可说了，她从口袋里摸出钱夹递给宗瑛，只说："别再丢了。"

宗瑛应了一声，将手机还她，送她出门。

都已经出了门要进电梯，薛选青突然转头讲："宗瑛——"可她想想还是算了，最后也只叮嘱了一句，"好好休息。"

宗瑛站在门口认真地点了点头。

目送她离开，宗瑛关上门，重新拉开斗柜，从木匣旁取出信封，从里面倒出一本薄册子、一张信纸。

她展信，上面写道——

宗小姐：

十分冒昧给你留信。想必你也为一些事所困扰，如你有余暇并同意，请在公寓暂留，我们晚十点会再见面，届时详谈。

　　愿你勿惊，祝健康喜悦，万事顺遂。

盛清让，二十三日晨。

4

　　晚十点，现在那么还早。

　　宗瑛搁下信纸，走回沙发重新拿起薛选青给她的烟，从杂物盒里翻出打火机，在满室的晨光里点燃它。

　　楼下的自行车车库里响起清脆铃声，随即是开门的声音，保安讲话的声音，又有马路上公交车急刹车的声音。

　　宗瑛沉默地坐在沙发上抽烟。

　　烟雾缭绕中，她突然抬起袖子闻了闻，又低头嗅了嗅领口。

　　涤纶面料的制服衬衫并不透气，所以难以避免有一点汗味，又有一点现场带来的血腥气，再有就是很常见的药水味道。

　　她并不觉得有多么难闻。

　　抽完烟，宗瑛低头卸下衣服上的警号警衔，进浴室洗澡，将衣服全部投入洗衣机。

　　打开淋浴开关，骤雨一样的水声瞬间就掩盖了滚筒运转的声音。

　　水汽蒸腾，隔壁早起练琴的小囡一遍遍地弹Donna Donna，等她弹到歇息时，宗瑛关掉淋浴，世界安静了一瞬，滚筒开始高速脱水。

　　她取过毛巾擦干身体，换上干净T恤和家居裤，回厨房拿了药箱，处理好手上伤口，进卧室给手机接上电源，漆黑的屏幕上亮起一个

Logo。

开始充电了，宗瑛想。于是她躺下来，闭眼补眠。

终于得到舒展的脊柱与肌肉争分夺秒地休息，客厅里的座钟不辞辛劳地将时间往前推，"嘀嘀嗒嗒……嘀嘀嗒嗒"，将日头推到地平线下。

宗瑛是在手机铃声中醒来的，一个本地的陌生号码，宗瑛没接，任它响到自动挂断。

她躺在床上，天已经黑了，窗帘没拉，城市夜色被狭窄的十六格窗切割成数块，昏昏的光投入室内，明暗交错。

宗瑛翻个身，重新拿起手机，右上角显示电量为百分之百，满了。

手机的电量可以从0回归100，那么人呢？

宗瑛将近一整个白天没有进食，饥饿在所难免，于是拿起手机叫外卖，等饭送来的当口，她查了刚才那个陌生号码——

从搜索结果来看，这应该是位麻烦的媒体从业者，宗瑛把他丢进了黑名单。

食物来得很快，这是属于城市的便利。

热气腾腾的一份套餐，量过足了，宗瑛吃到一半实在吃不下，就连同盒子一起扔进了垃圾桶。

晚上八点整，还剩两个小时。

她起身晾了衣服，刷了牙，打开电视漫无目的地看。

纪录片，五月份的拉普兰德，航拍镜头扫过去，成群结队的驯鹿在狂奔。解说词讲："结束长达八个月的雪白冬季后，拉普兰德终于迎来了春天。"

冬季这么长，是个干净冷冽的好季节，宗瑛喜欢冬天。

距晚十点还有二十分钟的时候，宗瑛关掉电视，将证物袋逐一摆上茶几，同时在对面放了一把椅子。

她只留了玄关一盏廊灯，其他全部按灭。

屋子里再度暗下来，她点了一支烟，就坐在楼梯口等。

室内座钟"铛铛铛"响了十下，宗瑛手里的烟燃尽了。

她听到轻细的开门声响，但声音来源却是楼上，紧接着是下楼的脚步声，稳当沉着，动静不大。

她一直耷拉的眼皮这时候倏地抬起，就在对方伸手搭上她肩膀的瞬间，反擒其右臂，同时破坏对方重心，将他摔下了楼梯。

还没待他有所反应，宗瑛已用一次性约束带反捆了他双手。

"宗小姐，我们可以坐下来谈。"

来人出声艰难，恳请她松开约束带。

"你现在就可以讲。"宗瑛并不打算中止这教训，压制着对方，闭眼一字一顿道，"姓名、年龄、籍贯、住址。"

"盛清让，三十二岁，沪籍，住址——"他稍作停顿，讲话困难却和气，"就是这里。"

"这里？"

"是这里。"

简直莫名其妙，可宗瑛这一句还没能讲出口，手突然就松了。

疼痛如炸弹突袭，整颗头颅仿佛四分五裂。

呼吸越来越急促，额颞青筋凸起，宗瑛几近失控，而盛清让终得机会起了身，用力挣开了约束带。

然而下一瞬，他却俯身询问："宗小姐，请告诉我，你需要什么？"

宗瑛痛得几乎目不能视，双手指腹紧紧压着头皮，牙根都快咬碎，肌肉紧张得根本无法张口出声。他又问："是止痛药吗？"

得不到回应，他迅速后退两步扯过沙发上的毯子，覆上宗瑛的肩，抱起她送回沙发上。

他记得厨房有一只药箱，遂又快步去厨房将其取来，随后快速翻出止痛药片，与茶几上的水杯一起递过去。

宗瑛连水也不要，从他手里抓过药片径直吞下。

七月天里，她颤抖的手指碰到他手心，他竟然觉得冷。因此他又从躺椅里拿了一件外套来给她盖上，之后不再扰她。

变天了。

夜风推撞窗户，发出哐哐声响。

盛清让走上前，刚闭紧窗户，一道闪电就劈了进来。

轰隆隆一阵雷过后，室内只闻得走钟声与宗瑛沉重的呼吸声，随后雨点密集地扑向玻璃窗，夜景一下子就模糊了。

盛清让拉上窗帘，打开一盏顶灯。

靠窗一长排的书架里，陈列着医药类相关书籍，以及各类证书与奖杯。所有者显示是同一个人——宗瑛。

书架旁是一个硕大的旧相框，里面密密麻麻贴满照片。

除几张童年照外，之后的宗瑛始终将嘴唇抿成一条直线，没有半点笑意。靠墙一大块白板，贴满剪报、病理解剖图片与报告，角落里立着一个骨架模型，嶙峋中透出几分阴森。

他第一次看到这些的时候，便默认屋主是个瘦削冷酷、板正固执的人。

他突然凑近书柜，隔着玻璃，在角落里发现一枚极小的徽章，中央印着CESA，底下一排英文，其中有"Extreme Sports Association"字样——

极限运动协会，是新发现。

他又回到厨房，拧开水龙头接了一壶水，打算烧些热水。

接上电源，壶中水很快咕噜咕噜起来，是热闹的声响。

他突然嗅到一些馊味，一低头，在脚边的垃圾桶里发现了敞着口的外卖盒。食物已经开始变质，因此他又清理了垃圾桶，洗了杯子，全部收拾妥当，外面的骤雨也歇了。

宗瑛再次从沙发上醒来已经是凌晨五点四十分。

她梦到自己在拉普兰德白茫茫的雪地里坐雪橇，驯鹿跑得飞快，拉丢了雪橇，她就留在难以辨别方向的雪地里，好像是冻死了。

这种死法也不错。

宗瑛坐起来，看到盛清让就坐在茶几对面看书，头顶亮着昏黄的装饰灯。

她的视线移向茶几，上面除了她摆出的"物证"外，多了一只公文包，一只皮箱，还有一只保温杯。

她身体前倾，拿过水杯，旋开盖子，有微弱热气浮上来，水还是温的。

盛清让放下手里的书，等她喝完水才说："如果你的身体允许，那么现在我们可以平心静气地谈一谈。"

灯光将他的脸映得十分柔和，宗瑛敛起戾气，将毯子叠一叠铺在膝盖上，示意他讲。

盛清让打开公文包，取出一份折叠文书，当着宗瑛的面展开。

最右用繁体字写着"赁房合同"四个大字，往左数排小字，是合同正文，标的物正是699号公寓大楼中的这一间跃层套房，立契时间写着——民国二十一年七月十二日。

民国二十一年，即一九三二年。

这座公寓自一九三一年落成以来，进进出出，住客不断，这份过期合同除了有一点文献和收藏价值，没有其他意义。

宗瑛仔细审阅，实话实说："现在是公元二〇一五年，民国法律也不再适用于当今的中国。盛先生，这份合同是无效的。"

"在宗小姐这里或许它是失效的，但在我这里，它仍在有效期内。"盛清让说着抽出另外一份文件，"这是公共租界工部局昨天的一份开会记录。"

他将文件转过来示向宗瑛，手指移到日期处——

民国二十六年七月二十三日。

他说着抬起头，看向宗瑛。

宗瑛敛起眼睑："我是不是可以这样理解——"

她放缓语速求证："你从民国二十六年七月二十三日来？"

"的确是我经历过的昨天。"他很快确认。

宗瑛本来稍稍前倾的身体，这时往后略收了一些。

盛清让看一眼手表，确认自己还有时间，便接着讲："十点之前，我还在自己的公寓做事，但十点之后，周围的一切都会变得不同。"

他环顾四周："变成这样。"

宗瑛一声不吭。

"我亦觉匪夷所思，但此事似乎还无解。"

"什么时候开始的？"

"七月十二日。"

那天宗瑛因为接连有两起大案，一住宿舍就是十几日，此间没有回过家。

"照这样讲，你每晚十点会来到这里，那么——"宗瑛迅速整理思路，"七月二十三日凌晨，你为什么会出现在那辆出租车里？"

面对她的"审讯"，他有条不紊地答道："夜间通常我会在公寓，偶尔也在别处。但不管我身处哪里，总会准时来到宗小姐所处的时代。那晚，我在市郊办事，十点整又来到这个时代，当时位置距离公寓似乎很远，步行太慢，我需要借助交通工具。叫车并不容易，后来走了很久的路，几乎拿出全部的现金，最终才打到一辆车。"

那就是她昨天搭上的那辆出租车了。

宗瑛问："付了多少？"

"二百五十元整。"他说，"我已经记录在簿子中了，宗小姐没有看到吗？"

宗瑛当然看到了，她只是在核实。

同信纸装在一起的那本薄册子，里面记录得密密麻麻，巨细无遗。

她记得第一条记录是："取用书柜中《新华字典》一部，当日已归还。"

最新的一条记录是："取用宗小姐现金二百五十元，以支付车费，未还清。"

都是用简体字书写，他在照顾屋主的习惯。

所以昨天她并无必要同他道谢，毕竟支付车费的钱是她的，他才是非法取用。

盛清让这时候讲："我擅自取用屋主的财物，的确失礼在先，恳请宗小姐接受我的道歉。如果不能，我可以做出补偿。"

宗瑛却不着急纠缠此事，而是问了一句："二百五十元，你坐了多久？"

"大约二十分钟，现在的汽车，很快。"

"你应该叫他打表。"宗瑛说着垂眸，将手中的保温杯放回茶几上，"你清楚二百五十元可以用来做什么吗？"

"楼下有一家通宵营业的小商店，明码标价，我去过一次。"他答得有理有据，"对照日用品的物价，大约能对现在流通货币的购买力有个概念。"说完从文件袋中取出一张小票递给宗瑛，买的是一盒三块八的牛奶。

他接着说："二百五十元的车费从行驶里程上计算或许并不合理，但当时夜深，并无他法，只能如此。"

他讲得很有道理，宗瑛沉默，半天说了一句："你还拿了我的备用钥匙。"

"以防万一，毕竟一旦被关在门外，我便无处落脚。"

"那为什么锁了楼上房间的门？"宗瑛抬眸看他。

"这正是我要说的。"

他这时终于取过案几上的皮箱，打开后转向宗瑛，其中分列陈放着金条、美钞、银圆及法币："想必银圆与法币已经不再流通，美钞或许可以，但黄金应仍属于硬通货，其中总有一项可以支付。"

他想得这样周全，要求自然也不含糊："此间公寓处处都是老家赏①，对宗小姐来讲十分重要，因此我也不奢望宗小姐将它出售。楼上房间似乎常年空置，希望宗小姐能暂时将那间房租给我。"

他言辞恳切，看向宗瑛的目光亦真挚可信。

---

① 老物件。

天将明未明之际，昏光笼罩，室内谈话犹如梦中片段。

他又说："你认为我不可信，是情理之中。"他复低头看表，不急不忙："不过很快就可以证明我所言非虚。"

指针指向五点五十九分四十秒。

他收拾妥当公文包，稳坐着抬起头："每天早晨六点，我会从宗小姐的时代消失。"

"那么如果这样呢？"宗瑛目光冷峻，上身前倾握住了他的手。

一阵凉意传递，室内的老座钟嘀嗒嘀嗒似乎走得更急促不安。

盛清让一贯从容的脸上浮现出焦虑，竟严厉地给出警告："还有三秒，请你松开。"

宗瑛没有松手。

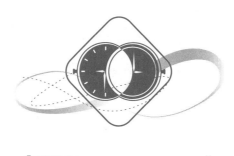

第 2 章

1

宗瑛最终抓住的是空气。

最后一秒钟，盛清让还是努力抽出了手，并在瞬间消失。

茶几对面只剩空空荡荡的一张藤椅，"铛铛铛"的打钟声应时地响起来，一共敲了六下。

因为要摆脱宗瑛的钳制，盛清让几乎什么都没能带走，皮箱与公文包皆留在了茶几上。

昏黄的装饰灯静悄悄地亮着，室内仍然只有宗瑛一个人的气息，已经过去的几个小时，仿佛大梦一场，毫无现实的依据。

宗瑛在沙发上冷静了一会，突然瞥见地毯上散落的一颗金属袖扣，大概是盛清让丢的。她拾起来一番摩挲，冷硬金属的触感十分清晰可信。

宗瑛不相信幻觉会真实到这种程度，除非她的精神状况已经病到无药可救。她突然身体前倾拖过茶几上的公文包，犹豫片刻，打开锁扣，从里面取出两个文件袋、一个钱夹、一支钢笔、一本绑带手记本。

朴素实用，整洁有序。

打开其中一个文件袋，里面是他刚才收进去的房契等资料。宗瑛略翻了翻，发现一张证书——四个角嵌印青天白日标志，上方正中印孙中山像，最右繁体书写着"上海律师公會會員證書"，随后小字书"兹證明，盛清讓律師為本會會員，除登錄會員名簿，並通報各級法院……"之后是会员编号及公会章程，落款为上海律师公会执行委员会，有公印防伪。

宗瑛通读一遍，将它放回文件袋，又拿起绑带手记本，翻开第一页——上面贴了一张教学用课表。

课表抬头为东吴大学法学院，又印校训"養天地正氣，法古今完人"，课程时间都是傍晚，大概是兼职任教，主讲刑法与比较法。周六晚上须作为模拟法官出席法学院实习法庭，旁边标注了"可能需要、通知为準"八个字。

往后翻是中、英文混用的日程安排，其中有一页洋洋洒洒写满法文，一眼看过去，数不清的开闭音符，令人眼花缭乱。

宗瑛没有继续翻下去，这时候她的手机响了，是闹钟。

今天是早班，她必须立刻洗漱出门，回单位和夜班同事交接工作。

在隔壁小囡的琴声里，她迅速换好衣服，将盛清让的私人物品全部锁进保险柜。

整理好一切出门时，隔壁一首圆舞曲刚刚弹完。

公交转地铁，早晨的公共交通拥挤、繁忙，宗瑛被逼到左侧门边上，连抬一下手都很困难。

到换乘站，呼啦啦下去一拨人，又挤上来一拨，宗瑛调整了站姿，取出手机看新闻。地底下的信号并不如意，连一条图文新闻也无法完全展示，只有热门评论高高挂着。

还是怀疑与阴谋论，语气咄咄得仿佛要直接从屏幕里跳出来。

"事故里那对准父母最可怜了好吗？两尸三命，太惨了。听说家里还有一个老大才六岁，本来是蛮幸福的一家四口，现在全完了，赔钱也没有用，所以肇事者真是可恨啊，他背景很厉害？"

"疑点重重，眼睛瞎了才相信肇事者没有吸毒！"

"堂堂上市药企药物研究院的负责人居然藏毒，你们还敢用新希的药？"

"警方为什么不公布尸检结果？主检法医同新希制药是什么关系？是不是有内幕？"

"建议查一查照片里那个女警察，她看起来很不合理，请注意她的肩章颜色，这是一个技术警。"

……

突然叮咚一声，屏幕顶部跳出一条群消息推送。

宗瑛点开来，部门群的消息已达99＋，最后一条是"宗老师扛住、青哥扛住"，圈了她们两个人，附了一个拱手的表情。

青哥是薛选青，她是负责这个案子的主检法医。

至于照片里那个女警察，是宗瑛自己——技术警的肩章版面是灰色。

群聊版面上紧接着跳出一条新消息，是语音，发送者是薛选青。

宗瑛点开来贴近耳朵，在地铁呼啸声中她听得模模糊糊，但她很清楚对方讲了什么——"他们可以质疑我不够专业，但绝没有资格怀疑我的职业道德。"

语音播完了，手机听筒仍然贴着耳朵。宗瑛的视线移向地铁的玻璃门，地下行驶中急速掠过的黑暗最终到了尽头，玻璃门外亮了起来。

到站了。

宗瑛随人群下了地铁，在便利店里解决了早饭，到了单位，这个庞大的队伍仍旧井然有序地运转着。

她遇到小郑，问有没有见到薛选青。

小郑说："薛老师昨天忙到虚脱，今天调休了。"

他说着又想起网络上的蛮横质疑，兀自抱怨："出结论哪有他们想得那么快啊？这个案子现在很复杂呀，忙成狗还要被人怀疑真是不爽。"

宗瑛打开手机想要给薛选青打个电话，想了想，最终还是没拨出去。

不出现场也并不清闲，因为还有大量的文件工作需要处理。宗瑛对着电脑屏幕写报告，一坐就是一上午，下午又出外勤去了一趟法院，等忙完回来，已经快到下班时间。

她的车子刚到单位门口，就看到兴师动众的一拨人同执勤人员起了冲突，言辞似乎十分激烈，隐约有发生肢体冲突的迹象。

就在人群两三步之外，站了一个幼童，满脸的不知所措与恐惧。

宗瑛下了车。

"都过去两天了，为什么一点消息也不给?! 调查调查，到底要调查到什么时候？你们要给我们家属一个说法的呀！肇事的那个人死了，我们总不能同死人去讨说法啊！"

"对不起，你们的心情可以理解，但是……"

"又是搪塞！交警大队那边也这样讲！"

粗暴打断执勤人员的一个中年女性，突然就拽过旁边的幼童，语气愈加急迫起来："看看小孩，这么点年纪，爸爸妈妈在事故里都死了，你们看在小孩的份上也要快点出个结果的呀！"

"就是，就是！"

她一直在讲，旁边其他两家的家属也一同帮腔，可一看到宗瑛过来，她立刻调转矛头，上来就抓住宗瑛，一眼就盯准了她的灰版肩章与警号："你就是那天在医院的警察吧？你应该晓得这个事情到底怎么样的吧？"

旁边帮腔者同时问："尸检那个法医是不是你？"

宗瑛无可奉告，对方显然不满意她的态度，突然就揪扯起来。

执勤同志上来拉劝，一众人你拉我扯。宗瑛眼角余光突然瞥到有人在拍照，她皱起眉，严厉地同对方讲："请你放手。"

对方揪着不肯放，宗瑛却不能动手，执勤人员的劝解一直被打断，吵吵闹闹一团糟。

之前站在外圈的那个孩子不见了。

不对！

宗瑛反应过来已经迟了，大人推搡拉扯的过程当中，生生将懵然无知的小孩撞倒在地。

不小心踩到那孩子的一个人惊呼了一声，宗瑛挣开了那名女子的纠缠。

后脑着地，肩膀被成人踩压，本就发蒙的孩子居然一声也没吭，但是叫他却也没有回应。

这下都慌了，人堆散开来。

宗瑛跪下去俯身检查他的状况，最后说："送医院。"

"严重吗？是不是要叫120了……"

刚才还嚣张跋扈的中年女子这时心慌得有些手抖，连忙要俯身去抱小孩，宗瑛却阻止了她。

"可能有骨折，小心移动。"她抬头叫执勤人员，"取个担架。"

周围顿时没声了。

过了一会儿，一群人商量送哪个医院最近的时候，那个中年女子又突然讲，一定要送昨天事故急救的那个医院，并且要求宗瑛一起去。

宗瑛同意了。

城市开始进入周五傍晚的拥堵状态，坐在车里，能看到太阳累赘庞大的身体沉沉地压在地平线上，暮气蒸腾中，汽车密密麻麻排列，似一个战场。

宗瑛密切留意幼童的情况，自己的状态却急转直下。她很想打开车窗抽一支烟，但看一眼旁边的孩子，最终放弃了这个念头。

抵达医院只能看急诊，随后是接二连三的检查项目。

中年女子一边交费一边抱怨，旁边几个人议论着一些有的没的。宗瑛从他们口中得知，这个女人是孩子的舅妈，而这个小孩，就是"7·23隧道事故"中那对丧生夫妻的长子，才六岁。

宗瑛的手机响了。

她接起来，盛秋实说："宗瑛，你爸爸等会过来，你要来一趟医院吗？"

宗瑛没着急回答，她走几步到外面，才说："我正在忙。"

那边安静了几秒，最后说："那你忙，我先挂了。"

"好。"宗瑛等他挂掉电话，挨着墙点了一支烟。

暮色愈沉，她看到一辆熟悉的轿车驶入医院，眸色黯了一瞬。

那是她父亲的车。

宗瑛在急诊一直待到这个孩子办完入院手续，将近晚九点，她饥肠辘辘地去医院斜对面的一家日本烧肉店，要了一份牛小排和日式冷面。

吃到一半的时候，她父亲宗庆霖来了电话。

宗瑛接起电话，那边讲："来一下医院。"

宗瑛说："知道了。"讲完挂掉电话，大口吃完了剩下的半碗冷面。

宗庆霖这个时候叫她去，无非是因为刚回国需要了解事故情况，找她这个在系统内的人，最方便。

结果也并没有出乎宗瑛的预想，宗庆霖见到她的第一句话就是——

"你邢叔叔车里发现的到底是什么？"

宗瑛说："现在正式的报告还没有出来。"

"不要打官腔，验了没有？"

"不是我负责的案子，我不清楚。"

父女两人站在走廊尽头对峙，一支变焦镜头出现在了走廊入口处。

镜片组快速移动收缩，只有细微声响。宗瑛隐约察觉到一丝动静，就在这时病房呼叫响了。

宗瑜再度病危，值班医生赶来抢救，家属都被挡在外面，只能等。

时钟嘀嘀嗒嗒，愈走夜愈深。等待危险期过去的时间是难熬的。

宗瑜妈妈已很久没睡，整个人憔悴无比，干坐在椅子里一句话也没有。宗庆霖坐了十几个小时的飞机回国，马不停蹄到医院，同样身心俱疲。宗瑛靠墙站着，哪里也不能去。

他们是一家人，没有谁可以先去休息的道理。

这一夜，宗瑛觉得自己快要垮了，好不容易熬到外面天色隐约放亮，宗瑜的情况稍微平稳一些，她终于可以告辞。心率快得简直不像话，她越走脚步越虚，出了医院门，宽阔的街道上一个人也没有。

她下意识地穿过马路，突然手臂被人猛地往后拽了一下，重心倏地后移，一辆飞快的汽车就从她身前擦过。

宗瑛一下子醒了，扭头就看到一张熟悉的脸——

"为什么是你？"

盛清让抓着她的手臂，呼吸还未能平定下来，就在他打算开口的瞬间，这个城市迎来了整六点。

一切都要不同了。

2

"丁零零，丁零零"，一辆老式自行车晃晃悠悠从宗瑛面前骑了过去。

一个穿纺绸裙子的小囡站在街角抱着豆浆罐子，愣愣地看着，好像是被突然出现的两个人吓着了，她倏地扭头哭喊着跑进店里面："姆妈有鬼啊！"

宗瑛被人拉了一把，刚回神就对上盛清让的视线。盛清让显然也没料到会发生这样的意外，但既已成了事实，只站在街上发愣是无济于事的。

这时候的街道虽还懵然未醒，但也有起早的人来往走动，宗瑛的制服看起来多少有些奇怪。

他快速低声地同宗瑛说："宗小姐，请同我来。"

宗瑛察觉他松开了手，一时间也无从问起，只能紧随其后。

穿过陌生的街道，快步走了十来分钟，宗瑛背后起了一层薄汗，她一抬头，突然看到了熟悉的公寓。

围墙不一样，墙面是修葺重刷之前的颜色，大门也不同，只有那标志性的曲尺形状，始终那样子。

进去即是南北相通的宽廊，一个人也没有，顶灯昏昏亮着，有一种安静的阴凉。

盛清让突然停下步子，宗瑛见他有条不紊地打开信箱取走最新的报纸，又拿起一只装满牛奶的玻璃瓶。

这时候前面突然有沪语传来："盛先生回来啦？要开电梯哦？"

宗瑛这才发现服务处高台后边坐了一个瘦小的中年男人，只露出半个脑袋，头发梳得油亮。

"不用。"盛清让回绝，迅速腾出一只手来虚握了一下宗瑛的衣袖，转过身示意她跟上，随即就上了南边楼梯，往顶层去。

打开门，盛清让避开来，示意宗瑛道："宗小姐请进。"

宗瑛看看他，又看看门内，再环视周围，心中诡怪感觉愈重，最后抬头看到一盏廊灯，实在觉得眼熟。

难怪外婆以前讲，这个灯是实打实老家赏，原来这个时候就已经在用了，且一直用到了几十年后。

盛清让顺着她的视线看过去，讲道："在宗小姐的时代，公寓内部几乎全部翻新过，也只有这一盏廊灯保留了下来。"他单手搂着报纸握着牛奶瓶，将目光从廊灯上移开，看向宗瑛说，"这盏灯照亮我的路，也照亮宗小姐你的路，是一种难得的缘分。"

他顿了顿："所以请先进来吧。"

他一向礼貌和气，措辞举动更是善良。

宗瑛最终进了门，盛清让将牛奶与报纸置于玄关柜上，弯腰从柜子里取出一双鞋子递到她脚边，自己也换了拖鞋。

室内铺着细窄的木地板，窗帘掩住玻璃窗，于是一切都暗沉沉的。

宗瑛换好鞋子在沙发上坐下，感觉后背的汗冷了下去，有点凉。

起居室里只有走钟声，楼下电车的"克铃克铃"声转瞬即逝，盛清让这时对站在一旁的宗瑛讲："失误地将宗小姐带到这个时代，我非常抱歉。"

听着他的道歉，宗瑛心里却想，她或许该谢他一声，毕竟他及时拉了她一把，才避免她被车撞。

可想归想，她却一句话也没有讲，因她心中又起了疑问。

她想起昨天早晨，自己不过是做个试探抓了他的手，却被他严厉警告并挥开，显然他很清楚后果，并且在努力避免这种事的发生。

但是今早怎么会一反常态？在快要消失的时间出现在马路上，明显不符合他的严谨与理性。

于是她问："你今天为什么会出现在那里？"

盛清让说："因为我在找你。"

"找我？"宗瑛抬眸。

"宗小姐似乎将我的私人物品收了起来，那里面有一个文件袋我有急用，因此需要找到你。"

"你怎么知道我在医院？"

"原先并不知道。"他讲，"起初我用公寓电话拨了宗小姐的号码，但是无法接通，后来决定出去找你。我猜测你应当是在工作的地方，因此在地图上找了出来，借用了储物间停放的那辆自行车，半夜出了门。"

短短几句话，宗瑛体会到这个人发掘有效信息的能力。

她未做评价，让他继续说下去："后来呢？"

"那张地图似乎并不是最新的，路也走得不太顺利。好在——"他又提起便利店，"沿路有许多通宵营业的小商店，值班的年轻人也大多乐意指路。他们有一个工具用得很熟练，可以快速查询——"

宗瑛摸出口袋里的手机放到茶几上："是这个？"

"是的。"盛清让确认。

"这是可移动电话，也叫手机，你拨的那串号码，是我的手机号。"宗瑛善意地进行了解释。

"我去问路，那个年轻人正在使用手机。他将手机递过来让我自己查，我在手机上看到了你。"

"看到我？"

"确切讲，是你制服上的编号。"

他说的是警号。

"是新闻照片？"

"是，拍摄地点在医院，照片里你与另一个人站在走廊尽头，似乎是在交谈，但你的脸被模糊了。"

宗瑛突然皱起眉。

"那位年轻人告诉我这是实时新闻，我想所谓实时，那么意味着你应该还在医院，于是我掉头去了医院，可惜到那边的时候，天都要亮了。"

宗瑛不再关心这个，她揪住前一个信息点问道："那条新闻的标题还记得吗？"

盛清让闭眼回想了一下，答道："新希董事长与'7·23隧道车祸'及新希高层涉毒案的主检法医是父女关系？"

宗瑛仰头短促地吸了口气。只是标题，她就能预想到新闻底下会有多少负面的揣测与中伤。她讨厌麻烦，麻烦却紧追不舍。

盛清让尊重她这种短暂的沉默，于是兀自拿过玄关柜上的牛奶，悄声走向厨房。

宗瑛这时却扭头看过去，说："因为我的缘故导致你没能取到紧急文件，很抱歉。"她稍停了一下又问，"拿不到那份急件会有什么麻烦？"

盛清让拧开水龙头，屋里响起流水声。

他低头洗手，说："没有关系的，宗小姐。"他直起身，擦干手又说："事情总有解决的办法，你不必费心。"

宗瑛没有再说话了，她下意识地摸出烟盒，取了一支烟出来。

她刚把烟点起来，盛清让突然停下手中的动作，去开了窗户。

宗瑛突然意识到他可能不太喜欢别人抽烟，她低头吸了一口，出于尊重，最后还是摁灭，投进纸篓里。

她仍旧坐着，看盛清让煮茶水，又看他从纸袋里取出法棍，切成片放进锅里煎。

茶水煮沸了，他倒入牛奶，又侧过身问宗瑛："宗小姐，你习惯怎样吃鸡蛋？"

宗瑛"嗯"了一声，回过神说："都可以。"

食物热闹、丰富的香气在晨光里浮动，令宗瑛想到从前的699号公寓，那时候妈妈和外婆都还在。

盛清让关掉火，端着奶锅回到起居室，翻开餐桌上两只玻璃杯，隔着滤网倒入热气腾腾的奶茶，提醒沙发上的宗瑛："宗小姐，可以吃早饭了。"

宗瑛起身，他又折回厨房取来碗盘和食物，随后拉开椅子，最后绕半圈在餐桌对面坐下了。

食不言是陌生人之间起码的餐桌礼仪，分配完食物和调料，各自吃饭也不需要交流。

盛清让先吃完了，但他等到宗瑛放下餐具才开口："宗小姐，我需要出去一趟，可能到夜间才能回来，这期间请你在这里好好休息，我会请服务处给你送餐。"

他说着起身将椅子推入："晚十点之后，我应该能带你回到你的时代。"顿了顿又说，"现在我需要去洗澡，请你自便。"

宗瑛没有异议。

盛清让径直去了洗漱间。

进去前他打开了留声机，放进去一张唱片，屋子里顿时热闹起来，急促的钢琴声几乎盖过了洗漱间的水声。

宗瑛在屋子里走了几步，最后回到玄关，拿起了柜上那份报纸。新鲜的油墨味扑鼻，竖排文字密密麻麻，记述着关于这个时代最热门、最新鲜的事情。

宗瑛瞥了一眼报头上的日期——民国二十六年七月二十五日。

手摇留声机歇下来，洗漱间的水声就愈清晰了，但并没有持续很久。

门突然开了，盛清让换了干净衬衫出来，头发还是潮湿的。他一边擦头发一边讲："宗小姐，最左边柜子里有干净的毛巾，没有使用过，如果你有需要可以取用。"又说，"热水管系统出了一点问题，如果你需要洗热水澡——"

话还没完，门铃突然响了。

宗瑛看过去，又看一眼盛清让，突然径直走向朝花园的那个外阳台："我避一避。"

她走到弧形阳台上，拉好窗帘，同时带上了阳台门。

盛清让开了门，有客人进来，宗瑛听不清他们说什么，不过可以分辨出是一个年轻女孩子的声音。

随后留声机又响起来，播的是一首流行曲。

宗瑛摸出烟盒又点起一支烟，夏季逐渐热烈的晨光里，偌大的公寓花园尽收眼底，抬眸仿佛可见上海的边界，是她从未见过的安静。

屋里留声机唱道"洋场十里好呀好风光，坐汽车，住洋房[①]"，热热闹闹，宗瑛脑海里却浮现报头上的日期。

民国二十六年七月二十五日——

这座城市，很快将迎来一个黄金时代的结束。

3

来客并没有留很久，宗瑛刚刚抽完第二支烟，就听到了关门声。

她仍然站在半弧形阳台里，楼下花园中有两个外国小孩嬉闹，又出来一个讲英文的金发太太，厉声催促他们换衣服去教堂。

租界里的人，在危机到来之前，还是一如往常地有序生活着。

这时盛清让拉开阳台门，请她进屋。

"外面日头有些晒人了，还是进来吧。"他用的虽然是这个理由，但实际原因却是他着急出门，想要快点将事情同宗瑛交代清楚。

这个人很会掩饰。

宗瑛返回屋内，听他接着讲之前的事情："热水管道系统出了故障，如果要洗热水澡，可以用煤气灶烧。楼上客房窗户朝北，阴凉一些，宗小姐可以上楼去休息。今天是周日，清洁公司的工人十点钟左右应当会过来打扫——"

---

① 引自歌曲《十里洋场》，为二十世纪三十年代电影《一夜风流》插曲。

他说着取过沙发上一只崭新的公文包，从里面翻出一沓钞票递给宗瑛，不慌不忙地讲："直接与她结清工酬，可适当给小费。"又说，"服务处的叶先生喜欢打听，他送餐过来如果问你，你就讲是我的朋友，餐费也请及时付给他。"

宗瑛接过来，当着他的面数了一遍。

一块、五块、十块的，一共是一百零二块。

"一百零二。"她说着抽出两块钱还给盛清让，"我习惯记整数。"

盛清让收了。

他认为已经交代妥当，提包走到门口，回头一看宗瑛身上已经穿了很久的制服，又止步返回，径直走入卧室，从里面取出一件叠好的黑色纺绸长衫："如果你需要换洗衣服可以换这件，前天刚刚做好送来的，已经清洗好了，还没有穿过。"

宗瑛隐约觉得他很不放心自己单独待在这里，这种不放心可能并不是出于对她安危的担心，而是一种私人空间被入侵的不安。

他用表面上的"大方"来掩饰心里的这种紧张，哪怕是下意识的。

宗瑛接过长衫，偏头看一眼座钟，讲："盛先生，不早了。"

盛清让听出她的弦外之音，意识到自己似乎讲了太多给她造成了误会，遂说："我会尽力在晚十点前赶回来。"他又重复了一遍晚上带她回去的承诺，随即告辞，并在出去后主动关上了门。

待外面走道里的声音消失，屋子里就显得更安静了。

宗瑛放任自己重新陷进沙发里，手机死气沉沉地躺在茶几上。没电了，屏幕一片漆黑。有电也没有用，因为没有信号。

彻夜未眠的宗瑛抬起双手掩了脸，在座钟的走针声中打算小憩一会儿，但根本睡不着。

那边现在会是什么状况？薛选青如果打不通她的电话，一定又要发飙。医院也可能联系她，家里或许也会找她——但他们无论如何也找不到她。

找不到也好，她难得有这样大把的时间，无所事事。

宗瑛起身，走进洗漱间，里面比她预想中还要整洁。干湿分离，靠墙一排木柜，打开里面整齐地摆着洗漱用品，最左边的柜子里果然叠着好几块新毛巾，宗瑛取出一条，搭在浴缸边上。

浴缸上方有两个水龙头，其中一边标了"H"字样，宗瑛猜测是热水。

尽管盛清让讲热水管道系统出了故障，但她还是固执地试着拧了一下热水龙头——的确没有水。

天热，她也不太愿意费时间去烧水，于是索性拧开另一边的水龙头，洗了个冷水澡。

等她洗完，后脑勺才漫上来一种幽幽的冷和痛。她潦草地擦干身体，拿起自己的衣服穿。最后穿衬衫时，她低头闻了闻，将它放在一边，出去取了那件黑色纺绸长衫。

因为是居家式的长衫，比外出穿的本来就做得短一些，但披上身，黑色绸料却几乎垂到了她脚踝。盘扣自领口斜至腋下，又一路直线扣到大腿中部，往下是开衩的，方便行走。配套应该还有一条长裤，但盛清让忘了给她。

宗瑛重新拿过报纸，在沙发上坐下，循版面顺序逐一读过去。

头条是七月二十四日驻沪日军中一个叫宫崎贞夫的水兵失踪，照片配的是闸北日军的岗哨，几个日军正端着刺刀搜查往来路人与车辆。

往后翻是一些无关紧要的私人声明与花边新闻，还有一些关于北方前线的报道，措辞中显出一种毫无根据的乐观。

屋子里太安静了，宗瑛越读越觉得不适，因此她放下报纸起身，试图打开留声机。

机身庞大笨重，印着"VICTOR"的标志，手动的，需要费好大的工夫让它运转，可唱不了多久就又会停下来，在现代人追求效率与收益的准则中，为听一首歌付出这么多的力气，显然是相当不划算的。

但，一时的热闹也是热闹，宗瑛想。

因此，在座钟"铛铛铛"敲响八下时，留声机又重新唱起来："把苏杭，比天堂。苏杭哪现在也平常，上海哪个更在天堂上……①"

宗瑛抬手揉了揉仍有些隐痛的后脑，鬼使神差地走进盛清让的书房。

书房窗户朝南，几个大书柜并排靠墙放，玻璃柜门擦得一尘不染，最南边的柜子里有成排的法文书。宗瑛取下一部《法英对照辞典》，快速查了一些词，又重新扫一遍书柜，确认这里装了很多专业书。

角落里放着一摞证书，她随手抽了一本，打开来是一份英文聘书。

聘用单位是公共租界工部局董事会，职位是法律相关顾问。日期显示，这是最近的一个任命。

她想起那天他为证明自己来自民国二十六年，展示的那份开会记录似乎就是工部局的。

宗瑛把聘书放回原位，打开第二个书柜，映入眼帘的是一个相框。

里面一张黑白照，是家庭合影，最前面是父母，母亲手里抱了一个女孩，后面站了四个孩子。

---

① 出处与第47页脚注同。

不对，确切说是站了三个，最边上的一个只有大半张脸，有些惊慌，像是在临按快门的刹那，被推进去的。

看起来似乎是——他没有同其他孩子站在一起拍照的资格，是一个外来者。

尽管拍照时年纪还小，但宗瑛能够认出他就是盛清让。他小时候眉眼就已经很好，以宗瑛的审美判断，这孩子算得上是五个里最出挑的那一个了。

到底怎样才留下了这么一张照片呢？

宗瑛正想着，电铃突然响起来。才八点多，清洁公司的人来得似乎有些早。

宗瑛把相框放回原位，快步走去开门。

门还没完全拉开，一个清亮、年轻的女声就响起来："三哥哥，我还要再借一本书的！"她讲完看到宗瑛的半张脸，明显愣了一下，原本扬起的嘴角瞬间塌下去，"这是我三哥哥的公寓，你是？"

宗瑛这时想关门也不能关了，她回道："朋友。"

小姑娘脸上流露出难以置信的神情，紧接着是怀疑，最后谨慎地问："女朋友吗？"

"过路的朋友。"宗瑛说完，将门开到底，示意她进来。

过路的朋友，听起来交情不深，开头就奔着相忘于江湖去的。

"三哥哥走了吗？"小姑娘进屋后四下张望，"他刚刚还在的。"

"有急事出去了。"宗瑛这时候有点累，重新坐回沙发上，迅速抬眼打量了对方。

短袖中裙，短发压在耳边，看着简单，但发卡和衣料都是高档货，看年纪应该还是个学生。她猜测她就是照片里那个被母亲抱在怀里的小囡，盛清让的妹妹。

一个小时前来公寓的那个客人，应该也是她。

宗瑛烟瘾上来了，从搭在沙发扶手上的长裤口袋里摸出烟盒，迅速抽出一支烟，随后站起来："你去找你需要的书，我出去站一会。"她站起来比对方高了半个头。

小姑娘这时说："既然三哥哥不在，我就不拿了。"

宗瑛本打算去阳台抽烟，对方这么说，她就又转回身，有些敷衍地应了一声，表示赞同。

阳光探进来，宗瑛却站在旁边的阴影里。

一身宽松的男式黑绸长衫，从脖子几乎包到脚踝，露出一只手腕，手指间夹了一支雪白的烟。

小姑娘看了很久，首先是觉得宗瑛的着装说不出的暧昧与奇怪，后来不知怎么突然不合时宜地咕哝了一句："三哥哥家里竟然也能抽烟啊……"

宗瑛"嗯"了一声。

小姑娘连忙回过神，握紧手包说："我先走了。"

她走得仓促，简直像逃离，宗瑛甚至没能问到她的名字，不过宗瑛也并不关心。

清洁公司的人到点上门，午餐时楼下服务处的叶先生亦准时送来了食物。他们好像都与盛清让很熟，也都问起宗瑛的身份，宗瑛遵照盛清让的叮嘱，统一答复："朋友。"但显然谁也不信。

用过午饭，宗瑛笃定不会有人再上门，于是上楼休息。

699号公寓朝北的房间是很阴凉的，宗瑛第一次睡。哪怕在七十几年后，她也从没睡过楼上这个房间。本以为会认床，实际却没有。

梦里有法国梧桐将蓊郁枝丫探进狭窄窗户，非要给阴冷的房间送一抹生机。

醒来时将近十点，宗瑛迅速下楼换好制服，等待着盛清让。

她突然听见急促的脚步声，紧接着是焦急的开锁声，可就在打钟声响过之后，一切都安静了。

她没等到盛清让。

4

晚十点出头，公寓里电灯暗淡，楼下有汽车飞驰而过，外面风大了一些。

或许台风季要来了——宗瑛坐在餐桌前，看着被风吹得哐当响的阳台门，生出这样的猜测。

挺凉快，她也就没有去关门，反而是换回黑绸长衫，打算上楼接着睡。

然而紧接着她就察觉到了饥饿，站在昏光中想了半天，末了拿过沙发上的薄呢毯当披肩，翻出两块钱决定出门。

没有钥匙，她就在门缝里留了厚厚一卷报纸，卡着不让它关上。

这个点，走道里的灯都歇了，楼梯间更是一个人也没有。

宗瑛悄无声息地走到服务处，叶先生仍旧坐在那个高台后面，听斜对面沙发里的一个太太讲话。

那太太四十来岁，穿了件暗色旗袍，食指上套了一个烟架，一边抽烟一边抱怨闸北的穷亲戚非要把侄子送到这里来避难。

宗瑛看她一眼，她也回敬宗瑛一瞥，随后嘴皮子继续翻动："日本人不过是在闸北设了几个岗哨，一个个就草木皆兵，非说要打仗了，等着看吧，过几天还不是什么事情都没有，到最后只能是虚惊一场！"

"是是是。"叶先生撑着一张笑脸附和，同时又站起来应对宗瑛。

"宗小姐有事哦？"

"附近能买到夜宵吗？"

"这辰光嘛……应当还有小馄饨吃。"

"那么就吃馄饨吧，能不能劳叶先生跑一趟？"

宗瑛说着将两块钱的纸币递过去。

她给得异常大方，叶先生甚至愣了一下，马上又说："好的呀，要几份？"

"一份。不，两份吧。"

宗瑛说着拢了拢身上的薄呢毯，沙发里的太太盯着她看，被宗瑛察觉后，她又摁灭烟头，装模作样地低头看晚报。

叶先生收了钱，说道："我刚刚好像看到盛先生上楼梯的，回去了是哦？他平常好像不吃小馄饨的呀。"他误以为宗瑛要两份夜宵，其中一份是要给盛清让，因此好意提醒她一下。

"嗯，我晓得。"宗瑛敷衍地应道，"我先上去了，有劳叶先生。"

宗瑛才走出去五六米，就听得后面传来议论声。

那个太太讲："哪户的呀，怎么没见过？盛先生——顶楼那个？"

"是呀，是呀。"叶先生从柜台后面绕出来。

沙发里的太太又讲："盛先生居然也谈起女朋友来了，真是稀奇。"她随即放低声音问叶先生，"女朋友什么来头？"

宗瑛走到楼梯口，就无法再听到议论声。

她抬头看着长长的楼梯，想起刚才叶先生讲"我刚刚好像看到盛先生上楼梯的"那句话，心想也不过只差了那么几秒钟，就导致她今晚回不去了。

她遗憾，盛清让更遗憾。

紧赶慢赶到公寓，一口气跑上楼，钥匙才刚刚摸出来，都没有容他打开锁，一切就变了。像费尽力气快爬到顶的蜗牛，转眼被人无情地扔了下去，多少有些前功尽弃的沮丧。但他接连两天没合眼，已经很累，进门放下公文包，就直接在沙发上躺下了。

盛清让一觉睡到将近早晨五点，被急促的电话铃声吵醒。他起身去看电话屏幕上显示的来电号码，这串数字他很熟悉，是前几天早晨五点多打来电话的那位——接通就骂，语气凶悍，令人印象深刻。

他不接，电话铃声也不歇，响第三遍的时候，门突然被敲响了。

"玩消失玩上瘾了是哦？快点开门，不开门我就叫人来开锁了！你最好不要逼我。"

威胁伴着拍门声一并传来，盛清让装作无人在家，拒不开门。

门外的薛选青见威胁无用，又说："宗瑛我跟你讲，这种胡说八道的事情根本不值得上心，你开门，我们好好谈谈。"

"绥靖"也无用，薛选青在外面等了大概五分钟，拨了一个电话出去。

二十分钟后来了一个人，当真开始撬锁。

盛清让进屋的时候手动反锁了门，尽管加大了开锁的难度，但对方只要想撬开，终归还是能打开。

没睡够本来心率就快，加上门外越发嚣张的撬锁动静，盛清让心中也难得生出一点焦虑情绪来。

　　与宗瑛在那边的悠闲和无所顾忌相比，盛清让过得实在是提心吊胆。

　　这时门外响起"快好了吧？""差不多了。""还要几分钟？""一分钟之内搞定"这样的对话。盛清让抬手看表，分针明明只差一格的距离就到六点，秒针却仿佛越走越拖沓，只转大半圈就费了很大的工夫。

　　他额头渗出薄汗来，秒针吃力地移了三格，勉强够到十二的位置时，外面传来一声响亮的"行了"，他抬头看过去，视线里却只有他自己公寓里闭得严严实实的门。

　　回来了，盛清让终于松一口气，敛回视线就看到在沙发上睡着的宗瑛。

　　她侧身朝外睡，身上搭了条薄呢毯，黑绸衫下露出一截脚脖子，一只手搭在沙发外，一只手收在胸前，原本拿在手里读的一本书掉到了地上，应当是读书读累了就直接睡了，因为电灯还亮着。

　　盛清让俯身本要捡书，宗瑛搭在沙发外的那只手却下意识地动了一下，指腹轻轻擦到了他的小臂。盛清让垂眸去看，看到她手心里一块防水敷料，记起来她好像很久没换了。

　　他紧接着又留意到滑落在地的制服长裤，以及被揉成一团委屈窝在沙发角落里的制服衬衫，几不可闻地叹了一声，最终什么都没有捡，什么也没有理，直起身小心翼翼地出了门。

　　台风并没有来，仍是大好晴天，晨光迫不及待地涌进来拥抱宗瑛。

　　她醒来一看时间，都已经八点多了，低头回忆半天，无论如何也记不起昨天是什么时候睡的，可能是三点，也可能是四点。

这些都不重要，重点是，已经过了六点，盛清让却还没有出现。

她无所事事得发慌，索性下楼去取牛奶和报纸。叶先生恰好在给住客开电梯，看到她就讲："宗小姐早啊，不用上班的呀？"

宗瑛随口应了一声"嗯"。

"那还蛮惬意的，不像盛先生，早早地就要出门了。"

出门了？

叶先生留意到她的神情，只当她是睡得沉而错过了盛清让具体的出门时间，就又补充了一句："六点十分就出去了呀。"

六点十分，那时候她还在沙发上睡觉，盛清让为什么不喊醒她？

宗瑛搂着报纸与牛奶瓶站着，叶先生催她上电梯，她刚回复"我走楼梯"，身后就走过来一个人说："等一等。"宗瑛偏过头，抬眸看到盛清让的脸。

盛清让说："坐电梯省力一些。"

宗瑛平生第一次踏入这种老式电梯间。

上升是缓慢的，逼仄的空间通常促使人要说两句话来避免沉默的尴尬，但一直升至顶楼，谁也没有开口。

宗瑛瞥见他手里除公文包外，还多提了一个袋子。

进屋后宗瑛放下报纸与牛奶瓶，盛清让也放下手中的累赘。他讲："真是抱歉，昨天失约了。"

宗瑛不表态，她心里并没有苛责对方，但也没说不要紧，只讲："我不想喝奶茶。"

盛清让一愣，想到昨天早餐做的那两份奶茶，问："那么咖啡可以吗？"

宗瑛想想，答："可以。"

继而他又去忙碌，宗瑛在起居室等着坐享其成。

她看完今天的报纸，从地上捡起滑落的制服裤，又从沙发角落里翻出衬衫，正打算上楼去换，盛清让却突然喊住她："宗小姐。"

宗瑛回头看他，他却将脸转过去继续忙手头的事，接着说："纸袋里有一套成衣，请你试一试。"

宗瑛止步。

"天气热，衣服须勤换。况且我今天打算带你出门。"盛清让关掉煤气灶，侧过身解释，"为避免昨晚的遗憾重演，你在我身边可能会比较稳妥。"

此言有理有据，宗瑛径直走到玄关，提了袋子上楼。

她将衣服倒出来，里面一件短袖、一件长裤，普通的衣料，中规中矩的样式，实用、便利。

还倒出一个小纸袋，打开来里面有一卷纱布、一盒外伤药粉。

盛清让端着早饭从厨房出来，恰好看到换了衣服的宗瑛下楼。

小立领的白短袖看起来精神合身，裤子长度也刚好，但他注意到她用手捏住了裤腰。

他正想说不合适可以去换，宗瑛翻了翻茶几上的杂物盒，找出两根别针，在侧腰别出个小褶子了事。

盛清让见状，就没有再管。

用过早饭，盛清让去洗澡，宗瑛就坐在起居室里处理伤口。

外面蝉鸣声比昨天嚣张得多，气温亦更热烈。洗漱间的水声停了，盛清让换好衣服出来，拎起电话给祥生公司①拨过去，与调度员讲需要一辆汽车，挂了电话随即通知宗瑛："宗小姐，他们十分钟内应该就到

---

① 民国时期上海出租车公司。

了，请准备一下出门。"

宗瑛起身，叠妥制服放入纸袋，迅速跟上他的节奏。

汽车来得的确很快，司机下来打开车门，宗瑛先坐进去，盛清让紧跟着入座。

他上车后只说了四个字"礼查饭店"①，汽车就驶出了公寓。

一段沉默过后，他突然打破沉默："宗小姐昨天睡得怎么样？"

宗瑛却反问："盛先生呢？"

盛清让想起早晨那提心吊胆的半个小时，说："很好。"

宗瑛瞥他一眼，只见他整张脸透着一种缺觉的苍白，鼻翼翕动频率略快，意味着他现在心率过速，是典型没有睡好的表现。

她略闭了闭眼，突然问："那边有人半夜去敲门了？"

盛清让抿紧的唇微启了一下，说："不能算是半夜，但的确有人来找你。"他顿了一下，"她撬了锁。"

薛选青真是——说到做到。

盛清让又讲："我反锁了门，这可能让她更相信屋里有人，也坚定了她撬锁的决心。"

"撬开了吗？"

"撬开了，六点整的时候。"

那么薛选青就是没撞见盛清让，但这丝毫不值得庆幸。

门内反锁，撬开来，里面却连个人影也没有，只会显得更不正常。按照薛选青的性格，找不到人是不会罢休的——现在公寓那边应该乱套了，说不定已经报了警。

---

① 上海早期外资旅馆，坐落于黄浦江及苏州河交汇处，今虹口区黄浦路 15 号，1959 年后更名为浦江饭店。

从昨天早上六点到现在，她在那边失踪整整二十七个小时，可以立案了。

盛清让从她脸上捕捉到细微的焦虑，遂讲："我想今晚十点直接回公寓可能会遭遇一些不必要的麻烦，这也是我带你出来的原因之一。"

宗瑛赞同他的想法，短促地应了一声，随后看向车外。这些街道她走过很多遍，但眼下街景却都是不曾接触过的、属于过去的陌生。

汽车沿苏州河一路驶至礼查饭店。

饭店门口立着"衣冠不整、恕不接待"的铜牌，门童拉开门请他们入内。

盛清让替宗瑛订了一间房。

他收起钱夹，叮嘱她道："我今天有一个很耗时间的会议，如果晚上九点我还没有来，你务必到提篮桥铜匠公所找我。"

说着他取出一个工部局的证件给她，又问饭店接待要了纸笔，唰唰唰地写了一个详细地址："可以让饭店帮你叫车，很近。"

宗瑛收起字条："知道了。"

盛清让低头看了一下表，未再多言，匆匆告辞。

对盛清让而言，这是忙碌一天的开始；对宗瑛来说，不过是换个地方继续无所事事。

人失去了在社会分工中的位置，无聊或许难以避免。

宗瑛只能靠睡觉打发时间，午觉醒来，下楼随三五人群进入饭店的小影厅。

一张海报贴在入口处，画面里有一只硕大时钟，其左边垂了一个披头散发、面目狰狞的歌者，右下角标"夜半歌聲"①四字。

---

① 电影《夜半歌声》于 1937 年上映。

她花了一块钱，坐下来看到散场，就已经到了傍晚。

与黑白片中充斥着的诡异暴力和恐惧不同，礼查饭店门口仍然鲜活亮丽、车水马龙，门童热情地给她叫车，司机周到安全地将她送到提篮桥铜匠公所。

到达时才六点，似乎有些早了。

她同接待室的秘书出示了证件，秘书当她是盛清让的助理，于是领她上楼，甚至好心提醒："会议还没有结束，你最好等等再进去，今天真是满满的硝烟。"

"知道了，谢谢。"

宗瑛本来也无意打搅别人的会议，于是在走廊长椅上坐下来等。

最里一间会议室不时冒出几句高音，说些什么——

"你们资委会想法实在美好单纯！偌大一个厂子，机器加起来两三千吨，往内陆迁？怎么迁？光上海到汉口的船运费就要花去十五六万！""好！就算机器过去了，职工呢？全扔上海，还是一起运到内陆去？人家肯不肯跟厂子走？倘若就地遣散，这好大一笔遣散费，哪里付得起？"

猛一听句句在理，紧接着又一轮争执，再然后沉默，最后不欢而散。

门打开，陆续有人出来，宗瑛等了一会儿，唯独不见盛清让。

她起身走过去，走到距门口一步远的地方，里面传来说话声。

其中一个中年男子讲："上海工厂内迁，明眼人一看就知是个烫手山芋。你一个在野人士，国府不发你一分钱薪水，而你如此费心又费力，真是想不通你是要图谁的好处。"

紧接着是盛清让一贯沉稳的声音："大哥——"

中年男子起了身，傲慢地打断他："不要再试图游说我了，你们不过是热衷虚张声势。上一次沪战，我们租界里的工厂不过也就停了十来天，为了这点芝麻大的损失要我迁厂，那么我是绝对不会同意的。"

他突然走出来，迎面就遇上宗瑛。

宗瑛别过脸，用眼角余光看到盛清让也出来了。

盛清让也看到了她。

她没有解释为什么提前过来，对方显然也没有要她解释，只折返回屋拿了公文包，到门口寡淡地同她说了一句："走吧。"

他脸上看不出太多情绪，下了楼，坐上汽车才对宗瑛说了第二句话："还是去礼查饭店吃个晚饭吧。"

宗瑛的房间还没有退，这样当然是最好的。

车子沿江一路开，夕阳映照在黄浦江里，水面一片血红，风平浪静，但终归巨变在即。

宗瑛想起会议室里那些只言片语的争执，突然开口问："盛先生，你既然翻过我的书柜，那么你读过那本《近代通史》吗？"

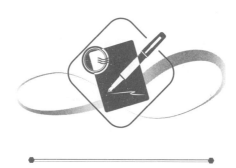

第 3 章

1

有没有读过？

盛清让大半张脸陷在阴影中，唯有一只眼睛迎着照进车内的落日余晖，细密的睫毛蒙上一层光亮。

"那不重要。读没读过，都是我避不开的明天。"

他声音一贯的不急不忙，但今天这稳妥里，却又藏了零星的无可奈何。

避不开、逃不掉，这才是事实，是属于他的命运，这与宗瑛今晚离开后就可以彻底撤离是完全不一样的。哪怕他已经接触到了另一个世界，可天一亮，他还是会被拽回这里，他有他的轨道。

夏季天光再长，终归也要迎来黑夜。

礼查饭店餐厅里几乎坐满了客人，窗外是隐没于黑暗的外白渡桥，百老汇大厦在西面沉默地矗立，对面是成片的各国领事馆。如果没有记错，十几天之后，这里就不再是乐土。日本人占用百老汇大厦，洋人们纷纷避入租界，礼查饭店也会因客源骤减难以经营。

快十点，隐约可以听到舞厅里传来的乐声。

盛清让低头看表，同宗瑛说："我们该准备走了。"

"去哪里等？"宗瑛问。

"人少的地方。"

免得再吓到无关路人。

"这里就很好。"宗瑛起身将椅子推入，"礼查饭店这幢楼在我的时代仍在使用，只是改了名字，叫浦江饭店。"

她抬眸道："你跟我来。"

宗瑛白天逛得很仔细，一楼有条并不算宽敞的弧形过道，在现代作为历史展品长廊使用，非常冷清，遇到人的概率很低。

大约还剩五分钟，他们站在相对封闭的过道里，耳畔是若隐若现的歌声。

宗瑛背挨着墙面，盛清让就站在她对面，两个人不知谈什么好，时间过得很慢。

外面一首歌终于唱完，宗瑛将手伸给他。

她的手瘦长，有力；他的手宽厚，温暖。

紧握的双手，像开启另一扇门的钥匙。

十点整，有现代着装的饭店工作人员从他们身边走过去，墙面上多出了数面展框——黑白照片，密密麻麻的文字，讲的都是过去。

回来了，宗瑛紧挨着墙面的肩膀似乎松了一下。她没有松手，反握住盛清让的手带他走出长廊，一路带到饭店前台。

"还有房间吗？""有。""给我开一间房。""只剩名人房了可以吗？""可以。"

盛清让立在一旁，看到的是她的侧脸。她不说话的时候唇始终紧闭，侧脸线条有一种利落明晰的美感。

突然她同前台说："请尽量安排无烟楼层。"

前台答："好的。"

盛清让不落痕迹地敛了下眸。

"请出示身份证。"

宗瑛摸出钱夹，递去身份证。

前台又抬头看向盛清让："这位先生呢？"

宗瑛说："我一个人住。"

前台快速做好信息录入："一千五百八十元，押金八百元，请问现金还是刷卡？"

宗瑛翻出几张现金，又拿出银行卡给她刷，输完密码，POS机快速地吐出单子，前台撕了一张让她签字。宗瑛挨着台子迅速签完，前台递了张房卡和押金单给她。

她接过房卡却不着急入住，径直转身往外走。出了门，迎面就是俄罗斯领事馆，外白渡桥通体发亮，东方明珠和环球金融中心在黑夜里灯火通明——

真正的不夜城。

她步子很快，盛清让就走在她侧后方，也不问她要去哪里。

终于她停下来，摁开一扇玻璃门。里面摆着几台机器，她在其中一台ATM机前驻足，置入卡片，机器提示输密码。

盛清让看她按了六个数字，914914，想起他曾经借用过的那把黑伞。伞面印莫比乌斯环，底下一组数字，也是914。

单纯执着的人，他想。

ATM机吐出两千五百块，宗瑛留了五百块，其余的全给了盛清让。

她讲："以防万一。"又补充一句，"省着用。"说完将钱夹揣进口袋，推开玻璃门。

不早了，北外滩行人寥寥，下过雷阵雨，南风潮湿凉爽。两个人折回浦江饭店，上楼进门，宗瑛摸到取电盒，将房卡插进去，屋里虽然亮起来，却是一种复古的昏暗。

她转头同盛清让讲："明天早上退房，你将房卡和押金单一并给前台。"说完提着纸袋进入洗手间，迅速换好衣服出来，将纸袋还给盛清让："盛先生，你今晚就请歇在这里，不要去公寓了。"

公寓那边情况未知，他今天确实不便出现。宗瑛的安排，合情合理。

盛清让接受了。他说："是我麻烦了你。"

"计较这个没有意义。"宗瑛又抿起唇，大概在思索怎样告别。屋里安静得发慌，古董家具散发着欲说还休的迷离味道，对面的这位先生与它们仿佛是一体的。

时钟嘀嗒嘀嗒地催，将人的心率催得愈发急促。

盛清让突然伸出手，打破沉默郑重道别："那么……宗小姐，再见。"

宗瑛唇瓣微启，最终伸出手快速地握了一下，说："时局动荡，请你保重。"

她说完仿佛松了口气，转过身就往外走，连送出门的机会也不给对方。

盛清让打开门，看她挺拔的背影在半明半昧的走廊里愈走愈远，最后拐个弯，不见了。

他回到房间打开纸袋，里面叠放着白衬衣与黑长裤，还有两根拆下来的别针。

取出别针，盛清让对着昏暗光线用指腹压开它，尖利的针头就露出来，但再往里一压，针尖收进去，是蓄积着力量的平和，很像他看到的宗瑛。

他起身打开阳台门，看到宗瑛上了一辆出租车，车子沿苏州河畔驶出去，最终消失在申城茫茫的夜色中。

薛选青在699号等着宗瑛。

她七八天前就察觉到了宗瑛的异常，因为宗瑛的心思看起来更重，精神状态也非常不好。作为有着特殊交情的朋友，薛选青不可能同她家人一样对之放任不管。

就在她等得几乎要冒出放弃念头时，宗瑛进屋了。

宗瑛说："你怎么来了？"

薛选青听到声音几乎要跳起来，但她克制情绪，坐在沙发上一声不吭。

宗瑛按开客厅里最亮的灯，才看清楚沙发旁边摆了一只勘查箱，另有一只纸箱，里面放满各种物证。

她问："怎么进来的？"

"撬锁进来的。"薛选青终于站起来，双手插进长裤口袋，风平浪静地据实回答，又以同样的语气问，"你到哪里去了？"

好言好语的询问，透着关切。

宗瑛答："去崇明过了个周末。"

"去崇明。"薛选青重复了一遍，"很好啊，那备勤时间为什么关机呢？"

"手机坏了。"

"那为什么不打电话给队里报备？"

宗瑛略略仰起头，瞥一眼顶灯又低头敛起下颌，自顾自地叹息一样说道："不想打，我很累。"

"好。"薛选青暂时放过她，指着那个已经被撬开的锁说，"它为什么从里面反锁了？你家住了鬼吗？"

宗瑛回头看它一眼，说："我跟这件事无关，我不知道。"

"好。"薛选青又说了一遍，"没关系，我自己查。"

她俯身捡出一个物证袋，里面装的是上次宗瑛收进物证袋的马克杯："我有九成的把握能够确定，这件事同上次你家里进人有关联，我只需要核对一下——"

她指着门锁接着讲："那个反锁扣上的指纹，同这只杯子上的是不是一致的？"

宗瑛深深叹了口气："你说过不过问我不愿意讲的事情。"

"可你还当我是朋友吗？遇到事情一声不吭，自己一个人扛着很像英雄是吧？"

宗瑛唇抿得更紧，过了好半天，她讲："这跟逞强无关。"有些事注定只能自己吞咽承受，别人能分担的只有担心与忧虑，可那无济于事。

看宗瑛这个样子，薛选青的情绪快要压不住了，这时候她手机乍响。

她接起来，那边语气急促又激动："青哥，有动静了！刚刚查到宗老师的身份证在浦江饭店开了一间房，是不是要马上去找她？！"

薛选青胸膛里压着的一股气再也压不住了，她挂掉电话看向宗瑛："你既然已经回了公寓，那么一小时前你为什么要去浦江饭店开一间房？"

宗瑛后牙槽压得更紧，咬肌绷起来。

她讲："我身份证丢了。"

"丢了？那么是别人拿你身份证去开房？"薛选青语气咄咄逼人起来，放下物证袋上前两步就紧抓住宗瑛手臂，"我们马上去浦江饭店！

去看看谁拿了你的身份证，问他要回来！"

"薛选青！"

"宗瑛！一个谎话需无数个谎话去圆！"她眼睛里布满血丝，"我是在逼你，但我——"

薛选青突然说不下去了，但她拽紧了宗瑛便不罢手，仿佛今晚一定要得出个结论。她费尽了力气将宗瑛揪进电梯，按到一楼。电梯下行过程中，宗瑛无声地闭上了眼，她讲："薛选青你抓错了重点，你在意的那件事，与这件事毫无关系。"

宗瑛眼里，薛选青关心的是她的身体和精神状态，可薛选青现在揪住不放的，却是盛清让这个陌生人。她并不想将盛清让卷进她烂泥一样的生活。

薛选青将她揪出电梯，打开大楼门的刹那，却看到一辆熟悉的车停在公寓路上，下来一个人。

2

法国梧桐叶在潮热夏夜里发出簌簌声响，薛选青认出下车的人——宗庆霖，宗瑛的父亲。

她心里一撮火骤然蹿得更旺，却松开了紧揪住宗瑛的手，一言不发往旁边一站，余光瞥向宗瑛的脸。

宗瑛兀自整了整制服，喊了宗庆霖一声："爸爸。"

宗庆霖目光扫过她们两个人，半天说了一句："上去吧。"

宗瑛沉默，薛选青没好气地别过脸。

最终宗瑛转过身，摸出钥匙刷开门禁，拉开门请他们进去。

宗庆霖先进的门，薛选青寡着张脸低头摸出烟盒，语气不善地拒绝："我不上去，我得抽支烟。"

宗瑛尊重她的决定，松手任门自动关上。隔着玻璃门，薛选青手里的烟在黑暗中亮起来。

宗庆霖很久没来699号公寓，可能有十年，也可能更久。今天这样的突然造访，很难得。

电梯里父女俩都不说话，临开门了，宗庆霖才说："他们通知我你失踪了，我想有必要来看一看。所以你去了哪里？"

宗瑛毫不费力地将谎话复述一遍，宗庆霖却没有像薛选青那样三番四次地质问她。

他好像很容易就相信了宗瑛的陈述，并不觉得有哪里可疑。

看到被撬开的门锁，他才说了一句："怎么撬了？真是莽撞。"

宗瑛没有理会这一句，进了屋打算招待他。可她也没什么好招待的，沙发旁边横着冷冰冰的勘查箱与物证箱，茶几上的烟灰缸里堆满了薛选青丢弃的烟头，家里面有一种烟熏火燎的气味，给人感觉焦枯、躁闷。

她走进厨房接了一壶水，水壶汩汩地烧起来，声音逐渐热烈。

宗庆霖进屋没有落座，说："这里倒还是老样子。"宗瑛守着水壶不出声，看他在家里走动。

天热，水沸得也很快。宗瑛拿了一只干净水杯，从橱柜里翻出一盒红茶，手拈了一些茶叶，都已经悬到杯口，最后还是放弃。

算了，也许他喝不惯。

宗瑛倒了杯白开水端去客厅，转头却看到宗庆霖走进了朝南的开间。

那边算是宗瑛的书房，在她使用之前，属于她的母亲。

宗庆霖在一个书柜前止步，顶上陈旧的灯光将玻璃柜照亮。

一个相框安静地摆在角落里，黑白相片里几十号人穿戴整齐，或坐或站，最前面坐着几位老师——是药学院1982届毕业生留念。

照片里有他自己，有宗瑜的舅舅邢学义，还有宗瑛的妈妈严曼。他们面容年轻，嘴角上扬，全都在笑。照片可以凝固愉快的瞬间，但无法留住它们。

到现在，严曼死了，邢学义也死了，只剩他还活着。宗庆霖抬起手，下意识地想要去碰一下那个相框，却被玻璃柜阻隔了。

宗瑛在他身后说："那个柜子里都是妈妈的东西，外婆锁上了，我没有钥匙。"

宗庆霖收回手，转过身什么也没说。

宗瑛问："宗瑜情况怎么样？"

宗庆霖面色越发沉重："听说不是很好，我正要过去看看。"

宗瑛与这个弟弟感情并不深，可能是年纪差了太多，也可能从一开始就预设了敌意，没法说清。她能确定的只有一点，母亲去世之后，自己飞快地长大、飞快地升学，只为远离家庭。现在也如她所愿，她成了那个家里的"陌生人"，关心和打探都只能适可而止。

宗庆霖这时接了个电话，好像是宗瑜妈妈打来的，催他去医院。宗庆霖简略答复一声"晓得了"，随即同宗瑛讲："你快三十了，做事有分寸一点。失踪这样的事，最好不要再发生。"

他不会给什么实质性的建议，也不乐意沟通，只爱讲——"你可以……你不可以……""好，不好"。

此等大家长做派，宗瑛早习以为常。

她送他出门时，薛选青才抽掉两支烟。

目送宗庆霖上车，宗瑛打算上楼，薛选青也紧跟上来，在后面皱眉问："他是不是还惦记你妈留给你的股份，不然怎么会屈尊到这里来？"

宗瑛回头瞥她一眼，薛选青连忙讲："我多嘴。"

宗瑛走出电梯头也不回地说："你撬开的锁，你找人来解决，我不想敞着门睡。"

薛选青在撬锁这件事上是绝对理亏的，所以当真四处联系叫人来换锁，无奈太晚，很多人不乐意出工，薛选青就干脆出去找。

她都走到门口了，突然退两步折返客厅，抢宝贝一样抱起物证箱，盯住宗瑛，一脸的谨慎与防备："我必须先把这个带走，绝不给你机会动手脚。"

宗瑛太了解她了，这种时候拦她根本无用，于是大方地说："拿走吧。"

薛选青走后，宗瑛收拾了屋子，打开窗，令南风涌入。她想起昨晚，也是在这里，但完全是另一番光景，更有序、清净，促使她睡了一个饱足的觉。

宗瑛站在风口看着满目的高楼灯火，告诫自己不该再想了，那个时代，还有即将到来的战争，都同她毫无关系。

薛选青大概是两点多钟回来的，拎着一把不知从哪里买到的新锁，又从宗瑛家里翻出工具箱，索性自己动手换起锁来。

这两个人都属于干起活来不爱闲聊的人，薛选青只顾闷头换锁，宗瑛就坐在沙发上看她换，两个人一句交流也没有。

等锁换好，已经过了凌晨三点。薛选青站起来拍拍手，抱怨一句"真费事"，接着麻利地收拾好工具箱，砰地将门一关，进屋洗手。

水声哗哗，她问："快天亮了，你要不要洗个澡坐我的车去单位？"

"不。"宗瑛拒绝。

"那你抓紧时间睡一会。"薛选青关掉水龙头，擦干手，将新钥匙扔在她面前的茶几上，"记得换掉，我先走了，再故意关机我绝对弄死你。"

宗瑛躺在沙发上不出声，薛选青看她装死，大步走出门打算狠力关门泄愤，可最终响起的却只有"咔嗒"一声。

轻细小心。

宗瑛抬手掩起脸，过了好半天，才起身给手机充上电，随后去洗澡。

久违的热水冲刷掉周身疲惫，她心跳逐渐快起来。换好衣服，宗瑛弯腰拿起茶几上的一串钥匙，想了想，卸下一把备用，放进玄关斗柜，又翻出一张字条写上"门锁已换"四字，压在钥匙底下。

她抬头，一不留神就看到那盏用了将近一个世纪的廊灯。

这当口她突然想起一件事，匆匆回到房间打开保险柜，取出盛清让的公文包，拿起手机就往外走。

出门时已过五点，地铁还没开，出租车在半明半昧的街道上停下来，载上宗瑛直奔浦江饭店。

路上出其不意地堵了，司机讲："前边好像出了事故。"宗瑛坐在车里看时间一点点逼近六点，干脆提前下车，跑步前往。

刚刚苏醒的街道在余光里不断倒退，她气喘吁吁地赶到饭店时，前台一盏挂钟指示刚过六点：终究还是晚来一步。

她努力平稳呼吸，询问前台是否已经退房，前台答："退了，十分钟前，是一位先生退的。"

她又问是否有留言，前台"嗯"了一声，给出一个标准微笑，答："没有。"

意料之中的答案，但宗瑛居然察觉到一丝不可控的失落，手中的公文包也似乎沉了一些。

她走出门，坐上门童帮她叫的出租车，只能回单位。

途中她取出盛清让的手记本，翻到最新一页——

二十四日，暂定上午八点资委会会议，下午专业小组商议内迁事宜，晚上学院模拟法庭照旧。抽空拜望老师。

往前翻——

二十三日，晚上与宗小姐详谈（愿能见面）。

那一晚是他们正式见面。

宗瑛合上手记本。车窗外太阳升起来，阳光照在宽阔的河面上，一切都是旧的，一切又都是新的。

她打开手机查看"7·23隧道案"的相关新闻，看到有个知情人冒出来讲——邢学义车内的确发现毒品，但邢学义的尸检结果显示他并没有吸毒驾车。

底下质疑甚嚣——车没有故障吧？不是毒驾车为什么会失控？案件负责法医到底是不是宗庆霖的大女儿？

知情人答——案件负责的法医另有其人，并非新闻中指出的宗姓法医。

同时贴出一张打了马赛克的内部表格。

质疑仍不止，并带上尖刻的嘲讽——

不过是被人戳穿后偷梁换柱的惯用伎俩，假得要命。

知情人至此没有再答复，可能因为气愤，也可能因为……没必要了。

有些人也许不是真的在意真相，他们出声质疑，只是为了求证自己愿意相信的"事实"。

其他相关的，除遇难者家属对相关部门及新希制药的"声讨"外，还有一张孩子的照片。他肩部骨折，缠着绷带打着石膏，坐在一辆轮椅里，目光无助茫然，标题是"他在事故里失去了双亲和未出世的胞弟"，说得不多，但足以让看客吃下这戛然而止的悲伤。

一种置身事外的冷漠消费。

宗瑛关掉页面，极缓慢地叹了口气，过了好久翻出通讯簿，拨给在附院工作的一个师妹。

她开门见山："小戴，能不能帮我约一个脑血管造影？"

师妹先是一愣，问："什么情况，上来直接做DSA①？"

宗瑛看向车窗外："筛查已经做过了，我需要一个确诊报告。"

那边沉默了大概半分钟，最后说："好吧，你腾两天时间出来，周五、周六可以吗？"

单位大楼出现在视线中，宗瑛答："好，谢谢。"

七月的最后一天，宗瑛请好事假，如期办了入院。

做完一系列造影前的检查，小戴询问完病况，只问她："严格禁食禁水了吧？"

宗瑛给了肯定答复，小戴又说："我们院这方面没有盛师兄医院那

---

① 数字减影血管造影。

边强啊，你何必舍近求远呢？不想让师兄知道？"

宗瑛说："他知道差不多等于所有人都知道。"

小戴苦笑："你就是看我口风严才找我。"说完递知情同意书给她，"签吧。"

试敏结束，宗瑛关掉手机进检查室，器械护士给她做消毒，无菌单一层层铺下来，小戴蒙着口罩在一旁问："师姐，你那时候完全可以转别的科室，为什么直接就放弃了医院啊？公安系统也未见得比医院轻松啊。"

百分之一的利多卡因注入，完成局麻，穿刺针推进皮肤，刺入动脉。

宗瑛躺在造影床上，走了神。

3

为什么放弃了医院？直到造影结束，直到第二天出院，宗瑛也没有想出答案。

答案不重要，她对当下工作的感情，并不亚于当初对神经外科的热爱，明确这一点就足够了。

取报告是三天后，小戴电话打过来的时候，宗瑛刚从一个高坠案现场转移到殡仪馆，手续单填到一半，她接起这个电话。

"师姐你还是赶紧来一趟吧。"

"我手头事情还没做完，有空我会去拿报告的。"

她语气不慌不忙的，好像这个事跟她没什么切身关系，并不需要太上心。反而是小戴，在电话那边叹口气讲："师姐你怎么好像有点消极啊？"

"没有。"宗瑛说，"初筛结果我看过，什么情况我心里有数，急也没有用的。"她搁下填表的笔，走到门外，看向郁郁葱葱的墓园："不如你同我讲讲会诊结果？"

电话那边的小戴好像酝酿了一下情绪，说："会诊意见是虽然情况复杂，风险较大，但还是建议及早手术，不然万一发生破裂——"后果宗瑛应该很清楚，小戴也就没有讲下去。

"嗯，我知道了。"宗瑛低头看一只豆粉蝶从花坛里飞过去。

"那么你要赶紧入院的呀，把方案定下来就可以动手术了，你要是不放心我们院，转去盛师兄那里更好。"

小戴在电话那边不断地给出建议，宗瑛全部都听进去了。

可她最后还是慢条斯理地说："手术的事再等等吧，我有一些别的事要先处理。"

"有什么事不能手术之后再说？"小戴情急之下脱口而出，但讲完她就后悔了。

她是医生，更应该考虑到手术的风险，尤其这个病例复杂棘手，手术成功倒是完美，不成功则一切枉然。万一出了意外，届时可能连勉强活下去的愿望都没法实现，更别提"处理事情"了。

宗瑛这时开口："小戴，我准备好了会去的。"

在小戴眼里，宗瑛一贯有主见。既然宗瑛这样讲，她也没必要再徒费口舌，只说："那么只能先吃药控制一下。"

"麻烦你了。"

"不麻烦，你去忙吧，注意休息，尽量控制好情绪。"

宗瑛挂掉电话回去继续填表，小郑在一旁穿防护服。

他一边穿一边问："宗老师，你觉得这个高坠案的死者是自杀、意外还是他杀呀？"

"从现场看，自杀的可能性大一些。"

"唉，年纪轻轻为什么要自杀呀？她小孩才多大，她死了之后小孩可怎么办呢？太自私了吧。"

宗瑛填好手续单，抬眸看他一眼。

小郑想起平日里薛选青叮嘱的"不要随便评价死者"，马上刹住话头，将防护服给宗瑛递过去。

外面烈日当空，蝉鸣愈嚣，解剖室里是散不去的热量和特殊气味。宗瑛穿着闷气的防护服，一边操作一边同小郑讲解，汗从鬓角流下来。

结束了关腹缝合，宗瑛放下器械，摘下双层手套，俯身对死者鞠了个躬。

小郑跟着照做，眼角余光瞥见宗瑛侧脸，莫名觉得她今日表现出来一种特别的郑重。

他没问，宗瑛当然也不会讲。

和殡仪馆工作人员交接完，两个人走到门外抽烟。

宗瑛一边抽烟一边看着远处的墓园走神。

小郑偏头瞥她一眼，突然想起她每次来殡仪馆总是这么看着墓园，于是问："宗老师，那边有什么好看的呀？"

"我妈妈就睡在那里。"她没有避讳，低头弹落烟灰，叹息一样说道，"她也是死于高坠。"

小郑一听，意识到自己开错了话匣，连忙又递一支烟过去给宗瑛。

宗瑛低头瞥一眼，说："不抽了，我打算戒烟了。"

"啊？"小郑以前听薛选青讲，他们这些跑现场的，因为味道重、压力大，几乎没有不抽烟的。

他遂问："真不抽啦？"

"慢慢来吧，总能戒掉。"宗瑛说。

太阳刺眼，树叶纹丝不动，气象预报一遍遍发布高温预警，在市民的抱怨声中，又一遍遍地进行倒计时预报："高温还将持续两天——""高温天气预计明日结束，未来几日将会迎来一个强降雨过程——"

终于，经历了连续十个高温天之后的上海，因为接连几场雨迅速降了温。

公众对"7·23隧道案"的关注热度似乎也跟着降了，只有遇难者家属仍然上蹿下跳，希望争取更多的支持。

药物研究院这时候出了声明，表示邢学义藏毒属个人行为，与新希及药物研究院无关，新希注射用的抗肿瘤药物将如期上市。

纵然这样撇清关系、强调新药上市，新希股价仍持续下跌。

宗瑛虽然持有新希的股份，但她毫不关心股价下跌的消息，在部门同事议论"7·23隧道案"的同时，她手头最后一份鉴定报告收了尾。

"那个小孩的舅妈摆明是想闹大了好捞一笔，毕竟这个小孩现在只能由他们来养，养小孩的确是不菲的开销啊！""是啊，养小孩太烧钱了，我家隔壁的幼儿园学费涨得简直不像话。""涨了多少啊？"

同事们的话题转得飞快，宗瑛也搁下工作，开始做别的事——

写好病休申请，附上她从医院拿来的诊断报告扫描件，一起提交。

接下来就只要等。

这件事她从头到尾一星半点也没透露给薛选青，交班的时候，薛选青甚至心情很好地给她塞了一大盒鲜肉月饼："不用谢，明天买点现烤肉脯来回敬我就好。"

"明天我不上班。"宗瑛坐在椅子里，打开纸盒拿了一块。

"那你别吃了。"薛选青横她一眼，迅速夺回月饼盒。

宗瑛将鲜肉月饼用力咽下去，喝干净杯里的水，收拾妥当下了班。

雨天出租车更忙，宗瑛好不容易打到一辆坐进去，车载广播正唱着腔调久远的老歌。

"为什么呀断了信，我等待呀到如今，夜又深呀月又明，只能怀抱七弦琴，弹一曲呀唱一声①……"

宗瑛看向窗外，漫天的雨往江面上落，畅快又迷茫。

她突然想起，盛清让好像十几天没有出现了。

今天是八月十一日，周二，南风转西风，温度在二十六摄氏度左右，舒适宜人。

那边也是八月十一日，周三，会是什么样的天气？他不出现，是因为上次的事情而顾忌699号的不便，还是因为别的？

宗瑛想了一路，到699号公寓的时候天已经黑了。

在电梯里碰到平日里总是晨起练琴的小囡，那小囡笑起来双颊现出两个梨窝，声音清脆动听："姐姐你也会弹琴的吗？"

宗瑛不会，她家的钢琴是她妈妈以前用的。

"上个月有天晚上十点钟的样子，我听到你家有琴声哪！弹的是那个……"她挠挠头，眼睛一亮，"肖邦的《夜曲》对不对？但是好像跟带子里弹的不太一样呢，姐姐你是忘谱了吗？"

"……"

电梯门打开，小囡同她道个别就先走了，宗瑛转向另外一边，打开

---

① 引自吴莺音演唱歌曲《我有一段情》。

门，按亮廊灯。

早上出门时忘了关窗，屋子里的旧物沾了雨气，有一点儿时的亲切霉味。

宗瑛走过去将风雨关在窗外，转头瞥见角落里一架老钢琴。母亲去世后，几乎再没有人碰过它。她坐下来小心推起琴盖，生硬地按下琴键，只突兀地响起几个音。

没有人弹奏的乐器，保养得再好，也缺少一种生命力。

她起身合上琴盖，仿佛能看到母亲坐在这里，又似乎能看到盛清让坐在这里脱谱弹《夜曲》。可敛回神，确实什么人都没有，只有顶上一盏灯，与世无争地亮着。

宗瑛去洗了澡，订了外卖，坐下来打开笔记本电脑，继续看上次没有看完的关于拉普兰德的纪录片。

一集看完，家里的座钟响了十下。

晚上十点了。

宗瑛四处看了看，最终抬头看向楼梯，空空荡荡，毫无动静。

她突然皱起眉，关掉视频页面，打开搜索框，快速输入——"盛清让"三个字。

这个人有怎样的出身，有怎样的履历，又会有怎样的结局，按下"搜索"，也许一切就明朗了。

宗瑛喉咙紧张起来，右手悬在enter键上，迟疑了大概半分钟，握起了拳。

她突然深吸一口气，松开拳头，无名指连敲三下delete键，最终清空了搜索框。

这是他的人生，她没有资格提前知道。

宗瑛突然站起来，迫切地想要抽支烟，但她一支烟也没有了。她在客厅里走了几步，到玄关取了伞，决定出门。外面雨势小了，她撑伞穿过街道，去附近戏剧学院学生爱去的店里买烟，那里有一堆稀奇古怪的进口烟。

老板推荐给她一盒女士烟，漆黑包装，印着Black Devil字样。

"很香的，奶油味。"他说。

听起来适合戒烟过渡，宗瑛拿了一包，当场拆开抽出一支，问老板借了火。

她抽着烟往回走，下意识地抬起头，隔着一条马路，意外地看到一个熟悉身影站在699号大门前的梧桐树旁。

他脚底下是白天落的法国梧桐叶，头顶是啪嗒啪嗒往下掉的雨水。整个人风尘仆仆，浑身湿透，路灯照亮他大半张脸。他单手提着公文包，努力站得挺直，声音却已经十分吃力，他讲："宗小姐。"

宗瑛迅速灭掉烟走过去，就在她快到他面前时，他突然身体一歪，宗瑛及时地伸出了双手。

4

即便有密密麻麻的叶子遮蔽，零星雨水还是往下落个不停。

宗瑛吃力地支撑住对方，咬肌绷起来，后槽牙轻颤了一下，她唤了声："盛先生？"

盛清让毫无反应，下颌紧挨她肩头，眼睑合得沉沉的。

宗瑛偏过头，他潮湿的头发擦着她侧脸，有一点点凉。

来了一阵风，树叶上的雨水就哗啦啦落得更厉害。宗瑛状态不佳使不上力，几乎要同他一起瘫下去时，终于有保安出来了。

他讲："哎呀，这什么情况？"

宗瑛松开牙关："搭个手。"

保安赶紧上前帮忙，皱着眉一路嘀咕："怎么淋成这个样子了？要紧哦？"

宗瑛没余力回答，腾出手拉开门进楼。

保安与她一起将盛清让送回顶层，帮宗瑛打开门锁，说了声"有事情打值班室电话"就返回了电梯。

宗瑛独自扶着盛清让，挪到客厅将他往沙发上一丢，松口气，活动活动关节，在旁边坐下，伸手搭上他额头——

滚烫。

宗瑛手移下去摸住他颈动脉，紧接着掰开他眼皮看了一下。

高烧加过劳，烧退了休息一阵就好，问题应该不大。只是他全身都湿透了，放任他这样睡一晚，必定雪上加霜。

宗瑛起身去北边一间客卧，翻出一套小舅舅以前穿的家居服，又多拿了一条薄毛毯。

折回客厅，她俯身替他换下湿透的衣服。护理昏睡病人是力气活，也讲究技巧，宗瑛虽然好几年没练，但毫不手生——拆袖扣，解衬衫，松皮带，一气呵成。

等一切更换妥当，宗瑛铺开毯子将他裹了一圈，又去厨房取来药箱和水，碾了一颗退烧药给他喂下去。

宗瑛在他旁边坐着，下意识去摸口袋里的烟，但手指尖刚碰到烟盒，就放弃了。

她前倾身体拿过茶几上的电脑，搁在腿上看论文。过了很久，座钟懒洋洋地响起来，宗瑛合上屏幕，拿起遥控器打开电视，又调到静音。

一场无声的球赛，运动员在场上奔跑争夺，宗瑛看着看着，困意却渐渐席卷上来。

她挨着盛清让睡着了。

宗瑛醒来时身体略坠了一下，整个人似乎陷进更柔软的沙发里。

手机在口袋里不断振动，宗瑛睁开眼，面前没有电视机，只有偌大一个茶几和一面墙。她的一只手仍搭在盛清让额头上，这时能察觉出他体温降下去了一些。

她拿出手机关掉闹钟提醒，时间六点出头，打钟声刚结束。

毫无疑问，她又来到了一九三七年，那么今天应该是八月十二日。

宗瑛想起这个日期，感觉不妙。

盛清让睡得很熟，宗瑛舒展了一下僵硬的脖子，小心地起身，径直走向厨房。

她翻出火柴，刺啦一划，火苗蹿起来，楼下花园里响起一阵嘈杂。在外面叽叽喳喳的讲话声中，宗瑛点燃了煤气，开始烧一壶水。

等水开的过程中，她又打开橱柜翻了翻，只寻到一些大米。淘好一碗米倒进锅里，铜壶中的水终于咕噜咕噜沸腾起来。

她倒了一杯热水，等米在锅里滚了一番，关掉火，走到玄关，从斗柜里翻出上次放在这里的几十块钱，收进口袋，开门下楼。

兴许太早了，楼道里几乎没人，往下走个几层，却听得喧喧嚷嚷好大阵仗。

宗瑛到达一楼宽廊时，看到上次那个在服务处抽烟的太太，她站在入口处，板着张脸看用人往电梯里搬行李。

宗瑛从她旁边过去，看她咬着牙不甚愉快地同边上的叶先生抱怨道："放着乡下房子不去，非到这里来讨嫌！人家租界里没亲戚的，还没处逃啦？"

叶先生这时看到宗瑛，双眸一亮笑起来："宗小姐很久不来了呀。"

宗瑛随口敷衍："嗯，有点忙。"讲完就要去取牛奶，叶先生马上跟过来，说："哎呀，今天牛奶还没有送来呢。"

宗瑛看过去，木箱子里的确空荡荡，连报纸也没有。

她还没问为什么，叶先生已是抢着开口："外边乱糟糟的，北边①的都拥到租界里边来了，弄得一大早就不安生，可能迟一点，该送还是会送的。"

宗瑛略略侧身，问他："我刚回上海，眼下怎么个乱法？"

叶先生讲："昨天黄浦江上二十艘日本舰，就停在小东京②旁边的码头，耀武扬威，阵仗骇人。国军昨天晚上也进驻上海，说是真的要开战！闸北现在乱糟糟的，不是往租界里避，就是往乡下跑，比五年前那次要乱得多！"

宗瑛明白他指的是一九三二年"一·二八"淞沪抗战。他讲的其实没错，逃亡规模比之前大，即将到来的战争也会比五年前更惨烈。

但他又有一种有恃无恐的乐观，因他紧接着就说："不过也不要紧，法租界里总不会随随便便打起来哦。"

宗瑛好意开口："叶先生，多做一重准备总归稳妥些的。"

叶先生无可奈何地摇摇头："哪边还有另一重准备可做？我乡下已

---

① 指苏州河北边。

② 上海虹口地区曾为日本侨民聚居地，故有"小东京"之称。

经没房了，现在想要离开上海去别的地方，经济实力也不准许，那么也只能待在租界里。"

他将话讲到这个份上，宗瑛不便再多言，只回头看一眼空荡荡的奶箱，兀自出去了。

盛清让家里除了半袋大米，几无存粮，她需要去买一些即食品。

一路走，碰到好几个店都紧闭着门，街上有提着大包小包行李的人，他们举目张望，有一种不知何处可落脚的茫然。

宗瑛好不容易找到一家西洋茶食店，橱窗帘子却拉下来三分之二，原该摆得密密麻麻的食品柜里，空了一大半，门也关着。

宗瑛抬手按电铃，外国店员朝外看看，才走过来开门。

他一脸的谨慎，宗瑛进门之后他又将门关起来，用蹩脚的中文讲："小姐需要买什么？"

店里充斥着奶油和香精的气味，但都冷冷的，像隔了夜，缺少蓬松的新鲜感。

宗瑛低头看玻璃柜，里面没有一样点心令她有食欲。

她问："没有现做的吗？"

"很抱歉小姐，今天烤炉没有开。"

宗瑛抬起头，看向装法棍的筐子说："那把法棍都装给我吧。"

店员抽出纸袋，将余下几根法棍全装进去。待宗瑛付了钱，他这才将袋子及零钱一并给她，同时提醒她："小姐，路上请小心一些。"

宗瑛偏头看向外面，确有难民虎视眈眈地盯着这边。

她推开门，恰有两个巡警路过，她便跟着巡警回到了699号公寓。

那位太太已经不在入口处了，想必闸北的亲戚们已经顺利入住了她家。

叶先生仍在服务处忙着，看到宗瑛说："宗小姐，报纸刚刚送来了，牛奶还没有！"宗瑛去拿报纸，他又讲，"我刚刚是听说送奶工在路上被抢了呀，不晓得真假。"

宗瑛没接话，搂着法棍和报纸上楼。

这时盛清让已经醒了。他坐起来，先是发觉自己身处家中，紧接着又看到门没有关，最后才意识到身上裹了条陌生的毛毯，衣服也不是自己的。

高烧刚退，多少有些反应迟钝，盛清让听到脚步声时，宗瑛已经进来了。

她将报纸搁在餐桌上，进厨房放下法棍，喝完之前倒的一杯水，擦亮火柴，重新点燃煤气灶煮粥——

得心应手，有一种既来之则安之的从容。

盛清让看得略怔，他回过神，试图回忆昨晚上的事。淋了雨，累得不行，无处可去，最后只得到699号公寓。再后面的事，他一概记不得了。

这时，宗瑛倒了一杯温水放到他面前："盛先生，你昨晚发了高烧。"她说着在对面一张藤椅里坐下，盛清让抬头看她，交握起双手，毯子就滑下来。

他又连忙捡毯子，看到自己光裸着的一双脚——鞋没了，袜子也没了。他试图询问，宗瑛却恳挚坦荡地开口："抱歉，你换下来的衣服落在我那里了，今晚再去取吧。"

他昨晚病得不省人事，那么自然不可能是自己换的衣服。盛清让短促地闭了下眼，脑海里迅速过了一遍那情形，一种"被人剥光"的尴尬和不适感迅速地升腾起来，逼得他耳根不自然地泛起红。

他喉咙肌肉骤然变得紧张，但脸上仍保持着体面的镇定，同时心里也努力说服自己——

医生眼中无性别，宗小姐是个大夫，那么护理病人对她来讲是再稀松平常不过的事情，没有尴尬的必要。

这样的自我宽慰终于使得他耳根的燥热退下去，可宗瑛却突然起身，很理所应当地伸手探了一下他额头，蹙起眉讲："还有些烧，可我没有带药，多喝点水吧，再睡一会。"

盛清让僵着身体往后靠了一下，好在粥再度沸了，宗瑛折回厨房去关煤气，给了他一个松口气的机会。

可他紧绷的双肩还未及松弛，屋内"丁零零……丁零零"一阵铃声乍响。

宗瑛当然不会抢他的电话接，站在厨房看他从沙发上起身，又见他略微一晃，紧接着挺直脊背走到电话前，不急不忙地拎起了听筒。

她隐约听到一些来自电话那头的声音，语气急迫，嗓门很大。盛清让则只回："我知道了，好的，我今天去。"

挂掉电话，室内恢复平静。

盛清让在电话旁站了一会儿，随即走向卧室。

他换好衣服打开门，宗瑛就站在门口。

她抬起头，问道：盛先生，你要出门吗？"

他说："是的，我有要紧事，需要出门。"然而他脸色惨白，精神也很差，身体稍稍倾向墙面，几乎要挨上去。这样的状况，根本不足以支持他出门，更别说去办要紧的事。

宗瑛想劝他不要拿身体开玩笑，但她讲不出口。

盛清让侧身绕过她，脚步虚浮地往外走，宗瑛突然上前一步，从后面抓住了他的手臂。

5

盛清让察觉手臂被抓，立刻转过身。宗瑛手稍松，却并没有放开他，只是换了个抓法，带他到餐桌前，拉开椅子，请他入座。

盛清让坐下来，听她在身后问："这件要紧事如果晚去半小时会不会出人命？"

"应当不会。"

"那么吃早饭。"她语气不凶不急，却有着不容置疑的权威。

盛清让起身拿过茶几上的水杯，才喝了一口，一碗热气腾腾的白粥就递到了他面前。不稠不稀，煮得恰到好处，上面撒了一些肉松。

"今天牛奶没有送。"宗瑛端着一只白瓷盘、一杯水在对面落座。盘子里装着切片法棍，看起来干巴巴的，咀嚼起来很费力。她将厚片撕开塞进嘴里，侧着头看桌上的报纸。

一份英文报，*North-China Daily News*[①]，上面记录了日本舰队入沪，不管是文字还是照片都呈现出一种紧张态势，但新闻版外却充斥着形形色色的广告和租界里的琐碎花边，格格不入，仿佛另一重人间。

宗瑛吃东西认真、用力，咀嚼吞咽过程中侧脸的肌肉重复运动着，有序流畅。

盛清让莫名地看了她一会，敛回神，握起调羹吃粥。

她飞快地吃完盘里的法棍，放下报纸问他："要叫车吗？"

[①]《字林西报》，又称《字林报》，前身为英国商人于1850年在上海创办的《北华捷报》。

盛清让抬头看她，她目光移过来，注视他三秒钟后，好像得到了回应，起身去拨了电话。她挨着桌子同祥生公司的接线员说需要一辆汽车，对方问了地址，又同她解释"租界多处路口拥堵，汽车可能不会那么快到，敬请谅解"。

十分钟内抵达接客的黄金时期，看来也到头了。

挂掉电话，宗瑛端起瓷盘回厨房，余光瞥见玄关的穿衣镜，意识到自己穿得太随意了。短袖白T恤，灰亚麻的宽松家居裤，并不是很适合出门。

将碗盘放入水池，她问仍在吃粥的盛清让："盛先生，上次我穿的那身衣服还在吗？"

盛清让一碗粥还未吃完，听她这样问立刻放下了调羹，用带着浓重鼻音的声音问她："你也要出门？"

宗瑛拧开水龙头洗了个手，反问："你能保证晚十点前回来吗？"

盛清让沉默了，外面局势瞬息万变，他的确不能保证晚上准点回来带她回去。因此他起身，打算替她去取衣服，宗瑛却从厨房走出来。

"你接着吃，衣服是在卧室吗？"

他只能重新坐下，说："在靠门的五斗柜里，最后一层。"

宗瑛进入卧室，顺利地从五斗柜最后一层取出一只纸盒。打开盒盖，衬衣和裤子叠放得整整齐齐，显然清洗过了。她关上门，迅速换衣服，长裤穿好，衬衣下摆扎进去，扣上裤腰一排纽扣——

刚刚合身。

她不可能在短短十来天内胖这么多，那么只可能是，裤子腰围改小了。

宗瑛默不作声地将换下的家居服叠妥放进盒子里，出门时看到盛清让又收拾了一个新的公文包出来。

对，他昨天用的那个又落在她那里了，希望里面没有急用文件。

祥生公司的车来得确实比上次慢了些，司机服务依然周到，但笑容多少有点沉重勉强。

他问："先生去哪里？"

盛清让合上眼答："静安寺路①盛公馆。"

车子顺利驶出街道，离开法租界，开往公共租界静安寺路上的盛家公馆。晨间还一片暗蓝的天，这时彻底被太阳照亮，天气有些闷，进入租界避难的人随处可见，一只金凤蝶落在车窗外，对这座城市即将到来的风暴，毫不知情。

车内安静得教人发慌，宗瑛克制着烟瘾，手揣在口袋里一言不发。

盛清让这时睁开眼，哑声征询宗瑛的意见："宗小姐，你需要一个对外解释的身份，这样你方便我也方便。助手可以吗？"

宗瑛上次去铜匠公所找他就用的这个身份，她本身是无所谓的，但她想到他是要去盛公馆，那么——

"盛先生，你是要回家吗？"

"为什么这样问，很重要吗？"

"也许。"宗瑛答，"回家意味着会见到你的家人，而我上次可能已经见过你的家人之一——一位年轻的女学生，我之前同她说我是你的朋友，如果这次我以助手身份出现，或许会引起不必要的怀疑和麻烦。"

盛清让明白，她指的这位年轻女学生就是他的幺妹盛清蕙。但他说："不要紧的，宗小姐。"

① 今南京西路。

汽车在盛公馆外停下，外面围墙铁门，里面偌大一栋别墅，还有私家花园，奢气十足。

此时铁门紧闭，盛清让下车，抬手按响墙上的电铃。

用人闻声出来，看到盛清让唤了一声"先生"，而不是三少爷。

他不急着开门，只弯着腰说："大少爷吩咐过，倘若先生是来谈迁厂的事，那什么都不必谈，请先生回去忙别的要务，不要再操心盛家的产业。"

对方讲的是再明显不过的拒客之辞，盛清让却不打算放弃："请你再去转告大少爷，我有别的事要同他谈。"

用人一脸为难："今天二小姐一家也在……"

盛清让轻抿起唇，想了想说："那么正好，我也有事要同二姐谈。"

用人很担心盛清让进去会讨嫌，但他也没有别的办法，只能说："我进去问一下。"

宗瑛立在一旁，看用人左右为难，又看盛清让强打精神站得挺直，莫名看出其中深藏的几分卑微，那种感觉说不上来的熟悉。

就在用人反身时，突然传来一个清亮的声音："三哥哥来啦！"

盛清蕙从人力车上跳下来，很大方地给了车夫一块整钱，快步走到门口，朝三五步之外的用人喊道："姚叔，怎么不给三哥哥开门呀？"

那个叫姚叔的用人又折回来，只顾紧皱起眉，盛清蕙就在一旁催他："快点姚叔，难道还不给我开门啊？"

姚叔叹口气，无可奈何地将铁门打开。盛清蕙见机一把抓住盛清让，赶紧带他进门，又扭头看到外面的宗瑛，讲："啊，你不是那位——过路朋友？"

小姑娘暂不打算深究，只催促道："快点进来啊！"

宗瑛入得大门，看盛清蕙拽着盛清让往别墅里去。

盛清让这时回头看她一眼，她低头快步跟上，走到盛清让旁边，主动伸手拿过他的公文包。

甫进门，盛清蕙便喊："大哥，二姐！今天学校停课啦！"

偌大的房子里清静得诡异，只有盛清蕙的声音在回荡。盛清蕙皱起眉，二楼探出一个脑袋来，是一个七八岁的孩子，他扒着栏杆说："小姨你回来啦，爸爸妈妈和大舅舅在二楼客厅里讲话！"他说完将视线移向盛清让，只看着，一声不吭。

孩子的反应是最直接真实的，他显然认识盛清让，也知对方是长辈，但连称呼也没有一句，就格外奇怪。

宗瑛留意到这个细节，想到盛清让公寓里那张合影——相片里的他只有大半张脸。

这时盛清蕙快步上了楼，盛清让也跟上去，宗瑛走在最后。脚踩在厚重的地毯上，动静小到听不见，仿佛这整栋楼是一只吞吃声音的妖怪。

盛清蕙最先推开二楼会客室的门，只见里面烟雾缭绕，二姐夫和大哥都在抽烟，二姐一个人抱手坐在边上的单人沙发里。

意识到门开了，三个人纷纷抬头看过来。先是看到盛清蕙，然后看到盛清让，最后是宗瑛。

大哥陡然蹙眉，摁灭烟头，径直质问盛清让："你还来做什么？"二姐索性别开脸，二姐夫接着抽烟。

盛清蕙无视这沉闷气氛，兀自往长沙发上一坐，抬头同盛清让讲："三哥哥有事情坐下来谈嘛。"言毕又看一眼宗瑛，示意她也坐。

盛清让脸色愈差，他说："给我一点时间，我讲完就走。"

大哥不耐烦地抿唇，身体后仰，鼻子里溢出沉重气息："讲。"

盛清让落座，宗瑛将公文包递给他的同时，也在旁边入座。这满室烟味令宗瑛很迫切地想要抽一支烟，但情况不允许。

她偏头见盛清让从公文包里取出几张票，又听他用一贯不慌不忙的语气讲："今日俞市长虽还在工部局同冈本孝正谈判，但双方军力纷纷入驻上海，此谈判大概只是流于形式的表演，时局已不会向着和平。"

他顿了顿，缓慢地说："上海避不开战争了。盛家在杨树浦的机器厂，紧挨日本海军陆战司令队，一旦战火燃起，终归难以幸免。资源委员会让我务必来同大哥再次洽商，也是不愿见其毁于战火，甚至资敌。倘现在撤离，亦有迁移及重建补助——"

大哥原本就被一大早的停工消息惹得不高兴，这时怒气更甚，竟然有了破罐子破摔的架势，霍地打断了他："紧挨着日本人又如何？最差不过是被全部炸掉！盛家不止这一家工厂！"

"那么，撇开杨树浦的不谈，盛家在租界里的工厂也不要紧吗？"

"国军、日军，哪个敢随便进租界打？"

"是不行，那么空袭呢？"他声音平静无波，"炸弹不长眼睛，也不认租界。"

大哥拿起烟灰缸就朝他砸过去，盛清让避开了。

烟灰缸砸在地板上，灰白烟灰撒了一片。

宗瑛不落痕迹地蹙了下眉，此时盛清让突然侧过头，贴着她耳朵小声地说："你先出去一会。"

宗瑛眼角余光看他，他却已是重新坐正，好像刚才什么事也没有发生。

　　屋子里静了将近一分钟，宗瑛在这短暂时间里撤了出来，那个小孩仍在二楼的走廊里玩耍，看到宗瑛也是一声不吭的。

　　宗瑛从他身边走过，下楼梯时突然注意到悬在墙上的一张巨大的全家福——

　　里面有大哥，有二姐，有一个穿军装的青年，还有小妹盛清蕙。

　　唯独没有盛清让。

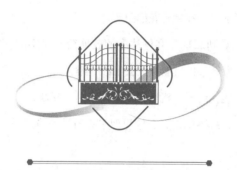

第 4 章

1

宗瑛出了别墅，在屋外花园里等。

抬头就能看到二楼会客厅洁净的玻璃窗，厚实的窗帘几乎遮了全部，阳光费尽力气，也只能探进去细细一缕。

她敛回视线，终于有机会摸出烟盒来抽一支烟。

夏树苍翠，蝉不知倦，公馆里似乎有与世隔绝的平和，只以它愿意的状态存在着。

然而事与愿违，二楼会客厅里这时聚集着焦虑、愤怒及由来已久的成见恩仇，许多矛盾一触即发。

盛清让讲明沪战无可避免，又承迁委会之托，以私人关系试图再次说服大哥盛清祥，将杨树浦、南市及公共租界内的盛家各厂移设内陆。

单为此事，盛清让已不止一次两次来劝过，大哥从最开始的毫不在意，到现在面对乱局的焦头烂额，却始终无法下定决心迁厂——

毕竟是浩大工程，与寻常人家的撤离是截然不同的。

举家迁移也不过是收拾出几份行李，一家人顺利登上车船，抵达目的地找个落脚处即可。

但对偌大的工厂而言，一个"迁"字，便包括机器拆解、装箱、运输，以及抵达内陆之后的厂房租借、复工事宜，没有一件称得上容易，更不必说这其中还有大量的人事、资金问题需要解决。

战争时期，贸然将这么大的工厂整个搬到内陆去，谁也没有把握，只是想想都觉得荆棘载途，生死未卜。

烟灰缸死气沉沉地扣在地板上，二姐夫的烟也灭了。没有新鲜的烟气腾起，室内仿佛进入一种凝滞状态。

大哥肥胖的身体陷在皮沙发里，听盛清让继续讲"迁移补助条例"，眼皮略略耷下来，面上显出疲态。

也许为时已晚，他想。

与其冒着那么多的未知与风险将工厂迁到内陆去，还不如搏一搏运气，或许战争不会持续很久，又或许盛家祖宗保佑，能尽量避开轰炸。大哥想到这里，心里几乎是拿定了主意，盛清让的讲话声也变得格外招人讨厌。

大哥紧皱起眉，厉声道："你不要讲了，出去！"

盛清让没有起身，但也不再开口讲话，病容里藏着几分无可奈何的挫败。

清蕙察觉气氛不对，在旁边插话道："三哥哥，我们出去喝咖啡吧。"

盛清让没有接她的话，而是将手中一直握着的几张票放到了茶几上。

"Rajputana号[①]，十七日去香港的船票，一共有五个席位，家里或许用得上。"

他声音低缓，没有半点的攻击性，完全是一种出于好意的关照。

一直沉默的二姐却冷哼一声："英国人的船票，什么意思？给我们看你在工部局的人脉？"

盛清让提着公文包站起来，头重脚轻地走到门口，背对着一屋子人缓声说道："杨树浦的工厂直接曝敌，最是危险。若有损失，可做

---

① 1937 年 8 月 17 日，拉杰普塔纳号（Rajputana）由上海开往香港。

文书，名义上转让给德国人，只要设法倒填日期，去德国领事馆登记即可。这样至少能向日本军部申请一点赔偿，减少损失。"

他讲完开门出去，走两步撞见小外甥。那孩子仰起头看他，将手里的玻璃球故意往地上扔，刚好砸到他脚面。

盛清让俯身捡起来，用力握了握玻璃球，只同小孩子讲了一声"不要乱扔东西"，就绕过他下了楼。

烈日杲杲，外面一点风也没有。

宗瑛站在门外抽烟，盛清让走到她身边，混在烟味中的突兀奶香味就迫不及待地窜入他鼻腔。

宗瑛察觉到他过来，迅速掐灭烟头，舌尖下意识地舔了一下干燥的唇，尝到一丝烟熏火燎的甘甜味道。

"走了吗？"她问。

"走吧。"盛清让看她将熄灭的烟握进手心里，欲言又止，最终只低头往外走。

姚叔给他们开了门，两人重新坐进汽车，这时候车内多了一股被烈日蒸过的味道，温度也升了上去。

司机问："先生还要去哪里？"

盛清让说："四川路33号。"

他讲完就合上眼，宗瑛并不知他是要去迁委会复命，可她一句话也不问，只安静地坐着看向外面。车子前行，街景便一路后退，萧条归萧条，但好歹风平浪静。

到苏州河时，车子被迫停下来，司机扭过头讲："先生，过不去了。"

盛清让睁开眼，宗瑛也探头去看，狭窄桥面上堆满了亟待运输的机器设备，桥对岸则挤满了从苏州河北边来的工人和难民，几乎水泄不通。

除了绕路，别无选择。

司机带着他们绕了一大圈，中午时分终于到四川路33号，大楼的第六层即迁移委员会的临时办公处。

两人才走到五楼，就能听到楼上传来的脚步声，杂沓忙碌。

宗瑛停住脚步："如果我不便出现，那我就下楼去等，正好我饿了，想去吃点东西。"

盛清让没有阻止她，只叮嘱她"不要走太远"，就先上了楼。

宗瑛果真下楼去，沿着四川路往北走，好不容易找到一个还开着的食品店，进去买了些饼干、糖果，站在玻璃门里面拆开饼干袋吃了一半，口干舌燥。

走出门，外面太阳更毒，不知哪里来的嗡嗡声响，让人误以为是耳鸣。

她折回33号，在楼下等了一会，见盛清让还不下来，就干脆往上走。

到六楼，每间办公室的门都敞开着，走廊里是来来去去的人。审核人员手里翻着大沓资料，会计手下的算盘珠子噼里啪啦，电话铃声响个不停。

有人端着水杯低头看文件，快步迎面走来时差点撞到宗瑛。好在她避得快，但水还是因惯性从杯子里漾出来一些，落在地板上，湿了一片。那人潦草地道了声抱歉，头都没有抬，转个身直接进屋子里去了。

这种紧迫时候，几乎所有人都忙得忘我，只有宗瑛像个局外人，悄无声息地坐在走廊尽头的长椅上，吃了一颗又一颗的糖。

宗瑛再次看到盛清让已经是下午五点。

她直起身抬头看他，摸出一颗糖，一声不吭地剥开糖纸递过去："盛先生，你现在血糖应该很低。"

盛清让伸手接过，快速地转过身说："天黑前还有个地方要去，走吧。"

于是宗瑛又跟他下楼，等来出租车，前往下一个地点。

那地方不在公共租界，而在"小东京"——日本侨民的聚居地。一路上可以看到穿和服的日本女人，提着行李带着孩子，似乎也准备撤离上海。

汽车终于在一座民宅前停下来，是个两层的小楼，表面透着欠打理的意味。

只有一个上了年纪的用人出来开门，看到盛清让，他说："先生回来啦。"

盛清让问："徐叔，行李收拾了吗？"

被称作徐叔的用人无奈地摇摇头："老爷不肯走啊。"

说话间，三个人都进了屋。客厅朝南一张烟床，一个套着长袍的男人躺在上面抽大烟，窗户紧紧闭着，室内味道十分难闻。

烟床上的人剧烈地咳嗽起来，打破这混沌的暗沉与寂静。

徐叔皱眉看着，同烟床上的人道："少爷回来了。"

那人恍若未闻，过了好久突然哑着嗓子暴怒般地开口："来干什么？！叫我去租界还是叫我去香港？！"说完又猛烈咳嗽一阵，"我不去，我哪里都不去！叫他滚！"

盛清让沉默地在屋子里站着，很久，一句话也没有说。

烟雾缭绕中，窗格子将落日余晖切割成碎片，像他支离破碎的童年——

生母没有名分，生下来就被抱到盛家，转眼又被过继给一无所出的大伯家。大伯、大伯母都抽大烟，分家时得来的产业几乎被挥霍殆尽。

大烟抽多了，打他；没有烟抽了，打他；打麻将输了，也要打他。

年纪太小了，他孱弱得几乎没有力气去找出口。

盛清让额头渗出虚汗，手心愈冷，眼睑几乎要往下耷。突然他闭了闭眼，走出门，徐叔也跟出来。

他将一个厚厚的信封交给徐叔："船票、钱、通行证，都在里面。"

徐叔接过来，双手紧紧捏着，又低下头："老爷现在这个样子，说不定到头来还要枉费先生的安排，我再劝劝吧。"

天色愈沉，盛清让没有再出声，返回车内坐了很久，司机问他要去哪里，他也不答。

宗瑛这时在一旁说："盛先生，如果没有别的地方要去，是不是可以回公寓？"

盛清让突然回过神说："抱歉。"又说，"那回去吧。"

车子启动，天与街道渐渐融为一色，路灯寂寥地亮起来，行人也很少。

去往699号公寓，就像船舶进港，哪怕路漫长，但到底是回家。

宗瑛挨着车窗缓慢地松了口气，偏过头，又看到盛清让的侧脸，他抿着唇，眼皮紧闭，看起来状态糟糕。

车子重新路过四川路时，宗瑛又见到迁委会的临时办公处，它在夜色里亮着灯。

她突然鬼使神差地开口："为什么？"

他听到声音，睁眼反问："宗小姐？"

宗瑛转回头，看向阴影中的他，问："为什么做吃力不讨好的事？"

盛清让也看到了那仍旧亮着灯的大楼，想了很久，哑着声音徐徐回她："中国实业譬如雪中幼苗，本就十分脆弱，偌大一个上海，五千家工厂，若毁于战火，或落入敌手，对实业界都是雪上加霜的打击。何况……战争缺少实业的支持，又哪里来的胜算呢？"

宗瑛沉默着，手伸进口袋，触到了烟盒。

这时盛清让突然说："宗小姐……不必顾及我。"

宗瑛犹豫片刻，最终摸出烟盒抽出一支烟，擦亮火柴点燃它。那是一支通体漆黑的烟，只缠了一圈细细金边，烟嘴上印着*Black Devil*（黑魔鬼）。

它在黑暗中燃烧，甜丝丝的烟气缭绕，宗瑛皱眉问："那么，我有什么能够帮到你？"

盛清让显然没有料到她会生出这样的念头。

"宗小姐，这是与你无关的时代，我不希望你涉险。"他的语声像在叹息，"你也知道，这是上海最后一天的和平了[①]。"

---

① 法新社记者 Peter Harmsen（何铭生）曾在其著作 *SHANGHAI 1937: Stalingrad on the Yangtze*（《法新社记者眼中的淞沪会战》）中载道："这是上海最后一天的和平。"

2

最后一天的和平了，听起来是抽象的未知。

没有亲历过战争的人，并不能想象明天天亮后的上海会是什么样子。

宗瑛任由指间卷烟燃尽熄灭，突然侧过身，伸手探向他的额头。

盛清让没来得及避开，索性也就不避了。宗瑛收回手，语声笃定："盛先生，你还在发烧。"

"我知道。"他声音愈低，像溺在沉沉夜色里快要燃尽的烛火，又像耗到百分之一的电量格，几乎要撑不住了。

宗瑛看他的头略歪了歪，猝不及防挨向了右侧冷冰冰的车窗。二十秒过后，她伸手谨慎地揽过他的头，借了肩膀给他枕。

右肩略沉，甜丝丝的烟草味在密闭的空间里久久不散。宗瑛摸出关了一天的手机，打开播放器，音量调到最小，随手点开一首*Looking with Cely*①，口琴声低低地响起，宗瑛闭上眼。

汽车缓行，小有颠簸，穿梭在风暴降临前黑黢黢的申城里，好像可以不停顿地一直开下去。

可惜道路皆有尽头，到699号公寓，司机停好车，下来给宗瑛开门。

他正要开口，宗瑛做了个噤声的动作，稍稍侧头小心唤了一声："盛先生？"

---

① Robert Bonfiglio（罗伯特·邦菲利奥）口琴音乐作品。

盛清让没有回应，宗瑛就叫司机帮忙，一起将他送上去，安顿在楼上朝北的客房里。

宗瑛同司机结清车费，关上门将早上的粥热了热，吃完后换了衣服上楼，守在床边等待晚十点的到来。

夜色沉寂，秒针以它的规律不慌不忙地移动，这种等待在某个瞬间变得神秘而未知。因为这间公寓，两个不同时代的人产生一种微妙且难以分割的联系，谁也不知道这种联系何时会被切断，但有一点宗瑛很确定——

完全置身事外是不切实际的。

只要他还会来到这里，只要她还住在这里，那么接触不可避免，被卷入彼此的生活不过是早晚的事。

十点快到了，她回过神握住他的手。不同于上次的温暖干燥，这次他手温很低，有些潮潮的凉感。以这样的身体状况去迎接战争的到来，是件很糟糕的事。宗瑛突然起了一个念头，闭眼盘算了会，听到打钟声，睁开眼就回到了她熟悉的时代。

她起身按亮壁灯开关，环视四周。

自从被盛清让锁了之后，她再没有进过楼上这间客卧。很显然这里已不是她印象中的样子，看起来不仅仅是客卧，倒像个五脏俱全的小居室，日用品、衣物、办公用品一应俱全，或许是为了尽量避免使用她的物品。

宗瑛没空多打量，匆匆下楼找来退烧药又给他喂了一颗，随后关上门离开。

她出去了很长时间，回公寓已过了十二点，又在客厅里忙活半天，睡了一觉后，在六点前离开了699号公寓。

盛清让在打钟声里醒来，头还是昏沉沉的，睁开眼看向天花板——是他的客卧，他的时代。

他想抬手，蓦地发觉手里被迫握住了什么，坐起来低头一看，偌大一个尼龙包捆在了他手上，显然是宗瑛所为。

盛清让解下尼龙包，隐约闻到消毒水的味道，拉开拉链，里面密密麻麻摆满了医用品——药品、各种敷料、消毒水，甚至还有手术包。每个物品皆贴了编号，最上面放着一个信封。盛清让抽出厚厚一沓信纸，上面对每个物品做了说明——什么情况下使用，如何使用。

字迹工整、严谨有序。

他仿佛能想到宗瑛埋头一件件整理物品、书写说明的样子，那是一种冷酷的专注。

宗瑛在说明后面写了"有急事请联系我"的字样，紧跟着附上了手机号码、家里的座机号还有办公室座机号，办公室座机号后面加了注明——

"我近期可能会休假，尽量不要往这个号码打，除非别的都打不通。"

最后落款"恳请保重。宗瑛，2015.8.13"，没有其他多余的话了。

盛清让从里面取了一盒感冒药，掀开毛毯下了床。

他去厨房，想要接一壶水来烧，用力拧开水龙头，出来的却只有长长管道里传来的空洞响声。

他在一九三七年的这一天，是从停水开始的。

宗瑛的这一天，则是在和领导谈病休事宜中开始的。

宗瑛是个讷于言而敏于行的人，平时有点闷声不响的，突然提出这么一份病休申请，弄得上级领导也很吃惊。申请写得很明白，她需要手术，需要时间恢复，回归可能要在三个月之后。

按照病休标准，三个月不多不少，正好，没有任何理由驳回她的申请。

事情谈完，很快有了结论，流程一路走完，领导祝她尽早康复，又问她还有什么要讲。她想想，只提了一个要求：暂时保密。

身体怎么样，是很私人的事，没必要弄得全世界都知道。宗瑛不喜欢被"关注"，也不喜欢被"议论"，更不想被人"同情"，她有自己的安排和节奏。

薛选青仍被蒙在鼓里，她甚至还约了宗瑛晚上喝酒。

这是非备勤期的惯常活动，宗瑛答应了。下班后她坐上薛选青的车，小郑也跟她们一起去。

车子驶出停车场时，小郑突然说："宗老师，听说你休假啦？"

"休假？"几乎一整天都在外面跑的薛选青对此事一无所知，突然扭头可疑地看向宗瑛。

宗瑛坐在副驾位上，面不改色地反问她："我休假很奇怪？"

"谁休假都不奇怪，除了你。"薛选青瞥她一眼，"你入职这么久，从没有提过休假吧？说说看为什么突然说休就休了？"

"累了。"宗瑛坦言，"我要出去散散心。"

小郑在后面说："宗老师你要去哪里啊？"

宗瑛突然想到拉普兰德，白雪皑皑，到处是奔跑的驯鹿，是个好地方。她答："还没有定，我问问。"

说完，她像煞有介事地拿出手机，点开旅游网站，找到一个旅游热线，在薛选青极度怀疑的目光中，直接拨出去，同时点开扬声器，坦坦荡荡地外放。

电话"嘟"了三声,那边传来一个好听的男声:"您好。"

"你好,我想咨询一下。"

"请问女士贵姓?"

"宗。"

"好的,宗女士,您想咨询我们哪款旅游产品?"

"我想去拉普兰德。"

对方短促地沉默了一下,确认没有这款产品,立刻说:"宗女士,我们可以提供定制服务,现在给您转高级旅游顾问可以吗?"

"好。"

"您稍等。"

电话被转过去,一个悦耳的女声响起来: "宗女士您好,我是您的高级旅游顾问小周,刚才我的同事说您想去拉普兰德是吗?"

"是。"

"您是现在要去吗?"

"是。"

"请问您护照办理了吗?"

"是。"

"请问您护照有效期到什么时候?"

宗瑛突然想起来,出境证件都被单位统一收管了,她说:"我不太确定,但大概是明年到期。"

"您的护照不在自己手上吗?"对方仿佛很有经验,紧接着就问,"宗女士,您是不是国家公职人员?"

"是。"

"您在哪个系统？"

"公安。"

对方沉默了几秒钟："宗女士，您对拉普兰德什么方面感兴趣呢？"

宗瑛给了八个字："冰雪极光、驯鹿雪橇。"

对方保持着微笑说："您如果要看大雪和极光的话，至少要到十月下旬，现在拉普兰德是夏季呢。这样吧，我给您推荐一些国内的旅游路线可以吗？"

宗瑛听她在那边介绍，目光却移向了窗外，说完"不用了，谢谢你"就挂掉了电话。

正在开车的薛选青听到这里终于忍不住笑出声："她居然还能那么和气地同你推荐别的路线，估计暗地里白眼都要翻上天了。你这种咨询根本一点诚意也没有。"

"可我的确想去的。"

宗瑛低声说了一句，视线仍在窗外，一路的繁华街景，和她昨天所见，简直是两个人间。

今天是八月十三日，淞沪会战爆发的第一天。

她紧闭着唇，鼻息缓慢而沉重，夜色愈浓，没有人理睬她刚才的话。

薛选青带他们去了一家中式酒馆，小酒小菜上桌，宗瑛又要了一壶茶。

薛选青看她往瓷杯里倒茶，抬眉问："怎么，不喝酒啊？"

宗瑛张口胡说："生理期不方便喝。"

薛选青咕哝一句："时间怎么又不准了？"便兀自倒满酒，仰头一口闷。

她酒瘾一向大，宗瑛也懒得管。酒馆里有个小台子，唱着苏州评弹，唱到"山河破碎难回补，北望河城恨不平[①]"，宗瑛手机响了。

她起身往外走，到门口接起电话。

是一个认识的律师打来的，他在那边讲："我刚刚才看到你的留言，怎么突然找我？"

宗瑛挨着门说："我有一些财产需要处理。"

对方显然觉得突然："处理财产？你怎么回事？"

宗瑛说："没什么事情，就觉得凡事提前做个准备妥当一点。"

对方不再追问，翻了一下日程说："那约个时间详细谈一下，下星期三上午可以吗？"

"好。"

宗瑛挂了电话回来，薛选青已经有点醉意了，小郑在旁边问："薛老师，我听说他们在装毒品的袋子上提取到了很清晰的指纹啊，说是除了邢学义的，应该至少还有另一个人的指纹，你说会不会是新希制药哪个高层的啊？"

薛选青瞥他一眼："不要乱打听，不要乱猜。"说完醉醺醺地支颐看向宗瑛，"转第二场吧。"

宗瑛今天心里有事，没有丝毫睡意，就陪着他们开第二轮。

小郑找了个唱歌的地方，三个人开了包间，宗瑛坐在昏沉沉的角落里听他们乱唱。

从晚上十二点胡闹到凌晨四点多，薛选青和小郑都喝多了，各自在沙发里找了地方睡。宗瑛缩在角落里，隐约听到隔壁包房传来的歌声，

① 引自评弹《击鼓战金山》。

撕心裂肺的，不知是痛快还是不痛快。

她弯腰拿过桌上的一罐饮料，拉开拉环，一股凉气无力地喷在手指上。

气泡迅速产生，又迅速破裂。

宗瑛仰头喝完，突然察觉到了手机的振动。

凌晨四点二十一分，她摸出手机，一串陌生号码在屏幕上持续亮着，振动仿佛越发剧烈。

外面这时候吵得更厉害，宗瑛按下接听，贴近了耳朵听到一个熟悉的声音："宗小姐，我是盛清让。"

3

宗瑛想努力听清楚对方的话，外面闹声却愈嚣，信号不佳，声音也断断续续。

她皱起眉，拉开门快步走了出去。黎明前的街道冷冷清清，空气异样的新鲜湿润，她终于能听清楚盛清让的讲话声。

他说："宗小姐，很冒昧打扰你，但我——"语声仍然带了很重的鼻音，听起来有些疲劳，"很需要你的帮忙。"

"你讲。"

"我现在的位置距公共租界很远，但我急需在六点前赶回租界。"

"这个号码是谁的？"宗瑛一贯的冷静，"如果是借的手机，请你叫他接电话。"

一个女生接起电话，小心地"喂"了一声。

宗瑛说：“请将所在地址用短信发给我，同时转告你身边的先生，让他在原地等。”又讲，“感谢你的帮忙，有劳。”

对方忙说：“不要紧的，马上发给你。”随即挂掉了电话。

十秒钟后，一条短信发进宗瑛的手机。宗瑛看了一眼屏幕，拉开门快步折回包间，喊醒薛选青。

薛选青懒懒地睁开眼，一副醉态。

“有急事，车借我用一会，我叫人送你们回去。”

薛选青半合眼皮，有气无力地摆摆手，示意她去。

宗瑛拿起桌上的车钥匙，到前台结清费用，又额外加了些钱请服务生替薛选青和小郑叫出租车。

出门时凌晨四点三十三分，天边是暗沉沉的蓝，城市还未醒来。时间紧促，宗瑛车速很快，开了四十分钟后，她余光瞥向导航屏，显示抵达目的地。

她抬首，前面一个人也没有，从后视镜看出去，终于发现了站在路灯下熟悉的人影。

宗瑛按响喇叭，同时打开车窗：“盛先生，这里。”

盛清让这时也终于认出她，提着公文包疾步走到车旁，拉开车门坐进副驾。

“系好安全带。”宗瑛说着拉了一下旁边的安全带，示意他自己想办法扣上，随即掉转车头，说道，“我不是特别清楚租界的界限，这里离哪个入口最近？”

盛清让立即从公文包里取出一份地图，指了外白渡桥说：“这里，公园桥①。"

宗瑛调出导航，算了下时间，几乎是刚刚够。

她沉住气开往外白渡桥，盛清让收起地图，说："宗小姐，谢谢你。"

宗瑛不喜欢分心，便索性不开启话题，连一句简单应答也没有。

她来的路上想过他为何会在这个时间以这样的方式求助——或许是用完了她之前给的现金，因此无法搭乘交通工具，只能从郊区徒步到此地，无奈时间实在紧迫，最后还是只能想办法打电话给她。

纵然他获取信息的本事超群，但在这个庞杂的现代都市中，没有钱、没有人脉，仍然步步艰难。

不过眼下这些统统不需要在意，亟须关注的重点是他们必须在六点前通过外白渡桥。

作为上海地标建筑，此桥位于苏州河和黄浦江的交界处，是苏州河北岸通往南边的重要通道，在战时，它显得更为重要。

桥这边，很快沦为战区；桥那边，是暂时安全的租界——

截然不同的命运。

今天是八月十四日，中日开战第二天，原本那些怀揣侥幸不愿逃离的民众，在经历了前一天的炮火之后，会幡然醒悟般开始溃逃。

租界外大概一片混乱，有无数人想要挤入租界获取暂时的安全。

这座桥，也将迎来拥挤的高峰。

天色无情地亮起来，时间极有原则地流逝，显示屏上的数字不断翻动。

---

① 今外白渡桥。因毗邻外滩公园，当年的英国人叫它"花／公园桥"（Garden Bridge）。

宗瑛瞥了一眼屏幕，05:55:55，几乎在瞬间，又跳到05:56:00，逐渐逼近六点。

车内气氛紧张起来，导航不急不忙地发出指示路况的语音，宗瑛握着方向盘抿紧了唇，呼吸声在密闭空间里逐渐加重。

很近了，近得仿佛在咫尺。

还剩一分十秒，一盏红彤彤的交通灯却拦住了他们的去路，对面横行的汽车川流不息。

宗瑛从D挡推到N挡，拉了手刹。外白渡桥几乎在眼前，拐个弯就能到，预计用时半分钟都不到。

信号灯右侧的计时器数字在缓慢递减，还剩三十秒。

盛清让的目光从手表盘上移开，抬头看向宗瑛紧绷着的侧脸，提出请求："宗小姐，请你让我下车。"

宗瑛唇抿得更紧，骤然松开牙关短促笃定地说了一句："还有二十秒，请你相信我。"

他讲："二十秒不到，大概来不及了，宗小姐。"

宗瑛显然做好了最坏的打算，她压制着焦虑，目光紧盯着信号灯："来不及又怎样？大不了——"

话还没说完，宗瑛突然听到安全带解开的声音，她偏头，见盛清让正打算开车门下车。

几乎是眨眼间，她身体前倾，越过副驾抓住了他的手："盛先生，这很危险！"

一辆车越过他们开往另一侧道路，后面催人行的喇叭声急促响起，宗瑛打算松手的刹那，突然察觉到后背一阵钝痛——坠地了，她置身于密集的人群中，正遭受着铺天盖地的推挤。

场面混乱到甚至没有人在意他们的突兀出现。

一只手分外努力地伸过来，又数次被人群推开。宗瑛认出那只手，吃力且及时地握紧了它。

"宗小姐——"

在经受推撞甚至踩压的痛苦之后，因为人群中转瞬即逝的一点空间能站起来，还能重逢，是了不起的运气。至此，宗瑛的感官才慢慢恢复。

哭喊声、嘶号声拼命涌入耳内，拥挤得仿佛要撑裂耳室；汗臭味、血腥味盘绕在鼻尖，几乎阻塞了新鲜空气的进入……宗瑛感觉自己的五脏六腑似乎都被压到了一起，又好像没有了脚，无意识地被动前行着，如无根之萍。

这时，盛清让反握住了她的手，紧接着越过人群站到她身边，伸臂用力地揽住了她的肩——是比牵手更紧实坚固的联盟，也更不容易被人群冲散。

宗瑛下意识地握住了他另一只手。

这时她才有了一瞬喘息的机会朝前看，视线中只有密密麻麻的一颗颗人头，根本辨不清谁是谁。所有人都被无情地裹挟着前进，一旦卷入人海，就再无后退的可能。

他们的方向都是一致的——公共租界。

踩踏还在发生，在前面，在后面，也在脚下——并不是每一步都能踩在坚实的土地上，软滑的、硌脚的，肉体或者骨头，随时都因争夺空间致无辜死伤，紧缺的空气中凝结着无望和冷漠。

宗瑛转过头，后面是更密集的漆黑头颅，漫开来，几乎占领桥北岸所有的街道。可前方却不过只有一座十几米宽的桥梁，所有人都想要活着通过它，抵达彼岸。

这种歇斯底里的求生气势，冲垮了入口的哨岗，成千上万的人拥入了公共租界。

宗瑛记得从桥上下来的时间，七点过两分。

大批的人重获新生般直奔南京路，抑或赶赴西南方向的法租界，抢占难民救济所的一席之地。

与二〇一五年这一天的早晨不同，这里的天际线一片灰白，台风不合时宜地席卷了整座城市，这将是极其糟糕的一天，苏州河里溢着臭味。

宗瑛精疲力竭，想要坐下来喘口气，但街道上异常混乱的人群，却不容许她有片刻松懈。

盛清让松开她的肩，又紧握住她的手，也不再讲多余的歉言，只平抑沉重呼吸，稳住声音说："宗小姐，请尽量跟上。"

他走得异常快，手握得非常用力，宗瑛能察觉到那力量中的紧张和不安。

她只答了一声"好"，便低着头跟他一路行至南京路上的华懋饭店①。

盛清让去办手续，宗瑛就站在装饰柱旁等着。

饭店大厅里聚集了许多外国面孔，他们早一步从苏州河北岸的礼查饭店撤离，转而入住这里，仍然衣冠楚楚，毫无狼狈，谈话中虽然隐约表露出对局势的担心，但有说有笑，似乎并不认为这危险与自己息息相关。

因为拥挤和疾走，宗瑛几乎全身汗湿，她突然有些站不住了，于是

①　今和平饭店。

找到沙发坐下来。

沙发另一端的客人瞥向一身狼藉的宗瑛，显然将她当作了北岸逃来的难民，目色中便不由得浮起些不屑，并同端来咖啡的服务生讲："华懋饭店怎么什么人都接待的呀？那鞋子、那衣服，啧啧——"

宗瑛闻言扭头看了她一眼，突然又将视线移回了自己的脚面——

灰色运动鞋几乎被血液染透，袜子、裤腿血迹斑驳，而这些血，没有一滴是她的①。

湿透的衣服渐渐冷下去，内脏里漫出被挤压过的不适感，八月天里，一阵寒意从背后缓缓地蹿起来。

不远处的黄浦江里，日军指挥舰出云号稳稳当当停着，数架战机在台风天里起飞，轰鸣声忽远忽近，饭店里的人几乎都暂停了手头的事，凝神去听那声音。

空袭开始了。

4

紧张气氛仅仅持续了几分钟，人们通过炮声判断出危险的远近，认定只是虚惊，就又不甚在意起来。

饭店大厅恢复了秩序，从礼查饭店转来的外国客人陆陆续续办理入住，坐在沙发上讽刺宗瑛的那位女士，也终于端起精致瓷杯，安心地喝

---

① 《字林西报》记者罗兹·法默曾这样描述当日通过花园桥时的状况："我的双脚在血肉中打滑。我知道有很多次我都踩踏着儿童和老人的身体前行，他们被无数的脚不断地践踏直至踩平。"

了一口咖啡。

外面炮声隆隆，里面一派安逸。

香腻腻的味道在空气里浮动，送咖啡的服务生走到宗瑛跟前，委婉开口要求她离开。

宗瑛一直垂着的头终于抬起来，她说："我在等人。"

旁边喝咖啡的女士搁下杯子，唇角一扬，意有所指地讲："都等十几分钟了，也不见有人来嘛。"

宗瑛双手紧紧交握，肘部压在膝盖上，重复了一遍："我在等人。"

服务生问："那么小姐你等的是哪一位客人？"

宗瑛无心应答，弯曲了脊柱，垂下头沉默。她视线里只有两双鞋，一双血淋淋的运动鞋，一双油光锃亮的皮鞋，看起来并不在同一个世界。

服务生见她不答，措辞也不再委婉，就在他板起脸要撵宗瑛走时，盛清让快步走了来，弯下腰小声同她讲："抱歉让你久等了。"随即将手伸给她。

他没有讲更多的话，也没有斥责服务生的不礼貌，见宗瑛不做回应，索性主动扶她起来。

在经历过昨天郊区的战火后，他显然已经接受了战时的冷酷与无情，表现出十足冷静。

他察觉到宗瑛的手很冷，但进入电梯后，还是松开手，谨慎地问了一句："宗小姐，你还好吗？"

宗瑛没有出声，但毫无血色的脸已经给出答案。

电梯门打开，盛清让带她出去，迎面遇见一对夫妇，带了一个很小的女孩。

那小囡穿着雪白裙子，脸庞粉粉嫩嫩十分可爱，她似乎并不在意他人的狼狈，仰起脑袋给了宗瑛一个笑脸。

穿过长长的走廊，盛清让取出钥匙打开客房门，站在门口同宗瑛解释："今天从苏州河北岸转过来许多客人，饭店几乎客满，只余这一间了，暂时先歇一下。"

他说着瞥一眼宗瑛的鞋子，打开柜子取了拖鞋给她。

宗瑛闷不吭声地换下运动鞋，提着鞋子进入浴室。

关上门打开电灯，昏昧的灯光覆下来。用力拧开水龙头，水流就哗哗地淌个不止，她伸手接了一捧水，低头将脸埋进去洗——重复了数次，惨白的一张脸终于被冷水逼出一点血色。

她又脱下长裤，将裤腿置于水流之下用力揉搓，血水就顺着洁净的白瓷盆往下流。搓一下，血水颜色加深一些，浅了之后再搓，又深一些，好像怎样都洗不干净。

之后是袜子，最后是鞋，宗瑛洗了很久，外面炮声一直断断续续。她洗完澡出来的时候，黄浦江上的炮声终于停了。

没有衣服可换，宗瑛穿了浴袍出来。

盛清让听到动静，将文件重新收进公文包，转过身看到宗瑛，稍稍愣了一下，却又马上走向浴室。

房间里仅有一张大床，阳台的窗户半开着，被台风吹得哐当哐当响。

宗瑛上前关紧窗，拉好窗帘，在靠墙的沙发上躺下来。

门窗紧闭，炮声歇了，闭上眼只听得到浴室的水声。

待浴室水声止，宗瑛已经在沙发上睡着了。

沙发窄小，她以一种蜷缩的姿态入睡，睡得局促且不适。

盛清让走到沙发前，拿过毯子要给她盖，却又不忍她睡得这样难受，他俯身，直起身，再俯身，又直起身——犹犹豫豫了半天，手指总在触到浴袍时收回来。

此时宗瑛突然将眉头锁得更紧，这促使他最终弯下腰，小心翼翼地伸出手，将宗瑛从沙发上抱离。

宗瑛额头挨在他颈侧，呼吸不太平顺，牙关似乎紧咬着。

就在他往前走了一步之后，宗瑛睁开了眼。她抬起眼皮，视线里只有他的颈、他的喉结、他的下颌。她哑声开口："盛先生。"

盛清让后肩骤然绷得更紧，他垂眸看她，彼此呼吸近在咫尺，状况尴尬，放也不是，不放也不是。

三五秒的踌躇之后，他沉住气，避开宗瑛的视线，将方才决心要做的事做到底——送宗瑛到床上，随即松开手，站在一旁解释道："那张沙发太小，宗小姐还是睡床妥当。"

宗瑛看他讲完，又看他转过身走向沙发，乍然开口："沙发窄，我睡不了，你就能睡吗？"又问，"盛先生，药带了吗？"

"带了。"

"那吃完药——"宗瑛瞥一眼大床右侧，语声平和，"到床上睡吧。"

宗瑛讲完就躺下了，柔软薄被覆体，她闭上眼想要快速入睡。

但事与愿违，此刻房间里的一切声音都变得格外清晰，倒水声、板式胶囊锡箔纸被戳开的声音，甚至吞咽的声音，最后是搁下水杯的声音。

很长一段时间没有动静，盛清让站在茶几前思索了半天，末了拿过一条毛毯回到床上躺下。

外面走廊里传来零星的讲话声，宗瑛睁开眼，背对着他问道："这么早赶到公共租界，有什么事吗？"

盛清让嗓音压得很低："盛家杨树浦的工厂需要同德国人签一份转让书，大哥约在这里和德国人见面，我也要到场。"

"约了几点？"

"原本是早上七点半，但我刚刚在接待处打了电话确认，大哥更改了时间，改到了下午四点半。"

上午改下午，为什么在这里等而不回家？

宗瑛心中刚起了这个疑问，却马上又放下了。数万人拥入租界，外面局面一时难控，交通更是不便，从这里返回法租界的家，下午再折回来办事，太费周折且不安全。

何况他们都累了。

宗瑛想起抽着烟的盛家大哥，想起盛公馆那个密闭的会客室，又想起虹口那间烟雾缭绕的民居。她问："盛先生，你是不是很不喜欢别人抽烟？"

盛清让沉默了一会儿，语声平淡又缓慢："小时候，家里总是烟雾缭绕的。"

"哪个家？"

"大伯家。"

宗瑛猜到了一些，他属于盛家，又不属于盛家，那是寄人篱下——赋予人察言观色的本能，又淬炼出敏感细腻的内心。

"你在大伯家长大？"

"嗯。"

"后来呢？"

"幸蒙学校资助去了法国，在巴黎待了几年。"

"那时你多大？"

"十八岁。"

在不喜欢的环境里待着，最渴望远走高飞，宗瑛深有体会，她不再往下打探了。

这时盛清让却问："宗小姐，上次新闻里的事情，有没有给你带来什么麻烦？"他指的是媒体曝光她和新希关系的那一篇。

宗瑛没有正面回答，她蜷起双腿，叹息般说了一声："睡吧。"

一个几乎赶了彻夜的路，一个听了整晚鬼哭狼嚎般的歌声，又都历经早晨数小时的煎熬，不论是生理上还是精神上都精疲力竭，房间内的呼吸声逐渐替代了断断续续的讲话声，外面天光始终暗沉沉的，灰白一片。

醒来已经是下午四点，黄浦江上传来轰炸声，两个人在炮声中坐起来，都错过了午饭。

盛清让看一眼时间，请服务生送些食物来，随即进入浴室整理着装，打算吃完饭下楼赴约。

宗瑛摸了摸搭在椅子上的长裤裤腿，仍然潮潮的，但也不影响穿。

她倒了一杯冷水，坐在沙发上慢吞吞地喝，随即又有些焦躁地起身，摸过茶几上的烟盒，拿在手里反复地摩挲，最后拿起一盒火柴，打算去外阳台抽一支烟。

盛清让仿佛早一步察觉到了她的意图，索性拉开阳台门自己去外面避着，又转过身讲："宗小姐，请你随意。"

他这样做，令宗瑛更加压制了抽烟的念头，她决定再去喝一杯水。

她这个念头刚起，连步子都还没迈出去，盛清让突然从阳台冲进来，几乎是在瞬间扑向她，将她按在了地板上。

5

震耳欲聋的爆炸声响起，整座楼都在颤抖，十几秒后，又响起炮声，近得仿佛就在耳边。

墙灰簌簌往下掉，顶灯摇摇欲坠，过了一分钟，外面炮声歇了，宗瑛一声不吭，盛清让牢牢地护着她，贴在她耳侧一遍遍地讲："宗小姐，没事了，没事了。"

宗瑛在烟雾里剧烈地咳嗽起来，盛清让松开她，想找一杯水给她，但屋子里几乎一片狼藉。

偌大一栋建筑，在经历了短暂的沉默之后，迎来了惊慌失措的哀号与哭喊——幸存者手足无措地摸索下楼，想要弄清楚到底发生了什么事，想知道该去哪里才可以避免再次遭遇这样的危险。

楼梯间到处散落着破碎的衣物鞋子，越往下越惨不忍睹，残肢断臂，横七竖八地躺在积着厚厚白灰的地板上，空气里交织着血腥和刺鼻的火药味。抵达一楼，宗瑛看到一个孩子的尸体被气流压平，紧紧地贴在了墙面上，原先雪白的裙子上满是血污，面目已经模糊——

是早上在电梯口遇见的小囡，她是今天第一个对宗瑛笑的人。

盛清让走向更加狼藉的大厅，废墟里伸出来一只手抓住了他的脚："老三，快、快救救我。"

盛清让循声转过头，在废墟中寻到一张满是血污的脸。

灰白泥粉几覆其身，又因压了重物无法动弹，只有嘴唇颤抖着出声，音量虚弱到难辨。

盛清让认出他，连忙弯下腰，吃力地将压在他身上的重物搬开，血就汩汩地往外流。

一双腿血肉模糊，白森森的骨头露出来，几乎碎了。

"大哥？"

"老三，救救我……"

他只喃喃地重复这一句，声音愈来愈低。

盛清让面对这状况显然无从下手，只能转向宗瑛，有些为难地唤了一声："宗小姐。"

宗瑛仍站在楼梯入口处，并没有注意到求助声。

她出过很多现场，也接触过大量尸体，但都与眼下情形不同。有人从楼上猛冲下来撞到她，她这才回过神，听到了盛清让的声音。

宗瑛紧抿着唇越过地上的尸体走到他身旁，见到躺在地上近乎昏迷的盛家大哥。

"你让一下。"她讲。

盛清让避到一旁，又听她吩咐"找几条干净的毛巾"，立即依言上楼去寻。

大哥伤势严重，宗瑛蹲下来检查了一番，一声不吭地抬起头扫视一圈大厅。这年头医疗条件不甚乐观，即便是上海这样的大都市，医疗资源恐怕也难以顺利应对这样大的事故，等到及时救援的可能性微乎其微。

盛清让快速下了楼，将毛巾递给宗瑛后，只见她动作麻利地替大哥压住了伤口——止血是必要的。

大厅里逐渐混乱起来，有人进有人出，还有人出去呕吐，被灼烧过的气味似乎越发重了。

宗瑛双手压在毛巾上，扭过头同盛清让讲："盛先生，你大哥必须进行截肢，需要立刻手术，请你尽快联系车辆送医院。"

饭店经理这时从吧台后面爬出来，手抖着拿起电话，一遍遍地往外打——在几度占线回应之后，终于接通。

"派救援车来！救援车！华懋饭店！救援车！我们要救援车！"他语无伦次地大声呼叫，整个人颤抖得更厉害，一直将听筒紧紧贴着耳朵不放，即便对方已经挂断。

盛清让走到他面前，手越过吧台拿过他手里的电话听筒，迅速拨了电话出去。

他打给公共租界医院的医生朋友，却是护士接的电话，护士讲："抱歉盛先生，我们刚刚接到求助，大世界剧院也发生了爆炸，那里伤亡更重，救援车优先派往了那边，卡尔医生现在也进手术室准备了。"

大世界剧院也炸了。

那里刚成立了救济点，上千难民在那儿领取粮食和物资。他们挤破头从战区逃入租界，却没有料到会迎来更残酷的命运——堪比屠杀的轰炸。

盛清让沉默几秒过后挂掉电话，又拨向另一个号码——工部局。

一位英国秘书接起电话，听完盛清让的请求后，给了一个肯定的答复："盛律师，我会安排车辆去接，请您再耐心等一会。"

等待格外漫长，盛清让低头看手表，指针每一格的移动都牵动紧张的神经。

车辆姗姗来迟，饭店外等不到救援的伤者见到工部局的车，恳求捎一段，但座位有限，司机神色凝重地拒绝了，他关好车门进饭店，又帮忙将盛清祥抬入车内。

宗瑛与他们一道上了车，这时候才有暇打量饭店外的状况。

两颗炸弹落在饭店门口，路面被炸出坑来，街上行人无法幸免，死伤状况比大楼内更为惨烈。

一辆林肯汽车在路上燃烧，驾驶位上有一具烧焦的尸体——是盛家的汽车，以及盛家的司机。

宗瑛移开眼，想起刚刚在饭店入口处看到的挂钟，它在气流冲击下停止了转动，时间永远停留在了爆炸那一刻：四点二十七分。

她将唇抿得更紧，汽车在潮湿血腥的马路上穿行，窗外多的是无助的伤者，车内则是另一个世界。

生命平等，但自古就谈不上公平。

然而抵达医院也并不意味着脱离危险，瞬间多出来的伤者几乎占领了整栋建筑，医务人员忙得脚不沾地，无暇顾及每一个需要救助的人。

药品紧缺、床位紧缺、人手紧缺——没有一项资源够用。即便找到熟人，也被无奈告知："盛先生，我们的医生几乎都在做紧急手术，实在无能为力。"

盛清让问："要等多久？"

对方摇摇头。

他又看向宗瑛，宗瑛仍抿紧唇——一贯努力思索的模样，她只讲："必须立刻手术。"

事情再次陷入僵局。

宗瑛犹豫半晌，突然皱起眉问："有没有上过台的实习医生？"

对方答："有一位，但他没有主过刀。"

宗瑛闻言想了很久，最后抬首道："请他做吧。"

"这位小姐，请问你——"

宗瑛没有同人打交道的天赋，她略略侧过身，挨近盛清让，将这个任务移交给他："请你说服他们。"

盛清让压低声音反问："宗小姐你要上台吗？"

宗瑛讲："不，但我会全程候补。"

她开口寥寥，却莫名地令人信服，眸光更是藏着不见底的冷静。盛清让同她对视几秒钟后，最终拿定了主意，说服工作人员允许这台手术进行，但对方也告诉他："没有多余的手术室可用，只有办公室还能腾出地方。"

盛清让为难地看向宗瑛："可以吗？"

宗瑛的咬肌绷了一下，插在裤袋里的双手抽出来："只能这样了。"

手术条件差到极点，设备聊胜于无，宗瑛换了衣服戴上口罩进入临时手术室，麻醉已经开始。

实习医生只当过助手，面对临时的抽调比谁都紧张，抬头看一眼对面这位不知来历的女士，讲："那么——"

宗瑛大半张脸都被口罩覆盖，只露出一双毫无波澜的眼睛，她讲："我会告诉你怎么做。必要时——"她顿了一顿，"我会帮你。"

语气中透出权威与稳妥，实习医生只能握稳了手中的器械开始工作。

双腿截肢不是小手术，需要力量、耐心以及技巧，在这样简陋的条件下更是巨大的考验。天气炎热，房间内血腥气弥漫，只吝啬地亮着一盏灯，宗瑛鬓角、额头都渗出汗来。

她指导实习医生分离断面的血管和神经，指导他更稳妥地进行结扎和缝合，但自始至终都没有拿起过任何手术器械，一双手悬在空中，右手隐约有些神经性地微颤，额颞血管始终绷着。

手术结束时天都黑了，实习医生自认为一切进行得很顺利，口罩还没摘就急着向宗瑛道了声谢："感谢老师指导，老师贵姓？"

"不重要。"她眸色中积了疲惫，又嘱咐对方，"密切观察患者体征，辛苦了。"

讲完这些她去洗了手，末了摘掉口罩走出房间，一抬头，迎面就见到走廊里站着的盛家人——二姐盛清萍、五妹盛清蕙，她们接到消息刚刚赶到。

盛清蕙看到她明显又是一愣，眼前这个人从"过路朋友"变成"三哥哥助手"，现在又成了"医生"，多重身份的变化令人摸不清她到底是什么来路。

但小姑娘也仅是暗暗吃惊，并没有完全外露在脸上，她扭过头同身后的盛清让讲："三哥哥，手术好像结束了。"

盛清让抬起头，宗瑛的视线此时只落在他身上。

她没有别的人需要交代，径直走向他，说："手术还算顺利，但病人还在危险期，需要时刻留意。"说罢将双手插在白大褂口袋里，压低声音问他，"盛先生，天黑了，我们是不是要回法租界？"

宗瑛的意思很明确，时间不早，距晚上十点越来越近，他们回法租界的公寓比较妥当。

这时二姐却同一个护士争执起来。

护士先是告诉她："医院没有空床位可安排。"二姐便反驳："怎么会没有床位？高级病房也不能安排？"护士讲"无法安排"，二姐便来了脾气：“医院今日这样乱，我们也不乐意住，那么这样，你们派一名医生去盛公馆值夜也行！”

护士的态度亦十分强硬：“没有医生可派。”

二姐一气之下指着她道：“你等着——”说罢踩着高跟鞋马上去院长室。

可她趾高气扬而去，却憋了一口气归来，明显是被拒绝了。

她到这时才注意到宗瑛：“你是不是刚才做手术的医生？今天医院里忙成这样子，待在这里不过吃力不讨好，不如去公馆，给你开十倍酬劳如何？”

宗瑛侧过头，神色寡淡地看了她一眼，并不打算做回应。

盛清让却立即反驳：“这位小姐身份特殊，不可以。”

二姐似乎没能认出宗瑛就是上次盛清让带去公馆的“助手”，略不屑地开口：“有什么好特殊的？不过就是个医生。就这样决定了，我马上叫他们送大哥回去——”说着看向盛清让，几乎是命令他，“你也回去，有些账还没有同你算清楚！”

宗瑛留意到盛清让的神色变化，又瞥了一眼二姐和盛清蕙，突然握了一下盛清让的手，声音极低：“盛先生，你做决定。你去哪里，我去哪里。”

只有盛清让能带她回到属于她的时代，她别无选择。

盛清让选择了回公馆，实际上，他也别无选择。

一行人坐车离开医院返回静安寺路上的盛公馆，一共两辆车，宗瑛与盛清让、盛清蕙坐在后一辆车里，气氛凝重，平日里话多的清蕙，也因为家里出了这样的事变得寡言。

“盛先生——”宗瑛稍稍侧过头，声音低得几乎要贴到最近才能听清楚。

盛清让偏过头对上她的视线，她语气恳切："我很饿。"

"我知道。"盛清让同样低声回她，"实在是对不起，请你……再等一等，好吗？"

盛清蕙这时突然递了一颗糖过去。

盛清让接过糖，拧开脆脆的糖纸，一颗咖啡色太妃糖就躺在泛着银光的糖纸上。他将手伸到宗瑛面前，宗瑛飞快地拿起来塞进嘴里，别过脸看向窗外无边的夜色，干巴巴地说了一声"谢谢"。

一路都是平静的，一到家却又翻起大浪，简直同外面的台风天一样难以理喻。一众人将大哥安顿在卧室，二姐将盛清让喊去隔壁问话，房间里便只剩盛清蕙及宗瑛。

盛清蕙看二姐出去，稍稍等了一会儿就下了楼。

宗瑛留在房内，隐约能够听见隔壁气势汹汹的斥责声："倘若不是你那天提，大哥断然不会去找德国人转让！更加不会约到华懋饭店去！好好一个人现在居然残废了！如果再有个三长两短，看我不在祖宗面前打断你的腿！"

一到了责骂、怪罪的时候，就又当作一家人，甚至连祖宗也要被架出来。

宗瑛觉得似曾相识。

隔壁二姐怒气不减，言辞中却少新鲜内容，无非是将大哥受伤的所有责任推到了盛清让身上。

但宗瑛分明记得，是大哥自己约在华懋饭店，并且主动将时间从早上改到了下午四点半——倘若不改时间地点，既不用逼得盛清让一大早着急忙慌地赶回租界，大哥自己也能避免遭遇空袭。

甚至连她也不必被扯进来，更不用经受从爆炸中死里逃生的创伤。

宗瑛坐在椅子里不出声，房门突然被推开，盛清蕙端了一个木托盘进来。托盘里摆了四个菜碟子，还有一大碗米饭、一碗汤，冒着热气。

"都是热过的。"盛清蕙放下托盘同她解释，"是三哥哥下车时悄悄同我讲的，叫厨房给你准备一点吃的。"

宗瑛拿起筷子，又讲了一声"谢谢"。

盛清蕙瞥一眼病床上的大哥，说："你救了大哥的命，应该我家谢你才对的。"她对宗瑛充满好奇，但这时候又不好多问，就只能看着对方吃。

宗瑛进餐快速，却看不出半点狼吞虎咽的不雅。她节奏和动作都控制得很妥当，盛清蕙想。

十分钟后，托盘上的饭碗、汤碗、菜碟，全部空了。

宗瑛双手置于托盘两侧，盛清蕙回过神忙说："放在台子上就好了，用人会来拿的。"

既然清蕙这样讲，宗瑛就容托盘这么放着，默不作声地坐在椅子里，一只手伸进裤袋。听着隔壁没完没了的训斥声，宗瑛在犹豫要不要抽烟，可盛清蕙一直坐在对面打量她。

她正打算起身出去，盛清蕙终于忍不住开口询问："宗小姐……你是从国外回来的吗？"

宗瑛穿着昨天下班换的便装，短袖、长裤、运动鞋，全身上下，不管是衣服料子还是鞋子的式样，看起来都与现在的流行很不同，盛清蕙便猜测是舶来品，加上她觉得宗瑛作风很不寻常，就更愿意相信她是从异乡来。

宗瑛面对探询，不置可否地应了一声。

盛清蕙又问："所以你实际是……医生？"

是医生吗？曾经是，现在可能也算，但严格意义上又不是。宗瑛抬眸反问："重要吗？"

盛清蕙被反问住了，她探询这些有什么意义呢？但她又实在看不明白对方的意图——这个人为什么要住在三哥哥的公寓里，又为什么装作是三哥哥的助理？她想不通。

两个人沉默着坐了很久，宗瑛见对方不再发问，起身打算出去抽烟。

盛清蕙转过头去看她往外走，却突然见她伸手扶住了门框，紧接着几乎是瘫下来。

可能因为经历了白天的爆炸，也可能是手术过程中精神高度集中，宗瑛的头痛发作得虽然突然，但也在情理之中。

盛清蕙连忙上前询问，但宗瑛发作起来全身肌肉都紧张，哪里还能多讲一句话？

恰好用人这时候上楼来，盛清蕙就喊她帮忙，将宗瑛送到自己房间去。

隔壁房间里，二姐从大哥遭遇空袭这件事一路扯到工厂迁移，她讲"现下河道也被封锁，想要迁厂，只能从苏州河绕路，用脚指头想想也晓得这个事情多么危险"的时候，盛清让频频低头看手表。

时间一点一滴地逼近晚十点，一向沉得住气的盛清让也坐不住了。他突然起身，只同二姐讲了一句："我有急事，先告辞。"说完他起身拉开门，直闯隔壁房间，然而房间里哪还有宗瑛？

盛清让陡然慌了一下，大步走向客房逐一看过去——一无所获。

他手心在瞬间渗出汗，茫然四顾，喊道："宗小姐？"

客厅里的座钟响了，"铛铛铛"地敲了十下。

在卧室中护理宗瑛的盛清蕙疑惑地起身，推开门走到楼梯间，问用人："刚才是不是三哥哥在喊宗小姐啊？"

用人不确定："好像是吧。"

盛清蕙四下看看，没有发现盛清让的身影，咕哝着："见了鬼了，三哥哥人呢？"

第 5 章

1

晚上十点三十分，薛选青在699号公寓等宗瑛。

她今日一大早就收到交警队的通知，因为她的车违规停在马路中央，而且停得离奇到吓人——里面一个人都没有。目击者声称："那个车开到那里，遇到红灯停了一会儿，红灯结束之后就死活不动，跑过去一看根本没有人！册那，见鬼哦！连门都没有开一下，也没有人下车！"

抛开罚款扣分不谈，她很有必要找宗瑛聊一聊。

宗瑛最近的举动简直不正常到了极点，这让她非常担心。

因此上次趁着换锁，她留了一把备用钥匙。尽管很不道德，但她顾不上那么多了。

十点三十一分，她听到脚步声，又听到钥匙的响声。

薛选青悄无声息地走到门口，隔着一扇门，她辨听出外面的人正拿着钥匙试图插进锁孔，但不知道是钥匙拿错了还是什么原因，死活无法如愿。

钥匙声消停了，薛选青突然压下把手，打开了门。

门打开的刹那，一个强作镇定，一个抬眸审视。

薛选青挑眉问："找谁？"

盛清让从声音里辨出她就是先前撬锁的那位女士，立刻寻了个借口："抱歉，我可能走错了楼。"

他说完转身就要走，薛选青瞥一眼他手里的钥匙，讲："不对吧，这把钥匙就是这里的。"紧接着继续揭穿他，"大概不是走错门，而是不晓得锁换了吧？"

话说到这份上，盛清让避无可避，索性不打算避了。他收起钥匙看向薛选青："那么请问，宗小姐是否在家？"

薛选青没料到他问得如此理直气壮，但还是如实回道："不在。"

盛清让问得委婉："我记得这是宗小姐的房子，是她邀请你来的吗？"实际却是同样在揭穿薛选青"私自擅闯"的事实。

薛选青冷不丁被将了一军，显然不爽，冷眼反问："她邀不邀请我同你有什么关系？你是她什么人，怎么会有钥匙？"

"朋友。"盛清让如是答道。

"朋友？"薛选青借着门口廊灯将他上上下下打量了一番，这个人从头到脚透着一股老派作风，连公文包都是复古风格。她问："哪种类型的朋友？"

"比较特别的朋友。"

说法敷衍但值得深究，薛选青下意识地觉得这个人同宗瑛最近的异常表现有直接关系，因此侧身让开，请他进屋："既然都是朋友那就进来坐坐，说不定宗瑛过一会就回来了，你说是哦？"

"是。"盛清让在这个时代除了这间公寓外本就无处可去，当然赞同她这个提议。

他从薛选青身边走过时，薛选青敏锐地捕捉到了一些不寻常的气味——火药味、血腥味，甚至消毒水的味道。

薛选青察觉到其中怪异，低头瞥了一眼他的裤腿，隐约可见血迹。她默不作声地关上门，进厨房取了一只透明玻璃杯洗净擦干，往托盘上一搁，拎起水壶将杯子注满。

薛选青将盛着水杯的托盘往茶几上一放："不要客气，喝水。"

盛清让道了声谢。

薛选青摸出烟盒点了一支烟，抬眼看向茶几对面的盛清让："贵姓？"

盛清让不落痕迹地抿了下唇："免贵姓盛。"

"名字呢？"

"这不重要。"

"那么盛先生是哦？"薛选青抽着烟，开门见山地问，"大晚上来找宗瑛有什么事？"

"这属于隐私范畴，我是否能不回答？"

"那你早上是不是和宗瑛在一起？"

"你是在审问我吗？"

薛选青的确是一副审问的架势，但这审问没有任何强制效力，对方完全可以拒不作答。

她看他拿起水杯，原本绷着的脊背突然稍稍松弛，放任自己陷进柔软的沙发里，问话态度亦委婉了一些："盛先生，我也是宗瑛的朋友，今天遇见你也是难得，不妨认识一下，留个电话？"

她说着已经掏出手机，盛清让却搁下水杯，答："抱歉，我没有电话。"

怎么可能没有电话？薛选青掐了烟说："你在开玩笑吗？"

盛清让稳稳坐着，有理有据地答道："我从法国回来不久，因此没有国内的号码。"

"那法国的号码呢？"

"房子退租了，不方便透露房东的电话。"

"法国的手机号？"

"停用了。"盛清让说完从公文包里取出笔记本和笔，翻开一空白页朝向薛选青，"不如你留个号码？"

反客为主。薛选青垂眸盯了片刻，最后拿起笔，"唰唰唰"地在空白页上留下了自己的手机号。

写完搁下笔，薛选青端起托盘起身，径直走向厨房。

厨房灯没有开，一片暗沉沉的。薛选青从橱柜里抽出一只保鲜袋，背对着盛清让，面无表情地将托盘上的空玻璃杯放进去，封好口。

她又随便找了个纸袋装好，转过身说："盛先生，既然宗瑛还没有回来，这里也不方便久留，我们还是走吧。"

盛清让却坐着不动，他讲："我想再等一等。"

"这不好吧。"薛选青看出他留意强烈，可她偏偏不想让他如愿，"你能进来是因为我开了门，那么如果我要离开，你又怎么能留在这？我既然开了这里的门，得保证走的时候里面和我来之前一致。你说是不是？"

盛清让见识过薛选青的执着。只要她想，最后无论如何都会让他离开。

他不想同薛选青有太多纠缠，也不想给宗瑛添不必要的麻烦，因此起身，同意了薛选青的提议。

薛选青目的达到，提着纸袋走到门口，当着盛清让的面重重地将门一关，颇为故意地锁了两道，将崭新的钥匙收进包里。

盛清让站在她身后一言不发。

两人一道坐电梯下楼，薛选青去取车，盛清让就在699号公寓门口的梧桐树下站着。

他身无分文，一整天没有进食，在这个时代，无处落脚。

薛选青坐进车里，打开手机，翻出刚才偷拍的照片，抬头望窗外，就能看到树底下的盛清让。他原地站了很久，看起来居然有一种无助的茫然。

她敛回视线，瞥一眼副驾上的纸袋，发动汽车驶离了街道。

比起盛清让，留在盛公馆的宗瑛要安逸得多。

她睡了一觉，醒来时凌晨四点多，小妹盛清蕙就睡在她旁边，手里还抓了本书。

宗瑛坐起来，惊动了对方。

盛清蕙抬手揉揉眼，哑着声音讲："宗小姐你醒了啊。"

大概是没有预料到自己竟然就这样睡着了，清蕙又解释："我坐着看书来着，后来好像太困就睡了……"

宗瑛仍隐隐头痛，但并不碍事，她看着清蕙下床，又听其絮叨完，才开口问："盛先生呢？"

"三哥哥吗？不知道他什么时候走的。"清蕙坐到梳妆台前整理头发，"二姐昨天还因为这个事在走廊里骂了好一阵呢。"

看来自己又被留在这个时代了，宗瑛想着，揉了揉太阳穴。

她低着头问："你二姐似乎对盛先生有不满？"

清蕙撇了撇嘴，扭过头压低声音讲："那是当然了，毕竟二姐和三哥哥有过节的。"

宗瑛"嗯"了一声，清蕙遂接着说："二姐夫同二姐快订婚的时候，二姐夫家的工厂摊上个官司，三哥哥恰好是那些工人的辩护律师，二姐夫家因此败诉，然后就得罪了二姐夫，顺带得罪了二姐。这个梁子一结，关系就更差。二姐觉得三哥哥就是翅膀硬了回来报复——"

清蕙似乎并不喜欢二姐夫一家："可二姐夫家做得不对，换成我是三哥哥，也一定循法帮理不帮亲的。"

"是吗？"宗瑛以为他会无原则、无条件地帮家里人的。

清蕙听出她语气中的怀疑，马上问："宗小姐，你是不是觉得三哥哥看起来很和气、很好欺负？"

宗瑛不答，只换了词语评价："他很周到，也会忍让。"

"你也这么觉得呀？"清蕙别好头发，"我听奶妈讲，以前给三哥哥起名字的时候，爸爸随口讲了个'让'字就定了下来，好像天生就该'让'一样。他后来果真成了一个处处为别人考虑的人，好像不太计较一时的得失，什么事都收敛着，乍一看就是很容易吃亏的样子，但他毕竟有底线的。"

她一字一顿总结道："底线之内，一切好谈；突破底线，一切免谈。"

宗瑛从她眉飞色舞的脸上看出她对盛清让的喜欢，因此问道："你觉得你三哥哥好吗？"

"那是当然了。三哥哥是家里最讲道理、最聪明的人，而且一点也没有依靠家里，他是我的榜样。"她讲完站起来，迅速地岔开话题，"宗小姐你是要再睡一会，还是吃点什么？"

"不睡了。"宗瑛答。

"那么我去厨房找点吃的来。"盛清蕙说着走向门口，迎面撞到一脸焦急的用人。

她问："怎么了？"

用人讲："大少爷烧得可厉害了！刚才量出来的温度简直要骇死人！二小姐叫宗医生快去看看。"

盛清蕙扭头，还没来得及讲话，宗瑛已经走到她身后："走吧。"

两人进入房间，宗瑛无视了二姐的抱怨，重新给大哥量了体温，又检查了创口情况——感染非常严重。

手术条件差，术后护理环境也不理想，最关键的是药物作用太有限了。

二姐在旁边追究责任："不是吃了药吗？为什么还会这样子？是不是手术出了差池?！"

盛清蕙在一旁听着，觉得十分尴尬，她眼角余光悄悄留意宗瑛的脸，但宗瑛并没有生气，只紧抿着唇，像在思索。

突然，宗瑛发表意见："需要换药。"

二姐声音提高："那么快点换！"

"药不在这里。"宗瑛看一眼二姐，沉着应答，"应该在盛先生的公寓。"

"马上去取！"二姐已经无法冷静，都未细想其中的缘由，就直接吩咐，"快叫小陈开车，去法租界取药！"

盛清蕙说："小陈昨天开车送大哥去华懋饭店，被炸死了。"

二姐满脸焦躁："叫别的司机啊！"

盛清蕙暗中抓了一下宗瑛的手，示意她一道下楼。

两个人出了门，盛清蕙叫用人去准备汽车，又问："三哥哥那里怎么会有药的？"

宗瑛之前给盛清让准备过一个医药包，她解释道："有一些我带回来的药，效果很好。"

盛清蕙没有怀疑，宗瑛说要去洗个脸，便独自去了一楼的洗手间。

她拧开水龙头，洗了个冷水脸，抬头在镜子里看到自己，觉得有些陌生。她沉默着擦干脸，推开门，盛清蕙就在外面等她，她讲："好了，走吧。"

只有宗瑛和司机上了车，盛清蕙留在了家里。

车子在暧昧的晨光中驶出去，台风还未撤离，天气依然糟糕，到处睡着难民，巡警看起来力不从心。

好在时间早，道路还算顺畅，一路开到盛清让在法租界的家，六点钟还不到。

宗瑛走到服务处，叶先生看到她就讲："宗小姐早呀，今天的牛奶送来了！"

宗瑛没有时间煮奶喝，只问他："叶先生，服务处有公寓的备用钥匙吧？"

"有是有的。"叶先生蹙眉问，"盛先生不在家吗？"

"他不在。但我有急用物品在他公寓，必须现在取。"宗瑛语气恳切，"叶先生，人命关天，请务必帮忙。"

叶先生犹豫半晌，取出备用钥匙，亲自带她上了楼。

打开门，宗瑛进屋，他就一直在门口待着，听里面窸窸窣窣的动静。

宗瑛最终在卧室找到医药包，她翻出一些药品装进纸袋，临出门又打开玄关柜，里面只剩两块钱，她全部拿起来塞进口袋。

叶先生瞥一眼她袋子里装的东西，说："药片啊？宗小姐你是医生呀？"

"算是吧。"宗瑛没时间多做解释，关上门道了谢，快步下了楼。

她坐上车时，天色已从暗蓝转为灰白，风很急，路上行人也多起来。

车子越开越慢，到后来干脆停了。司机是个新手，他看着前面密集的逃难人群，毫无把握地讲："好像开不过去了……"

"还有别的路可走吗？"宗瑛问。

"可能得绕远路了。"司机皱着眉答道，"快一点大概一个小时能到吧。"

这里的路宗瑛不熟，她只能将决定权交给司机。

司机掉转车头，打算避开密集的人群，从别的地方进入公共租界。他往东开，宗瑛留意着一路掠过的街景，几乎没有一处是她熟悉的，过了大半个小时，又遭遇逃难人群，宗瑛问："现在到哪里了？"

"现在、现在是……"司机支支吾吾，紧张得额头冒出密集的汗珠来，也没能给出答案。

宗瑛意识到他可能迷路了，深吸一口气问道："这里是不是华界①？"

司机不答，宗瑛说："赶紧想办法绕回去，还记得原来的路吗？"

司机抬手擦汗："只能试试了。"

外面风更烈，将街边悬着的各色外国国旗刮得猎猎作响，华界的居民试图通过这种方式进行一种自我安慰式的保护。

车开了半个小时，隐约可见租界入口，这时车子却突然熄火，司机转过头，小心翼翼地同宗瑛讲："没油了。"

宗瑛下了车，疾风几乎要将人吹走，她只看到铁门外更拥挤绝望的人群——

租界的入口被关闭了。

---

① 非租界区。

2

早晨六时许，盛清让回到静安寺路上的盛公馆。

按响铁门电铃，姚叔跑来给他开门，末了还一脸可疑地问他："先生昨晚何时走的？"他守着公馆大门，留意每次进出，但昨晚绝没有见到盛清让离开，难不成翻了墙？

盛清让不答反问："大哥怎么样了？"

姚叔答："大少爷半夜烧得十分厉害，眼下也还没有退烧。"

"宗小姐呢？"

"宗医生一大早跟小张的车出去了，说是到先生的公寓去拿药。"

出去了？盛清让没由来地一阵紧张："什么时候走的？"

姚叔皱眉答："有两个钟头了吧，照讲去法租界也不远，难道堵在路上了？"

盛清让侧脸肌肉绷起来，蹙起眉略思索，立即转身走，剩姚叔一人在门口嘀咕："不会真出什么事情了吧？"

天不好，空气异常潮湿，盛清让好不容易坐上出租车，一路赶到法租界公寓时，已经七点。

服务处叶先生甫看到他，就踮脚从高台后面探出身来，讲："盛先生回来啦？刚刚宗小姐也来过的！她打电话告诉你了伐？"

盛清让闻声止步："来过了？"

"是呀，问我要备用钥匙，我看她很着急，就带她上去开了门。"叶先生如实同业主汇报，"留了十来分钟吧，好像取了一些医药品，看起来相当高级的……宗小姐是医生呀？"

盛清让无视他的絮叨，只问："几点钟走的？"

"走蛮久了，具体我也记不清。"叶先生话音刚落，就见盛清让快步上了楼，他连忙讲，"哎呀，盛先生，这边还有一瓶牛奶，你不带上去啦？"

盛清让迅速上了楼，直奔卧室翻出医药包。

宗瑛只取走了一小部分医用器械与药品，大多数都还原样封着，没有动过。他对着那只医药包沉默片刻，重新拉上拉链，提起包刚要出门，电话铃声乍响。

接起电话，那边语气焦急，直呼其字："文生啊，南京方面拨给我们的汇票无法兑现！"

盛清让闻言皱眉，仍用一贯的语气说："慢慢讲，银行是如何答复的？"

"昨天上海各银行就暂停兑现，现下全部限制提存！颜委员过去提现，被银行告知这笔钱归于汇划头寸，不能做划头抵用[①]！可这笔明明说好是用来垫付各厂抢迁机器的专款，万一提不了，不只失信于各工厂，关键是整个计划将寸步难行！"

盛清让本就为宗瑛提着心，被这一通电话突袭，也只能竭力稳住，问："颜委员是什么意见？"

那边答："他眼下正同银行交涉，但银行态度强硬，恐怕行不通！只能另想办法。"

盛清让一手握着电话听筒，一手提着医药包，因为血糖太低，额头

---

① 取材于颜耀秋述、李宝森记的《抗战期间上海民营工厂内迁纪略》："南京答应借给我们的款项由于银行辗转延搁，于 8 月 15 日始由林继庸携来汇票一张，经往银行兑现，竟被列为划汇头寸不能作为划头抵用。"

渗出一层虚汗。

他稳声回道："财政部会计司庞司长目前在上海，如无意外，应是在伟达饭店下榻。"他抬手看一眼表，"现在时间早，他应该还没有离开饭店，你先去找他，我过会到。"

对方思索片刻："那么也只能找庞司长看看了，你快点来。"

盛清让应了一声，又细致地叮嘱对方："带齐公私章，节约时间。"讲完挂断了电话。

他回头看了一眼，屋子里无一丝一毫的人烟气，同数十日前他刚带宗瑛来的那个早晨截然不同。

战争也结束了这里的安逸。

他拉开玄关抽屉，从里面找到仅有的两颗糖揣进口袋，迅速出门下楼，直奔霞飞路的伟达饭店。

公共租界经历过昨日的两次大爆炸，资源变得更加捉襟见肘，并且开始更为严格地控制进入，唯持有证件者才能畅通无阻。

盛清让察觉到了这其中的变化，越发担忧起宗瑛。

他抿紧唇沉默，思索她可能遇到的所有危险，越想越是不安，心里一根弦也越绷越紧。

汽车好不容易抵达伟达饭店，他下了车就快步走向前台，借用电话拨给公共租界工部局，询问秘书："租界入口要关到什么时候？"

秘书答："盛律师，红十字会还在同租界当局交涉，不确定什么时候会出结果。毕竟难民大量拥入，的确已经超出了租界的接纳能力，也会给租界居民带来很大的不便与危险，当局控制难民的进入也是出于这一点考虑。"

盛清让握紧听筒，正琢磨接下来要说什么，身后突然有人喊他：

"文生，你已经到了！"

"有交涉结果请立即通知我。"盛清让挂掉电话转过身，来人快步走到他面前，正是资委会余委员。

余委员提了个箱子，衬衫汗湿一片，气喘吁吁地发表不满："国府一面叫我们抢迁，一面又不让银行放款，怎么净做这种扯皮拖后腿的事情！快点查查庞司长在哪个房间！"

"七楼。"盛清让早已经打听妥当，同他报了房号，径直走向电梯。

电梯上升过程中，余委员一刻不停地讲着资委会内部的糟心事。盛清让看着不断上升的电梯栅栏默不作声——青黑眼底暴露了他的疲劳，绷紧的侧脸肌肉显示出他的紧张，他握紧拳，甚至有一点点隐匿不发的怒气。

电梯门打开，盛清让步子飞快，余委员紧随其后，肥胖的身体愈觉得吃力。

两人终于敲开财政部会计司司长的房门，庞司长刚刚醒，衣服还未及换，穿着睡袍问来人："有什么事情？"

"还不是迁移经费的事情！五十六万元的专款说好拨给我们，到银行却提不了一分钱！庞司长你也是迁移委员会的人，这个事情请你务必帮我们解决！"余委员显然十分生气，措辞急得不得了。

庞司长同他不熟，转头看向盛清让。

盛清让说："颜委员今早去银行兑现，被银行以限制提存拒绝。现在特殊时期银行确有难处，但这笔钱毕竟是行政院会议上敲定的专款，且关系到数十家大工厂的生死，庞司长你看这件事怎样解决比较妥当？"

他不急不忙，以退为进，庞司长想了想最后说："我说句实话，这件事我办不了，你要去找徐次长。"紧接着他往前半步，压低声音同盛清让讲，"徐次长中午都要到这里来睡午觉[①]，你中午来，备好公文，等他睡好午觉叫他批。我到时会帮你说明缘由。"

事情帮到这个份上，剩下的就只有等。

盛清让很识趣地带着余委员告辞，下楼过程中他同余委员交代妥当，抵达一楼快步走向前台，重新拎起电话拨给盛公馆。

小妹盛清蕙接了电话。

盛清让开门见山："宗小姐回来了吗？"

"没有啊。"盛清蕙的语气中也显出一点焦虑和担心，"按说早该回来了的……"

"司机也没有回来吗？"

"没有呢，小陈死了就只能派新司机去，可能……绕了路。"

盛清让眉毛拧紧，从他们离开公馆到现在已经过去好几个小时了，万一汽车半路熄火，或是在哪里迷了路……其中任何一件，在战时混乱的城市当中，都是大事。

他努力保持着冷静，对清蕙说："开走的是哪一辆车？车牌号报给我。"

"好像是1412。"她这会越发心忧，"刚刚听说租界入口都封锁了，宗小姐刚从国外回来，对上海又不熟悉的，万一要是——"

她的话还没讲完，电话听筒突然被人夺走，立刻响起二姐怒气冲冲的声音："大哥烧到四十多度，叫那个宗医生去取药，居然这么久还不

---

① 取材于颜耀秋述、李宝森记的《抗战期间上海民营工厂内迁纪略》："我们追问：'怎样找到徐次长呢？'他说：'他每天中午要到此地来睡午觉。'"

回来！真不晓得是不是昨天的手术出了什么差错，现在她不想担责任跑路了！"

"盛清萍，说够了没有?!"盛清让忽然直呼其名，整个身体都绷紧，右手握成了拳，"那天街上和医院是什么样的情况大家有目共睹，大哥的性命是因宗小姐才得以保全。宗小姐是我带来的人，我信任她的专业和品格。你可以一切冲我来，但你没有立场质疑她的职业道德，更没有资格让她独自出门去取药。"

他讲话时身体几乎忍不住发抖，讲完后牙槽咬得死死的，肌肉完全无法松弛下来。

二姐显然触到了他的底线，他对二姐愤怒，也对自己愤怒。

饭店前台的服务生抬着头愣愣地看他，电话那端的二姐也被他这一通难得的斥责弄得哑口无言，她好不容易回过神要反驳，盛清让咔嗒一声挂断了电话。

他转身就要往外走，守在一旁的余委员紧跟上来："文生你去哪里？不是说好在这里等徐次长的吗？"

盛清让努力控制了一下情绪，同余委员讲："我先出去一趟，尽量会在徐次长睡醒午觉之前回来，只能麻烦余兄多留一会。"

稍稍平复之后，他突然又折回前台，拎起电话重新拨给工部局，转接巡捕房后，他讲明宗瑛失踪的事情，最后说："麻烦留意一辆牌号为1412的福特汽车。"

这辆汽车，此时就停在租界入口外三四十米的地方，里面空无一人。

而铁门外的难民却越来越密集，密集到冲散了宗瑛与司机。

租界警察势单力薄地守着铁门，无望地看着外面密密麻麻的人头，那声势仿佛要将巨大的铁门压碎。人潮在沸腾，台风天丝毫不影响人们求生的狂热欲望，宗瑛几乎要喘不过气来。

这时候，有一只幼小的手，突然牢牢地抓住了宗瑛的裤腿。

3

租界巡捕房打来电话的时候，盛清让和余委员正从伟达饭店七楼下来。

暗沉沉的电梯里，盛清让将获批的公文交给余委员："剩下的事，有劳余兄。"

余委员接过公文，盯着上面的"照办"二字嗤了一声，很不满地抱怨道："整篇公文读了十秒，签字盖章不过也十秒，为这二十秒竟足足等了七个钟头，还非要等他睡醒了午觉才能办！这可是战时，谁允许他这样悠闲?！"

电梯门打开，余委员愤愤地将公文收进包里大步走出电梯，盛清让原本也要一起出门，饭店前台却喊住他："盛先生，刚刚租界巡捕房来过电话，说找到了牌号1412的福特汽车。"

盛清让立即折回前台，拎起电话回拨过去，询问汽车的地址和具体情况。

对方将汽车停靠位置告诉他，紧接着又说明："那辆汽车几乎已被难民砸毁，燃油耗尽，车里面一个人也没有。"

外面的天色急遽暗下来，蒙蒙雨丝悄无声息地飘，盛清让挂掉电话、作别余委员，焦急万分地离开伟达饭店，直奔南部华界。

穿过公共租界的出口，铁门外的难民已经散了，只有三五人群聚在一起，像在商量对策。暮色覆掩之下，巡捕房警察揣枪守着门口，担心一不留神就有人从铁门上面爬进来，明明已经精疲力竭，神情里却还是要绷着紧张与戒备。

盛清让在距铁门百米开外的地方找到了那辆面目全非的汽车。

或许是仇富心理作祟，抑或仅仅为发泄对无法进入租界的不满，难民们将汽车毁得完全不像样子，玻璃碎了一地，地上隐约可见血迹。

他的心狠狠揪起来，这时巡捕房警察小跑着过来，同他讲："盛先生，发现这辆车的时候它就已经是这样了。"说着瞥一眼地上的血迹，很识趣地不再吭声。

不知里面的人是遭了打，所以弃了车，还是因为弃了车，车才被毁，但无论是怎样的情况，都不是好事情——如是前者，那么意味着宗瑛可能受了伤；如是后者，在这茫茫华界、数十万人口都朝不保夕纷纷逃亡的时候，她又能去哪里？

雨愈加密集，夏季台风竟然有些料峭的冷。

盛清让一面听巡警描述白天时的状况，一面快步往巡捕房走。事情到这个地步，只能求助于工部局的人脉，请他们帮忙寻找宗瑛。

他在电话里描述宗瑛的长相衣着，半天也只说出"白色短袖、黑色长裤、灰色运动鞋侧面印了一个字母、随身可能携带医用品"这些特征，对方含含糊糊应下时，他很后悔没有留一张宗瑛的照片。

对方最后宽慰他道："盛律师，如果有符合特征的人想要进入租界，我们会留住她通知你的，请不要着急。"

盛清让道了谢，这时候才想起来要将医药包送去盛公馆。

天色终由暗蓝染成漆黑一片，糟糕的天气等不来皎洁月光。

一间废弃的民宅内，宗瑛跪在地上给一个产妇接生，满头是汗，唯一的一支蜡烛几乎要燃尽。

室内间或响起痛苦的低吟，一个八九岁的孩子蹲在旁边，一声不吭地等着——他是在人群中抓住宗瑛的那个男孩。

那时他仿佛使尽了力气，痛苦地向宗瑛求助，讲的是："救我姆妈……救救我姆妈……"

宗瑛先是察觉被攥住，随后听到他的声音，最后才看到他的脸——一张在人群中几乎被痛苦挤压的稚嫩的脸，糊满眼泪。

而他身边的那位妇人，羊水已破，裤腿全湿，明显体力已经不支。

他持续不停地呼救，嗓子都嘶哑，眼中布满歇斯底里的坚持和绝望——他意识到母亲身处的危险，他不愿意失去母亲。

有些决定出自本能，几乎是在一瞬间，宗瑛艰难地侧过身，挪过去护住他们，逆对了人群。前路无望，撤退同样不易，好在大门紧闭，人群并没有狠命往前碾压的危险迹象，哪怕缓慢难挨也还算安全。

终于从人群中解脱出来的刹那，宗瑛后背湿透，双腿都在打战。

沿途店铺基本全关，更别提寻一家医馆落脚。产妇虚弱到无法前行，无奈之下只能找一间废弃民宅生产。

屋内几被搬空，绝不能算干净整洁，但除此之外别无选择。

宫口全开，第二产程漫长且煎熬，等孩子出来的时候，夜晚已经降临，啼哭声姗姗来迟，与响亮挂不上钩。和这哭声一样有气无力的，是等待胎盘娩出的产妇。

仅有的一支蜡烛燃得还剩矮矮一截，在旁边等待的小男孩脱下自己的上衣递给宗瑛，小心翼翼地说："这个给弟弟穿。"

宗瑛将新生儿包好递给他，屋子里有一瞬的宁静，但没有喜悦。

外面大风砰砰地推撞着破碎的窗户，隐约可听到战区传来的炮声。

等了大半个小时，胎盘却无法全部娩出，宗瑛双手悬在空中，乳胶手套上全是被染上的血液，根本无从下手——

胎盘剥离不全，只有血在昏黄的光线里不停地往外流。

小男孩怀抱弟弟抬头看宗瑛，宗瑛却紧闭双唇一言不发。

这里拥有的，是比租界医院更差劲的条件——她带的药不对症，没有棉纱布，没有注射器，没有消毒液，甚至连干净的水……也没有。

束手无策。

那母亲面色越发苍白，涔涔冷汗从她额际发梢往下流，血压在下降，脉搏逐渐细软无力，她张口唤了一个名字，吐字已经不清。

小男孩转过脸朝向她，眼里蓄积起满满的泪水。宗瑛抬头对上他的视线，一种巨大的无力感侵袭而来。

她跪在地上，汩汩流出的血液就漫过她的膝盖，染透她单薄的裤子，湿腻腻、带一点体温的液体包覆住她的皮肤。

那母亲突然努力抬起手，仿佛想要抓住些什么。

宗瑛起身想要做些最后的努力，可她在袋子里翻了半天，仍旧一无所获。这徒劳让她后背肌肉绷得紧紧的，突然有人从后面抓住了她的裤腿。

宗瑛转头去看，那母亲缓慢地呼吸着，正吃力地抓着她的裤脚——怎么也洗不干净的裤脚。

空气里充斥着无能为力的沮丧和越发嚣张的血腥气，那母亲的脸上已分不清泪与汗，她用尽最后的一点力气看向宗瑛，眼神中只剩下虚弱的痛苦，张嘴也只有支离破碎的字眼，说话时她又看向小男孩手里的孩子，不舍又无奈。

宗瑛抿紧了唇，却察觉裤腿陡松，那只手垂下去，新生儿的哭声乍然响起来。

蜡烛也熄了。

黑暗中宗瑛脱下血淋淋的乳胶手套，俯身抱起哭得撕心裂肺的婴儿。

晚上十点，雨停风止，盛清让坐在宗瑛公寓的沙发上，看着茶几上的一张宗瑛照片，内心交织着沮丧与焦虑。

突然间电话铃响了，他愣了一下，随后起身走过去接起了电话。

对方上来就讲："宗瑛啊，我打你手机一直没人接，所以冒昧打了你家座机。"

盛清让没有应声，对方接着说："之前我们不是约了星期三详谈吗？但是我这边突然遇到个急事，那天可能不行了，实在是抱歉，不然我们改个日期？周六怎么样？"

对方见电话另一端迟迟无回应，这才意识到不对，马上"喂"了一声，又问："是宗瑛吗？"

盛清让回过神："抱歉，我不是宗瑛，但我可以代为转告。请问您是？"

对方稍愣，但接着又说："我姓章，是替她处理财产的那位律师朋友，我想将详谈时间从周三改到周六下午，也请她务必给我答复，你这样转告她就可以了。"

盛清让蹙起眉，语声谨慎地反问："处理财产？"

"是的。"章律师显然没有要为宗瑛保密的自觉，脱口而出，"她好像需要立一份遗嘱。"

就在盛清让想要进一步探询时，对方挂断了电话。

急促的嘟嘟嘟声响起，公寓里恢复了可怕的寂静，盛清让拿起手里的照片，更为忧虑地抿起了唇。

在糟糕的环境里，一分一秒都难熬。

等外面稍稍亮起来，宗瑛抱着饥饿的婴儿出门，身后还跟着一个两眼哭得通红的半大孩子。

街边人烟稀少，早没有了白天的那种景况。租界入口外横七竖八地睡着难民，夜班巡警提着煤气灯在门内走来走去，看到带了两个孩子、一身狼狈的宗瑛，也只是多瞥了两眼，就不再注意她。

宗瑛转过身往回走，此时的华界只萧条二字可形容，没有店铺开张，她口袋里仅剩的两块钱也丝毫发挥不出作用。

怀里的婴儿哭得累了，昏昏沉沉陷入睡眠。但安静沉睡总归只是一时，如果没有及时的食物补给，他努力来到这个鲜血淋漓的世界，却仍然没有生存下去的机会。

这时突然有一辆军绿色吉普车从街道另一头飞驰而来，在距离租界入口百米处骤然停下。从上面跳下来两个国军士兵，紧接着又从副驾上下来一个年轻军官，像是来巡查防御工事。

宗瑛在数米外止步，看过去，那名军官巡视完毕，快步走向了吉普车。

昏昧晨光里，他摘下军帽皱眉点燃一支烟。

宗瑛认出了他——

盛家客厅那张全家福里穿军装的青年。

4

宗瑛决定上前时，对方一支烟还没有抽完。

他抬眸打量她，烟丝在暗蓝晨光里静静燃烧，烟雾稀薄，一吹就散。

"请问是不是盛长官？"宗瑛这样问。

盛清和面对这贸然搭讪，微敛起眼睑，接着抽余下的烟："认识我？"

"我是盛清祥先生的医生，在盛家公馆里见过你的照片。"宗瑛顾及盛清让和盛家之间的不愉快，为免求助遭遇不顺，因此没有在他面前提起自己和盛清让的那层关系。

她说着瞥向他手里的卷烟，还剩半支，她有足够的时间向他说明情况。

老四一直观察她——衣着利落简单但并不整洁，白衬衫上血迹斑斑，鞋面上亦是血污一片，一双手细长有力，怀里托着一个刚出生的婴儿，身侧躲了一个怯生生的小男孩。

分明是战时再寻常不过的狼狈，但她看起来却莫名地有些格格不入，好像并不属于这个世界。

"所以呢？"盛清和抖落烟灰，饶有意味地问，"为什么找我？"

"盛清祥先生刚做完截肢手术，术后感染严重，我取药返回途中被关在了租界外，现在需要将药送去公馆。"她直截了当，偏头看向租界大门，"但租界入口关闭了。"

"给大哥送药和我有什么关系？"盛清和扬起唇，年轻的脸上写满漠不关心，"管着租界出入的又不是国军。"

他对盛家的不屑一顾，这是宗瑛没有料到的。对方拒绝到这个份上，宗瑛也不打算再乞求什么，腾出手牵过身侧的孩子，继续往前走。

大概走出去百米，远远传来发动汽车的声音，宗瑛以为他们要疾驰而过时，吉普车却突然一个急刹车，停在了她身侧。

盛清和看也不看她一眼，几乎是以命令的口吻讲："上车。"

宗瑛犹豫了三秒，就在对方打算讲"不上车算了"的瞬间，腾出手搭住车门，紧接着带孩子迅速挤上了后座。

盛清和扭头一瞥："送药归送药，这两个孩子怎么回事？"

宗瑛说："这个问题我可不可以不答？"

盛清和低头又点燃一支烟，手搁在旁边，似乎是考虑了一下，最后却只说了两个字："随便。"

车子驶过好几条街道，又绕了个大圈子，最终在营地外停下来。

盛清和显然没有立即送他们回租界的打算，连声招呼也没同宗瑛打，兀自进入营地，将他们晾在了外面。

天色渐渐明朗，风较昨日小了一些，也不再下雨，宗瑛捕捉到一丝台风即将撤离的迹象。

过了大半个小时，突然有一辆非军用的吉普从里面驶出来，又是一个急刹车，稳稳停在宗瑛身前，只差几厘米的距离。

换了便服的盛清和坐在驾驶位上居高临下地看她，神情中透露出一丝炫技般的戏弄意味。

宗瑛默不作声地带俩孩子上了车，坐稳后才直截了当地道了声"谢谢"。

　　盛清和面对感谢也是无动于衷，驾驶汽车直奔另一个租界入口，好像预知那里不会聚集太多人似的。

　　事实也的确如此，越是临近军队驻扎的地方，难民就越是想要远离，也更难聚众闹事。

　　汽车在一侧小门停下，盛清和从衬衫口袋里抽出一本证件，单手展开示向门内，租界巡警凑过来认真辨认，紧接着却又将目光移向了副驾上的宗瑛。

　　那警察打量宗瑛数次，又走到侧旁特意观察了她的鞋子。宗瑛察觉到一丝不对劲，对方这时候隔着门问她："请问你是不是宗小姐？"

　　宗瑛蹙起眉，反问道："有什么问题吗？"

　　巡警看出她的戒备与紧张，马上解释道："是这样的，昨天盛律师通过租界巡捕房找你，特意关照过。"

　　他顿了顿："你的鞋子很特别，宗小姐。"

　　盛清让找她？

　　宗瑛抿起唇看巡警打开侧门，身旁的盛清和则收起证件，侧头看她一眼，别有意味地说："三哥似乎对你很上心，你是三哥的女朋友？"

　　宗瑛脸上看不出半点情绪，声音也平静得毫无波澜："重要吗？"

　　盛清和弯起唇角轻笑一声，重新发动汽车，说："三哥在意的人，当然重要了。"

　　人、车未到，巡捕房的电话却已经打到了盛清让的公寓和办公室，丁零零地响了数遍都无人接听后，电话最终拨向了盛公馆。

　　小妹清蕙在楼上接到了电话，听完好消息马上从楼梯上跑了下来，原本耷拉着的脸显出兴奋："三哥哥，宗医生已经找到，应该快回来了！"

盛清让这时刚到公馆不久，同二姐站在客厅里，正因为大哥的病情和宗瑛的安危要再起争执，但清蕙如此一讲，宗瑛摆脱了"弃病人而逃"的嫌疑，二姐的怀疑站不住脚，只能闭嘴。盛清让得知宗瑛被安全找回的消息，心里一直悬着的一块石头，终于也晃晃悠悠往下落了一些。

清蕙的消息虽然浇熄了客厅里即将蹿起来的这把火，却并没有带给盛清让太多的轻松。

他转过身走到门口，视线越过庭院，看向冷清的公馆大门，脸上仍布满难以放下的焦虑——抛开恐惧、自责与后怕，他现在更迫切的是想要见到她，想要亲眼确认她安然无恙。

经历了二十分钟的望眼欲穿后，终有一辆汽车在公馆门口停下，高调地鸣起喇叭，唤人开门。

姚叔还没来得及反应，盛清让已是疾步过去，抢先打开了大门。

盛清和看他一眼，下车绕到另一侧拉开车门，将手伸给宗瑛："宗小姐，到了，下车吧。"

宗瑛自然不会去承他的邀请，转头嘱咐后座的小男孩下车，又抱紧怀中的婴儿，低头下了车。

这一行人的出现，除宗瑛外，其余三个都是大家始料未及的，尤其是盛清和。

他当年一意孤行考入军校，毕业之后几乎再没有回过家，是这个家里实打实的"叛离者"。

待宗瑛下车后，他砰的一声猛关上车门，大步走到盛清让面前，身高已丝毫不输这个"三哥哥"，他弯起唇压低声说："三哥，你的人走投无路找上我，真是巧啊。"

他声音虽低，却故意强调了某些字眼，同时余光留意盛清让的反应。然而盛清让却只是强压住情绪，说了一声："多谢你。"

清蕙这时候走出小楼，对着大门口喊道："都站在门口做什么呀？快点进来啊。"

至此盛清让一句话也没同宗瑛说，更没有机会过问这一大一小两个孩子是怎么回事，只看她快步走向小楼，将怀里的婴儿交给了盛清蕙。

盛清蕙还没来得及同突然造访的四哥讲话，已先被这新生儿吓到，她回过神说："呀，是刚出生的吧，怎么可怜成这样？是不是要喂点东西？"

宗瑛非常疲劳，未讲多余的话，只点了点头，眼神里写着"拜托"两字。

清蕙这时又敏锐地瞥见了宗瑛身后跟着的小男孩，趁着二姐还没出来，赶紧喊他："快点跟我来。"随即绕过外廊，送他们到用人那里去。

除清蕙和孩子外，其余三人进了客厅，二姐一眼就看到了盛清和，先是一愣，立刻又不悦地斥道："你还有脸回来？！"

盛清和素来不吃她这一套，找到沙发兀自落座，轻笑着回道："那是当然了，已经嫁去别家冠了他姓的人能站在这里指手画脚，反而我连回都不能回？毕竟大哥伤成这样，我也要表示表示，比如——"他视线移向宗瑛，"送个医生回来。"

二姐一脸的气急败坏，盛清和却满面春风，他保持微笑同宗瑛说："宗小姐，不是着急给大哥换药吗？那快点上楼去啊。"

宗瑛满身的血污，这样贸然进入病人的房间，是极不负责任的行为。

她没有精力同众人解释，只侧过头同身边的盛清让说："盛先生，我留在公寓的药你带来给大哥换过了吗？"

盛清让回她："换过一次。"

"情况怎么样？"

"不好不坏。"

她将声音压得更低："我衣服上可能携带了很多不必要的致病菌，我需要洗漱，还需要干净的衣服。"

说完她抬眸看向盛清让，盛清让对上她的视线，无须多问，只说："我知道了，你跟我来。"

在二姐"干什么去"的责问声中，盛清让恍若未闻地带宗瑛上了楼。

他带她进浴室，确认热水管道可以正常使用，又急匆匆地去找了衣服，这才避开来让她进去。

待宗瑛关上门，里面传来流水声，他在门外又开始担心换洗的衣服不合身。

着急的时候，做什么都没法得心应手。

宗瑛洗得很快，忍着不去回忆之前的事，却根本做不到，恍惚着洗完澡换好衣服打开门，楼下传来盛清蕙弹钢琴的声音，一种不真实感迎面袭来。

与此同感的还有站在门外的盛清让，他生怕这一切不过是做了个梦，本能地想要伸出手去确认，但最终克制了这种唐突，只握紧了拳。

宗瑛留意到盛清让一直紧握着的拳和绷紧的面部肌肉，料他可能仍在后怕，对视了数秒后，她突然上前半步，伸出右臂揽住了他。

她闭上眼，仿佛也是在同自己说："没事了，盛先生。"

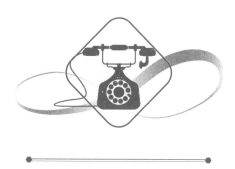

第 6 章

1

这拥抱来得猝不及防，尽管宗瑛只伸出右手轻揽了一下，盛清让的后背却在瞬间极不自然地绷起来。

宗瑛没有察觉到这种变化，短促讲完便松开手，恢复公事公办的态度："我去看一下病人的情况，医药包在哪里？"

盛清让回过神，以一向平和的语气应道："同我来。"

这时楼下的钢琴声也戛然而止，二姐同盛清蕙讲："你是没事做了哦！这辰光弹什么钢琴？"

清蕙看一眼沙发上坐着的老四，说道："是四哥哥叫我弹琴，看看有没有进步。"

二姐立刻瞪她道："他是你老师？叫你弹你就弹？"说罢扭头看向二楼，只见宗瑛与盛清让一起进了大哥房间，她立马也噔噔噔地跑上楼。

二姐推门闯入房间时，宗瑛正在检查大哥的手术创面。

她刚要开口讲话，被口罩蒙了大半张脸的宗瑛突然转过身，套着乳胶手套的两只手悬在空中，目光锐利，声音闷闷的："病人需要尽量无菌的环境，请暂时离开这里。"

二姐面对她专业的强势，骤地哑口，瞥见旁边的盛清让却又讲："他能在这里我为什么不能，你们是不是想作什么鬼？"

宗瑛本是想让盛清让打打下手，但现在她打消了这个念头，偏过头同正在戴口罩的盛清让说："盛先生，也请你出去一下。"

盛清让迎上她的目光，立刻了然，于是沉默地放下一次性口罩，先行走出了门。

二姐这下没什么好讲，也只能跟着出去。

大哥恢复得并不理想，大部分时间都在昏睡，创口感染难以控制。宗瑛耐心地处理完，隐约又听到楼下传来的争执声。

她脱掉乳胶手套走出门，站在走廊里悄无声息地朝下看。

坐在沙发上的盛清和说："所以大哥是为了赶去同德国人签协议才遭遇了空袭？"

他讥笑一声，意味不明地睨了一眼盛清让："就作妖吧，为了这些身外之物把半条命搭进去也不晓得值不值。"

二姐斥他："你讲话还有没有点分寸？！"

"分寸？"盛清和肆无忌惮地擦亮火柴点起一支烟，伸长了腿说，"同你透露一下吧，不要看现在只集中打虹口那一块地方，过了多久恐怕就要转移到杨树浦，盛家的机器厂迟早要被毁掉。至于是日本人炸的，还是我们自己人炸的，谁又能料得到？就算真是日本人炸的，战局混乱之际，谁会承认是自己丢的炸弹？还想事后找日本军部索赔？痴人说梦吧。"

他明显对这家业毫不在意，也不赞同盛家其他人止损的手段，只沉浸在自己燃起的烟雾中，恣意表达着不屑一顾。

二姐气急败坏，他又讲："反正嫁出去的人，盛家半点家财你也捞不到，何必在这里帮忙？不如快点叫你那个窝囊丈夫带孩子逃到香港去，毕竟你夫家也快要沦为战区了，到时候好歹能保条命，你说是不是？"

"盛清和！"二姐几乎要跳起来。这时候盛清蕙端着满满一托盘的茶点走进客厅，试图缓和气氛："还是先吃早饭吧。"

清蕙将托盘搁在茶几上，抬首看到戴着口罩只露出一双眼睛的宗瑛，唤她："宗小姐，你下来喝茶呀。"

伴着清蕙这一声邀请，所有视线都转移到了楼上。

清蕙暗中同宗瑛挤了挤眼，似乎是有别的事情要同她讲。老四仰头瞥她一眼，饶有意味地弯起嘴唇。二姐压着怒气问她："换好药了哦？情况怎么样？温度降下去点没有？"盛清让转过身面朝楼梯抬头，目光一如往常。

宗瑛下了楼，简单讲了大哥的情况，二姐的表情变得越发难看。

清蕙赶紧邀她坐下，宗瑛摘掉口罩，默不作声地拿起一杯茶饮尽，听清蕙凑在她耳边悄悄问："牛奶可以给小孩子喝的吧？"

鲜奶虽然不是最好的选择，但眼下也只能如此。宗瑛点点头，清蕙马上就起身出了门。

老四抽完烟，拿起点心碟子一口一个地往嘴里塞，迅速吃完又猛饮一杯茶，突然起身走到宗瑛面前："国难当头，宗小姐有没有想过，与其在这里围着一个人服务还落埋怨，不如去战区医院救更多性命？"

他对宗瑛的邀请是有预谋有把握的，毕竟一个在落难时也不忘扶弱的人，道德层面的自我要求绝不会低。

宗瑛稳稳地端着茶杯，抬起头看他。

此问已经关乎自我利益和职业使命，甚至涉及个体性命的高低贵贱，抛开她不属于这个时代不谈，就算她生于斯，面对这个问题，一时也很难给出答案。

气氛陷入沉滞状态，盛清让代她回道："宗小姐很快就会离开上海。"

老四应了声"是吗",又说:"明哲保身,很好。"他说着系好风纪扣,头也不回地走出了盛家客厅。

很快,公馆门外响起汽车发动的声音,再然后,只剩一片蝉鸣。

宗瑛突然转头看了一眼背后悬着的全家福照片,盛清让走到她旁边,俯身问道:"你看起来很疲惫,需要先休息一下吗?"

宗瑛对上他的视线,对方同样一副倦容,她说:"好。"

他耐心地征求她的意见:"回公寓还是留在这里?"

宗瑛不想再奔波,她说:"这里。"

盛清让送她上了楼,临关门,她讲:"盛先生,你也注意休息。"

"我还有些事要办。"面对突如其来的关心,盛清让稍稍别过头,接着说,"那我先走了,傍晚我会来接你。"

宗瑛没说什么,他又强调:"我一定会来。"

宗瑛关上门,倒头就睡。她早习惯了倒班的生活,这个时间入睡一点也不难。然而白日睡觉,素来梦多。她梦到一个阴森森的生日会,又梦到一台失败的手术,醒来时满头是汗,心率快到超负荷。她痛苦地皱着眉,压住心口,低头努力地呼吸,等缓过来才意识到天色都暗了。下床推开朝北的窗,外面风停了,台风似乎真的已经撤离,燠热的暑气将卷土重来。

二楼走廊里突然响起孩子的哭声,紧接着是二姐的声音:"这种破破烂烂来历不明的小孩为什么要往家里面带?!是不是那个宗医生早上带来的?你们还合力瞒我?"

"什么叫来历不明!"清蕙一手抱着婴儿,一手护着身后幼童,年轻的面庞上绷起怒气,"你这是阶级歧视!"

"盛清蕙!你今天敢把陌生人往家里带,明天他就有胆子偷空你的首饰盒！不信你试试！"二姐一副经惯风浪的架势，"快点送出去！"

小男孩被她骂得瑟瑟缩缩往后躲，忍着眼泪求饶："我会……会走的，求你们、求你们救救我弟弟……"

清蕙心软得厉害，低头一看怀里的婴儿，抬头就继续顶撞二姐："这个小孩身体很差，送出去说不定就活不下来了！"

二姐却仍旧一副铁石心肠，毫不妥协："你一个吃家里、用家里的千金小姐，不知人间险恶，只知存了天真当饭吃！"

她话音刚落，底下用人喊道："二小姐，姑爷到了！"

二姐瞪一眼清蕙，指指她命令道："租界福利院是白建的吗？我限你三天之内送过去。"她讲完马上下了楼。清蕙领着孩子站在走廊里，怒气正盛，连宗瑛打开门她也没有察觉。

等她气稍微消了消，宗瑛对她讲了声："真的非常抱歉。"

清蕙闻言，赶紧岔开话题："宗小姐你赶紧看看，他现在这个状况是不是很危险？"

宗瑛走上前仔细检查，清蕙就一直留意她的表情变化，但从头到尾她都一个样子。

她只讲："有点虚弱。"

清蕙皱了眉："那要怎么办才好？"

宗瑛不出声，抬头就看到了刚刚上楼的盛清让。

外面天未黑透，是傍晚，他这次来得很准时。

宗瑛同清蕙讲："你先带他们去休息，我一会儿来找你。"言罢又请盛清让进屋，主动拉开了门。

清蕙领着一大一小上楼去，宗瑛进屋坐在沙发上，请盛清让在对面入座。

盛清让本是来接她回公寓的，但她却讲："我需要在这里留一晚。"顿了顿又讲，"我保证不会出门，等你回来。"

大哥的状况很不稳定，今天晚上很关键；楼上那个婴儿留给清蕙这样的新手照料不太妥当，也需要关照。尽管她没有陈明理由，盛清让也猜到了。

他没有理由拒绝她的提议，良久答道："那么，我明天来接你。"

宗瑛点点头，又讲："我还需要请你做一些事。"

"请说。"

宗瑛伸手给他："给我纸笔。"

盛清让翻出公文包里的本子和钢笔，旋开笔帽递给她。

宗瑛低头伏在圆茶几上，"唰唰唰"迅速写出清单。新生儿配方奶粉、奶瓶、两种药品名称……最后又加了一套换洗衣服。

"公寓附近那家医院里，有个营业到晚上十二点的商店，旁边有个二十四小时药店，前面的东西你都可以在那里买到。"

她说着摸出钱夹，本想拿一些现金给他，里面却只剩一些零钞。

她干脆抽了一张银行卡出来："结账的时候可以用。"

盛清让见过她在浦江饭店刷卡，他讲："我知道。"

"那么密码你应该也知道。"宗瑛将卡推过去。

"为什么会是那串数字？"

"以后有机会再说吧。"

宗瑛及时关闭了触发记忆的开关，抬头问："我不在的这几天，那边有什么麻烦吗？"

"我在公寓里遇见了薛小姐。"

宗瑛敛眸，但并不惊奇："她是不是留了我的钥匙？"

"是的。"

"你吃她给的东西了吗？"

"喝了一杯水。"

宗瑛蹙眉："她是不是把杯子带走了？"

"嗯？"盛清让骤然想起薛选青临走时拿走的一只纸袋，"这个有什么问题吗？"

他不知指纹收集，不懂DNA检测，没有防备心很正常。

宗瑛半天没出声，最后说："没什么，不重要。"

宗瑛说完，打算起身去看看大哥的情况，这时盛清让却说："还有一件事。"

她重新坐回沙发上："你讲。"

"有一位章姓律师打来电话，说要将原定于周三的会面改到周六，希望你给他答复。"

宗瑛目光骤冷，搁在沙发扶手上的手突然收回，过了会儿问道："他还同你讲了什么？"

盛清让犹豫再三还是据实道："他讲，你可能需要立一份遗嘱。"

2

盛清让眼里的宗瑛，简单，又谜点重重。她行动力超群，作风直接，鲜少算计，为人有一种近乎单纯的执着，但他对她的生活并不了解，哪怕他已经近距离观察过她诸多私人物品。

他知道她所修的专业，对她的兴趣略晓一二，却不明白相框里那个少女为什么在某个时间点之后拍照再无笑容，更不能理解她在这种年纪立遗嘱的缘由。

大概是他目光中藏了太多探究，宗瑛抬头看他一会儿，回答了他没能说出口的疑问——

为什么要立遗嘱？

她讲："有备无患。"

语气平和，却有无法动摇的坚定。由此看来，她并不是一个莽撞的粗人，她有自己的思虑和主见，考量得甚至相当周到。

宗瑛讲完打开手机，屏上显示仅百分之十五的电量，无任何信号，时间是八月十六日十九点整。

"还有三个小时，请尽快回公寓吧，这样稳妥些。"她说着关掉手机电源，又接着叮嘱，"公寓的锁换过了，我在玄关柜里留了一把备用钥匙，你可以取用。"

她似乎已经十分坦然地接受了盛清让带来的"麻烦"，并且在自觉适应这超出常理的生活。

盛清让见她从压烂的烟盒里抽出最后一支Black Devil，包裹着烟丝的黑金卷纸被压得皱巴巴，她双手轻捏着一头一尾，缓慢捻动，却一直没有点燃它。

他突然递了一盒火柴给她，随即将银行卡及纸笔收进包内，起身告辞。

待他走到门口，宗瑛拿起那盒火柴，下意识地关照了一句："今晚睡个好觉，盛先生。"

盛清让原本因缺觉而过速的心脏，像是莫名骤停了一拍——有人留意到他的疲劳，并给出善意祝福，对他来说都是前所未有的体验。

他不知该如何应对，索性低了头匆匆出门，抓紧时间赶回699号公寓。

晚十点，盛清让顺利在玄关柜里找到宗瑛留下的备用钥匙出了门。

风里只残留片缕白日的燠热，体感舒适，夜色清美。一路亮着的通明街灯，是和平年代电力充足的表现；法国梧桐在微弱东风里轻摇叶片，闲适安定；路上人行车驰各循其道，道旁商店也毫不担心会遭遇哄抢……都是战时不可能有的景况。

盛清让右拐进入医院大门，一辆救护车鸣啦鸣啦地从他身边疾驰过去，他闻声停下脚步，又见一辆出租车稳稳停在了大楼入口处。

他想起和宗瑛的第一次见面，同样是在一辆出租车里。他头一回来这家医院，也是因为那次偶然的相遇。

那天宗瑛下车后，出租车驶出医院，很快他也下了车，折返回医院却没有再见到宗瑛，打算回公寓，又突然下起雨，因此撑开宗瑛那把印有"9.14"和莫比乌斯环的雨伞，离开了医院。

他大概不知道宗瑛在楼上看见了自己。

回过神，盛清让快步走进药店。冷白灯光照着，空调大力地往下吹风，店里有一股阴凉凉的草药味。穿白大褂的老药师倚在柜台后看杂志，听到脚步声，往下压压老花镜，抬眸避开镜片看向盛清让："买什么药啊？"

盛清让担心买错，特意将宗瑛写的清单拿给药师看。

对方又推推老花镜，眯眼仔细辨认一番，这才到柜台里拿了两盒药出来，说："家里面刚生小孩呀？"

盛清让点点头，取出银行卡递过去。

老药师皱眉："几十块钱还刷卡，没零钱呀？"

他钱夹里仅有法币，只能答："抱歉，没有。"

老药师无可奈何，只能叫来旁边一个年轻人，这才给他结了账。

他将药盒收进公文包，又快步出门，去找那家营业到晚十二点的商店。

商店门口摆着卖相不错的果篮，里面客人寥寥，各色商品密集地堆在货架上，大多是些住院必需品，最西边有专门的一排架子，摆满新生儿用品，品类齐全，但可选余地极小，倒也省去犹豫。

盛清让站在灯下仔细看奶粉的配方说明，没有看出所以然，索性作罢。

他对照清单选购齐全，提着篮子去结账，盛秋实这时恰好进来买了一罐热咖啡，站在他身后排队。

收银员刷完卡让他输密码，又撕了单子给他签字，卡就放在柜台上。

这时站在他后面的盛秋实突然眯起眼，凑近看了一眼柜子上的信用卡，卡正面印着"ZONG YING"的拼音。

盛秋实顺势一瞥，POS签购单上的签名，流利地签着"宗瑛"二字。

这个名字并不常见，且这张卡也实在面熟。盛秋实忍不住多打量了他几眼，只见他将商品一件件地装进塑料袋，几乎全是婴儿用品。

盛秋实可疑地蹙起眉，哪晓得盛清让这时候突然回头看了一眼。

这一眼令盛秋实委实愣了愣，直到收银员提醒，他才倏地回过神。匆匆忙忙给了钱，盛秋实连零钱也不要，直奔出门，迎接他的却只有茫茫夜色，已经见不到盛清让的身影。

盛清让离开医院回到公寓，核对清单，一切备妥，只剩一套换洗衣物——

是宗瑛的换洗衣物。

盛清让犯了难，衣服放在哪里，需要哪些衣服，他一概不知，只能怪自己没有询问清楚。

他洗了手，走到宗瑛卧室门口待了数秒，最终压下门把手，推开房门，咔嗒一声按下顶灯开关。

昏黄灯光亮起，陈旧的十六格窗映入眼帘，一张木床紧挨东墙，西墙面并排摆了两只大斗柜，家具少而实用。

他拉开右边五斗柜，顺利从里面找出一件衬衫、一件长裤，但因为压得时间久了，衣物上多有褶皱，需要熨烫。

正要拿上楼去熨，盛清让突然想起些什么，遂又折回卧室，但又迟迟不确定要不要继续翻——她需不需要换内衣？需要。

他在昏昧顶灯下做出了决定，又俯身拉开斗柜，从中翻出一双干净棉袜。

随后他又转向左边斗柜，拉开第一层，没有发现内衣；拉开第二层，没有；第三层、第四层，仍旧没有……最后一层，只孤零零地躺着一本公文包大小的硬皮册子。

漆黑封皮干干净净，右侧由弹性绑带封住，不着一缕灰尘，是一种克己自制的审美，像保守秘密的黑匣子。

盛清让看了半天，弯腰取出册子，解开绑带，郑重地翻开第一页——

最中央贴了一张黑白一寸照，照相馆给它裁出了花边。相片主角是个年轻美人，大概只十七八岁，细长脖颈，英气短发，目光敏锐。

宗瑛和她非常像。

往后翻，是寥寥几张集体合照，其中一张盛清让在宗瑛的书柜里见过，大学毕业合影。

这位美人毕业于一九八二年，修的是药学专业，后来公派留学，去了美国。

回国不久之后她结婚，很快也有了孩子，再后来照片寥寥，取而代之的是林林总总的剪报——有报纸新闻、有杂志采访、有学术文章，生活看起来被事业占据得满满的。

一页页往后翻，盛清让看到新希制药成立的新闻，泛黄报纸上模糊的黑白照片，隐约可以辨出创始者的模样，其中不仅有这位美人，还有他上次在新闻里看到的——宗瑛的父亲。

紧随其后是一篇访谈文章，她在访谈最后陈述了对自主药物研制的理想与决心。

再往后又有几篇研究论文，盛清让逐篇读过，客厅里的座钟铛地响起来。

夜愈来愈深，册子也快要翻到最后，只剩了两页。

一页贴了新希制药自主研制新药即将上市的新闻，最后一页同样是新闻，标题是《新希药化研究室主任严曼坠楼死亡，生前疑患抑郁症》。

此时盛清让捏在手里的只剩一张硬质封皮，前面的都翻过去了，封底即终点，也是这位美人人生的结束。

盛清让逐字读完，只记住一个日期——九月十四日。

这一天，宗瑛的母亲严曼，高坠死亡，就在新希即将启用的新大楼里。

盛清让合上封底，却乍然在封底正中央发现一个烫金的莫比乌斯环。

他已经不止一次在宗瑛这里看到这个符号，在这个环里仅有一面，从一个点画出去，最终还会回到这个点——是起点，也是终点，像一个轮回。

与此同时，在医院值夜班的盛秋实刚刚巡完病房回到楼下诊室，手机在白大褂里振动起来。

他接起电话，那边传来他妹妹不耐烦的声音："只找到两张呀，我都扫描好发给你了，你自己看邮箱。"紧接着又是哈欠连天的抱怨，"大哥你算算时差好不好，我这边凌晨四点钟啊！昨天写作业写到两点，我还没有睡醒呢，你非把我叫起来翻老照片，简直是毫无人性，我要去睡了，再见……"

盛秋实一句话都没来得及讲，电话就被挂断了。

他无视了那端传来的"嘟嘟嘟"声，迅速打开手机邮箱，底部显示"正在检查邮件……"，死活更新不出来。

医院信号差，他内心越发急躁，最后等不及，索性穿过楼梯间快步下了楼。

出了大楼，站在暗沉的路灯下，终于显示出"刚刚更新，一封未读"字样。

他急急忙忙点开未读邮件，正文页连续贴了两张年代久远的黑白照片。

暗光里，他轻触屏幕放大其中一张合照，终于在后排正中位置看到了那张熟悉的脸，简直一模一样。

3

天下相似面孔何其多，但连神态都像到此种地步的，寥寥无几。

盛秋实回忆起商店里的短暂打量，又低头盯了手机屏半晌，突然关掉邮箱调出拨号界面，径直打给了宗瑛。

机械的提示音再度响起："您拨打的号码已关机。"

他前天打电话想告知她宗瑜病况时，得到的也是这个回应。好几天了，宗瑛的电话一直是关机状态，打她公寓电话也无人接。盛秋实心里腾起隐隐不安，决定下了班去她公寓看一下，但在这之前，他尝试再次拨打699号公寓的座机。

电话铃声骤然响起时，盛清让手捧着册子，指腹刚刚抚过封皮上烫金的莫比乌斯环。

他偏头看向房门外，黑暗里铃声在不懈地响，最终他放下册子走出卧室去接电话。

"宗瑛？"那边试探性出声后，紧接着就好像松了口气，"你终于在了，我还以为……"担心的话没讲完，却又突然起了疑，"是你吗？"

电话这头的盛清让回道："你好，找谁？"

"你是宗瑛什么人？怎么会在她公寓？"

哪怕隔着电话，盛清让也立刻察觉出对方的态度明显变得不善。他判断出对方可能与宗瑛私交不错，为免再给宗瑛惹麻烦，他答复道："先生，我想电话可能错线了，这里没有你要找的人。"

电话那头的盛秋实愣了三秒，盛清让挂断了。

医院大楼外人烟寥寥，只有救护车呼叫个不停。699号公寓内恢复安静，盛清让转身看向座钟，秒针一格一格地移动，时间已经不早。

他忽然想起临走前宗瑛"让他睡个好觉"的叮嘱，迅速整理好情绪，回卧室将册子重新绑好放归原位。

这时外面突然起了风，老旧的十六格窗被推撞出声响，空气有点潮，像是要下雨。

然而一九三七年的这个夜晚，台风撤离，云层稀薄，月亮满了大半，几乎就要圆满，但终归缺了一角。

宗瑛照料完虚弱的新生儿，没什么睡意，独自出了公馆小楼。

白月光落满花园，枝叶泛着光，犬吠从很远的地方传来，捕捉不到一丝一毫城市该有的喧闹，也没有半点战时该有的紧张。

小楼里所有的人安然睡着，仿佛上海仍是一块乐土，什么都不必担心。

但宗瑛明白，这样的状态已经维持不了多久了。

她转过身抬头看这座簇新小楼，隐约记起大半个世纪后它的面貌、它的归属……眉梢莫名地染上一缕愁绪、几分茫然。

如今安安稳稳睡在这栋楼里的人，后来又有怎样的路、怎么样的命运？

这样一个家族，最后是分崩离析，还是紧紧抱在一起挨过大半个世纪？

很快，第一个噩耗，几小时后抵达了还在沉睡的公馆。

天还没透亮，大伯家的徐叔一身狼狈地前来报凶信。二姐待在楼上根本没兴致下来，最后只有清蕙急急忙忙穿好衣服下了楼，干站在小楼外，看徐叔一把鼻涕一把泪地哭诉，手足无措。

清蕙只觉耳朵嗡嗡直响，对方讲的话她也没有听周全，只知住在虹口的大伯被炸死了，管家徐叔因为出门办事逃了此劫难，但已无处可去。

大伯，连同房子，全都烧成了炭堆。

"就差一点点，只差那么几个钟头……"徐叔声音彻底哭哑了，"早知道如此，我无论如何也要将老爷绑去码头，等登上船便没有这个事情了……我对不起老爷，更有愧先生的托付啊！"

二姐这时终于肯从楼上下来，皱眉听完这些，心里烦极。

大伯一家从来好吃懒做，只晓得占人便宜，她从小便对那一房印象极差，关系自然也冷淡。

现今大伯死了，她更是体会不到半点悲痛，突然上前一把拉过清蕙，同徐叔讲："老三不在这里，要哭到他公寓哭去。"言罢又扭头瞪清蕙，厉声道，"你下来干什么，回去！"

盛清蕙在原地蒙了几秒，被她一推，退入门内，随后听见门哐当一声关上，只能转过身往楼上走。

宗瑛站在楼上走廊里看了一会儿，见她上来，默不作声地折回了房间。

孩子们一个无知无觉地睡着，另一个早早起来主动去厨房帮忙。

宗瑛坐在沙发上，见盛清蕙进门径直往梳妆台前一坐，对着镜子无意识地拿起木梳，迟迟没有动作。

宗瑛不出声，清蕙就一直坐着。过了一会儿，她见清蕙低头从抽屉里摸出一沓船票——

是前阵子盛清让到公馆来，最后留下的那几张船票。

她这才意识到今天已经是十七号，正是船票上的日期。

因此盛清蕙手里握着的，实际是离开上海的机会，但这机会很快就要失效。

这个家里，此刻没有一个人有打算撤离的迹象。

房间里好半天没有动静，宗瑛拿起面前茶杯，饮尽冷水低着头突然问道："船还有多久开？"

清蕙倏地回神，看看船票上的时间，却没吭声。

宗瑛搁下茶杯："如果来得及，想走吗？"

清蕙没有想过离开上海，但大哥的受伤、大伯的惨死，一件比一件更明白地在强调着战时的瞬息万变。大伯原本可以坐今天的船安全撤离，但取而代之的却是冷冰冰的死讯，谁又料得到？

面对宗瑛的问题，清蕙紧皱眉头想了半天，没法给出答案，只转过头看向了沙发上的宗瑛。

她眉目里显露担忧，却又维持着几分天真的侥幸，声音显然没有底气："仗不会打太久的吧……很快就会结束的，是不是？"

宗瑛启唇，睫毛微微颤动，欲言又止。

清蕙的脸彻底委顿下去，客厅座钟铛铛铛地响起来，她最后再看一眼船票上的时间，将它们重新收进抽屉——

失效了，就是一沓被辜负的废纸。

盛清让显然料到了这种辜负，回到公馆，多余的话一句未讲，只单独同宗瑛聊了一会儿，将她嘱托的物品转交，随即就要去处理别的事——公事、大伯那边的后事。

临分别，他讲晚上来接宗瑛回去，却遭了拒。

宗瑛的理由很充分，两个病患都不稳定，需要再观察两天。

她并不留恋这里，但诸事至少要有始有终，这关乎原则。

最终两人议出一条底线：无论如何，八月十九号宗瑛必须回到她的时代。

多逗留的这两日，宗瑛即便没有出门，也感受到了一种切实的变化——先是食物，食材变少，厨房的用人再也玩不出花样；其次是水和电，热水几乎停了，总是停电；最后是公寓里的人，二姐一家包括二姐夫和孩子，全从华界搬进了公馆。

好事也有，大哥的状况日益稳定，病殃殃的小儿也终于能正常饮食。

就在宗瑛和清蕙都松一口气之际，二姐仍念念不忘她给清蕙定的"三日之限"——现在家里人口愈多，她就更见不得清蕙围着两个无关的陌生孩子转。作为临时的一家之长，她终于在十九号的中午勒令清蕙立刻将这两个孩子送到福利院去。

清蕙挣扎着不肯去，二姐连拉带扯将人赶出门，手握扫把站在门口放出狠话："盛清蕙，你今天不把这两个拖油瓶送掉就不要想回来！"

清蕙极不情愿地坐进汽车，宗瑛也与她一起去。

车子驶出公馆，直奔租界福利院。

清蕙一路都在做思想斗争，如果拒不送他们去福利院，那么她很有可能会被二姐扫地出门；但如果当真将这两个孩子送过去，她又放心不下。

宗瑛看出她的焦虑，开口道："说说你的想法。"

清蕙明显在试图说服自己："送去福利院也不是不行，我有空就过去看看他们……"她紧张到甚至咬指甲，"以前学校组织我们到福利院做过义工，那时候租界福利院还是很温馨的。"

讲完所有益处，福利院到了，车子却连外门都进不去。

福利院内外几乎被难民占领，早失去了昔日的秩序。清蕙看着车窗外，讲不出一句话，她的自我说服在现实面前苍白无力。

甚至有难民见车子停下，立刻围上来敲窗户。她紧紧抱住怀里的孩子，下意识地往后缩，生怕玻璃被人砸开。

司机见状不妙，立刻发动车子，通知后面两位："这里不能待了！"

汽车在一片混乱当中逃离，清蕙紧张得下意识收臂，只将怀中孩子抱得更紧。待车子停稳，她仍没松手，勒得孩子号啕大哭起来，宗瑛喊了她一声："盛小姐——"在她恍神之际，宗瑛接过她怀里哭得愈凶的孩子，"我来。"

清蕙手臂肌肉绷着，一时间难以松弛，好不容易缓过神，她看向车外，映入眼帘的是宽阔的黄浦江，一艘英国人的驱逐舰停在江面上，即将起航。

数日来苏州河里漂着尸体，抬头就可以看到城市北面隐隐升起来的黑色烟雾。难民仍不停地拥入租界，哄抢不断发生，运粮的车辆常常遭到阻截，正常营业的商店不断减少，租界居民尽可能地减少出门，警察显然有心无力，战火就在门口烧，租界的撤离也开始了——

超过八成的英国妇女和儿童登上驱逐舰即将去吴淞登船，撤离上海这座危城。

启程的驱逐舰，像远去的诺亚方舟。

4

车内婴儿的哭声渐渐止了，盛清蕙的视线仍在车窗外。

她脸上的惊恐不定转而被无奈沮丧所取代，神情委顿，情绪亦低落："我刚刚都说了些什么……学校组织我们去福利院还是好几个月前的事，现在连学校都被炸了，福利院的情况又能好到哪里去……"

喃喃片语，是对之前自我说服的全盘否定。送福利院这条路被堵死，还有别的路可走吗？

为此陷入沉默与为难的除了盛清蕙，还有宗瑛。两个孩子都是由她带进盛家，如果当时她在华界没有施以援手，那么也就不会有小妹现在的苦恼。

宗瑛又下意识地抿唇，思索解决办法。她固然不能将这两个孩子带去二〇一五年，然而上海眼下这种状况，寻常人家大多想着如何逃离，逃不走的则纷纷琢磨怎样节省生活资料，如此节点，想要找个合适的家庭来领养这两个孩子，实在是难事。

难归难，总要用尽办法试试，她想。

"盛小姐——"宗瑛终于开口，决定先将担子从清蕙身上接过来。

没料话还没说出口，盛清蕙却突然握紧拳头，撑起唇角，鼓足勇气说道："就算二姐不同意也不要紧！我有妈妈单独留给我的一笔嫁妆，以后我还能工作，我有本事养小孩。"

她说完看向宗瑛，似乎想从对方那里再获得一点支撑："我可以教英文，说不定还能教钢琴，或者去洋行，就算不靠家里也不会饿死。宗小姐，你讲对不对？"

宗瑛转头看她，那一双眼眸中透着年轻人独有的光亮与坚定，教人不知怎样开口劝阻。

盛清蕙此时下定了决心，从宗瑛怀里接过孩子说："既然今天是十九号，那么就叫阿九好不好？"她干脆果断地给孩子起了小名，又努力用笑容来抹去刚才经历的一切不愉快，并建议道："午饭还没有吃，我们先去吃点东西吧！"

她熟练地同司机报了地址，司机掉头转向南京路，十分钟后，车子在一栋大楼前停下来。

清蕙带着两个孩子下了车，摆出一副兴致勃勃的模样，同宗瑛讲："宗小姐，这里的牛排很好吃的。"

可她刚转过身，面上笑容却在瞬间凝结——她挚爱的西餐厅，此刻双门紧闭，只悬了一块暂停营业的牌子。

一切都在提示着今不如昔，唯有旁边一家照相馆开了半扇门，算得上正常营业。

清蕙心有不甘地盯了西餐厅几秒钟，又将视线移向照相馆，转头同宗瑛讲："宗小姐，不如我们去照张相吧？"

宗瑛不忍心拂她的意，低头随她一道进入照相馆。

一推门，铃声即响，西装笔挺的老板闻声探出头："要拍照呀？"

"嗯。"清蕙转头同身后的小男孩说，"阿莱，到前面来。"又抬头对老板讲，"我们要拍张合影的。"

老板眼尖察觉到阿莱穿得有些寒酸，马上就问阿莱要不要去换套衣裳再拍。

阿莱束手束脚的，清蕙给了他一个鼓励的眼神："阿莱，小孩子拍照隆重点才更有趣的，所以你同老板去换一身衣裳好不好？"

他这才去了。

只一会儿，帘子后面便出来一个小人，簇新的白衬衫，灰褐格子领结，穿得齐齐整整，看起来相当精神。

清蕙显然十分满意，抱着阿九走到幕布前，坐进圈椅里，又腾出手招招阿莱叫他过去。阿莱便到她身旁站着，小身板挺得笔直。

宗瑛只身站在镜头外，安安静静地看。

突然，清蕙又唤她："宗小姐，你也一起来呀！"

宗瑛倏地回神，委婉地拒绝了这个提议："我不习惯拍照，你们拍吧。"

清蕙略表遗憾，但很快又进入拍照状态，在照相馆老板的指导下调整坐姿与面部表情。

照相馆内一派风平浪静，空气里隐约浮动着香水味，午后阳光顺门缝爬入，照片定格的刹那，宗瑛径直走出了门。

作为一个外来者，她不该在这里留下太多痕迹，是时候回公寓了。

她和清蕙在回去的路上买到一些新鲜出炉的司康，到699号公寓时，清蕙分了半袋给她，又问："宗小姐，你真的要在这里等三哥哥吗？"

"嗯，我同他讲好的。"宗瑛接过纸袋，又看看两个睡熟的孩子，欲言又止地下车回公寓。

黄昏愈近，她进屋便捕捉到一种久违的熟悉味道。

儿时暑假，午觉漫长，醒来就到傍晚，常常能闻见公寓里这种被太阳蒸了一整日的闲散气味。

那时妈妈讲她："暑假这么多的时间，你为什么总是用来睡觉呢？

午觉睡太多也许会变傻的。"

她就理直气壮地回"可是我作业都写完了呀",然后抱上西瓜跑去阳台,一边吃一边看日头下沉,总有莫名的圆满和踏实感。

她止住回忆,走向阳台,暮光笼罩下的城市随即映入眼帘。

没有数十年后的高楼林立,站在六楼即可居高临下,视线所及几乎一片低矮。战时限电的城市,不复往日的不夜喧嚣,每一块屋瓦下的人,都必须面对这骤然的冷清与未知的将来。

公寓花园里不再有孩子的嬉闹声,上楼前叶先生就讲:"我们这里住的多是外国人,以前交关热闹。现在呀纷纷退租回国,倒一下子冷清起来了,相当不习惯的,你看这一沓沓的晚报——"他说着举起好几日都无人要的报纸,"订来给哪个看呀!"

宗瑛站在阳台上看夕阳沉落,心中不再有儿时的踏实与满足感,替而代之的是一种无力以及茫然。能做什么、该做什么,她无从把握——对她而言,这个时代是不得变更的尘封历史,贸然地对它动手脚,哪怕只是分毫,说不定也会酿成无可挽回的过错。

她静静地等,等到暮色四合,等到整座公寓都沉寂,盛清让回来了。

家里漆黑一片。他按亮灯,餐桌前、沙发上空无一人,又匆匆上楼,在客房里也未寻到她的身影。

这令盛清让陡生慌乱——他担心宗瑛没有按时来,更担心她在路上遭遇了什么麻烦。跑下楼,夜风将阻隔阳台的窗帘撩起,细细的一缕月光便趁机覆上地板。

他一愣,快步走过去,终于在阳台上发现了沉睡的宗瑛。她的头挨着椅子,月光铺满侧脸,明晰的线条平添了一些柔和。

盛清让手里的公文包还未放下，一动不动地站在藤椅前看着她，过了许久，一颗心才恍然放下，后知后觉地叹出一口气来——幸好。

他不忍打扰，但放任她睡在这里，一是对脊柱不好，其次容易着凉，另外时间也不早了。

他俯身打算唤她，一声"宗小姐"还未出口，宗瑛却突然噩梦惊醒般睁开了眼，眸光里尽是惊恐——

她的呼吸有一刹失律，下意识伸出手就去抓，只听得有声音在反复同她讲"没事了宗小姐，没事了"，紧接着一双稳有力的手就握住了她的手，声音低柔似安抚："没事了。"

她这才辨清近在咫尺的一张脸，绷起的双肩顿时垂塌，气息亦渐缓，声音微哑："什么时候了？"

盛清让借着月光瞥一眼腕上手表，答："近十点了。"他握住她的手，本能地想借给她一些温度和踏实感，理智却告诉他此时应该礼貌地松手。

他一点一点地松开手指，几乎要放开她时，宗瑛突然反握住他。

他一愣，她用刚睡醒的声音问他："差多久到十点？"

"两分钟。"他说，"要回屋里吗？"

"不——"宗瑛努力平复惊醒后失律的心跳，借力站起来，抬眸同他讲，"我想再吹会儿风。"

"那么……我陪着你。"

踩过晚十点线，从一九三七年到二○一五年，露天阳台外是璀璨的不夜灯火，高楼耸立，身处六楼只能仰视，夜空里一颗星星也没有，只有飞行器的指示灯孤独地闪烁。

离开不过几天工夫，宗瑛竟觉得阔别已久。

空气里没有一丝一毫的硝烟味，只有楼下传来的夜宵香气。

宗瑛饿了，她倏地松开手，推开阳台门回到屋内，化身主人招待盛清让："先坐。"她说完径直走向厨房，打开橱柜想找些食物，最终只翻出几袋速食面，又在冰箱里找到一小块真空酱肉——足够吃一顿了。

她抬手按亮油烟机，拧开燃气，盛了水的煮面锅刺啦一声响，小气泡孤零零地从底部腾上来。

等锅里的水烧开，宗瑛掰开面饼倒入作料，又撕开酱肉包装，取出来搁在案板上，将肉切成一摞有序的薄片铺进面锅，最后关掉火，从架子上取下两只碗，单手握住隔热柄走向餐桌，将锅放在台面上，说道："食材不够，只能这样将就了，盛先生麻烦你拿一下……"

她侧头看向沙发，却见他已经起身去了厨房，是去取筷子，实在是一种难说清的默契。

两个人终于可以安稳地坐下来，共享一顿热气腾腾的晚饭。

填饱饥饿的胃腹，宗瑛搁下碗筷，从口袋里拿出手机，盛清让亦放下碗筷，起身收拾了餐桌。

宗瑛握着手机看他端起餐具走向厨房，没有阻拦，低头长按电源键开机。

刚刚搜索到信号，密集涌入的短信和推送就差点将手机逼到死机，在卡顿数秒过后，宗瑛点开短信呼通知，指腹一路上滑，消息提示她错过了数以百计的电话。

这是现代人被担心、被需要的证明。

屋子里叮叮咚咚的推送声平息了，取而代之的是厨房的流水声。

宗瑛大致浏览完毕时，盛清让也将洗好的餐具放上了沥水架。

宗瑛将手机置于一旁，想了半天，终于开口说了白天的事，她讲二姐勒令清蕙将孩子送去福利院，但福利院目前根本无力接纳。

"清蕙打算收养这两个孩子，但这是我的责任。"她说，"是我带这两个孩子到盛家的，我想我给盛家或者清蕙添了麻烦，盛先生——"

她试图与他商量对策，盛清让擦干手从昏暗厨房里走出来："宗小姐，不必过分忧虑，这两个孩子来到盛家，自有其中的缘分，这件事总有处理的办法。"

他讲话做事总是如此，不论事情多棘手，总要先让对方稳下来。

宗瑛抬头看他，一时间也不知该如何说，遂讲："不早了，你要不要去洗澡休息？我还有些事要先处理。"

盛清让听到她手机铃声又响了，很识趣地上楼取了换洗衣物，兀自进了浴室。

宗瑛接到的第一个电话是盛秋实打来的，他语气着急地讲了一堆，最后问："你在哪儿？"

宗瑛倚着餐桌答："我在家，打算睡了。"

那边安静了两秒，说："那你开一下门，我在你家门口。"

宗瑛的身体倏地绷直，一时也想不出什么拒绝的理由，瞥一眼浴室，最后还是走到玄关给盛秋实开了门。

就在她打开门的瞬间，浴室里的水声突然止了。

盛秋实并没有察觉出什么不对，进屋便问："这两天你去了哪里？"

宗瑛答："休假散心，出了一趟远门，信号很差，干脆就关机了。"她站着讲话，显然也不希望对方坐下，毕竟一旦坐下，就意味着时间会被拖得更长。

盛秋实只能陪她站着，他讲："休假？我看新闻里讲你被停职了，是真的吗？"

停职？宗瑛轻皱起眉，盛秋实调出手机新闻递给她："你没看吗？"

宗瑛接过手机，只见新闻标题写着："涉事法医疑遭停职，曾出过医疗事故？"白屏黑字，无疑是在讲她。

她又抿唇，盛秋实则安慰道："媒体热衷捕风捉影，你不要因为这样的事不愉快，都过去了。"

宗瑛目光仍落在屏幕上，一字一句将新闻看到底，没有吭声。

盛秋实意识到自己开错了话匣，因此立刻转移话题："你最近有遗失过信用卡吗？尾号8923，你是不是有这张卡？"

他问得相当突然，宗瑛警觉地抬眸："你在哪里见到过吗？"

"我在医院见有人用你这张卡结了账。"他确信宗瑛的确是丢了卡，遂问，"所以你报挂失没有？"

宗瑛眼角余光瞥向浴室，那张卡是她拿给盛清让用的，她当然没必要挂失。

这时盛秋实却好心地向她提供线索："是一个年轻男人，大概同我差不多高，很斯文——"他说着拿回自己的手机，点开前几天的邮件，"与我知道的一个人，长得很像。"

他说着将手机重新递过去："最上面那张照片里，正中间站的那个人。"

宗瑛一眼就看到了合照里的盛清让——他站得很端正，穿衣服仍是一丝不苟，在他身边还有其他人，他大哥和小妹，甚至还有老四盛清和，以及不少熟面孔。

宗瑛手指上滑，刚要问"你为什么会有这张照片"时，紧跟在下面的一张照片就占据了她所有视线。

一位学生模样的少女坐在幕布前的椅子里，身旁站了一个穿衬衫打领结的小男孩，怀里还抱着一个婴儿，笑容明媚。

宗瑛怔住了，她问："这是谁？"

5

盛秋实起初以为她是问第一张照片里的哪个人，头凑过去，才意识到她问的是第二张。

黑白照片占满屏幕，场面温馨、情绪愉悦，在盛秋实眼里，这不过是二十世纪三十年代的一张家庭合影，但对宗瑛而言，这却是半天前亲眼见证的画面——

此时它定格在4.7英寸的屏幕上，清蕙在笑，阿莱也在笑，怀里的婴儿安静地睡，一切好像才发生不久，但岁月的洪流明明已冲刷它将近一个世纪。

盛秋实未能察觉到宗瑛的惊愕，他目光在屏幕上短暂停留，大方说道："你问盛小姐吗？她是我祖父的养母。"

宗瑛一手握着手机，另一只手突然垂了下来。

她刚刚在瞬间腾起的疑问，被盛秋实不留余地地证实了。

宗瑛有片刻的不知所措，偏头看一眼浴室方向，忽然将手机递还给盛秋实，走几步到玄关柜摸出一盒烟，迅速点燃一根，又折回客厅打开电视，将音量调到了最高。

电视里播着几日前一起重大爆炸事故的后续报道，在嘈杂的群众采访声中，宗瑛低头抽了一口烟，问盛秋实："能讲讲那张照片吗？"

盛秋实到这时才有些疑心她的好奇，毕竟她很少对他人、他事生出兴趣，这样的主动询问很稀奇。

但他低头看一眼手机屏，仍如实道："这张照片应该拍于战时，据我祖父说，当时盛小姐收养了他们，机缘巧合出门拍了张照，至于具体是哪一天，他也不晓得。"

机缘巧合。是什么样的机缘，什么样的巧合？她的参与又是否产生了影响？

宗瑛仍低头抽烟，稀薄烟雾掩盖了她的焦虑。她问："哪个是你祖父？"

"盛小姐抱在怀里的那个孩子就是我祖父。"他接着讲，"站在盛小姐身边的是他兄长，据说他们是在逃难过程中被盛小姐收留的。在那种残酷年代，如果没有盛小姐，他说不定都很难存活，那么也就没有后来的一切了。"

"盛小姐是哪一位？"烟丝静静燃烧，宗瑛从烟雾里抬起头。

她从对方言辞中捕捉到一些微妙信息，他一口一个"盛小姐"，而不称呼她为曾祖母，未免有些奇怪。

"大概是一位乐善好施的富家小姐。"盛秋实如此描述，"当时我祖父太小，对她的印象实在有限，只晓得她姓盛，家境殷实。"

"当时？"宗瑛蹙眉问。

"我祖父和盛小姐只一起生活了几年。"他叹口气道，"时代动荡，几经波折，分别也是常事。何止与盛小姐分别，我祖父与他兄长也就此别离。遗憾的是，这么多年过去，祖父再也没有得到过他们的消息。"

人海茫茫，各走天涯，关于盛清蕙的命运，只剩一片空白。

宗瑛脑海里浮现出那张善良纯真的脸，不禁闭了闭眼，随手拿过桌上一只空易拉罐，将燃了大半的烟投进去，无意识地晃了晃罐子，烟立刻就灭了。

屋中的烟味就此停滞，电视里的新闻仍在继续，声音高得仿佛能盖过一切。

宗瑛模模糊糊地听盛秋实讲："十多年后祖父去国离家，但始终带着和盛小姐的合影，这大概也是家里最珍贵的两张老照片了。"

座钟指针不停地运转，宗瑛看着电视画面走神，她陷入一种因果不明的迷惘中。

那个由她一手带到这世上叫阿九的婴儿，曾出于本能的害怕紧紧攥住过她的衣服，这是她将他带去盛家的因，由此也似乎造就了他被盛清蕙收养的果；盛清蕙收养他的因，又造就了他随她姓盛的果，也造就了今天的盛秋实。

但就算没有她的参与，盛秋实，却仍然是她早前就认识的盛秋实。

仿佛阿九与盛清蕙的遇见，和后来的种种分离，都早已注定，和她是否参与，毫不相干。

盛秋实讲完老故事，陪她毫无目的地看完这短暂的晚间新闻。

节目结束音乐响起的瞬间，宗瑛骤然回神，转过头看他："这几天找我有什么事？"

"宗瑜醒了。"他说，"但情况不是很好。"

"有没有我帮得上的？"

"他不愿意讲什么话，前两天他突然说想见见你，我想或许你能和他聊一聊。"

"见我？"

"对。"

宗瑛略感意外，她同宗瑜不像别的姐弟一样亲近，两人平时见得少，加上宗瑜性格内向，几乎不在她面前讲话，又为什么突然要见自己？

"我明天抽空去看他。"宗瑛看一眼座钟，对盛秋实说，"快十一点了，早点回去休息吧。"

盛秋实也发觉耽搁了太久，识趣地告辞出门。

他走到玄关，借着昏昧的廊灯，低头看见一双德比鞋，大概42～43码的样子，显然不属于宗瑛。

此刻这间公寓里，难道有第三个人在？

努力压制住内心的打探欲望，盛秋实移开视线走出门，同宗瑛叮嘱了一声"好好休息"，就径直转身往电梯走去。

宗瑛关上门，关掉电视，浴室的水声再度响起。

之前盛清让一听到开门声就关了水龙头，他听到有人进屋，有人和宗瑛交谈，但后来便什么都听不清，因为宗瑛突然打开电视且反常地调高音量，细究起来，则是一种故意的掩饰——她可能不想让他听到后面的谈话，因那些谈话，或许已经关乎他身边人的命运走向。

尽管未能听到重要部分，盛清让心中还是生出了一些猜测。

宗瑛之前同他提起那两个孩子时，明显表现出了一种愧疚和担心，她也许在质疑自己的贸然举动，影响到了别人原先的人生轨迹。

他洗完澡换好衣服走出浴室，宗瑛坐在沙发上抽烟。

她见他出来就灭了烟头，一时又不知如何开口，索性什么都不说，起身打算去洗澡。

夏夜深，宗瑛进入浴室拧开水龙头，哗哗的热水喷洒，站在花洒下，感受到的是久违的水压——这是战时租界也没有的。

不久，她听到钢琴声，起初以为是隔壁小囡又在练琴，但她关掉水龙头听了半分钟，发觉不是。

是盛清让在弹琴。

这让她清楚地意识到房子里真的有第二个人的存在。

宗瑛吹干头发出去时，琴声歇了，公寓里的灯关了大半，盛清让刚刚上楼。

宗瑛抬头看他，只见对方站在楼梯拐角处，同样也看着自己。一片暗光中，只剩呼吸声与座钟走针声，彼此的脸都难辨。

宗瑛没有出声，匆匆转身打算回到卧室，楼上的盛清让却忽然叫住她。

他心平气和地开口："你相信吗，宗小姐？或许就算没有你的介入，那两个孩子也会以其他的方式来到盛家。以清蕙的秉性，也还是会想要收养他们。我知清蕙也只能算个孩子，她还没有足够的能力去照料另外两个人，也无法独自应对二姐的强势，但你不必担心太多，因为还有我在。"

还有我在，请你放心。

他的宽慰恰到好处，宗瑛在原地待了片刻，背对着他道了声："早点睡，盛先生。"

盛清让在楼上回："晚安，宗小姐。"

她关掉最后一盏灯，走进卧室，公寓陷入一片漆黑。

公寓再度亮起来，借的却是天光。

早晨五点多，太阳露脸，市井声噌的一下就都冒出头，楼下开门声不断，公交车报站声过一会儿就响一次，隔壁的小囡又开始练琴，宗瑛出来洗了个冷水脸。

洗漱完毕五点四十五分，宗瑛翻了翻玄关柜，没什么收获。

她抬眸瞄到墙上挂着的可撕日历本，最新一张还是好些天前的日期。宗瑛算了算日子，今天是八月二十日，因此她撕掉了全部过期页，开启新的一天。

日历上赫然写着"七夕节"三个字。

她这时听到了盛清让下楼的声音，转过身将废弃日历纸投入纸篓，抬首打了一声招呼："早。"

"早，宗小姐。"他应道。

宗瑛走过去，将之前的银行卡递给他："这张卡你先留着吧，以防万一。"她说着又从钱夹里取了一张蓝色卡给他，"交通储值卡，打车也可以用，余额不够它会提醒你充值。"

她的大方让盛清让愧于接受。

见他迟迟不接，宗瑛二话不说低头打开他的公文包，将卡塞进去："至少能避免一些可以用钱解决的麻烦，拿着吧。"

她说完抬头："所以准备走了吗？"

盛清让答："嗯。"

距早六点还有三分钟，两人心知肚明，却都无从开口。

这是第一次在彼此都冷静的状态下分别——宗瑛不会跟他回那个时代，也不知他回去要做什么，像送孤舟入汪洋，能做的只有挥手告别。

六点来临，宗瑛再次见证了一个人的突然消失，像在瞬间蒸发的梦。

她伸出手，什么也触不到，耳畔只有座钟声铛铛铛地响。

打开门，天气晴好，这是她要面对的世界。

她找到一家早餐店，坐在窗边安安稳稳吃了早饭，阳光奢侈地铺满了桌。窗外车水马龙川流不息，好像这才是人间该有的样子。

她挨到上班时间，打算去和章律师见面，却又突然想起章律师改了详谈日期，因此只好改道去医院。

盛秋实也是刚到医院，宗瑛在电梯里和他打了个照面，他盯着上升楼层对宗瑛讲："我现在去查个房，你先上楼去看看宗瑜，看完了到楼下找我，我同你谈谈他的具体情况。"

宗瑛点点头，目送他出电梯，对着光滑如镜面的电梯门整理了衣着——她不知道上楼会遇见谁，除了宗瑜外，或许还有他妈妈，甚至大姑。

有些关系，她并不善于经营。

电梯门打开，迎面是高级病区特有的安静。她询问病房时，护士甚至会询问她的身份和来意。

就在她低头填登记表时，梁护士刚好过来，看到她就讲："宗医生过来看弟弟呀？我带你过去。"

宗瑛随她离开，留下护士站另外两个护士面面相觑。

其中一个小声讲："她是以前在神外那个宗医生吧？我听梁护士讲她以前蛮厉害的，不晓得上学早还是跳了级，毕业的时候年纪可小了，还是徐主任的得意门生。"

另一个不知情地问："那现在她在哪个医院啊？"

"哪里还做什么医生呀！听说当法医去了。"

"徐主任的高徒去当法医?！"

"再是高徒，当年出了那样的事情，大概也没有医院肯要她，那么只能去剖死人了。"

两人讲着，迎面走过来一个人——浅蓝色制服短袖，灰色肩章，手里提了只箱子，漠然神情里隐约透着一点倨傲，正是薛选青。

她出示了证件及相关文件，讲："2013病房，伤情鉴定。"

护士抬眸看一眼，将登记表拿给她："麻烦你填一下好哦？"

薛选青接过表，一眼就看到了上面一个访客的记录，白纸黑字写着"宗瑛"，要去的病房号是"2015"。

薛选青恨不得立即去2015捉她，但她还是拿起笔倚着台子耐心填表，面无表情地听两个护士继续讲刚才的八卦。

"你讲清楚呀，出的什么事情？"

"我那时候还没来，只是听人传的，但应该八九不离十。"她紧接着道，"听说她刚评上职称就把手给跌伤了，反正伤得很严重，一度说不能恢复。后来不晓得又怎么能上台做手术了，不巧那个手术失败了，病人家属又闹得相当厉害。虽然讲手术都有风险，但这种事情叫别人一看，都会怪到医生头上的，会讲她手没完全恢复好，不该上台拿病人的生命冒险。"

"这个样子啊，她怎么跌伤的呀？"

"鬼晓得，神外医生的手那么金贵，自己不注意又能怪哪个？"

薛选青寡着脸将登记表递过去，瞥了眼两人的工号，突然当着人家面念出来："126，213。"

对面两个人一脸莫名，薛选青二话不说转身就走。

走廊里静得出奇，2015号病房内也一样安静。加湿器毫不知倦地吐着白雾，宗瑜躺在床上一言不发。

宗瑜妈妈一大早有事先出去了，护工见宗瑛来也主动避开，病房里便只剩这一对姐弟。

宗瑛说："盛医生讲你想见我，是不是有话要对我说？"

宗瑜沉重地呼吸着，每一次都很缓慢，看向她的眸光更是毫无光彩，但隐约有些悲伤。

她从保温壶里倒出了一些温水，问他："要喝点水吗？"

他艰难地摇了摇头。

这个孩子长到十几岁年纪，文弱善良，成绩很好，从不做出格的事情，在家里也很少提要求。

宗瑛记得他小时候就很努力地亲近她，想讨她喜欢，但彼时她一心想要从那个家里远走高飞，早早就将这扇门关了，也拒绝了他的主动靠近。

雾气氤氲中，宗瑛问他："那天晚上，你和邢叔叔为什么要在凌晨出门呢？"

从宗瑛获知的消息中，宗瑜那晚说好了是要在舅舅家过夜，难不成半夜反悔？他一向不是那种任性的孩子。

宗瑜看着她，好半天才说了一句："我……不记得。"

宗瑛试图再问："那你记得邢叔叔的车是怎么失控的吗？"

他似乎犹豫了一会，最终摇了摇头，这次干脆连话也不讲了。他受过颅脑外伤，心理上亦可能存在障碍，记忆的短暂缺失是有可能发生的。

宗瑛知道问不出更多，索性不再问了。她将视线移向监护仪，意识到他已经很吃力了，因此重新看向他，语声温和："如果你有记起来的或者有要对我讲的话，随时可以打电话给我，好吗？"

见他没有答复，宗瑛又说："那我先走了。"

她不太想和宗瑜妈妈见面，在对方回来之前，她想先走一步。

她从椅子上起身，打算走时，却突然被宗瑜喊住。

"姐……"少年艰难地吐字，出乎意料地讲，"对不起。"

已经转身的宗瑛愣了一下，她转头疑惑地看过去，宗瑜却别过了脸。

为什么要讲对不起？宗瑛无法理解这突如其来的道歉，他们姐弟之间并没有任何互相亏欠的地方。他这声"对不起"到底关乎哪件事呢？

这时宗瑛的手机乍然振动，将她拽回神。

宗瑛接起电话，那边问："你打算在里面待多久？"

宗瑛下意识地抬眸，立即挂掉电话走向门口。她拉开房门，薛选青背靠门框，一手拿着电话，一只脚抬起来压住对面门框，横阻了去路。

宗瑛垂眸看她的脚，又抬头对上她的视线，薛选青好整以暇地盯着她，说："总算是找到你了。"

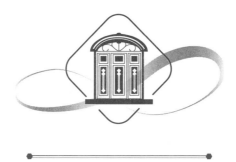

第 7 章

1

宗瑛问："你为什么会在这里？"

薛选青不甘示弱地反问："我为什么不能在这里？"

宗瑛留意到她手里提着的箱子，猜她到此是为了公务，又不巧在来访登记簿上发现了自己，按她一贯的行事风格，到病房门口来守株待兔毫不奇怪。

她来找自己，无非是为三件事——

一是到底为什么休假；二是那辆车为什么会停在马路中央；最后大概是求证盛清让的身份。

不论哪一件，都不太方便主动交代，宗瑛选择以静制动，等她问。

可薛选青偏偏不拣这些问，她抬下颌指指门内，盯着宗瑛问："恢复得怎么样了？"

宗瑛略略侧身，问她："能不能容我先关上门？"

薛选青避开来一些，待宗瑛关上门，立即又抬脚一撑，将宗瑛牢牢限制在狭小区域内："好了，讲吧。"

宗瑛无可奈何地容忍了她的幼稚行为，抬眼回道："脱离危险期，需要静养，可能有记忆缺失。"

"所以什么都问不出来对不对？"薛选青像是一早就知道了，她讲，"队里昨天就有人来过，问了半天，他也是讲什么都不知道。不管是不是真的失忆，从他这里入手意义不大，毕竟那袋毒品的来源，已经有些眉目了。"

出于保密和回避原则，薛选青无法讲得很具体，但她最后这句话，却足以让宗瑛回忆起几天前的一个细节。

休假前那天下班，她和薛选青还有小郑去酒馆吃饭，饭桌上小郑曾经提过"毒品袋上有另一个人的指纹"，他当时的怀疑对象是"新希制药高层"。

邢学义会从谁手里拿到这袋毒品？当真有可能是新希高层吗？如果是，那么是谁？

即便持有股份，宗瑛几乎从没有关心过新希内部的事，谁掌权、谁得势，又有哪些派系斗争，她都不太清楚。

就在宗瑛努力回忆那些相关人物的面目时，病房内的宗瑜却突然动了一动。他听着外面含含糊糊的对话，听到薛选青最后那句时，突然睫毛轻颤，眼睛睁开，茫然地看向了天花板。

此时，外面响起了他熟悉的脚步声。他晓得，是他妈妈回来了。

宗瑜妈妈的归来打断了门口两人的交谈。

薛选青睨她一眼，收回脚往旁边避了避，剩宗瑛独自应付来人。

宗瑜妈妈用一向温柔的语气说："宗瑛过来啦，进来坐坐啊……宗瑜一直念叨你，想同你讲讲话的。"她做事说话都不紧不慢，连日的彻夜守候将她整个人的精神气削去不少，但她同宗瑛讲话时仍努力撑出了笑容。

宗瑛答她："刚刚看过，他有些累，需要休息了。"

宗瑜妈妈点点头，进了门又转过身来，抬头对宗瑛讲："你有空多来看看啊。"

宗瑛迎上她的目光，最终应了一声："好。"

宗瑜妈妈关上门，薛选青的手机响起来。

2013号病房那边催她赶紧去，她挂掉电话却不着急走，指指宗瑛："你到门口去等我一会儿，我那个车的事情要跟你好好算账。"她说完便要转身，却又扭头补了一句："还有进出你家的那个老古董的事情，我一定会搞清楚。"

她指的老古董，无疑就是盛清让。宗瑛对此却不是很担心，毕竟盛清让于这个时代而言，到底是个不存在的人。薛选青这样做不过是徒费力气。

待薛选青进入2013号病房，宗瑛转过身往回走，未到护士站便隐约听到议论声。

八卦未停，两个护士仍在议论她。

大概是翻出了那条"涉事法医疑遭停职，曾出过医疗事故"的新闻，两个人再度将话题焦点转移到她身上。

一个说："2015号住的不就是她弟弟吗？新希家的公子，你不记得啦？"

一个接着说："7·23那个交通事故住进来的是哦？好像还死了一个亲戚？"

"是舅舅，听说还是新希药物研究院院长，前一阵子这件事影响很差，新希又有新药要上市，应该也公关了不少。说到这个，我倒还想起一件事情……"

"哪件？"

"十几年前新希的一桩新闻。"

"十几年前的事情你怎么晓得的啊？"

"梁护士讲的啊。她说新希成立药物研究院之前只有一个研究室，当时负责人叫严曼，就是这个宗医生的妈妈，那年新希也是要上新药，严曼突然就死了,说她有很严重的抑郁症,好像是自杀吧。"

"太可惜了。"

"据说这个严曼和神外的徐主任交情很好的,徐主任后来那样关照她女儿,大概也有这方面原因,只可惜啊,关照得一点意义也没有,这个'高徒'出了事故之后,连手术台也上不了,没办法跑去当个法医,现在也要闹出这么多事情来。"

宗瑛听完议论,没有立即露面。

她倚墙站着,揣在裤袋里的右手无意识地轻颤,突然回神,抽出手握了握拳,它才平息下来。

离开特需病区,宗瑛下楼找盛秋实。

医院的早晨是从交班查房开始的,三三两两没睡醒的实习生跟着老师穿梭在各个病房,是宗瑛曾经十分熟悉的生活。

盛秋实突然从后面喊住她,快步追上来,抢先一步替她推开诊室的门。

"谢谢。"宗瑛说。

"和宗瑜聊得怎么样?"

"他有些虚弱,话很少。"

盛秋实示意她在沙发上坐,又倒了杯水给她,自己也在对面坐下。

他稍稍整理了思路与措辞:"昨天检查下来他心脏的问题更加严重了。本来就不好,这次出个车祸雪上加霜,情况很不乐观……除了心脏移植,没有别的办法。"

宗瑛拿起杯子就喝,却被过热的水给烫到了。

她默不作声地将纸杯放回茶几,又听盛秋实讲:"他血型特殊,配型要求更高,可参考病例少得可怜。"

宗瑛问："家里人都知道了吗？"

盛秋实点点头："昨天讲的，应该都知道了。"

外面天气极好，这消息却似一团阴云，配合室内温度极低的空调风，头顶好像随时要落下大雨来。

尽管要相信奇迹的存在，现实却是一片灰暗——想在短时间内遇到合适的心脏供体，太难了。

宗瑛无烟可抽，就随手翻起茶几上的学术杂志来缓解焦虑。

盛秋实讲："大致情况就是这样，小孩子蛮可怜的，有时间多来看看吧。"

他的话里隐晦地存了些"看一时少一时"的意思，宗瑛领了意却未做回应。突然，有个护士敲门探头进来："盛医生，403会诊，马上。"

盛秋实很忙，宗瑛也就不再叨扰他。

她出了诊室，漫无目的地四处走，最后鬼使神差地停在一间手术室外。亮起的红灯意味着手术正在进行，门外是焦急等候的家属，门内则是宗瑛再也没有资格进入的区域。

宗瑛有片刻走神，口袋里的手机突然振动起来。

她敛神摸出手机，屏幕上是外婆久违的笑脸，左上角显示对方要求进行视频通话。

宗瑛按下接听，屏幕那边图像晃动，大概是信号不稳定，声音也断断续续。

外婆讲话时，小舅舅的脸也凑进来，他讲："宗瑛你等一等，我用电话给你打过去。"说完就挂了。

电话打过来，声音终于清晰，宗瑛抬起头，阳光穿过玻璃映满她的脸。

小舅舅在那端讲："宗瑛，外婆过几天要回国，想试着联系一下杭州老家的亲戚，但找不到号码了。她讲公寓里有一本牛皮册子上记了一些，应该是放在你妈妈那个柜子里了，你有空回去找一下。"

外婆要回国的消息很突然，宗瑛回过神，说："可是那个柜子被外婆锁了，我没有钥匙。"

小舅舅答："她讲钥匙就藏在座钟后面，你去找找看。"

宗瑛很多年没开过那个柜子了，老座钟也数年未挪过位置。

她挂掉电话，仍未等到薛选青下楼，因此决定返回公寓。

穿过斑斓的门廊，公寓宽廊里空无一人，没有服务处的高台，更不会有一个叶先生探出头来讲："牛奶到了呀，要带上去哦？要开电梯哦？"

只有自动打开的两扇电梯门，冰冷、机械。

宗瑛进入电梯，迅速到顶楼。

她甫进屋，径直走向座钟，小心翼翼地移开它，果然寻到一把陈旧钥匙——尽管已经失去光泽，但它却是外婆多年之后的一种许可。

阳台门半开，燠热的微风撩动窗帘，落在地上的阳光随之变形跃动。

宗瑛手握钥匙打开柜门，扑面一阵淡淡的灰尘气味，架子上依序摆满了册子——几乎都是严曼留下来的。

她一本本地翻找过去，抽出一本牛皮册子。封皮上面手工压了年份，像日程本，不像外婆讲的电话簿。她正要将它放回原位，却突然止住动作，因为这个年份她太熟悉了。

宗瑛的脸色渐渐沉了下来，她双手翻开它，满目都是严曼的字迹。

严曼是个做事工整简洁的人,日程本上的字也毫不含糊,宗瑛一页页往后翻,到八月、九月……

九月十二日,九月十三日,九月十四日。

九月十四日那天,严曼只写了两件事:"1.数据确认;2.宗瑛生日。"但那天她没有再回家。

宗瑛双手紧捏本子,想起那个惨淡的生日和孤零零的夜晚。

她克制了一下情绪,打算合起本子的瞬间,却意识到书签带压在后一页,这促使她又往后翻了一页。

九月十五日,严曼还安排了三件事,都与工作相关。

一个在九月十四日打算去自杀的人,又怎么可能会把工作安排到第二天?

2

宗瑛从本子上移开视线,抬起头,目光所及是满柜的遗物。

那年严曼猝然离世,他们在她办公室里找到大量抗抑郁处方药,结合她那段时间郁郁寡欢的表现,都认为她可能是受药物影响做出了不明智的选择。

事发现场是新希新建的办公楼,当时连大楼环形走廊上的围栏都没来得及装,楼里自然不可能有人办公,因此事发时一个目击者也没有。

那段时间严曼的婚姻也岌岌可危,生活仿佛被各种负面能量围困,加上事故现场的勘验结果也没有显示出他杀迹象,报道中对真相的猜测就更倾向于自杀。

宗瑛合上本子，将它放回原处。

事情过去了十几年，曾经的蛛丝马迹早在漫长岁月中被冲刷得所剩无几，已很难再回头探寻真相，但有一点宗瑛能够确信，严曼的离开原因不该是自杀。

她一向坚忍努力，对学术负责，对工作负责，对孩子负责，不会无端地一声不吭就挥别人世。

当年那些对她"轻生、不负责任"的指责，那些毫无意义的可惜与假惺惺的同情，那些在她死后关乎遗产争夺的嘴脸，都曾清晰地烙在宗瑛的年少时光里。

那时的宗瑛沮丧又厌恶，却无力离开。外婆遭受沉痛打击一病不起，由小舅舅接出国休养，而她只能留在这里，形单影只地度过一天又一天，板着脸寡言少语地活到现在，宗瑛甚至记不起小时候的笑颜。

玻璃柜门上浅浅地印出她的脸——寡淡的、不生动的一张脸。

她试图撑起两边唇角来表达笑意，却是不熟练的僵硬，最后只能放弃。

宗瑛尽力平息心中翻起的骇浪，在满目母亲遗物中为外婆翻找一册薄薄的通讯簿。

外婆出生于淳安古城，家里兄弟姐妹早早地各奔东西讨生活，此后一别多年再难相见，好不容易打听到一二，又恰逢严曼去世，就再没有联系。那时候留下来的电话号码，或许早已变更易主，其实就算找到通讯簿也未必能寻到故人了。

但人生垂暮又身处异国，对故乡故人的惦念是最后的执着，不管怎样还是要试一试。

宗瑛几乎翻遍书柜，最后在一堆笔记本里找到了它。单薄的纸张稍稍变脆，墨迹只有些许晕开，并不妨碍辨认。

宗瑛抬手关柜门，百般情绪仿佛也在柜门关闭的刹那，被封锁其中。

外婆的归国也为宗瑛提供了绝好的借口。

薛选青晚上再找她，问她休假事由，她索性答复："外婆要回国了，陪她寻亲。"

这理由充分且正当，简直无可指摘。

但薛选青到底不打算全信她，讲："寻亲的确是重要事情，但你这次请的假长得离奇，除了事故和病休，我实在想不通还有什么别的理由能让上面批这么长的假给你。宗瑛，我晓得这样逼你不妥，但我希望了解你的难处。有些事情固然只能一个人去受，但情感上有人分担或许会轻松一些，你觉得有没有道理？"

宗瑛闻言沉默，她明白薛选青是出于百分百的好心，但现在并不是摊牌的时机，于是答道："选青，你再给我一些时间，很快的。"

薛选青认真想了一想，同意了，但也讲："不管遇到什么事情，你一定不要钻牛角尖，答应我。"

"好。"她亦同样认真地应了下来。

八月的上海，温度丝毫不降，浮在空气里的每一粒尘埃都滚烫。临近月尾，终于连下两场暴雨，城市久旱逢甘霖，在雨水退去之后，天地迎来一种潮湿的干净。

这期间宗瑛和章律师见了面，表达了自己的财产处理意向，但因谈话时间有限，这件事并没有能够深入，章律师只能与她另约日期。

按照原来计划，她应该尽早处理完这件事，即刻入院手术，但外婆回国这件事打乱了她的安排，索性就将一切都推后了。

九月一日，外婆回上海，宗瑛去机场接她。

小舅舅工作极忙碌，实在腾不出时间在上海久留，几乎是将外婆送到，就又要匆忙返回，因此接待和陪伴的工作也就都落在了宗瑛头上。

外婆是个很有趣的老太太，除外公和严曼接连去世那几年外，其余时候她都十分达观、活泼。

宗瑛开车带她回公寓的路上，老太太望着车窗外感慨道："是什么都变了，还是我老得连以前上海的样子都不记得了呢？"

宗瑛眼角余光掠过窗外，她从一九三七年回到二〇一五年的刹那，也曾有此同感，遂回："是上海变了，外婆。"

外婆眸光里蓄起一些上了年纪独有的伤感："变得我一点都不认识了。"

大概是察觉到气氛不对，话音刚落，外婆就又换了话题，同宗瑛表达歉意："你今天是请假了吗？看来我耽误你的工作了。"

宗瑛说："我攒了一些年休假，好好陪你。"

"不陪也不要紧的，我还晓得怎样到网上去订车票，我自己去杭州也是没有问题的，你们却当我老得什么都做不成了，其实真的没有关系。"外婆讲话有一种不紧不慢的老腔调，令宗瑛突然想起盛清让。

她很久没见他了。这么多天，他一次也未在699号公寓出现过，而她给的那张信用卡，从八月二十一日之后，就没有再推送过任何的消费提醒。

盛清让像人间蒸发一样，消失了。

他是因为出了事没法出现，还是因为时空的漏洞得以修复，以至于他不需要再反复穿梭于两个时代了呢？

七夕那天的分别，隐约似鹊桥相会之后再度分道扬镳的牛郎织女，各置银河一端不再会面。不同的是，牛郎织女的下次相会好歹有一个可预见的期限，而他们分开，则根本没有可测的相会之期。

一个在现代即将面临高风险系数的手术，另一个在二十世纪三十年代的上海应付战争带来的种种危机，缘分真的……说断就断了。

念至此，宗瑛眸光里莫名闪过一瞬黯然。

她确定自己是担心盛清让的，同时也担心她带去盛家的那两个孩子，还有清蕙……她从心底里祈愿他们能免于战火侵袭，能平安度过那长达数年的不安定。

想着想着，她的右手轻轻颤了一下。

坐在侧后方的外婆，留意到了宗瑛表露出的一丝不安。

外婆这时才仔细地打量起她。尽管这些年通过视频或者电话能了解到关于她的一些近况，但当下面对面地接触下来，外婆的担心变得直观而强烈——

不论是长相，还是做事的样子，她都和严曼越来越像。

外婆忧心地看向宗瑛扶着方向盘的手，谨慎地问："阿瑛啊，你是不是有不开心的事情？"

宗瑛虽觉得这问题突然，但也很快应道："没有的。"

外婆又问："那么你有没有什么工作、生活上面的麻烦？"

宗瑛认真想了想："有一些，但我觉得我能够应付。"

答复也几乎和严曼当年一模一样，可那时严曼说完这些，很快就走了。外婆的忧虑由此变得更深，严曼的不告而别对她的打击很大，她不愿见有人重走严曼的老路，尤其是宗瑛。

两个人抵达699号公寓已是傍晚，外婆回到久违的老房子，心中难免各种情绪交织。

这间公寓曾经是她结婚的新房，她曾在这里迎接过孩子们的降生，曾目送他们出门读书，见证他们组建新的家庭，又一个接一个地送他们离开，后来她自己也离开了这里，一走数年，物是人非。

外婆走到书柜前站了许久，又越过书柜抵达阳台，暮色里是一个崭新的上海，与她老旧的伤感故事毫不相干。过去种种，其实对她而言，也都是年代久远、需要节制的悲伤与遗憾了。

宗瑛站在旁边，与她讲这些天同浙江亲戚们联系下来的情况。

她按簿子上的老号码逐个打过去，前面几个都拨不通，只能以后再慢慢找。姨外婆家的那个倒还有人接，但被告知姨外婆现在已随女儿移居南京。她紧接着往南京那边打了电话，那边讲姨外婆也很惦记姐姐，如果能见面，他们就尽早安排。

虽不能个个都联系上，但还有一个能立即见面，这对外婆来讲，已经是不小的惊喜。

宗瑛和南京那边又联系了一次，两个老姐妹隔着电话用乡音讲了半晌，忍住落泪的冲动，迅速敲定了见面日期——九月三号，周五晚上。

上海到南京，吃过午饭稳稳当当出发，开车上高速，抵达时正好迎接南京的落日，进入市区遭遇小小拥堵，是再寻常不过的工作日晚高峰，这是二〇一五年的南京。

那么七十多年前呢？导航提示还有三公里就到目的地，宗瑛望着远处风平浪静的高楼，制止了自己继续往下想的念头。

会面地点就在姨外婆家里，南京市区一间普通商品房。

她的女儿、女婿置办了满桌子的菜来招待，十分热情，讲话都带着一腔南京口音，只有老姐妹讲的是淳安方言，他们两个自成一个世界，日渐浑浊的眼眸皆被潮湿的喜悦包裹。

久别重逢，大多如此。

将近晚八点，住浦口的外孙一家、住江宁的外孙女一家也都陆续赶到，狭小的一个屋子一下子多了十来口人，顿时热闹得像过年。电视机播着当地新闻，孩子们在沙发上翻滚，有人在厨房帮工，有人在客厅摆桌……宗瑛站在一旁，手足无措。

她家里不会有这样多的人，也不会有这样的聚餐，这对她而言，是陌生的烟火气。

姨表妹见她一个人尴尬地伫立在那儿，赶紧叫小囡招呼她坐。小囡抬头喊她：“上海姨母快点坐呀，马上要吃饭啦！”宗瑛这才收回神，走向靠西边的一对小沙发，请两个老人家过来入座。

席间，外婆理所当然地成了关注的焦点，也有人想打探宗瑛的情况，但宗瑛乍一看就十分内向，他们稍微问了几句也就打消了继续探询的念头。

一顿饭愉快结束，已近晚十点。

平日里这个点，老人家都早早休息了，但今天情况特殊，两个老人家到现在也没有睡意，一家人就都陪在旁边，切了西瓜备了冷饮看电视。

宗瑛在角落里坐了一会，电风扇吹得她隐隐头痛，姨表妹见她轻皱起眉，便问：“是不是太闷气了？”紧接着又说，“要去外阳台吹吹风吗？”

宗瑛默不作声地点了下头，姨表妹便起身领她去朝南的外阳台。

对方打开窗户，讲：“空调一直开着，之前烧饭的油烟没能散出去，是不舒服的。”

宗瑛没应声，从口袋里摸出烟盒，问她：“可以抽烟吗？”

"嗯。"姨表妹点点头，"没关系的，你当自己家就好了。"

宗瑛站在窗口点了一支烟，从稀薄烟雾里看出去，万家灯火似星光闪烁。

真好，宗瑛想。

她下意识地摸出手机看了一眼时间，二十二点零六分，已经过了晚十点，但毫无动静。

旁边的姨表妹察觉她有些焦虑，又见她盯着时间看，以为她是着急回上海，便讲："你们今天就在南京住一晚吧。"

"嗯。"宗瑛应得含含糊糊，她解锁手机，点开搜索页，犹豫片刻，搜出淞沪会战大事记。

"八月二十一日，敌增援到，双方激战，陷入僵持状态。

"八月二十二日，汇山码头我军继续向两翼进展，东面逼近杨树浦路，西面到横滨河。

"八月二十三日，日机轰炸先施公司，死伤八百余人。

"八月二十八日，我军与罗店之敌激战旬余，伤亡过半，罗店镇陷落。

"九月一日，日军第12、18、21、22、36等旅团抵上海……同济大学被日军轰毁。"[1]

寥寥数笔记录下来的重大事件，显示出战争的走向，但对于身处其中的每个平民的命运，却无法一一顾及。

就在她忍不住要去搜她曾经放弃的那三个字时，"叮咚"一声，顶部突然推进来一条消费提醒。

---

[1] 引自上海淞沪抗战纪念馆：《淞沪会战大事记》，http://www.813china.com/index.php?m=content&c=index&a=lists&catid=40。

宗瑛飞快点开，消费地点显示是南京本地一家叫百祥药店的商户。

宗瑛蹙眉，一个白底绿字的招牌立即从脑海里跳出来，她突然转头问姨表妹："小区外面是不是有家百祥药店？是连锁的还是就那一家？"

3

宗瑛一直寡言少语的，好像对什么都不感兴趣，但这时突然一连串地发问，令姨表妹愣了一愣。

"百祥药店啊……"姨表妹努力回忆一番，答道，"对的对的，西门口有一家，应该不是连锁的，好像就是个私人药店。"

宗瑛烟都没来得及抽完，姨表妹话音刚落，她徒手捏灭香烟，只吝啬地留了一句"我出去一下"，就在姨表妹惊愕的表情里，匆匆忙忙穿过客厅出了门。

防盗门被关上的刹那，客厅里的人都愣了一愣。

姨外婆回过神问："刚才……哪个出去了？"

窝在沙发里吃冰淇淋的小囡抢着答道："是上海姨母！"

外婆这时疑惑地转头看向门口，姨表妹从外阳台返回来，讲："好像是去药店了，大概……是去买药？"鉴于宗瑛刚才的表现太过奇怪，姨表妹的这番说辞连她自己都说服不了，但重点是要让长辈不起疑，她也就没有多话，还顺便帮宗瑛找了个合适的出门理由。

老小区的楼层矮，没有配备电梯，楼道里装着声控灯，宗瑛疾步跑下去，楼梯就一层层地亮起来。

她方向感很好，一口气跑出西门左拐，乍然推开药店门，一阵冷气扑面涌来，竟令她打了个寒战。

宗瑛气喘吁吁地抬头，目光扫过整个店，药柜、收银台，压根没有盛清让的身影。

她努力稳定气息，问："刚刚是不是有人在这里买了五十六块五毛钱的药品？"

收银员蓦地一愣："你怎么晓得？"

她问："人走了多久？"

收银员仍蒙着，讲："好像是三四分钟前？"

他话音刚落，宗瑛倏地松开门把手，疾步离开，药店玻璃门却迟迟缓缓过了好一会才自动关上。

一路停满了私家车，路灯间断地亮着，宗瑛步子极快，快得能听到自己费力的喘息声，额头也被这燠热天气逼出一层薄汗来。

她行至分岔路口，一时不知该去往何处，手机突然又"叮咚"一声响起，宗瑛解锁屏幕，跳出来一条新的消费提醒——便利店，花了七块八毛钱。

宗瑛依稀记得开车进来时路过的那家便利店，因此立即拐进右边的路，铆足了劲跑过去。

经过一座大厦时，突然有人小心翼翼地喊住了她："宗小姐？"

宗瑛循声止住步子，上气不接下气地俯身，双手撑住膝盖看向坐在台阶上的那个人，气息不稳地唤了一声："盛……先生。"

盛清让立即从地上站起来，宗瑛亦直起身，皱着脸吃力地平顺呼吸。

"你为什么会在南京，又为什么会知道我在这里？"盛清让压制着吃惊，用尽量稳重的语气问她。

"说来话长，先不同你解释。"她说完这句，气息稍稍平稳了些，才得暇打量他。

路灯昏黄的光线下，他整个人是肉眼可察的憔悴与消瘦，脸上竟然划破一道口子，领口有血迹，手里则提着一只药店塑料袋，除药品敷料外，里面还另外塞了一瓶水、一个面包。

宗瑛现在没有时间细究他受伤的缘由，也没空问他这些天发生了什么事，只问："有没有笔？"

他未带公文包，最后从衬衣口袋里摸出一支钢笔递给她。盛清让不晓得她要做什么，宗瑛却猝不及防地抓起他一只手，摊开他的掌心，迅速写了一个酒店名字上去："去打辆车，到这个地方等我。"

说完她旋紧笔帽，又摸出钱夹翻出两张纸币塞进他手里："我需要回去接个人，可能会晚些时候到，请你耐心等一会。"

她这一连串的举动，都没有给盛清让任何回神的机会。等他彻底缓过来，宗瑛都已经走到百米开外，只留了一个果断又干脆的背影给他。

宗瑛回到姨外婆家，姨表妹便抢先开口问她："刚才是去药店了吗？"

宗瑛含含糊糊应了一声，讲："嗯，有点头痛，去买了止痛药，已经吃过了。"

外婆问她："现下好点哦？如果不方便开车，就叫代驾好不好？"

宗瑛摇摇头："不要紧的，我现在好些了。"

这时众人都有些困了，纵然再依依不舍，但家里空间不够，就隐约显露出留客不便的窘迫。

外婆也意识到这一点，便同姨外婆讲："辰光不早，要歇了。明天我们仍在南京，还能够一起聚的。"

姨外婆点点头，至此众人才终于松一口气，各自打算回了。

一群人浩浩荡荡出门，将宗瑛和外婆送出小区，又目送她们上了车，这才放心地散了。

宗瑛沿右边岔道一路开出去，途经她与盛清让相遇的那座大厦时特意瞥了一眼——大厦前的台阶上空空荡荡，看来他已经走了。

车子畅通无阻地驶向预订的酒店，抵达时十一点整，外面冷冷清清，前台似乎也困了。

宗瑛一进门就仔仔细细环顾四周，外婆便问她："阿瑛啊，你是在找什么吗？"

宗瑛一边答"没有的"，一边将视线移向北面靠室内喷泉的一张沙发，终于在那里发现了盛清让。

盛清让也注意到她，但鉴于她身旁有长辈，便不敢贸然上前，仍老实在沙发上待着。

外婆本要与宗瑛一起去办入住，宗瑛却讲："外婆，你累了，先坐一会，我来就好。"说罢拿过外婆的护照，径直走向前台。

她报了信息，前台查完，问："预订了一个标准间是吗？"

宗瑛压低声音讲："不。"说着同时递去身份证和护照，"要两间。"

"分开？"前台视线越过她瞥了一眼沙发上的外婆，显然是觉得放任一个老人家住一间不安全，但最终也未多嘴，顺利给她开了两个房间，递去两张房卡。

宗瑛收起其中一张房卡，甫转身，只见外婆正盯着另一张沙发上的盛清让。

她快步走过去，唤了声"外婆"，同时扶她起来讲："房间好了，上去休息吧。"

外婆任她扶着，但视线始终落在盛清让身上，直到转过身，才终于放弃对他的探究，转而同宗瑛讲："你看到那个年轻人没有，看起来文质彬彬却伤成那样子，难道是与人打架打的？且他看起来相当老派的呀！真是奇怪的。"

宗瑛眼角余光朝那边再次瞥了一眼，见电梯门打开，赶紧岔开话题："外婆，电梯到了。"

她送外婆进入房间，外婆便一直同她讲淳安老家的旧事情，宗瑛不好打断，就一直看时间。外婆察觉到她的焦虑，问："你有什么别的事情要去做吗？"

宗瑛说："我想时候不早，该洗澡了。"

外婆讲："那么你先洗，我再坐一坐。"

宗瑛拗不过一个固执的老人家，只好起身先去洗澡。她洗得飞快，头发吹到半干，穿个浴袍就出来了，前后不超过十分钟。

外婆便讲她："你不要赶时间啊，洗澡要好好洗的呀。"

宗瑛只顾点头，从旅行包里翻出换洗衣服，麻利地套上衬衫、长裤，外婆在一旁看她穿完，问："阿瑛，你是打算穿这个睡觉吗？"

宗瑛这次答得飞快，说："我想出去抽会烟。"

外婆并不喜欢别人抽烟，但宗瑛抽烟总归有她的原因，一番欲言又止后，还是只能随她去。

待外婆进入浴室，宗瑛终于从房间出来，下了楼到大堂，只见盛清让仍孤零零地坐在那里，有服务生上前，委婉地劝他走。

宗瑛陡然想起那一次她在华懋饭店的遭遇，她一身狼狈坐在大堂，服务生上前赶她走，回想起来好像也是差不多的情形，只不过主角从她换成了盛清让。

她走上前朝盛清让伸出手，同服务生讲："这位先生和我一起的。"说完见盛清让还未反应，索性手再往前一些，俯身主动握住他的手，径直带他走向电梯间。

密闭空间缓慢上升的过程中，沐浴用品残留的淡雅香气与战火带来的硝烟尘土气交织在了一起。

宗瑛略皱眉，脚挪了一下位置；盛清让贴电梯内壁站着，不敢妄动。

宗瑛这时才问："脸上怎么伤的？"

盛清让大概是太累了，反应亦变慢，愣了一下才答："应该是弹片擦的。"

宗瑛的视线移过去，目光最终停留在他脸上。

突然她上前一步，就几乎站到了盛清让跟前——近在咫尺，呼吸可闻，而盛清让紧贴金属内墙，避无可避。

借着电梯内还算明亮的顶灯，宗瑛蹙眉敛睑，凝神观察了一下他脸上的伤口，甚至伸手稍稍抬起他的下颌，这才看到他脖颈处的两道伤口——

倘若真是被细碎弹片擦伤，那么伤得实在太侥幸了。

"如果再深一些，割到颈动脉，那么我想……你可能就不会出现在这里了。"说话时她的手仍轻抬着他的下颌，且并没有要离开的意思。

她检查伤口，神情姿态实在坦荡专业，盛清让便只能这么抵墙待着。

"给我看一下买的是什么药。"她说着终于垂下手，盛清让霍地暗松一口气，但他这口气还未尽，她一低头，潮湿头发便撩到了他的皮肤——凉凉的，带一些淡淡的洗发水的味道，发丝并不太柔软。

盛清让的喉咙下意识地收紧，手指头微微颤了一颤，握紧了拳。

4

宗瑛还未从他手里拿过药品袋，电梯门就开了。她索性作罢，同盛清让讲了一声"跟我来"，便径直走了出去。

盛清让如释重负般松开拳，跟出电梯，即见宗瑛拐进了右手边的走廊。走在厚实的地毯上，每一步都悄无声息，头顶射灯的暖光打下来，将潮湿发丝都映得温柔。盛清让走在她身后，心中腾起一种似曾相识的感觉，法语里称之为Dé jà vu——

数十日前，在遭遇炸前的华懋饭店，他也这样领着她穿梭在这样的廊道里，只不过灯光不同、气味不同……外面没有炮声，开门的钥匙也换成了存有智能芯片的房卡，只有人还是一样。

房门开启，宗瑛挤入门内，将房卡置入取电盒，房内瞬时亮起。

她拉开门，稍稍避开一些请他入内，同时伸手接过他手中的袋子，头也不抬地建议："你先去洗澡，洗完再处理伤口比较妥当。"

盛清让一时站着没动，宗瑛便抬头："有什么问题？"

"没有。"他说话时有难以察觉的局促，讲完匆匆忙忙转过身，进入浴室关上了门。

宗瑛走到沙发前，将药袋搁在圆茶几上，手探进去翻了翻——该有的都有，还算齐全。

她坐下来，浴室内响起流水声，她又看看时间，百无聊赖地打开房内的电视。

42寸液晶显示屏上，正在重播昨天的大阅兵。距战争结束已经过去了七十周年，而浴室里的那一位，在数小时前所经历的，却还是战争最开始的部分。

宗瑛的眸光逐渐黯沉，也没有在意到浴室里的水声响了多久。

盛清让独自站在洗脸池前洗衬衫，血液渗进纤维中，好像无论如何都洗不干净。他突然停下来，双手撑在池子边缘，手背血管一根根地绷起。他又抬头看了一眼镜中自己的脸，最后关掉水龙头，外面电视机的声音越发清晰起来——

伴着分列式进行曲的女声解说，一遍又一遍地强调着四个字——"抗战胜利"。

七十周年。

盛清让推开门走了出去。

没有干净衣服可换，只能穿浴袍。宗瑛转头看他，并不觉得有什么不妥，也不起身，只讲："坐，我帮你处理。"

盛清让不好推辞，依言坐进沙发。宗瑛伸手拖过药品袋，熟练地撕开酒精纸，对着顶上打下来的光，抬手替他处理伤口。

酒精带来的密集刺激令盛清让不落痕迹地皱了下眉，宗瑛说："再深一些就需要缝针了，你很幸运。"

讲完拆开药盒，上药时盛清让问她："宗小姐今天为什么会在南京？"

宗瑛毫不避讳："我外祖母回国寻亲，她有家人在南京，所以我陪她来。"她视线始终落在他伤处，上眼睑略略耷着，这时候却突然抬眸看他，问："你呢？为什么会在那里，伤口怎么来的，这些天去了哪里？"

疑问成串，脱口而出。好奇成这样，全然不似她平常作风。

盛清让面对这探询忽然垂眸，与她的目光便有一瞬的对撞。他稍愣，她移开视线，柔软指腹轻压他的脸，令敷料贴紧皮肤。

宗瑛见他不应，用鼻音"嗯"了一声。

盛清让敛神答道："今天宗小姐在的那片住宅区，七十多年前曾是盛家的南京公馆，我今晚回那里是为了取一份资料。至于伤口，是在码头不小心中的招。这些天上海工厂开始起运，一路通行麻烦，手续繁重，我便往返上海与镇江，替他们处理一些事，因此很久未回公寓。"

"那这些天晚上你住哪里？"

"有一些商店或者医院彻夜不关门，我可以在那里待上整晚。"

"为什么没有刷过卡？"

"嗯？"盛清让显然未料到她可以即时洞察到每一笔交易，又答，"有人买了我一块手表，我由此得到一些可流通的现金，到昨天刚刚用完。"

他的一切回应都没什么问题，宗瑛开始替他处理脖颈上的伤口。下颌挡掉一部分光，宗瑛必须凑近方能看清，鼻息便似有似无地撩过他脖颈细薄的皮肤。

"盛先生？"她贴敷料时突然出声，盛清让紧张的喉部肌肉骤然动了一动，他问："怎么了？"

"你是不是不愿意麻烦我？"

"不，宗小姐，只是……"他语无伦次地想给出个解释，宗瑛却忽地松开手，就在他松口气打算好好讲时，宗瑛却又抬手轻握住他下颌：

"张嘴。"

他是个乖巧的病人，听令张开嘴，唇角刺痛就愈明显。

是锋利金属片擦过时留下的细小伤口，没怎么出血，也不易察觉，但宗瑛捕获到了。

她拇指指腹忽地揉了一下他的唇角，问："疼吗？"

一抬眸，一垂睑，近在咫尺的目光相撞，交织中有片刻慌乱，也有微妙的克制。

宗瑛倏地松开手，若无其事地讲："这里不用上药也好得很快，不必在意。"

她起身去洗了手，从浴室出来时，电视上的阅兵式将近尾声，但画面角落里标着的"抗战胜利70周年"一直未消失，盛清让看着屏幕一角，侧脸肌肉始终无法松弛。

地狱一样的岁月，虽终归会结束，但到底还是太漫长了，又有多少人能够挨过去呢？

他侧过脸看向宗瑛时，宗瑛俯身拿起遥控器，关掉了电视。

她讲："你现在需要休息。不然哪来精力去应对明天？"

室内重归安静，宗瑛又问："你要在南京留几天？"

他答："后天回上海。"

"那你收好房卡，明天还是到这里来。"宗瑛说着走向门口，临出门时又留了一句，"晚安。"

盛清让的一句晚安还未及说出口，宗瑛却已关上了门。

宗瑛回去时，外婆已经睡了。

她在靠窗的一张床上躺下，空调不住地往下吹，窗帘拉了小半，不知是月光还是灯光，令室内呈现出一种冷森森的景象。

辗转反侧，一夜无眠。

次日，宗瑛与外婆回请姨外婆一家，订了市中心一家饭店的午餐，客到齐后，坐了满满一桌。

席间仍是热闹，老姐妹叙不完的旧，孩子们不好好吃饭在包间里乱窜，宗瑛隐隐有些头痛，寻了个借口出去，要了杯热水吃药时，姨表妹也从里面走了出来。

她问："头还痛啊？是休息得不好吗？"

宗瑛点点头，将玻璃水杯递还给走廊里的服务生。

姨表妹又说："他们老人家打算吃过饭去喝茶的，你是要回去休息，还是同我们一起逛商场？"

宗瑛想起昨天浴室里挂着的那件血迹斑斑的衬衫，答："一起吧。"

她买东西也没什么可遮掩的，坦坦荡荡地进男装店，在整排的衬衫陈列柜前止步，一只手始终揣在口袋里，另一只手悬在半空，看了一会，最终指了其中一件说："请给我这一件。"

店员问："请问什么尺码？"

宗瑛稍作回忆，答："身高一米八四或一米八五，体重在七十二到七十四公斤之间。"她目测这些一向很准，出入应该不会太大。

结账时，姨表妹在旁边问："啊，是给男朋友买的衣服？"

宗瑛正低头签POS单，被她这样乍然一问，手中的笔稍顿了一下，回说："不算是。"

姨表妹又问："那是什么样的朋友？"

"缘分很深的朋友。"宗瑛说完回忆起清蕙第一次见她时问的问题，那时她回的是"过路的朋友"。

姨表妹听她这样讲，大抵以为她是要送礼物给什么中意的异性朋友，便说："有缘分就很难得了，说不定可以好好发展一下。"

发展？宗瑛接过纸袋久未出声。

她和盛清让毕竟不属于同一个时代，有些念头是一旦冒出来就会失控的，谁也无法预料这种失控带来的后果到底是什么，那么连苗头也不起才最安全稳妥。

理智重新占据上风令人松一口气，却莫名地也让人体会到一丝无奈的失落。

宗瑛陪姨表妹逛了将近一个下午，晚上又陪外婆去吃了河鲜，回酒店已近晚十点。宗瑛开车，外婆在后座，她瞥见宗瑛放在副驾位上的手提袋，仔细打量了一下商标，确认是男装品牌，不由得多想。

宗瑛到现在这个年纪，感情生活从来一片空白，这会儿突然替别人买起衣服，难道是有什么状况？外婆很想打探，但又没想好怎样开启这个话题，就只好自己先琢磨。

车子开到酒店停车场，宗瑛看一眼时间，九点五十分，匆匆下车绕到后面，拉开车门俯身对外婆说："外婆，你先上去休息，我在下面抽会烟。"

外婆从她手里接过房卡，只叮嘱了一句："你少抽一点。"

宗瑛点点头，扶外婆下了车，将她送进大门，这才重新回到车内继续等。

她半开车窗，点起一支烟，甜丝丝的味道随烟雾弥漫开，视线可及处是一条宽阔的马路，车辆穿梭，行人寥寥。就在一支烟快要燃尽时，马路对面突然出现一个熟悉身影，他越过斑马线这边走来，宗瑛摁灭烟头，拿过副驾上的纸袋，推门下车。

盛清让也看到她，快步走到她面前，唤了一声："宗小姐。"

宗瑛将纸袋递过去，才察觉他穿的已不再是昨天那件血迹斑斑的衬衫。

他换了新的，但她也未将礼物收回，只讲："或许你不需要了，但我顺手买了，你就留着吧。"

楼上的外婆这时推开窗，低头便看到宗瑛与盛清让，只见两个人似乎在交谈，盛清让接过宗瑛递去的纸袋，紧接着两人一前一后进入酒店大门，就什么也看不到了。

宗瑛是一个人回来的，她若无其事地洗了澡，吞了两颗药，说有些头痛就先睡了。

外婆坐在另一张床上，看她背过身去睡，有满腹疑问却没法开口。

次日外婆起了个大早，趁宗瑛还未醒就出了门，本想下楼去前台打探一番，没想到刚推开门，就迎面碰到斜对门里出来的年轻男人。

外婆觉得眼熟极了——是她前天在酒店大堂里见到的那个男人，但他与那天看起来完全不同，簇新、整齐的衬衫显得他格外绅士正派，是这个年代少见的气质。

他手里，此刻正提着昨天宗瑛副驾上的那只纸袋。

外婆略讶异，正要开口搭讪，宗瑛忽然从里面打开了门，探出半个身子来问："外婆，你要出去吗？"话音甫落，她就看到了站在对门的盛清让。

外婆转过头来同她说："你们是认识的吧？"

宗瑛这时迅速低头看了眼手机屏——五点五十六分，没有足够的时间了。

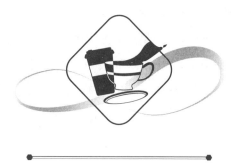

第 8 章

1

外婆从宗瑛神色中看出了难得的焦虑，虽不明就里，但这焦虑至少能证明两人的关系非同寻常。既然宗瑛似铜墙铁壁一样难打探，那么只能另寻突破口，眼前这个看起来温和老派的年轻人无疑成了最佳选择。

外婆立即转回头，得出结论，笑着同盛清让说道："原来宗瑛昨天买的衣服是送你的呀，那么看来是认识的了，我记得好像前天在大堂见过你？"

老人家的记性好得出奇，根本不好糊弄，还不等他二人回答，紧接着又问："你昨天是什么时候来的呀？"

外婆明知故问想要揭穿，盛清让急于脱身却还要保持镇定，僵持不下之际，挺身而出的却是宗瑛。

盛清让快速地思索应答长辈的措辞时，宗瑛突然走出门来，上前一把揽过他，故作亲密地握紧他的手，又迅速转头同外婆讲："我有点事要同他讲，外婆你等一等。"

她说完也不松手，环紧盛清让的腰快步往前走，贴着他压低声问道："时间来不及了，你得赶紧离开，七十多年前这里是什么地方？"

盛清让只能低头迁就她的身高，快速答道："也是一个饭店，但只有七层。"

宗瑛抬头看电梯楼层指示灯，电梯在二十一层迟迟不肯下来，她陡然皱眉，旋即推开应急楼梯间的门，拉着盛清让快步往下跑——

直到迎面出现一个黑底金字的"7F"标志，她才倏地收住步子，纸袋被楼梯拐角刮到的声音乍然响起，衣服便从袋子里掉出来。

盛清让正要弯腰去捡，宗瑛看一眼时间讲："不要管它了盛先生。"她说着抬头看他，"还有五秒。"

五秒钟能做什么？

她呼吸急促，盛清让亦是气喘吁吁，一个心脏跳了十次，另一个跳了十一次，连一句完整的话也讲不成，松开手的刹那，就是告别。

楼道里只剩宗瑛一个人的呼吸，一只破损的纸袋，一件换下来的衬衫。

于瞬间消失的盛清让，则出现在一九三七年南京一家大饭店的天台上，视线里不再有宗瑛和昏暗楼道，取而代之的是南京灰蒙蒙的天际线，乌云嚣张地翻滚，空气潮湿得仿佛能拧出水。

六点过一分，不同的两个时代，几乎是同时响起几不可闻的叹息。

一个想办法在骤雨到来前离开天台，一个弯腰捡起落在阶梯上的衬衫，整理好呼吸重新上了楼。

宗瑛回去时，外婆就站在门口等她，带着满脸笑问她："怎么你一个人上来啦？那个小伙子呢？"

宗瑛敷衍地讲："他有点急事情，被朋友电话叫走了。"

外婆一脸探究："他看起来蛮好的，什么时候认识的？"

宗瑛说："有一阵子了。"

外婆又问："那为什么那天晚上装不认识呀？"

宗瑛实在圆不下去，干巴巴地答了三个字："他害羞。"

宗瑛这样讲，却引得外婆兴趣更浓，但外婆也晓得再往下问不出什么了，打探到此为止，最后只补一句："请他有空一起吃个饭呀。"

宗瑛含含糊糊应了一声，回房将脏衬衣塞进洗衣袋，迅速勾好洗衣单，转头同外婆岔开话题，为调节气氛甚至刻意换了个称呼："方女士，请问今天想去哪里？"

外婆坐下来戴上老花镜，摸出旅游册子，突然指着大屠杀遇难同胞纪念馆讲："你带我去这里吧，我长兄一九三七年的时候才六岁，被大姑带着来南京走亲戚，没能回得去，最后也不晓得葬在了哪里。"

皱巴巴的手缓慢地在照片上摩挲，是念及旧事时难免的伤感。气氛顿时更沉重，宗瑛一声不吭地换了衣服，带她下楼吃了早饭，就出发去南京大屠杀遇难同胞纪念馆。

奠字下的长明灯在晨风里燃烧，十字架上赫然印：1937.12.13—1938.1。

十二月十三日，那一天对于盛清让来说，很近了。且在这一天到来之前，上海也已经沦陷——宗瑛望着墙上烙着的日期想，自己认识的那些人又将会何去何从呢？

一种被历史盖棺论定的无力感骤然袭来，以至于宗瑛从馆内出来时仍是一副难以振作的样子。外婆也意识到宗瑛的情绪太糟糕了，便提议去夫子庙逛一逛，最后在热闹的人潮中，总算捕捉到一些属于人间的活力。

南京之行至此该结束了。

按原定计划，应是明天退了房再回上海，但宗瑛打算今天晚上先将盛清让送回去，明天再坐早晨的高铁来接外婆。

同外婆一起吃过晚饭，她先去退了盛清让那间房，然后对外婆摊牌："今晚我有事要先回一下上海，明天早上我坐高铁来接你好不好？"

"要走为什么不一起走？"外婆抬头看她，"多跑一趟太麻烦了。"

"但晚上你需要休息。"

"车里也能休息，何况你晚上一个人上高速我也不放心。"

外婆见招拆招，宗瑛只能答："车里还会有另一个人，你不用担心。"

她讲这个话，外婆更加不肯一个人待在南京等："是不是早上那个小伙子？他要同你一起回上海吧？"

宗瑛晓得避不开了，回说："对。"

外婆立刻站起来："那我现在就收拾行李，你去把房间退了。"

老太太态度坚决，宗瑛拿她一点办法也没有，只讲："先洗澡吧，还早，他要到十点才会来。"

外婆虽觉得奇怪，但也未疑心太多，照宗瑛说的去洗了澡，不急不忙地收拾了行李，和宗瑛一起下楼等。

大堂里人来人往，夜愈深人愈少，外婆盯着酒店的挂钟看，甫见时针指向十，便焦急地问："怎么还没有来？你是同他约好了吧，要不要再打电话问问？"

宗瑛摸出手机，却不知道要往哪里拨。或许该给他一部手机，这样就更方便联系，她想。

等到将近十一点，外婆开始犯困，宗瑛垂首沉默，就在她沮丧地起身，打算再去开房间睡觉时，盛清让姗姗来迟。

他为赴此约似乎赶了很远的路，整个人看起来风尘仆仆。

即便他如此狼狈，宗瑛也暗松一口气，俯身唤醒打盹的外婆。外婆乏力地抬起眼皮，一看到盛清让转瞬来了精神："你总算来了呀，宗瑛都等好几个钟头了呀。"

盛清让连声道歉，外婆对他的礼貌很满意，同宗瑛说："快点出发吧，不要再耽搁时间了。"

待坐进车里，她拧开保温杯喝了一口温水，开始盘问盛清让。将近三百公里的漫长路途，有的是工夫打探。

"我还不知道你叫什么，你怎么称呼？"

"盛清让。"

"好像有点耳熟的，但记不太清楚了。你是哪里人？"

"上海。"

"也是上海的呀，现在也住在上海？住哪个区？"

盛清让还未及说，宗瑛就抢先答道："静安区。"

外婆讶道："也在静安啊，那么两家靠得老近了。你做什么工作呢？"

盛清让答："法律方面的工作。"

"律师？"

"是。"

"那很好啊。"外婆讲完犹豫片刻，终于提到他脸上的伤口，"你脸上的伤同这个职业有关系哦？是不是遭人报复了呀？"

"是的，外婆。"宗瑛再次抢答。

外婆便说："要当心啊，现辰光做哪一行都不容易的。"

宗瑛回她："外婆，你先休息会吧。"

这是明确阻止她打探了，外婆瞧出她的意图，说："那我眯一会。"接着又伸出手轻轻拍盛清让的左肩。

盛清让倏地转过头，外婆压低声音说："这一路要开四个钟头，宗瑛会很累的，你半路跟她换着开，让她也歇一歇。"

盛清让面上顿时涌起窘迫："我不会开车。"

这答案出乎外婆意料，她却还要打圆场来缓解对方的尴尬："我也不会，没有关系。"

外婆说完便蜷在后座睡了，盛清让转头确认了一下她身上盖了毯子，才重新坐正，看向宗瑛："真是麻烦你了。"

宗瑛没有理他，侧脸始终绷着，全神贯注地开车。

盛清让看向车窗外，快速掠过的夜景单调乏味，只有各色路牌在黑暗中反光，平静得令人恋恋不舍。

过了许久，车后座响起老人家的疲惫鼾声，宗瑛一直绷着的脸这时才稍稍松弛，小声与盛清让说："大概三点多我们就能到上海，要送你去法租界还是公共租界？"

"法租界。"

"你要回公寓吗？"

"是，我回去看看清蕙和孩子们。"

宗瑛略诧异。

盛清让解释道："二姐不同意清蕙收养那两个孩子，清蕙就只能暂住在公寓，我这阵子不在上海，只能托叶先生关照他们，也不晓得情况如何了。"

宗瑛问："上海现在怎么样了？"

盛清让短促地闭了下眼，回忆起数日里发生的种种，勉强只答了两个字："不好。"

宗瑛这时偏头迅速瞥了他一眼，不知为什么，那种对方"有去无回"的感觉在瞬间变得更强烈了。

时间一点点往前走，车在高速上安静地飞驰，仿佛能开到天荒地老，就算互不交流，这静谧平和的相处也令人眷恋。

霎时，宗瑛的手机拼命振动起来，屏幕随之亮起，来电人"宗庆霖"。宗瑛不接，电话却持续不断地进来，一个接一个，那架势似乎非打到她接通不可。

宗瑛眼角余光瞥见服务区指示牌，索性驶入服务区，停稳的瞬间接起电话，称呼还未来得及喊出口，那边便是劈头盖脸好一通责问："你是不是缺钱着急套现？为什么突然要抛售股份？"

面对父亲的质问，宗瑛闭上眼，暗暗咬紧牙根，声音却风平浪静："没有特别的原因，我就是想减持。"

宗庆霖显然在气头上："现在在哪里？立刻回家里见我。"

宗瑛睁开眼："可能办不到，我在高速上，和外婆一起。"她说着突然推开车门，夜风慷慨地迎面涌来，她走出去一些，继续打这个电话。

车里的外婆这时醒了，睁开眼就看到驾驶位上没人，再朝外一看，发觉宗瑛就站在七八米开外抽烟，烟丝在指间忽明忽灭，另一只手插在口袋里，烟雾里是孤独的脸。

外婆由衷地生出一些怅然与心疼，但又不能外露太多情绪，遂同盛清让讲："你以后也劝劝宗瑛，叫她少抽点烟。"

盛清让想起那位章姓律师讲她要处理财产立遗嘱的事，又回忆起她刚才几近咬牙切齿的忍耐，眉心便跟着皱成一团。

他刚打算下车，宗瑛却快步折返回了车内。

她若无其事地将手机卡进支架，系好安全带，打算重新上路——

汽车突然发动不了了。

2

毫无征兆的罢工都是变本加厉的添堵。

宗瑛竭力维持的平静几乎要在刹那间崩塌，但现实却不允许她有半点泄气。距早六点越来越近，将盛清让丢在这里无疑是不负责任的行为。

外婆探头问怎么了，宗瑛讲"车好像坏了"，随即推门下车检查。

车内两人面对这种突发情况束手无策，只能干看着她忙活，外婆有点担心地对盛清让说："不晓得宗瑛一个人能不能应付，不然你去帮帮忙？"

盛清让对现代汽车基本一无所知，他硬着头皮解开安全带，正打算下车，外婆却突然又从后面搭住了他的左肩膀。

老人家力气蛮大，发话道："你既然不会开车，那么大概也不会修车了……还是坐着吧。"

盛清让只能重新坐好，外婆递过来一包瓜子："饿了哦？瓜子要不要吃？"

盛清让连忙摆摆手："谢谢，我不饿。"

外婆又从购物袋里翻出一袋薯片："现在年轻人应该都喜欢吃这个吧，要不要？"

盛清让略窘迫地摆摆手，余光瞥向车外，只见宗瑛快步折了回来。

宗瑛拉开车门，手伸进来取走支架上的手机，迅速拨了个救援电话出去。她打电话时关上了车门，车内便听不到丁点声音，只能看到她低着头正与人联系，等待答复的过程中她又抿紧嘴唇，抬手将头发往后捋了一些。

外婆看着她自言自语道："真是同小曼一个模子里印出来的……"

盛清让闻言突然想起宗瑛卧室里那本黑色硬皮册子。他猜外婆所说的小曼应该就是宗瑛的母亲。他对严曼的印象全都来自照片与新闻，但仅凭这些，他也能理解为什么外婆会这样讲，因为的确很像，不论是长相还是神态。

外婆这时突然对他说："宗瑛做事情蛮稳妥的，你讲是不是？"

盛清让被拽回神，由衷地答道："是。"

他言罢又看向车窗外，见她好像收了电话，转过身大步往服务区里面走去，只留了个背影给他们。

盛清让望着那愈走愈远的背影，竟主动开口询问外婆："宗瑛生日是不是九月十四号？"

外婆不晓得他为什么突然问这个，但还是点点头，道："对的对的，你怎么晓得？"

得到确认，盛清让并没有显露出高兴，眸光反而倏地一黯。

他敷衍答道："偶然知道的。"

9.14，是宗瑛来到这个世界的日期，也是她母亲离开这个世界的日期。

一个起点，一个终点。

和数字印在一起的那个莫比乌斯环，似乎也有了新的解释与意义。

在外婆"你今年多大了？""同宗瑛是怎么认识的呀？""你这么晚着急回上海为的是什么事情？"等一系列探询中，盛清让始终关注着百米外那个身影。

在广袤夜色的覆盖下，服务区的广场看起来格外空旷，好像天地间只剩她一个人，脚踏实地地顽强生长，独自解决着所有的麻烦，是一种顶天立地的顽强。

她处理事情果断利落，好像不论做什么都很帅气，盛清让正想着，宗瑛突然朝这边走过来。快走到车跟前时，宗瑛又停住，接起电话——

是薛选青打来的，她在那边打着哈欠说："竟然真能打通，我以为你不打算接我电话了。"

"找我什么事？"

薛选青讲："我这两天休息，在我奶奶这里无聊得崩溃，想问问你回上海了没有，回来了我就去找你玩。"

宗瑛不答反问："你奶奶家是不是在昆山？"

薛选青又打了哈欠："对啊。"

宗瑛抬眸看了一眼服务区指示牌："所以你打算现在来找我？"

薛选青应道："有这个打算，你在哪？"

宗瑛爽快应道："沪宁高速阳澄湖服务区，我车坏了，你来吧。"

电话那端的薛选青倏地坐起来，她还没来得及反问，宗瑛已经挂了。

宗瑛如此不客气，简直一反常态。不过就是高速上坏个车，就把她逼成这个样子了？

朋友有难，不能不帮。

薛选青尽管有些无法理解，但还是起身拿了外套出门取车。

九月天，昼夜温差逐渐拉大，晚风里也有了惬意的凉。

昆山到阳澄湖服务区，差不多一个小时的车程，再从阳澄湖服务区到上海静安区，晚上不拥堵的情况下，一个半小时也足够了。

宗瑛仔细算过时间——来得及。

薛选青是她的Plan B，在薛选青打电话来之前，她本打算等救援车来了再将盛清让送回上海，现在就看哪个来得早了。

她想松口气，但怎样也做不到，最后拉开车门坐进去，看一眼盛清让说："天亮了还有很多工作要做，你先睡一会，等车来了我叫你。"

外婆见她这样关心盛清让，也帮腔道："宗瑛讲得对，我们两个白天好歹能补觉，你要忙工作的话，还是不要跟我们熬通宵的好。"说着甚至将身上的毯子也递过去，"你盖腿上，不要着凉。"

受宠若惊的盛清让有一瞬的不知所措，他忙同外婆道："您盖着就好了，我还不困。"

"哪里像不困的样子？你眼睛下面都发青的，一看就晓得许多天没好好睡觉了。年轻人身体好也不是这么个拼命法，工作是做不完的，健康才最值价。"

外婆驳得有理有据，又讲："你不要犟了，拿去盖着，快点睡觉。"

盛清让没接，她便使出激将法："你不肯睡，是不是想叫我把后座让给你睡？"

"不不不。"盛清让连否三次，最后只能从老人家手里接过毛毯，盖好了闭眼睡。

宗瑛见状无奈地抿起了唇，外婆却得逞似的同她挤了挤眼，压低声音说："你看，这不就睡了嘛。"

车内顿时变得极安静，外婆蹑手蹑脚重新躺下，宗瑛也挨着椅背合上眼。

人在等待的时候，再困也睡不沉。因此手机一有了动静，宗瑛立刻就睁开眼接起来，她声音极低地"喂"了一声，紧接着小心翼翼地推门下车，问："你到了吗？"

薛选青声音大咧咧的："当然到了才给你打电话，你那辆破车停哪了，我怎么看不到？"

宗瑛抬头四下寻了一遍，说："我看到你了，你往北边开。"

"黑黢黢的谁分得清东南西北，你告诉我左右行不行？"

"右手边。"

薛选青终于看到她，毫不留情地摁了摁车喇叭，几声响之后，外婆和盛清让也醒了。

宗瑛偏头瞥一眼，拉开门同车内道："先等一等。"

她刚说完，薛选青却已经快步朝她走过来。

薛选青说："你不是一个人吧？"她知道宗瑛带了外婆去南京寻亲，那么回来必定要带外婆一起，所以宗瑛的着急也有了解释，毕竟让老人家待在高速上也不好，可是——

薛选青又问："你半夜带老人家上什么高速？有什么事不能等到明天，你是不是傻了？"

宗瑛答："我等会儿跟你解释，你先……"

薛选青还不待她说完，一弯腰，敏锐地发觉了坐在副驾上的盛清让。她狠狠地盯他一眼，直起身道："原来不止外婆啊，难道我过会还要带他一起上路吗？我连他什么来历都不晓得。"

她讲话声音不算高，但宗瑛还是将她拉到一旁，正色拜托道："他有点急事需要天亮前赶回上海，我希望你能带他先回去。"

"那你和外婆呢？"

"我们等救援车来了再走。"

薛选青越发难理解了，她实在想不通宗瑛为什么如此替一个陌生人着想。

她乜一眼右手边的车，问："他是你什么人啊？至于吗？"

宗瑛想想："暂时不知道该怎么说，总之是很重要的一个人，你不要为难他。"

宗瑛说话时，薛选青一直盯着她的脸。

从她脸上，薛选青看出了难得的恳切与无奈，她的确是真心求助，且丝毫没有开玩笑。

薛选青犹豫片刻，虽很不情愿，最后仍是回："行吧。"她说着舔了下嘴唇，伸手问宗瑛要烟，"来给我一根。"

宗瑛递给她一支烟，薛选青甫点燃就皱皱眉，低头吸一口就忍不住掐了："这什么破烟，甜腻腻的，居然还有奶味，又不是喝牛奶！"她低头看看，抬首问宗瑛，"你突然改抽女士烟，不会是打算慢慢戒掉吧？"

宗瑛不瞒她："是，我在争取戒烟。"

薛选青顿时生出一种被抛弃的孤独感，但她说的却是："抽烟的确没什么好的，要不是现场总是味道很重，我也不想抽。戒掉吧，戒掉很好。"

话说到此，她想起宗瑛原先是不抽烟的，至少在最初认识时宗瑛碰都不碰这些。

如果宗瑛没有认识她，或许一辈子也不会有抽烟这个坏毛病。

她对宗瑛始终存了愧疚，这愧疚不仅仅关乎抽不抽烟，它藏得更深，更不能被轻易提及，也让她的得失心不断加剧，以至于总是做出一些不太理智的举动。

宗瑛见她突然沉默，也未询问缘由，低头看一眼时间道："不早了，你们尽快上路，可不可以？"

薛选青敛回神，看向车那边："行啊，你叫他过来吧，我先去那边等着。"

她说完立即转身返回自己的车里，宗瑛走向另一边，拉开车门弯腰对盛清让说："盛先生，出来一下。"

盛清让立即下车，宗瑛对他说："从这里开到法租界，两个小时不到，时间应该是足够的。但我不确定救援车什么时候能来，所以你跟选青的车先走最稳妥，可以吗？"

虽然是征求意见的语气，但实际已经替盛清让做了决定，盛清让说："宗小姐安排的都可以。"

他对她是十足信任，宗瑛受之有愧，但也没说什么，指了薛选青的车："在那边。"

盛清让循她的手看去，薛选青打开大灯，示威一样摁了两下喇叭。

宗瑛陪盛清让一起过去，待盛清让坐进副驾，她突然又想起什么："稍微等一下。"说完立刻折返回自己车内，问外婆："之前我买的那一袋零食呢？"

外婆一愣，将购物袋递过去，只见宗瑛二话不说拎起袋子就跑了。外婆"哎——"了一声，这才意识到宗瑛的零食并不是买给自己的。

宗瑛让薛选青打开车窗，将满满当当的购物袋塞给副驾上的盛清让："有备无患。"

盛清让抬头，忽然又见她将手伸进来，探入购物袋内摸出两罐易拉罐饮料。她食指用力一勾，启开一个拉环，先将一罐递给他，随后自己又开了一罐。

　　她细长的一双手握着饮料罐，大概沉默了三秒钟，说："如果回来，不管怎样，知会我一声。"言毕她突然将饮料罐往前递了一递，碰及他手里的罐子，似离别干杯。

　　然后，她仰头喝了大半。她不知何时才能见到他，甚至不确定还能不能再见面，要讲的一切都在饮料罐里，在清甜的蜜桃果汁中。

　　盛清让察觉到了她的担心和在乎，他很确信自己的直觉是真的，直到手里的金属易拉罐都被捂出体温，直到宗瑛喝完一整罐，他看一眼悬在黢黑夜空里的月亮，将视线转向她，才开口说："今晚的月色很美，宗小姐。"

　　眸光相撞，宗瑛喉咙口的肌肉顿时收紧，握着易拉罐的手差点将铝罐捏瘪。

　　薛选青看不下去了："你们两位是在谈恋爱吗？能不能痛快点，又不是生离死别。"

　　宗瑛别过脸，终于捏瘪罐子，突然俯身凑到盛清让耳边，低声叮嘱："不管想什么办法，六点之前从选青车里脱身。请你多保重。"

　　她虽然还是担心他的突然消失会给他人造成不必要的惊吓，但她这两天的种种举动，都是对他在她生活中出现，甚至单独接触她亲友的默许与接纳。

　　她说话时的气息有蜜桃汁的味道。

　　但她讲完立刻直起身，薛选青也在同一时刻关上了玻璃窗，只有他手中罐子里还隐隐存有同样的气味。

　　汽车驶离服务区停车场，盛清让转头看，宗瑛的身影在昏黄的灯光下愈来愈小，直到完全看不见，他耳根的一点点红才逐渐消退下去。

　　宗瑛走回车里，解锁手机调出播放器，随机播放到一首 *Prairie*

*Moon*①，口琴声格外地空旷悠扬。

阴历二十四，圆月缺角，这一轮圆满很快结束，将迎来新的初升。

外婆这时突然打破气氛："那袋子吃的你该早点给他呀，我还以为是买给我的，还一路吃了那么多，多不好意思。"

宗瑛倏地回神，忙转头说："后备厢还有一袋是给你的，方女士。"

外婆恍然："我就讲嘛，刚刚那袋里面都是年轻人才喜欢吃的零食。"

与这里相比，薛选青车内的气氛却远没有这样平和，彼此剑拔弩张，颇有些狭路相逢的意思。

开了好一会儿，薛选青问："好久不见，盛先生，上次你裤脚全是血，浑身硝烟的味道，这次干脆脸上都挂彩了，你是混道上的吗？"

薛选青讲话时余光掠过他的脸，问得毫不客气。

盛清让否认："只是暂时卷入了一些纷争。"

他这个回答无法令薛选青满意，薛选青干脆挑明："有件事我需要坦白，上次我提取了你的DNA和指纹，但是查下来没什么收获，我无法确定你的身份，这令我很不放心。"

盛清让尽管不是十分明白她所述术语，但他问："请问凭什么这样做？"

薛选青说："因为我觉得你很可疑，所以你到底是谁？"

盛清让沉住气答："我是宗瑛的朋友。"

薛选青有点恼火，但对方没有多毛之前，她不能先多。

出高速又开了一会儿，天边隐约要亮了，她又问："你什么事情这

① Michael Hoppé 的口琴曲作品。

样着急，赶飞机吗？"

盛清让将错就错，顺着她讲："是，但带我进市区即可，如果你觉得麻烦，可以现在就让我下车，非常感谢。"

薛选青冷笑一声："怎么会觉得麻烦呢？"她接着说，"帮人帮到底，送佛送到西，我这样乐于助人，当然是要送你到机场才好了。去浦东还是虹桥？哪个航站楼？"

不论是虹桥还是浦东，现在都极不太平。

盛清让说："谢谢你，不用了，现在让我下车就可以。"

薛选青越发觉得他有鬼，余光扫过去讲："既然你不讲，那么先去浦东？反正快到了。"

盛清让整个人陷入一种竭力压制的焦虑中，薛选青偏不让他好过。

车子到浦东机场时，距早六点还有二十分钟，盛清让很清楚再拖下去他很可能会在车上直接消失，因此二话不说下了车，立刻往航站楼里走。

薛选青停好车，悄无声息地跟进去。

她最终见盛清让进入男洗手间，过去将近二十分钟，却不见他出来。

薛选青皱起眉，这时大厅里人少得可怜，男洗手间里也很久无人进出，她索性走进去——小便池前一个人也没有，所有隔间的门都敞开着，哪里还有盛清让的人影？

这个人难道可以凭空消失吗？！

3

无论薛选青有没有找到盛清让，这一天的太阳还是照常升了起来。

最高气温跌到三十摄氏度以下，遇上多云的天气，阳光飘忽不定，东北风轻柔地拂过整座城市，似乎秋日将至。

交易日一开盘，就不停地有电话拨给宗瑛。

宗瑛彼时还在高速上，无动于衷地放任手机一直振动，就是不接。她知道这些电话几乎都与她减持新希股份有关，无非是质问为什么突然抛售，抑或探询她在新希新药上市这种关口减持的理由。股价的涨跌，能套现多少，她都不关心，对新希的经营状况她更是毫无兴趣。

新希不再是初创时那个新希了，它或许已经与严曼期冀的方向背道而驰。

手机刚刚歇下去，屏幕乍然又亮。

汽车驶出高速收费站，宗瑛按了接听，蓝牙耳机里传来薛选青的声音。

"宗瑛。"

"安全送到了吗？"

"你先听我讲。"

宗瑛骤然察觉她语气与平日有异，握住方向盘的手不由得一紧："讲。"

那边薛选青迅速整理了思路："我送他去了浦东机场，然后他凭空消失了，真的是——凭空！我都快把浦东机场翻了个遍，连个影子也没找到。简直像人间蒸发了一样，这根本不科学！"

她的声音混在机场大厅嘈杂的环境中，宗瑛听得有一瞬发蒙，耳朵嗡嗡直响。

宗瑛复问："你送他去了哪里？"

薛选青皱眉答："浦东机场啊！"

浦东——

宗瑛清晰记得那天她在姨外婆家搜出来的《沪战大事记》。就在两天前，为威胁浦江右岸敌军，第八集团军防守浦东。

即便没有沦陷，那里也是毫无疑问的前线。

外婆这时明显发觉宗瑛握着方向盘的手在颤抖，侧脸也紧紧绷起。

宗瑛压着嗓子问："你为什么要送他去那里？"

薛选青又讲："他避而不答、含糊其词，我觉得他有问题，因此打算试探一下，谁知道他突然会消失？你说他怎么就突然消失了呢，那完全是个封闭的环境，他是在变魔术吗？"

宗瑛几乎一触即发了，她讲："薛选青，我不和你开玩笑，这件事性命攸关，我真的可能会和你翻脸。"

"性命攸关"四个字将薛选青震住了，也将她推入了更深的困惑当中。等她意识到事情可能真的失控时，宗瑛挂了电话，只剩急促的"嘟嘟嘟"声，再拨就拨不通了。

宗瑛差一点朝薛选青发了脾气，但她明白这除了宣泄毫无用处，包括自责也没有用。他一旦回到过去，就会音讯全无。宣泄和自责，统统找不回他。

宗瑛的手机因电量不足自动关了，车内不复有打扰，有片刻消停。外婆谨慎地问她："出了什么事情？人没有安全送到吗？"

宗瑛握紧方向盘，拐进另一条路，按照原计划回699号公寓。

她答："出了一些周折，现在还不确定状况。"

外婆不由得蹙眉，宗瑛怕她担心，又说："但是外婆，我会尽力处理。"

将外婆送回公寓，宗瑛直奔浦东机场，尽管知道这个时间点不可能在那里找到他，但她仍和薛选青走了一遍。薛选青最后指了男洗手间道："外面的监控我已经看过了，他进去就没有出来过，而里面也确实没有人。"紧接着给出结论，"他的确就是凭空消失。"

薛选青讲完神色变得凝重，抬眸看宗瑛："你是不是之前……就知道？"

宗瑛回她："这很重要吗？"

"当然重要。"薛选青满脑子被不可思议所充斥，但她也只能接受活人凭空消失的现实，且出乎意料地冷静分析道，"这关乎他凭空消失到哪里去了，是过去、未来，还是别的空间？"

宗瑛抿唇。

"那么我猜是过去。"薛选青回忆起盛清让老派的穿着与作风，又想起他裤腿的血迹和身上的硝烟味。

她看着宗瑛一字一顿地问道："难道是战时？"

说出"战时"这两个字时，薛选青才突然生出一种后怕的情绪。

她恨不得所有都是无凭无据的猜测，可却有太多线索来佐证——比如她撬门那天，被反锁的房门内一个人也没有；又譬如宗瑛借她车的那个早晨，那辆车开到外白渡桥旁的交通灯前停下，被发现时里面却空无一人。

全部都是，凭空消失。

薛选青下意识地闭了闭眼，以用力握拳来保持冷静，心平气和地问宗瑛："车停在外白渡桥的那天，你也在车里？"她笃定盛清让不会开车，那么肯定是宗瑛开车带他，可为什么宗瑛也消失不见了？

宗瑛无法再瞒，抿唇默认。

薛选青看着她，心中突然腾起一种无力感："那你消失去了哪里？难道和他一起吗？"

为什么会这样？

薛选青见过大案要案，离奇的事情逢得多了，但如此奇怪，关乎宗瑛的一件事却几乎要将她逼到崩溃。

机场大厅人来人往，广播轮番催促登机，世人好像都匆匆碌碌往前狂奔，只有宗瑛跟着一个莫名其妙的过去来客，往后退。

她曾在最紧急的关头抓紧过薛选青，薛选青此时却害怕抓不住她。

突然有个推着行李箱横冲直撞的孩子惊叫一声"啊，我的箱子"，万向轮载着箱子就径直朝薛选青滚了过去。薛选青被行李箱撞了一下，骤然回了神。

她抬头看宗瑛，宗瑛也看她。她又问："我是不是在做梦？"且这个梦还不可理喻到了极点。

说完她用力掐了自己一把，疼痛结结实实，丝毫不假。

薛选青沉默了，宗瑛过了半晌道："不是做梦，他从一九三七年来。"

这是宗瑛难得的摊牌，薛选青却没有丝毫欣悦，她反问："一九三七年？一九三七年！"

她猜得没错了，就是战时。

薛选青进一步求证："所以你突然消失的那些天，是不是跟他去了一九三七年？"

宗瑛不回避了，答："是。"

薛选青几乎要跳起来："那得多危险！疯了吗?！"

宗瑛此时非常疲倦，双脚仿佛都支撑不住躯体的重量。

她面色沉郁地看向薛选青，声音是疲劳携来的低哑："危险？他每天都要面对你说的那个危险世界，而浦东在他的时代，是战区。"

薛选青陡然意识到自己的试探将一个人丢去了更加危险的前线，有片刻的不知所措。

"我来帮你找。"她竭力稳神，摸出手机想做些什么，手忙脚乱地打开搜索框，查询淞沪会战大事记，扑面而来的"某某战场、某某集团军、轰炸、沦陷"等字眼，密密麻麻凑成堆，令她毫无头绪。

末了她又清空搜索框，打算查一查这个人的生平，但她努力回忆，只晓得他姓盛，并不知道他名字。

薛选青抬起头想要问宗瑛，对面却伸来一只手拿走了手机。

宗瑛说："我知道你要问什么，但不到万不得已不要去查他。"她讲完就低头打开地图，双指放大，定位到浦东机场这个洗手间的位置，截完图快步走向服务台。

薛选青连忙跟上去，只见她拿着手机询问服务台的工作人员："请问你知道七十多年前浦东机场的这个位置是哪里吗？"

那个工作人员敛睑睐了一眼，又可疑地看了看宗瑛，实在不理解为什么会有人突然问这种问题。她隐约记得一些机场建造的历史，却又不太确定，因此扭头转向旁边的同事，问道："浦东机场是不是填了一部分海才造起来的啊？"

那个同事被这样问也觉得莫名其妙，转过身来说："我记得是填了一半？"

挨着柜台的薛选青惊诧地反问："这里原来是海吗？"

4

薛选青声情俱惊，柜台内的工作人员被骇了一下，她心想：就算是海又怎么了？这个人何至于惊吓成这个样子？

"大概是吧。"工作人员深觉这种问题无关紧要，敷衍地应付一声，随即转向前来咨询的其他旅客，"您好，有什么需要帮忙？"

那个上了年纪的旅客倒不着急问事情了，伸头探一眼放在柜台上的手机，屏幕上显示的正是浦东机场的卫星地图，图上标了一个小红点。

他皱眉指出工作人员的错误："怎么是填海建的呢？这个地方顶多算个滩涂，原来到处是烂泥和芦苇，这种网上都能查得到的呀！"讲完又多看两眼薛选青和宗瑛，"你们是做历史方面工作的？"

薛选青胡乱应对完又连忙道谢，庆幸地大叹一口气："还好不是海，不然万一他不会游泳，那……"

她讲完视线瞥向宗瑛，宗瑛的脸却始终绷着，不晓得是在生气还是担心。

事关性命，薛选青这时气焰骤消，有些后怕起来，也不敢再在宗瑛跟前胡乱讲话。

就算不是海，滩涂和芦苇荡也不是什么好的着落点，盛清让从滩涂地里爬出来费了好大的劲，最后弄得一身狼狈，随身带的公文包、宗瑛给的零食袋也都糊满淤泥。

没什么要紧，能出来就好，比这个更恶劣的着落点他也经历过。每天面临不确定的时空转换，他只能主动适应各种突然。

早晨六点，天际明亮，空气潮湿，隐约浮着硝烟味。因是战时，原本一早便会出海的渔民们现在全没了踪迹，如今视线所及，只有大片飘荡的芦苇及国军的防御工事，肃杀之气扑面而来。

盛清让大致辨了方向，打算先寻个地方避一避。只要熬到晚上十点回二〇一五年的浦东，他就能从这里彻底脱身。

这计划原本没什么问题，他手里有整袋的食物，哪怕待上几天都不会饿死，何况他只需待一个白天。

可惜计划很快就被疾驰而来的汽车声破坏了。

巡防的第八集团军士兵发现了盛清让，立即停了车。

这地方已经封锁，盛清让出现得怪异突兀。还不待他解释，两个士兵跳下车，不由分说就将他给抓了。

盛清让一句话也说不了，但凡他流露出一点想开口的意图，黑洞洞的枪口就会顶上来。

车子一路飞驰，最后抵达营地，盛清让被拽下车。两个人还没来得及将他移交上去，迎面就碰上盛清和，双腿一拢，立正行军礼："报告营长！抓到一名可疑人物！怀疑是敌军间谍！"

"让开。"

"是！"

盛清和站在原地看过去，先是看到一个浑身淤泥的人，随后才认出那张脸。

虽然惊讶，但老四却不会往脸上写，只打量他几眼，打趣地笑道："三哥哥，前前后后都封锁了，你怎么掉到这里来了，你是空降的吗？"

这问题叫盛清让也没法回答，他只能说："这件事说来话长，但我有合法身份，不是敌军间谍，你们无权扣押。"

老四当然信他不是间谍，但现在谁有空送他出去？再说送出去也不安全。

老四有心叫盛清让吃瘪，就想看他没辙的样子，因此故意使坏地讲："三哥哥，哪里都有规矩，我们这里的规矩是一切要等调查完才能下结论。"

说完转向旁边两个人："把他关起来。"

那两个士兵也蒙了，营长一口一个"三哥哥"喊着，这会儿又叫他们把这个人关起来，到底是说反话还是真要关？

"愣着干吗？执行命令。"

"是！"

秀才遇到兵，有理也说不清。

枉盛清让出具各种身份证明与通行证，对方就是不回应，只全心全意执行看守任务。

外面传来炮击声，先是零零散散，逐渐变得密集，仿佛就在头顶，好像随时会有炮弹掉下来。

盛清让抬手看表，才刚刚早九点。越是这样的景况，时间越是难熬，手表指针慢得像随时要停下来。忍着这样的声音熬过上午，中午歇了一阵，下午炮声又嚣张起来，空气里的硝烟味更重了。

盛清让连日缺觉，此时被炮声震得耳鸣，意志已濒于崩塌边缘，他毫不怀疑如果这样睡过去，到晚十点，他会无知无觉地当着守卫的面直接消失。

外面天渐渐黑了，飞机轰鸣声、震耳欲聋的炮声也终于消停，一天的防守，看来终于结束了。

室内只点了一盏煤油灯，柔柔弱弱地亮着，外面朦朦胧胧裹了一层光圈，是暴风雨过后短暂的平和。

突然有人闯进来，看守的士兵迅速立正敬礼："报告营长！一切正常！"

盛清让闻声抬头，只见老四拎了一桶水走进来，肩上还搭了两件衣服。老四步子突然一顿，放下水桶，衣服往行军床上一扔，暗光里的一张脸藏了疲惫。

他问那士兵："查问得怎么样了？"

士兵倏地拎起盛清让的公文包和零食袋，中气十足地答道："未发现可疑物品，只查到几本证件，有公共租界工部局的、迁移委员会的，还有京沪警备司令部的通行证！"

他答到这里便意识到肯定抓错人了，但长官要求如实回答，那么只能承认错误。

老四问："是不是日本间谍？"

士兵斩钉截铁地答道："不是！"

老四说："出去！"

士兵二话不说出了门，室内便只剩老四和盛清让。老四一身的硝烟尘灰味，盛清让则是一身的淤泥——已经干了。

老四瞅他两眼，突然低头点起一支粗糙的卷烟，狠吸一口，眯了眼复抬头，嗓音被疲倦缠裹："没事跑浦东干什么，难不成浦东也有厂子要迁？"

盛清让答："是为别的事情，暂不便透露。"

老四对他们迁厂的事没多大兴趣，更无好感，吐出一团烟雾讲："左右不过是那些事情，明面上讲得好听，最后能迁走的只有大厂，小厂该亡还是亡。据说国府还搞了个'救国公债'的名头低价收购小厂，说白了不过是趁火打劫。你四处奔波也该知道，现在车站和码头都是重点轰炸对象，加上封锁，整个上海，能救出十来家工厂已是了不得了。"

他弹落烟灰，皱眉给出自己的观点："杯水车薪而已。"

盛清让抬头回道："你的意思是没有迁的必要，可上海能守住吗？"

老四脸上显出几分焦躁来，他忽然下意识地往外看一眼，可门是关着的，只隐约传来收拾残局的声音。

上海能守住吗？老四不吭声。

他抬脚踢踢水桶，抬颌指指行军床上的衣服，言简意赅道："洗洗换了。"

盛清让没动作，老四就不耐烦地乜他一眼："怎么，还要我帮你洗？你这个样子出去，一看就是可疑人物，不想惹麻烦就赶紧换。"他扔掉烟头踩灭，紧接着又点燃一支。

老四这种军营里混久了的人，基本没什么隐私概念，大男人还面对面洗澡呢，同处一室换个衣服不是稀松平常的事情？

盛清让俯身掬水洗了脸，慢条斯理地解衬衫扣，老四别过脸，猛吸一口烟。

"文人就是事多扭捏。"他评价完，扯了一条毛巾走过去往桶里一丢，又捡起盛清让刚刚换下来的衬衫对着光瞅了一眼，不屑地说，"一看就很贵。"

又瞄一眼商标说："还是洋货。"

老四不是读书的料子，和盛清让又差不多年纪，以前功课做得差了，家里便总要说"你连那个私生子都比不上"，他烦透了家里那种凡事都比较的势利风气，因此他讨厌家里，也讨厌寄养在大伯家的盛清让——会读书了不起吗？会扛枪吗？会拆地雷吗？能上前线吗？

想到这里，他扔下衬衫，走两步，咬着烟头俯身捡起盛清让的零食袋。

半透明的塑料袋，上面印着一个陌生商标。

老四毫不客气地打开来翻了翻，里面充斥着各色包装袋，有洋文也有莫名其妙简化的汉字，一看就是异端。但他不在乎也不想深究，径直拿了一袋薯片撕开，一股番茄烤土豆的味道就扑鼻而来。

盛清让回头看他一眼，未加阻拦，随他吃。

老四咔嚓咔嚓吃着无比薄脆的薯片，又拆开一罐鲮鱼罐头，问了一连串问题："哪里搞来的？同你那个宗小姐有没有关系？她离开上海没有？"

盛清让背对着他穿好卡其长袖衫，身形顿了顿，答："离开了。"

饥肠辘辘的老四迅速吃完薯片，将这种新奇的包装袋揉皱。

真走了？他想起那个半明半昧的清晨，天际线一片灰蓝，那个女人带着两个孩子朝他走来，衬衣血迹斑斑，抱着婴儿的手细长有力，看起来有一种独特的坚定与勇敢。

他发觉自己想多了，自嘲般笑了下，又撕开一袋苏打饼干，往嘴里塞了两块，倏地起身道："换好没有？换好走了。"

盛清让低头看一眼手表，时间指向晚八点，距他回到宗瑛的时代还剩两个小时。

现在离开，再合适不过。他快步走过去拎起公文包和零食袋，老四盯着他道："放下。"

他问："放下什么？"

老四说："三哥哥，你换走了我的衣服，是不是该付出点代价？"

盛清让二话不说摸出钱夹，老四讲"谁稀罕你的钱"，又用眸光点点盛清让手里的塑料袋，盛清让这才明白他的意思，放下袋子，最后又从里面拿出一罐蜜桃汁，将其他的留给他。

老四满意地出了门，盛清让紧随其后。

一辆军绿色吉普就停在外面，老四坐上驾驶位，同盛清让讲："上车，送你一段。"

盛清让道谢，坐上副驾，老四便发动了车子，一路往南开。

穿过萧索的夜色，湿润晚风迎面扑来，头顶是万里星空，静谧中只听得到汽车发动机的声音，好像战火从未波及这里。

到了封锁线，老四突然踩住刹车，讲："我只能送到这，余下的路你自己走。"

盛清让闻言回了一声："好，谢谢。"他言罢下车，径直穿过封锁，却未听到身后有汽车发动的声音。

他转头，老四正坐在驾驶位上看他，突然抬手一抛，朝他扔了个东西过来，稳稳落在他脚下。

盛清让俯身从草地里捡起它，是一把保养得当的勃朗宁M1911手枪，月光下枪身锃亮，冷冷泛着白光。

老四好整以暇地说："弹匣装满了，只有七发，祝你好运。"

他也不管盛清让会不会用枪，讲完即发动汽车，转头飞驰离去。

盛清让站在封锁线外目送他远去，将手枪收进包里，转身大步离开。

晚十点，宗瑛和薛选青仍守在浦东机场。

航站楼外潮气满满，楼内顶灯惨白，冷气在夏夜里露出狰狞的脸，吹得人后脑勺疼。

宗瑛始终盯着大屏上的时间，一点点看数字不断跳动，甫越过二十二点，她便再也坐不住，同薛选青说："我去那边找找，你留在这里。"

薛选青能感受到她刻意压制的焦虑，问："不如分头找？"话音刚落，薛选青口袋里的手机陡然震动起来。

接起电话，那边说道："宗瑛手机怎样也打不通，她现在是不是和你在一起？请你转告她……"

薛选青应了声"是"，听对方讲了大致情况，面色愈沉。

宗瑛问："怎么了？"

薛选青挂掉电话抬头看她，神情里俱是忧虑："外婆摔了一跤，现在在医院，叫你立刻过去。"她试图让宗瑛放心，接着说，"你去，这里我来找。"

宗瑛看她一眼，只能将事情嘱托给她，转过身快步走出候机厅。

汽车驶离机场在夜色中疾驰，掠过一座被遗弃很久的电话亭。

盛清让站在电话前塞入硬币，拨向宗瑛的手机，嘟声过后只传来机械的系统提示音——

您呼叫的用户已关机。

第 9 章

1

现代人会因为哪些理由关机？机器故障、没电、遇到必须关机的环境，或者干脆就是什么电话也不想接。

宗瑛占了其中两项，电量耗尽，为避免轮番的来电轰炸，索性不充电放任它关机。

盛清让不知缘由，面对关机提示，只能改拨699号公寓座机，听筒里嘟了许久，到最后也没有人接。

他搁下电话，视野中是人烟寥寥的寂寞夜色，只有汽车在冷清公路上交错飞驰。他打电话仅仅是为她那一句"如果回来，不管怎样，知会我一声"，但现在这个报平安的电话无法打通，就只能作罢。

宗瑛开车抵达医院时已经很晚，外婆的检查刚刚出了结果。

诊室惨白顶灯打下来，胶片咔嗒一声卡进看片器，值班医生仔细看完同宗瑛讲："颅内有少量出血，住院观察一下吧，老人家摔跤不能掉以轻心的。"她说完写单子，又问，"平时她有没有间歇性跛行症状？"

宗瑛迅速回忆近期的相处，外婆的确出现过一些下肢酸痛的情况，据外婆自己讲是因为太累，因此也没有引起重视。

她答："有一些。"

值班医生写完单子抬头："如果有相关症状，我建议最好再做个磁共振血管成像，排除一下下肢动脉硬化闭塞症，不用造影剂，检查也比较安全。来，你签个字。"

宗瑛接过住院单签字，值班医生低头瞥一眼签名，眸光微变——这名字她很有印象。

她紧接着又抬首打量宗瑛，更觉得对方面熟，可深更半夜大脑也迟缓，一时间实在想不起在哪里见过，就不便贸然发问。

宗瑛办妥入院手续，再回病房时外婆已经睡了。

她坐下来看着监护仪上不断跳动的数字走神，没过一会儿，病房的门突然被小心推开。

宗瑛倏地回神，一转头就看到盛秋实。

他提了一把折叠躺椅进来，刚要讲话，宗瑛对他做了个噤声的手势。他便压低声音讲："陪夜用得到的，我帮你撑开来？"

宗瑛摆摆手，盛秋实便将折叠椅挨墙放好，又搭了条毯子上去。

"困就先打个盹，晚上应该不会有什么情况的。"

"我再看一会。"

两个人说话都小心翼翼，外婆却还是醒了。

宗瑛赶紧起身询问状况："现在感觉怎么样？"

外婆半睁着眼看她，慢吞吞地讲："就是有点头晕，没什么要紧的。你什么时候来的？"

宗瑛如实答："半个钟头前。"又说，"怪我，不该留你一个人在家。"

外婆不忍看她自责的模样，便讲："怎么能怪你？是我自己不留神摔的，还要拖累你熬夜。"顿了顿，又问，"那个事情处理好了没有？他叫什么来着，盛……"

老人家一时想不起来，不由得皱眉重复一遍："叫盛什么？"

盛秋实这会儿突然往前探了一下："是问我吗？"

外婆摆摆手："不不不，不是你。"

盛秋实尴尬地后退半步，偏头看向宗瑛，宗瑛却不给答案，只俯身哄外婆："他的事情我会处理好，你不用挂心，继续睡好不好？"

外婆见她没有想讲的意思，加上的确有些累，也就作罢，只叮嘱说："你也一定要睡，听到没有？"

宗瑛放柔声音接着哄："知道了，我马上就睡。"

她说罢当着外婆的面摊开折叠椅，盛秋实见状识趣地离开，他走到门口，值班医生刚好进来。

他打招呼："孙医生来查房？"

值班医生说："是啊，我过来看一下。"

孙医生径直走到病床前仔细检查了一遍，侧身嘱咐宗瑛："应该不会有什么大问题，你晚上多留点心，有情况就按铃。"她说着顿了顿，终于问出口，"我之前是不是见过你，你来过我门诊吧？"

本有些犯困的宗瑛这时突然一个激灵，另一边的盛秋实闻言也转过身，外婆更是直接发问："阿瑛去看什么病呀？"

宗瑛的脸骤然紧绷，她抢在孙医生再次开口前答道："没什么，血管性偏头痛。"

孙医生瞅一眼她略微发白的脸色，大致猜到她想隐瞒这件事情，便应和她："是吧？现在好一点没有？"

宗瑛暗松一口气："最近好多了。"

盛秋实在一旁听着隐隐觉得有些不对劲，宗瑛来医院为什么不同他讲？像是有事情要故意瞒他一样。

他本想开口问一问宗瑛，孙医生却转头与他说："刚刚我看急诊杨护士找你的，她没打电话给你？"

盛秋实一摸口袋："上来的时候忘带手机了，我过去看看。"

孙医生目送他离开，同宗瑛说："对了，还有个表要填，你跟我来一下。"

宗瑛很清楚这只是个借口，但还是跟她出了病房。病区走廊里的灯此时灭掉了一些，半明半昧，空调偏冷，挂钟上的红色数字不断跳动，宗瑛看到时钟就又想起盛清让，也不知他有没有顺利回来。

孙医生唤她一声，宗瑛敛神请她直说。

孙医生正色道："我来之前又回去查了一下当时的检查影像，你是不是没有取报告？"

宗瑛抿唇，答："是。"

孙医生一贯负责任，她讲："你没取报告，本来是要联系你再做进一步确诊的，可你健康卡里留的电话也是错的，打不通。"稍作停顿，她抬眸问，"你晓得自己是什么情况吗？"

宗瑛累得半个身子挨着墙："我后来去附院做过DSA。"

孙医生只看她神色，便能猜到确诊结果："既然都有结论了，为什么不做手术？"

宗瑛好像有些受凉，吸了吸鼻子，在昏昧的灯光下，倒与一个陌生人敞开了心扉："情况有些复杂，贸然做手术，我担心有些事情可能就来不及处理了。"

孙医生显然不赞同这种观点："有什么事情来不及处理啊？你可以交代给你家人去做嘛。"

宗瑛低头揉太阳穴，皱着眉一声不吭。

孙医生察觉出她忧虑心很重，是明显的缺乏安全感的表现："抱歉，你……还有没有其他的亲人？"

宗瑛抬头看她，叹息般道："有，不过都不太熟了。"

一个人做高风险的手术，独自签知情同意书，手术室外连个等消息的人都没有，这需要足够的勇气，亦不是所有人都能承受的孤独。

孙医生体谅地伸手，轻轻地拍拍她。

宗瑛这时站直身体，恳切地请求："这件事我暂时不想外婆和盛医生知道。"

孙医生道："保护病人隐私当然是我们的义务，但我建议你事情处理完就赶紧手术，最晚不要拖过十月。"她给出个最后期限，抬头瞄一眼过道里的电子挂钟，"行了，都十二点了，赶紧去休息。"

在孙医生的催促下，宗瑛返回病房。

所幸外婆情况平稳，宗瑛这一觉睡得还算完整。一大早被闹钟叫醒，她起来检查了一下外婆的情况，拉开窗帘在晨光中坐了会，下楼去给外婆买早饭。

她刚出医院大门，迎面就撞见过来探病的大姑。

大姑问："你过来看宗瑜啊？"

宗瑛如实回："不，我外婆住院了。"

大姑乍听她外婆回来，先是一惊，立即打探："你外婆哪天回来的？怎么突然住院了？"

宗瑛不想和她讲太多，敷衍地答了一声"上月底回的"，就推托有急事匆匆走了。

大姑本还想揪住她再问一问，没想到她溜得太快，喊也喊不住。

宗瑛去粥店的路上途经移动营业厅，刚刚上班的前台柜员哈欠连天，见她进来，打起精神问："您好，需要办理什么业务？"

宗瑛从钱夹里抽出身份证递过去："办张新卡。"

"号码随机可以吗？" "可以。" "麻烦选一下套餐。" "第一个。"

前台柜员递新卡给她，紧接着又推过去一张促销单页："需要新手机吗？现在有优惠活动，绑定新卡可以每个月返话费的。"

她不过是尝试着推销手机，宗瑛立刻答道："好。"

前台柜员没想到这么顺利，麻利地给她办完购机手续，起身取了新手机给她，只见宗瑛埋头打开包装，翻出换卡针，置入新卡，轻细的咔嗒声后，长按电源开机。

完成机器注册，她迅速拨了个电话出去，那边无人接听，传来语音提示让她留言，她说："章律师，如果有事请暂时打这个电话联系我。"

随后她又打给薛选青，但系统提示关机，大概是没电了。

宗瑛看一眼时间，距早六点已过去三个钟头，玻璃门外阳光热烈，蝉鸣声藏在法国梧桐叶里。

她推开玻璃门去隔壁粥店买早饭时，大姑提了一个果篮进外婆病房。

外婆以为是宗瑛回来了，支起身，看到的却是宗瑛大姑。

大姑放下果篮，摆出一副关切的面孔问道："听说您病了，大家亲戚一场，我于情于理也该来看看的，现在感觉好点了哦？"

不速之客也是客，多年不见，外婆也无心闹僵，为维持场面上的和气，回了一句："我身子骨还算硬朗，不劳挂心。"

大姑坐下来："宗瑛是去买早饭了吧？"

外婆说："不清楚。"

大姑便讲："她做事情怎么总这么个样子？招呼都不打一声的。刚刚在外面碰见我，话还没讲完，人就跑得没影了，总急急忙忙的不晓得在忙什么，平日家也不回，整天扎单位，宗瑜出事故住院两个月，她这个阿姐就来看过一两次，一家人之间怎么能冷到这个样子呢？她姆妈离开这些年，我们都很关心她的，但她就是跟我们不亲，不过外婆你的话她总归是听的，请你好好讲讲她，不要闹脾气一样随便抛股份套现，要是缺钱用同她爸爸讲就好了呀，现在家里面都不晓得这个事情，闹得很被动的！"

她说着打开手机看股价，讲些什么"那可是她姆妈留给她的，居然说抛就抛了，她哪能这样做事情呀，外婆你讲是哦"。

外婆听她讲到这里，已经清楚她来的目的——假借关心的名义，实际是希望自己能对宗瑛进行管教。

外婆不懂什么股份，也不想插手宗瑛的决定。

她不吭声，希望对方讲完了就识趣地离开。

可这时大姑却突然接起电话，讲："庆霖啊，你到哪里了？对呀对呀，我已经到医院了，现下在宗瑛外婆这里……外婆住院了，我过来看看。你也要过来？好，1014，26床。"

外婆面色遽变，大姑察觉到外婆的排斥和介意，只当是自己刚刚提到了严曼的缘故。

大姑想了想，脸色沉了些，语气也放缓："宗瑛外婆啊，当年小曼的事情……处理得的确是不够周全，一会等庆霖来了，让他同你道个歉。"

外婆听了这话，喉咙似哽住一样，好半天才讲出一句："已经是了结的缘分，还是不要再提了。"

这态度已经是强忍的和颜悦色，大姑却道："不不不，该道歉的还是要道歉，毕竟事情最后发展到那个地步谁也不想；要是当年小曼和庆霖没有闹离婚，庆霖假如再包容小曼一点，小曼大概也不会想不开，个么说不定现在也不是这个样子了，你讲对哦？"

外婆双手抓起被单，皱巴巴的手背上一根根青筋凸得更厉害："是吗？"

大姑并未意识到哪里不妥："我没有讲小曼的不对，我是讲庆霖嘛。"这话乍一听像主动揽错，实际却是另一种此地无银三百两的撇清，且看不出其中半点真心实意。

外婆看大姑嘴角扯出笑，顿时脊背肌肉绷直，额颥血管突突猛跳："我讲不要再提了。"她深吸一口气，手里被单攥得更紧，"小曼已经走了，道歉又能如何？至于阿瑛——她已经成年，她的事情她自己负责，小曼留给她的股份，她有权自己做决定，你、我，还有那些不相干的人，没有资格指手画脚。"

她最后压着声音说："现在请你出去。"

大姑被她这突如其来的怒气震了一震，霍地站起来，敛了笑说："宗瑛外婆，我今天是真心来看你的呀。"

外婆气息越发急促，床边监护仪上的数字不断跳动，血压陡升，逼近报警值，这时病房门突然被推开——

宗瑛拎着早饭疾步走进来，匆忙搁下饭盒，瞄一眼监护仪屏幕，对外婆讲："吸气，不要急，慢慢来，呼气。"

宗瑛一边留意外婆面色，一边关注监护仪，片刻后骤松一口气，余光一瞥，大姑仍杵在室内，丝毫没有要走的意思。

宗瑛意识到大姑又要开口，突然快步上前拽过大姑，二话不说揪她出了病房。

刚到走廊,还没来得及多走几步,大姑用力挣开她,嗓门不由得高起来:"宗瑛你干什么?我好心好意来看你外婆,你犯得着这个样子哦?"

宗瑛非常恼火她来惹外婆,此时眼眶布满红血丝,声音已经竭力控制:"好心好意血压会升到报警值?外婆需要休息,我不想任何人去打扰她。"

大姑见她这样明着顶撞,气焰更盛,高声回驳:"我来还不是因为你?!"她眸光上上下下打量宗瑛,眼里的怒火简直要烧起来,"一声不吭地抛股票,关了机谁也不睬,连你爸爸的话也当耳旁风,你眼里还有谁?除了你外婆还有谁能管得住你?"

宗瑛牙根咬紧,大姑突然又伸手指着她身后讲:"你爸爸来了!你来同他讲!"紧跟着视线越过她,对迎面走来的宗庆霖道,"庆霖你好好看看你这个女儿,越发不服管教,简直没大没小!"

宗瑛握紧拳,呼吸急促粗重,宗庆霖走过来,她不转身,亦不喊他。

宗庆霖问她:"你昨天为什么不接我电话?"

她不答。

宗庆霖又问:"我叫你立刻停止抛售,为什么不听?"

她不答。

宗庆霖又问:"你到底在想什么?到底想怎么样?"

她不答。

宗庆霖显然也有了怒气,撂话道:"你现在这个样子,简直同你妈妈一样不可理喻!"

宗瑛用力呼吸,几乎是一字一顿地答道:"接不接电话是我的自由；减持没有违背任何规则，也是我的自由；我想什么、想怎么样，你们从不在意，这时候却这样问，要我怎么答？我妈妈——不可理喻？"

大姑一怔，但马上脱口而出，斥道："宗瑛！你不要太自以为是，户口本上你还是我们家的人！"

护士这会又过来劝架，场面一通乱糟糟。

宗瑛突然有瞬间的目眩，耳朵深处骤然一阵轰鸣，她下意识地抓住走廊的防撞扶手，这时盛秋实大步朝这边走来。

就在十五分钟前，他在诊室登入PACS查询终端，模糊搜索，调出了宗瑛的检查影像。

他过来是为找宗瑛，却碰上这样一出闹剧。

一种病者为大的职业心理作祟，盛秋实亦忍无可忍，讲："宗瑜是病人，宗瑛就不是吗？你们能不能体谅她一下?！她现在——"

2

宗瑛意识到要去阻拦时，已经迟了。

盛秋实脱口而出："她现在不能有太大的情绪波动，有事好好讲，为什么要这样逼她？"他本就不是什么暴脾气的人，一句话气也不喘地接着讲完，白皙的脸已经逼得通红，努力压一压，平定了呼吸又说，"何况这里是医院，闹成这样算什么？"

盛秋实一向温和，大姑和他接触这么长时间，还没见过他用这种语气讲话，愣了一瞬，但马上又回道："她有什么毛病不能动气的？怀孕了还是得了心脏病？"

盛秋实情急之下差点就要讲出宗瑛的病况，宗瑛却突然伸手拦了一下，阻止他插手。

盛秋实扭头去看，只见宗瑛背挨着防撞护栏，脸色是从未有过的惨白，额头冷汗潮了发丝。

她呼吸声越发沉重，抬眸看向大姑，又侧过头看一眼宗庆霖，每个字都咬得吃力："我要说的，刚才都说了。其余的话，再讲也没有意思。"说完，她松开护栏，转过身往回走。

言语争执不是宗瑛擅长的部分，就算赢得上风，也不过是争得短暂一口气，整个过程中还要将自己弄得狼狈失控，对她而言得不偿失。

严曼很早前就和她讲过："与能讲道理的人才讲道理，遇到无法讲道理的，讲千遍万遍道理也徒劳。"宗瑛深以为然，因此这些年也尽量减少与那个家的接触，非要紧事情，一概井水不犯河水，但现在对方主动进犯，令她深深察觉到了一种厌烦的情绪。

宗瑛走出去还没几步，盛秋实追上来，一把抓住她手臂，讲："跟我来一下。"

他边说边回头看，只见大姑还在喋喋不休地讲些什么，无非是说宗瑛装病摆娇气，言辞间只顾将自己撇得无辜。

盛秋实脸上生出厌恶，无可奈何地叹了口气，迅速带宗瑛进了诊室，关上门。

宗瑛此时状态太差亟须调整，立即回外婆病房不合适。她坐进诊室沙发，接过盛秋实递来的水，也顾不得冷热，从口袋里摸出药盒，倒出当日剂量，就水吞下，缓了大概三十秒钟，她抬起头。

盛秋实就站在她面前，神色里有焦虑、有担心，也有探询。

宗瑛此时察觉出盛秋实不仅仅是起了疑心，他应该已经看过她的病历。

到这个地步，她也没法再瞒他，只能抢在他发问之前开口："如果你想问有关检查的事情，那么我也只能回你'承认事实，积极治疗'，除此之外再去纠结有的没的，我觉得都是浪费精力。"

她稍顿，又道："你让我在这里待一会就好。外婆刚才血压很不稳定，能不能麻烦你过去看一眼？我调整好就立刻过去。"

话说到这份上，显然是告诉盛秋实"劝说不必，担心也不必"。

盛秋实深深地看她一眼，又给她接了一杯水，说了声："好，我先去。"

门开了又关，过了大概十分钟，宗瑛起身重新回到走廊。家属、病人、医护人员来来往往，一派风平浪静，好像刚刚什么都没有发生过。

推门进病房，外婆也装作什么都没发生，同她说："你回来啦？"

宗瑛"嗯"一声，若无其事地坐下来，拿过床头饭盒，打开盖子，热气上扬，粥还没有凉。

她说："买的杂粮粥，可能味道淡，但你要控制血糖，吃这个比较好。"

外婆问她："你不吃呀？"

宗瑛从塑料袋里翻出一次性调羹递过去，讲："粥我吃不惯，等你吃完了，我下楼去吃大餐。"

外婆看她还能寡着脸讲调皮的话，心稍稍放下些，低头吃粥。

病床上铺满阳光，室内有些许燥热，宗瑛起身调了空调温度，见外婆快吃完了，便走上前收拾。

她接过空饭盒收进塑料袋，问外婆："昨天来查房的孙医生，你还记得吗？"

"记得记得。"外婆接过宗瑛递来的餐巾纸擦嘴，"她讲我哪里有问题？"

"也不是。"宗瑛直起身，"你的腿不是经常不舒服吗？她建议去做个磁共振血管成像，看看是什么原因导致的。"

"我不要做。"外婆很果断地给出答复。

宗瑛当她是有顾虑："这个检查很快，也比较安全，你不要有负担。"

外婆不吭声，宗瑛等她半天，突然看她摸出一部手机。

外婆戴上老花镜，慢吞吞地翻出手机通讯录，拨了一个电话出去，在接通的刹那，她又将手机塞给宗瑛："让小舅舅同你讲。"

宗瑛不明就里地接起电话："小舅舅，是我。"

小舅舅那边是深夜特有的安静，他说："是小瑛啊，外婆有什么情况吗？"

"外婆昨天不小心跌了一跤，颅内有少量出血，片子我看过了，总体没什么大问题。但她近期经常腿疼，走路也有些吃力，医生建议是做个磁共振血管成像，排查下肢动脉的问题。"

小舅舅耐心听她讲完，不急不忙道："你说的情况我清楚，是下肢动脉硬化闭塞症。这个检查外婆已经做过了，当时查的时候还不符合手术指征，最近症状严重一点，是需要手术介入了。"

宗瑛抿了抿唇，讲："这个手术国内技术也很成熟，如果可以的话，我就立刻安排。"

"我晓得国内技术很成熟。"小舅舅慢条斯理地，"但她术后需要人照顾，如果在上海做，只能靠你一个人，你又有工作要忙，这样会耽误。何况外婆的病历和保险也都在这边，总归方便一些。医生前阵子也给我们排了时间，就在这个月。"

"这个月？"

"对的。不晓得外婆同你讲了没有，我月中会来接她回去的。"

"月中？"

"是十四号晚上的航班，很早前就订好了。"

九月十四日，没几天了。

宗瑛余光看一眼外婆，总觉得太突然。

她抬手将头发来消化这个安排，小舅舅问她："还有别的事情吗？"

"没有了。"宗瑛说。

"那么你把手机给外婆。"

宗瑛依言转交，外婆又和小舅舅讲了一阵，直到护士过来送药片才挂掉电话。

宗瑛站在晨光里走神，外婆吃完药催促她快去吃早饭："你吃完饭回公寓睡一觉，不要整日都耗在我这里。"

小舅舅刚刚提起的这个日期一直在她心头萦绕不去，她回："不太想睡。"

外婆讲："不睡也要回去洗澡换个衣服，你看看你多邋遢。"

她两个晚上没洗澡换衣服了，不知盛清让会不会比自己更狼狈？

宗瑛迅速敛回神，如外婆所愿，离开医院返回699号公寓。

打开门，家里空无一人。

走进浴室，地面、洗脸池都非常干燥，没有短时间内洗漱过的痕迹。

通往阳台的门敞开着，帘子被微风撩动，严曼专用的那截书柜，柜门半合。

宗瑛快步走过去关柜门，就在关闭的瞬间，她留意到册子的顺序被动过了——

这不是盛清让的做事风格，如果是他，肯定会依照原样摆回去，那么只可能是外婆动的。

宗瑛抽出那本印着年份的日程本，翻到有记录的最后一页，再往回翻，在九月十四日那页停留，手指轻轻抚上去，"宗瑛生日"四个字就被遮住了。

这一天来得很快。

上海的温度又跌了一些，一大早乌云漫天，天气预报说会有阵雨。

宗瑛替外婆办好出院手续，带她回公寓收拾行李。

原本宗瑛说要替她收拾，她非不肯，讲什么："我的行李当然要我自己来收拾，你一翻动，我也就失了秩序。"因此只能拖到出发当日，才开始整理。

箱子里的行李从南京回来后就没动过，外婆一件件收叠，突然抖出来一件洗过的衬衫。

她讲："哎呀，这是那个小伙子的衬衫吧？"蹲在地上列清单的宗瑛抬头看一眼，认出是盛清让那时遗落在酒店楼梯间的衬衫。

她将它送洗后几乎忘了这件事。

外婆递给她，叮嘱道："你要记得还给他呀。"

宗瑛收了衬衫闷头道："知道了。"

衬衫洗得很干净，甚至洗去了属于那个时代纷飞的战火气，取而代之的是现代洗涤剂留下的干净味道。

一点痕迹也没有，宗瑛想。

"他最近怎么不露面了呀？"

"忙。"

"这个话一听就是用来敷衍老人家的。"外婆深谙此道，"我可没有糊涂，但是我管不了那么许多了，只要你过得开心自在，怎样都可以。"

宗瑛心头突然莫名地微酸。

这时门口电铃突然响起来，外婆讲："应该是你小舅舅，他昨天晚上到的。"

宗瑛立即起身去开门，小舅舅站在门外："我是不是来早了？"

外婆讲："不早了，马上收拾停当。"

小舅舅抬手看一眼时间："收拾好了一起去吃午饭？"

外婆说："我们早上回来的时候在路上买了菜的，一起动动手，很快就能吃了呀。"

宗瑛也讲："我已经淘好米了。"

小舅舅进屋捋袖洗手："很久不做饭了，手生，一会你们不要嫌弃。"

客厅的老座钟不慌不忙地走着针，厨房里升腾起油烟气，窗户半开着，潮湿、凉爽的风吹进来，公寓里有人讲话，有人走动，有锅碗瓢盆碰撞的声音——

有那么一瞬间，宗瑛差点以为回到多年以前。

然而碗筷摆上餐桌，其中一角摆着的一副空碗筷，还是将宗瑛击回了现实。

外婆看着那副碗筷久久无法回神，好半天才说："今天是小曼的祭日，等会吃过饭，去给她扫个墓吧。"

宗瑛亦敛回视线，应道："好。"

从公寓驱车往殡仪馆墓园，这路线对宗瑛来说再熟悉不过。她的工作需要她隔三岔五跑殡仪馆，干完活出来，就能看到葱葱郁郁的墓园。

她知道严曼就在里面躺着，但骨灰仅仅是一堆无机物了，再怎样凭吊想念，它也不会再知晓。因此她总远远地看，没有一次走近。

距离上一次扫墓已经过去了很多年。天阴沉沉的，墓碑也暗沉沉的，只有墓碑相片上的严曼，还是那样年轻、明丽。

拂去墓碑上的灰尘，外婆俯身将怀里捧着的盆栽放到碑前，问："你还好不好？我很想你啊。"

老人家的嗓音里是节制的伤感，宗瑛眼眶发酸，略略仰起头。

远处浓云翻滚，雷声闷沉，风雨欲来。

宗瑛弯腰扶外婆起来，又想起严曼柜子里的日程本，终于开口询问："外婆，你看过我妈妈最后一年的记事本吗？"

外婆轻轻叹一口气。

宗瑛接着道："在'9·14'之后她还安排了其他的事情，又怎么会是自杀？"

外婆并不吃惊，偏头看她，日渐浑浊的眼睛里是累积了很久的无可奈何："那死因又是什么？谋杀吗？你有证据吗？"

宗瑛克制住情绪，依次答道："我不知道，我不能确定，我没有证据。"

外婆复叹一口气，却又马上握住她的手。

就在宗瑛以为外婆不愿再开口的瞬间，外婆说："如果这件事让你困惑，那么就去找个明白。"

天色更暗，豪雨将至，工作人员在一旁委婉催促"再耽误就要落雨啦"，宗瑛反握住了外婆的手。

从墓园出来，宗瑛送外婆和小舅舅去机场，一路风雨和拥堵，抵达时已是傍晚，天际乌黑一片。

宗瑛停好车送他们进去，大厅里潮湿阴冷，头顶无数白光灯亮着，因为不良天气，大屏上显示数架飞机延误，能做的就只有等。

外婆让她先回去，宗瑛就推托说："雨大，上路不安全，我等阵雨停了再走。"

她理由正当，外婆无计可施，就任由她陪着。

机场大厅里人来人往，有人起，有人坐，一个半钟头后，一对情侣坐在宗瑛身边。

女生低头刷财经新闻，宗瑛一眼就瞥见标题上的"新希制药"字样。

那女生察觉到有人在看她的屏幕，马上调整了一下看手机的角度。

宗瑛别过脸，从口袋里摸出自己的手机，打开客户端，翻出同样一条新闻。

标题是《吕谦明再度举牌新希制药，持股数或超第一大股东宗庆霖》。

底下评论寥寥，虽并不像社会新闻那样热闹，然而其中一条却盖起了高楼。

主评论是——

"吕最近从二级市场密集买入，个人持股已经到5.03%，他两个公司持新希10.23%股权，实际15.26%；宗现在林林总总加起来15.3%，如果吕继续增持，宗的确是危机四伏啊。"

紧接着回复是："但是不要忘了，宗的老婆是出车祸死掉的邢学义的妹妹，邢学义那个光棍手里有2.6%左右的股份，这部分遗产只能到邢妹手里，邢妹和宗又是一致行动人，他们家无论如何还是占优势。"

接下来一阵对吵。

最后一条回复是十分钟之前，那个人回道——

"邢妹是不是和宗庆霖一家人一条心，鬼晓得。"

语气略带嘲讽，一副深知内情的模样，最后三个字看着尤为瘆人。

宗瑛旁边的女生大概也看完了，嘀咕了一声"这也能八卦，有毛病"。

这时机场广播提示登机的通知响起来，外婆眯起眼核对了一下手里的登机牌，凑到宗瑛脸侧问她："是我们坐的这个飞机吧？"

"对。"宗瑛立刻起身，小舅舅也站了起来。

宗瑛扶了外婆一把，小舅舅走过来拿登机行李。

宗瑛送他们到安检口，伸出双手抱了抱外婆，讲："手术顺利，我会想你的，方女士。"

外婆却反过来安慰她："医生讲就是植一个支架，微创手术，你不要当回事。哎呀，你把我给勒得喘不过气了。"

宗瑛松开手放她走。

外婆略蹒跚地往前走着，临了忽然转过头来看看她。宗瑛朝她用力地挥了挥手，外婆也伸出手跟她挥挥。

很快，那一头银发就看不到了。

宗瑛心里生出片刻抽离感，转过身往回走，前路仿佛空空荡荡的。

外面阵雨停了，雷电也歇了，她随意一瞥，看到盛清让消失的那个洗手间，只是瞬间，心里便又拉扯出一丝细细的牵绊感。

九月中旬的雨夜，凉意正好，清美夜色里，车载电台唱着歌，宗瑛一个词也没有听进去。

回到699号公寓，她停好车，时间已经过了晚十点。

宗瑛后退几步，抬头看公寓的窗户，黑洞洞一扇，一点生气也没有。

她低头踩踩地上积水，手揣进口袋，走向620号那家便利店。

店里出人意料地播着悲情曲，冷气还是一贯地拼命吹。

宗瑛随手拿了两个饭团，突然又放下，走到速食面柜台前，拿了一桶最贵的泡面。

结完账、撕开包装纸，接了开水，她端着面碗临窗坐下来等。

数日疲惫过后，整个人几乎要跌到谷底，连食物的浓烈香气也无法唤醒迟钝的神经，只有额头拼命冒虚汗，算是给了一点回应。

她吞掉药片，掀开碗盖纸，拿起筷子，一口面还没有递到嘴边，手机猛地振动了一下。

宗瑛迅速摸出手机，点开未读消息——

发件人薛选青，内容只有一张模糊的照片。

还没来得及点开大图，薛选青紧接着发了第二条信息过来："看到了吗？监控截图，那个人找到了！"

宗瑛低头愣神，突然有人敲响她面前的玻璃窗。

他俯身轻叩，宗瑛抬头。

隔着落地玻璃，他伤未痊愈的脸上浮起一点克制的笑容，同时递来一只手表盒子。

包装盒上印着OMEGA①二十世纪二十年代到四十年代的广告标语——

The right time for life.

---

① 手表品牌。

"生日快乐，宗小姐。"

3

路灯吝啬，只照顾脚下一块地方，盛清让站在亮光照覆之外，一张脸半明半昧。

速食面的热气静静升腾，辛香味在鼻腔里弥散，便利店的背景乐自动切到下一首，旋律突然欢快起来。

夜班兼职生在报废过期的食品，脚步声响响停停，宗瑛坐在长条桌板前发愣。

"9·14"这天从某一年开始，变得不再值得庆贺。

因此她十多年没过生日，也很久没有人同她讲"生日快乐"。

隔着玻璃窗这声听不太真切的祝福，对宗瑛来说是一种年代久远的陌生。

兼职生干完活忽然抬头，朝外一看，便见到个熟悉身影，她心想，这人怎么又来了啊？

因为值夜班，她时常能在晚十点后遇到这个奇怪男人，他举止衣着虽然老派但绝不寒酸，可每次来店里，却总是什么都不买，只问她还有没有报废的食品。

兼职生探头看了看，只见他弯着腰，视线落在桌板后那个吃泡面的女人身上。

他总不会连别人的泡面都要眼馋吧?!

兼职生看着都觉得尴尬，撇撇嘴刚移开视线，欢迎铃声却乍响，她闻声扭头，只见那位先生竟然开门进来了。

他没有走到柜台来讨要报废食物，而是径直走向临窗桌板位，在那位女士身旁停住步子。

他显然有些不知所措，稍稍俯身，谨慎地低声道："宗小姐，很抱歉，我刚刚可能唐突了。"

宗瑛从听他讲"生日快乐"的那刻起就在走神，直到他在玻璃窗外消失，直到他推门进来，直到他开口致歉，她才盖起泡面碗盖，侧身抬头，出乎意料地道了一声："谢谢你。"

看她神色如常，盛清让方松一口气，随即递去手表盒子："数月以来非常感谢你的帮忙，请务必收下。"

宗瑛目光落在盒子上，两秒后她伸手接过礼物。看包装盒上的LOGO基本就能猜到是什么，打开它，里面的确装了一块表，属于二十世纪三十年代的一块表。

和世代传下来的古董表不同的是，这块表簇新锃亮，未经岁月洗礼，指腹抚摸表盘，直接触到的即是那个时代的温度与气味。

宗瑛隐约嗅到一些战火气息。

手表上的，盒子上的，还有盛清让衣服上的气味。它们清晰强烈得甚至盖过速食面的辛香味。

宗瑛垂眸看盛清让的鞋子，鞋面是还没来得及擦去的尘土，裤脚也不干净，衬衫是努力维持的整洁，总体还是狼狈，视线上移，最后对上他的眼，她十分想问一句"你这些天去了哪里"，但末了也只是以一贯冷静的语气问他："吃过饭没有？"

盛清让垂眸看她寡淡的脸，如实回道："没有。"

"正好。"宗瑛重新掀开碗盖，起身走到收银台，问目瞪口呆的兼职生又要了一双筷子，折回长条桌坐下来，"我也没有吃，坐。"

她说完重新落座，一手持塑料碗盖，一手握筷子，从碗里捞出一半卷曲的面条，悉数堆上碗盖。

动作利索，毫不拖泥带水。

盛清让愣神之际，她已将另一双筷子和余下的半碗面推到他面前："吃吧。"

生日吃面再寻常不过，然而两个人分食一碗速食面庆生，却是盛清让从未经历过的。

他来到她的时代和她相遇，已经遭遇了太多的第一次，但这一次，却隐约有些不一样。

宗瑛进餐一向迅速，盛清让努力想跟上，仍是慢了半拍，最后便是——她看他吃完最后一筷子面，提醒说："汤不要喝。"

盛清让放下面碗，宗瑛自然地伸手拿过，盖上碗盖，起身走到门口，连同筷子和纸巾一并投入垃圾桶。

她双手揣进裤袋，转身同盛清让道："回去了。"

盛清让赶紧拎好公文包，拿过桌板上的手表礼盒，起身跟她往外走。

店内兼职生看得一脸迷糊，事情发展完全超出她的预料，她还想再瞧两眼，人却已经走远了。

店门外只剩路灯死气沉沉地睁着眼，经疾风骤雨摧残过的法国梧桐树有气无力地杵着，纹丝不动，阔叶落了一地。

699号公寓门口同样落满法国梧桐叶，地上一片湿答答。

深夜鲜有人进出大楼，内廊里呈现出特别的寂静。两个人进入电梯，宗瑛一直低头看手机，盛清让站在一旁，多少有点无所事事的尴尬。

憋了好半天，他问："方女士在公寓吗？"

电梯门开，宗瑛收了手机，说："外婆今天刚走。"

盛清让似乎松了一口气。

一开门，扑面而来的满室潮气，宗瑛"啪嗒"按亮玄关廊灯，看到阳台门忘了关。

她径直走去阳台关门，盛清让俯身将手表盒放在沙发茶几上，有几分各司其职的意思。

两个人像这样不急不忙地相聚在699号公寓，好像也是很难得的事。

宗瑛很累了，瘫坐进沙发里，电视也懒得开，屋子里只有走钟声，直到盛清让走去厨房烧水，屋里才又响起水沸腾的热闹声音。

盛清让刚将水倒入杯子里，门口乍然响起一阵铃声。

听到门铃声，盛清让下意识地紧张，急急忙忙要避开，宗瑛却从沙发上起身请他放心："是我叫的外卖。"

外卖？盛清让根本不记得她什么时候点过外卖，走上前开门，对方却当真说："是宗女士叫的外卖，这是结账单。"

盛清让刚要接，宗瑛却先一步拿过单子，顺手拉开玄关柜拿钱。

她打开匣子翻出几张钞票递给对方，突然又注意到匣子底下压了数封薄信，她的手倏地一顿，在盛清让意图阻止的目光中，手指一拈，全抽了出来。

当着盛清让的面，宗瑛一封一封地看完，最后从信纸上抬眸看向他。

每一封都出自盛清让之手，基本都只有寥寥数语，措辞是报平安式地汇报近况，每封底下都有落款和日期。

宗瑛敛眸问他："你这些天都来过公寓？"

盛清让垂首一想，解释道："我从浦东回来的那个晚上曾给你和公寓里打过电话，没能打通，后来回公寓，家里也没有人。我担心你外祖母随时会回来，为免麻烦没有久留，但不与你说一声总归不好，因此只能留信给你。"

宗瑛听完手垂下来，她还记得上一次在高速服务区自己同他说的那句"如果回来，不管怎样，知会我一声"，而他当真这样做了。

很少有人将她的话这么当回事了，宗瑛抿唇别开脸，将信重新收进玄关柜，上前一步将大门关上，迅速岔开了话题："刚才半碗面肯定不够，所以回来的路上我又叫了些吃的。"

盛清让回想起她一路都在看手机。

他忙拎起外卖盒走向餐桌，得心应手地忙起来。宗瑛看他忙活便不插手，径直去储藏柜翻出一瓶酒，拿了开瓶器，到餐桌前坐下来。

桌上七八个纸盒摆着，食物冒着热气，十分丰盛。

盛清让刚生出"会不会吃不完"的担心，宗瑛瞥他一眼，回说："放心吧，我能吃完，不会浪费。"

战时食品紧缺，宗瑛很能理解他对食物的珍惜心情。

她一边开酒瓶一边问："你怎么知道我生日？"

她说着抬眸，又盯住他。

瓶塞拔出，盛清让起身去拿来两只杯子，他答道："你的密码是914914，雨伞上也印着914，可见这个数字对你很重要，何况……"他顿一顿，"你的身份证件上也写明了出生年月。"

宗瑛回忆起来，自己的确在他面前使用过身份证。

她往对方酒杯里倒了半杯酒，又往自己酒杯里倒了半杯酒，平静地说："今天也是我妈妈的祭日，她在很多年前去世了。"

盛清让知道"9·14"是严曼离世的日子，但宗瑛对他主动坦露过往，这是头一回。

他清楚这时候不该插话，果然，宗瑛接着往下讲了："那天保姆阿姨说，妈妈晚上会回来给我过生日，所以一大早就准备了蛋糕、蜡烛，可我从天亮等到天黑，都没有等到她。很晚的时候，他们到家里来报信，说她在新的大楼里自杀了，爸爸知道后很愤怒，迁怒于我，把我的蛋糕和蜡烛都砸了。"

她又饮了一口酒："是那种双层的奶油蛋糕，甜腻腻的。蜡烛是带电子芯片会唱歌的蜡烛，被砸了之后，保姆阿姨把它丢进垃圾桶，它却还能唱歌，只是变了调，慢吞吞、阴惨惨的。那天晚上家里的人全都出去了，只剩我一个人，我坐在垃圾桶旁边听它一直唱到没电，我觉得很害怕，后来也没有睡着觉。"

讲到这里，她仰头将杯子里的酒全都饮尽了。

宗瑛难得说这么多话，但语调毫无波澜，好像在讲别人的故事，只是一贯的寡淡神色里，藏了一些悲伤暗涌。

头顶柔暖灯光覆下来，哪怕她现在仍穿着坚硬铠甲，但看起来却没有那么冷，那么难接近。

她不是机器，冷硬利索的行事风格之下，也有自己的情感。

盛清让捕捉到她目光里一丝柔软真实的疲惫。

客厅里一度陷入沉默，唯有座钟在嘀嘀嗒嗒、冷漠无情地走向新的一天。

零点的钟声打过之后，冷冽酒气渐渐淡了，桌上只剩一堆空纸盒——全部吃完了。

盛清让起身收拾，宗瑛敛敛神，拿了烟盒走到外阳台上去抽烟。

她抽到第二支的时候，厨房水声歇了，盛清让走过来，停在距她几步远的地方。她站在室外的黑暗里，看亮光下的他重新打量她的书柜，她的相框，她的资料白板。

盛清让突然问她："宗小姐，你不是普通的医生吧？"

宗瑛皱眉低头吸一口烟，抬头回："原来是，现在不是。"

他问："为什么不是了？"

宗瑛余光瞥一眼自己的手，说："发生了一些事故，原来那扇门关了，只能去凿另一扇门。"

他视线回到资料白板上，上面贴着各种事故、凶杀案，其实他早该意识到她不是普通医生，哪有医生天天和死者打交道的？

他又转向书柜，看到角落里那枚极限运动协会的小小徽章："宗小姐，你喜欢极限运动吗？"

宗瑛仿佛回忆起很久远的事："是。"

他问："是哪种极限运动？"

"攀岩。"

"现在还去吗？"

"不了。"

"因为危险吗？"

宗瑛的烟快燃尽了，她说："费手。"

盛清让打住这个话题，问她："工作忙吗？"

"忙。"她稍顿，"但我现在在休假。"

"为什么休假了？"

"因为有比工作更重要的事要做。"

盛清让陡然想起"立遗嘱"的事，又想起她抛售股份处理财产的事，犹豫一番最终还是问她："可以问问是什么事吗？"

宗瑛今晚逢问必答，到这个问题，自己却抛出了疑问句："生死？"

他只感觉到是大事，问："有我帮得上的地方吗？"

宗瑛摇摇头。

盛清让看她片刻，目光移回室内。

书柜里搁着一个小相框——印了一张星云图，像张开的蝴蝶翅膀，是令人惊艳窒息的美丽。

宗瑛重新走回室内，将烟头丢进空易拉罐，瞥一眼盛清让注视的相框，说："那是死亡的恒星。"

盛清让扭头看她。

这是超出他知识储备的内容了，他问："你喜欢天文吗？"

宗瑛答："小时候喜欢。"她突然抬头看一眼座钟，"不早了，去洗个澡睡吧。"

她这样催促，盛清让当然不能再耽搁时间，立刻上楼拿衣服，宗瑛却说："等等——"

她大步折回房间，拎了件白衬衫出来，扔给盛清让道："你落在南京酒店楼梯间的衬衫，我送洗的时候让他们一起洗了，干净的。"

她说完往沙发上一坐，拿过刚才喝剩下的半瓶酒，头也不抬地催他："快去洗吧。"

盛清让洗完澡出来时宗瑛蜷躺在沙发上睡觉，余下来那半瓶酒也被她喝了个干净。

她睡姿看着难受，身上连个毯子也没有盖，盛清让俯身轻声唤她：

"宗小姐，醒一醒，回卧室去睡吧。"

宗瑛没有醒，反而皱起眉，牙咬得更紧，呼吸也愈沉重，因为喝了酒，她脸上生出一点难得的血色，嘴唇微启，哑着嗓子开口："妈妈，我有点害怕。"

是梦话。

盛清让又轻唤了她一声，她却突然伸手抓住了他的手指。

盛清让整个后背都绷了起来。

宗瑛是在沙发上醒来的，沙发旁搁了一把躺椅，不见盛清让的身影，外面天已大亮。

晨光蹑足进客厅，宗瑛坐起来，揉揉太阳穴醒神，视线落在茶几的表盒上。

她伸手拿过它，想起数年前的生日前夕，她向外婆打探："妈妈今年会给我什么礼物呀？"

深知内情的外婆就说："你妈妈最近讲你一点时间观念都没有，做完作业就只晓得睡觉，该不会是要送你一块表吧？"

可等到天黑，等到昨晚之前，她也没有等到过那块表。

她突然取出盒子里的表套进手腕，戴好。

The right time for life——

Right time.

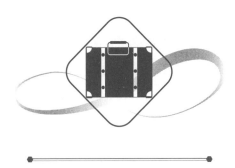

第10章

1

昨夜暂歇的雨水一大早卷土重来，上海的气温陡然落到二十摄氏度，空气湿润宜人，外出时得多加一件薄外套。

九点多，宗瑛出门去医院——她的药片吃完了。

刚到门口，保安喊住她："等下，有个东西给你。"

宗瑛撑伞站在栅栏门前等，保安折回屋里取了个纸盒出来，往她面前一递："昨天下午来了个快递，你家里没人，打你电话也不通，东西就扔这儿了。"

从外观看不过是个普通纸盒，宗瑛伸手一接，顿时察觉到了分量。她拿了盒子往外走，拆掉纸盒从里面又取出一方木盒，没什么缀饰，却显然是个好物器。

打开木盒，软丝绒里躺着一个信封，宗瑛指头一捏，霍地开口，倒出来一沓照片——

旧照，一共七张，每张皆是严曼与其他人的合照。

宗瑛抿唇蹙眉看完，到最后时发现一张卡片。

卡片上写："近日整理旧物，找出你母亲旧照数张，不便独占，想来还是交由你保管为妥。如有闲暇，或能小叙。"字里行间透着一股老派作风，落款"吕谦明"，是那位近期大量增持新希股份的大股东。

宗瑛对他印象很淡了，只记得是位很和善的叔叔，新希元老，早期管理层之一，后来虽然离职单干，但他实际控制的两个公司却一直持有新希股份，与新希保持着紧密的联系。

掰指头算算，宗瑛和他已经好几年没见，现在突然联系，多少有点出人意料，况且这快递是昨天送来的，他掐着严曼祭日寄老照片来，又是什么心思？

宗瑛一时不得解，将照片塞回信封，看了眼外盒上的寄件地址，在松江。

她将盒子放进包里，撑伞径直走去医院。

已经到门诊高峰期，不论挂号还是收费都排了老长的队，宗瑛索性打了个电话给盛秋实要一张处方，盛秋实让她稍微等一等，宗瑛在大厅里坐了片刻，突然起身去药店置办急救药品。

她预料盛清让那里的医用品可能正处于紧缺状态，抱着有备无患的心态，她买了整整一大包。从药店出来时，盛秋实回拨电话来讲："药帮你拿好了，你过来一下。"

宗瑛挂掉电话匆匆返回病区，上楼拿药。

盛秋实将药递给她，又瞥一眼她手里拎着的药品袋，甚觉奇怪："你买这么多药做什么？"

宗瑛说："寄给一个受资助的学生，他们那需要这些。"

盛秋实反正也看不清楚袋子里具体装了些什么，既然她这样答，也就不再多问。但他紧接着又关心起她的身体："这两天状况怎么样？"

宗瑛点点头回："还可以。"

盛秋实打量她两眼，确认气色情绪都还不错，便讲："既然来了，你要不要顺道上去看一眼？宗瑜好像挺想见你的。"又因为担心她会碰见宗瑜妈妈、父亲或者大姑，他顿了顿特意补充道："我刚从楼上下来，病房里现在除了护工没有别人。"

宗瑛低头思索，她隐约记起上次宗瑜讲的那声莫名的"对不起"，遂霍地抬首道："我去看看。"

她说完进了电梯，一路上行，抵达特需病房，小心翼翼地推开门，房间里便只有呼吸机的声音，一个护工抱着一摞日用品走到她身后，问："不进去呀？"

宗瑛被吓一跳，敛神进屋。

护工认出她，压低声音讲："刚刚才吃了药睡着的，你来得不巧啊。"

"没事。"宗瑛说，"我就来看看。"

护工放下手里的物品，开始收脏衣服、脏床单，抱起来一抖搂，一个护身符便从里边掉下来。

她手里抱着大把东西，垂眸睄一眼地面，还没看清，宗瑛已经俯身捡起了它。

宗瑛将护身符拿在手里看了几秒，便听得护工道："幸好幸好，这要一起洗了会出大事情，说是邢女士昨天托人大老远从峨眉山求来的，很灵的。"

峨眉山？的确很远。

宗瑛想着将护身符递过去，护工便仔细替宗瑜藏好。

这个年纪的男孩子，本该生龙活虎，但这个词显然和宗瑜无关，他奄奄一息地躺着，脸色苍白，心脏壁薄得像纸，命悬一线。

关于那场雨夜事故，到目前为止也没有人能给出准确结论，大致判断是——邢学义的错误驾驶导致了事故发生。

而新希也只忙着摆平遇难者家属及负面舆论，至于当天深夜邢学义为什么带宗瑜上路，为什么在清醒状态下他会出现那么严重的驾驶失误，无人在意。

外面淅沥雨声不止，室内呼吸机的轻细声响缓慢有节律，宗瑛在某个瞬间突然觉得，宗瑜应该是知道原因的，可他上次为什么只字不提，只突兀讲一声"对不起"呢？

宗瑛正思索，电话进来了。

她接起电话，盛秋实讲："我刚刚在门口看到你大姑来了。"话到这里，他就挂了电话。

提醒是他的事，走不走是宗瑛自己的选择。

宗瑛心里不愿和大姑有太多接触，为免碰见再生争执，她甚至是从楼梯下去的。

这阵雨根本没有停下来的意思，急诊的救护车鸣拉鸣拉地一直响，路上飘着各色雨伞，所有人都低着头，行色匆匆。

宗瑛有点头痛，只能回家休息。

叫来外卖又吃了药，她一觉睡到傍晚。

醒来天色发青，尚留一丝光亮，宗瑛坐起来喝口水，打算抽一支烟，翻包时却将早上的快递盒也翻了出来。

她一边抽烟一边打量，寄件地址显示是松江佘山脚下的一栋别墅，上面留了一串号码。

宗瑛突然掐灭烟头，照那个电话拨了过去。

接电话的是个年轻男声，宗瑛还没自报家门，他却已经先开口："你好，宗小姐。"宗瑛一愣，他接着讲，"鄙人是吕先生的秘书，姓沈。"对方稍顿又问："快递已经查收了是吗？"

短短几句话，透着一副滴水不漏的架势。

宗瑛不擅和人打交道，尤其这种人精，她只能据实说："是的，我已经收到了，不知道是否能够约一下吕先生。"

"稍等。"他说完不过半分钟，就给了宗瑛肯定的答复，"今晚八点，在佘山别墅见面可以吗？我去接你。"

他回复得这样快，宗瑛不禁猜测，难道吕谦明就在他旁边？

她迅速收回神，答："不用，我自己去。"

知晓她母亲旧事的人少之又少，吕谦明算是一个，加上他主动寄来照片，令宗瑛更想探一探。

她迅速收拾好出门，雨势转小，雾一样飘着，汽车在道路上疾驰，车灯也晦暗不明。

因为吃了药，状态很差，宗瑛只能打车去。

遇上晚高峰，略堵了一会，近五十分钟后，出租车将她送到别墅门口。

她还没下车，就看到有人撑伞走过来迎她，脸上是得体的微笑："宗小姐辛苦，今天有点凉。"

宗瑛从声音认出他，是电话里那位沈秘书。

她不吭声，沈秘书也识趣地不多话，径直带她进别墅。

这里一片安静幽雅，雨声衬着更显闲适，客厅似禅房，一枝南天竹斜进圆窗内，未红透的果实在成片绿叶里透着郁郁的冷，条桌上的线香还未燃尽，茶具旁的小壶里正烧着水。

吕谦明从桌后软垫上起身："没有想到这么快可以见到你，坐。"

宗瑛很久不见他，发觉他竟然还是印象中的样子，不免多了几分亲切："吕叔叔。"

这时壶里的水咕咚咕咚沸起，吕谦明将它从炭火小炉上移开，问她："喝茶吗？"

宗瑛如实道："不怎么喝。"

他说："小曼也不喝。"可他还是慢条斯理地淋了茶具，开始泡茶的那一套复杂流程。

宗瑛垂眸看着，听他讲："照片收到了？"

"收到了。"宗瑛稍顿，"不过既然是合照，本来就该是各留一份，为什么说不便留呢？"

"睹物伤心，留着只会勾起太多以前的事情。"吕谦明说着抬头看她一眼，复垂首专注地泡茶，"你妈妈走了，你邢叔叔也走了，初创新希的那一拨人，走的走、散的散，再看照片多难受。"

他将茶水注入小杯，递一盏给宗瑛："对了，你邢叔叔的案子结了吗？"

宗瑛拿起茶杯，应道："还没有。具体进展我不是很清楚，我不负责这个案子。"

她回得很干脆，吕谦明便没什么可追问，只说："喝茶。"

宗瑛便饮尽了茶。

她思忖良久，一句话在脑海里盘桓多时，在搁下茶杯的刹那，终于讲出口："吕叔叔，你觉得我妈妈是自杀吗？"

吕谦明手持茶壶，稳稳地将茶水注入小杯，说："我觉得不是。"

宗瑛又问："那天下午，你有没有见过她？"

吕谦明搁下茶壶，看她道："见过，她说晚上要给你庆生。"

宗瑛的心骤然一紧："是什么时候见的面？她当时有没有说别的？"

面对宗瑛一连串的发问，吕谦明摇摇头："时间太久，记得不太准确了。"他接着说，"不过以我对小曼的了解，虽然那段时间她状态不好，但不至于想不开。"

他迟迟不喝茶，同宗瑛说："你是不是打算重新查她的案子？如果有我能够帮到的，知会沈秘书一声就可以。你有什么困难，也可以同我讲。"

这是明确的关心了，宗瑛领了好意，喝完一巡茶又坐了会，意识到时间不早，起身告辞。

吕谦明看一眼窗外，讲："雨又大了，这里难打车，让小沈送你回去。"

他讲的是事实，宗瑛就没有客气。

甫出门，她就见沈秘书取了伞候着。

他周到地给她撑伞、拉车门，显然将她当成重要客人。

宗瑛坐进后车座，习惯性地扫两眼，置物框里搁了一沓票根，最上面一张赫然写着"峨眉山景区"字样。

宗瑛没太在意，低头看表。

这块来自一九三七年的手表，提示的却是二〇一五年的时间。

距二〇一五年九月十五日晚十点，还有一个小时。

她想着稍稍抬眸，突然见沈秘书极迅速、谨慎地抽走了票夹上的峨眉山景区票根。

宗瑛不留痕迹地蹙了下眉。

越是滴水不漏的谨慎，反而越显出一种欲盖弥彰的味道。

2

沈秘书从后视镜里看她一眼，宗瑛不动声色，待他移开视线，低头取出手机。

她打开新闻客户端，迅速往后翻，找到昨天那条标题为《吕谦明再度举牌新希制药，持股数或超第一大股东宗庆霖》的财经新闻，划拉到最后评论区，想找一条回复，但它消失了。

宗瑛拧眉，点开最高楼的那条评论又逐条翻找一遍，仍未见到那条阴阳怪气的回复，而她非常确定昨天在机场候机时看到过。

内容依稀是"邢妹是不是和宗庆霖一家人一条心，鬼晓得"，但现在，它被悄无声息地删除了——

和悄悄抽走景区门票是同一种掩饰。

宗瑜的护身符是从峨眉山求来的，而沈秘书或吕谦明身边的其他人又恰好从峨眉山景区回来，原本或许该归于巧合，却因为这一瞬间的掩饰，反而露出一星半点的可疑。

宗瑜妈妈和宗庆霖不是一家人一条心，那同谁是一家人一条心？

吕谦明？

宗瑛垂眸盯着手机屏幕不出声，单凭这两条线索或许不一定能证明宗瑜妈妈和吕谦明存有私情，但他们之间的确很可能已经搭了一座暗桥——或许交易，或许你情我愿的男女情谊，并且藏得十分隐蔽、小心。

这两个人想做什么？宗庆霖对此知不知情？和邢学义的案子有没有关系？

宗瑛摁下电源键熄灭屏幕，抿唇看向车窗外。

雨落得更大，车内雨声窒闷，闪电劈下来，路旁树木泛出阴亮的绿，又瞬间在雷声里暗下去。

驶出别墅区，一路昏黄路灯，雨夜里的城市呈现出与往日不同的寂静,万家灯火随夜渐深而熄,变幻的建筑装饰灯仿佛在演一出哑剧。

进入市区,红绿灯密集起来,车子停下来等红灯时,宗瑛余光瞥见了路边一个熟悉的身影,他步子匆促,冒着大雨穿过潮湿的斑马线,去了道路的另一边。

宗瑛辨清他的身影,忽然道:"沈先生,过了这个红灯让我下车。"

她要求突然,沈秘书却不多话,通过红绿灯停好车,只在她开车门的刹那,周到地递去一把伞:"路上小心,宗小姐。"

宗瑛接过伞道了声谢就匆匆下了车,转身再看那个熟悉的身影,只见他已经沿街走出去很远。

通往对面道路的绿灯迟迟不亮,宗瑛过不了马路,就沿着这条道快步往前走,直到快到下一个人行道,她终于在平行线的这一边追上他的位置,于绿灯亮起的刹那,疾步穿过斑马线,气喘吁吁地抓住冒雨前行的盛清让。

她平定呼吸,伞移过去一半,对上他惊诧的目光,讲:"你走得太快了。"

盛清让眼睑几不可辨地轻颤一下,措辞有点失序:"下雨所以走得快,我们那里不下雨,忙忘了,没记得带伞。"

他的头发被雨水打湿,有几分往日不常见的狼狈,手又湿又冷。

宗瑛紧握那只手不放,甚至更用力几分,拉过他就往反方向的地铁口走。

雨天难打车,地铁这个时间也未停运,宗瑛遂带他进了站。买票过安检过闸机,按提示到站台,两个人并排站着,身边多的是深夜返家的潮湿路人。

地铁像怪兽一样从黑暗中呼啸着闯入，却温驯停稳。

玻璃防护门打开，所有人顷刻拥入，位置在瞬间被占，只留寥寥几个空位。

宗瑛示意盛清让去坐，却听他低头小声说："我衣服都是湿的，还是不坐了。"

湿答答地挤在别人身边的确很不礼貌，弄湿椅子也不妥，宗瑛认可他的决定，却突然拽他一把，将他拉到座椅和门之间的角落处，自己则抬手撑住座椅旁的不锈钢扶手，将他困在一个无人打扰的安稳区域内。

她的手撑在一侧，袖子挽上去一截，盛清让垂眸即看到她腕上的表，唇角不由得稍稍一松——他一直担心礼物送得不恰当或是太冒犯，现在总算可以卸下这担心。

然而他一垂首，嘴唇却擦到她头发，整个后背又陡然紧绷起来。

盛清让一动也不敢动，手里握着宗瑛交给他的长柄雨伞，雨水沿伞尖缓慢地往下滴，耳边是地铁掠过时呼呼的风声。地铁突然开上地面，雨丝便贴着玻璃急速擦过。

宗瑛抬眸开口："昨晚睡得好吗？"

盛清让骤然回神，点点头。

宗瑛又问："在哪里睡的？"

盛清让佯作没有听清楚。

宗瑛便接着道："在躺椅里睡的？我昨晚有点累，酒也喝多了，可能讲了一些胡话，做了些不恰当的事情，请你多包涵，不要往心里去。"

她看似坦荡荡地讲完，头却不太自在地移向车厢右侧，潮湿的头发丝迅速撩过盛清让的脸。

盛清让握伞柄的手倏地一紧，地铁到站骤停，身体忍不住微倾，宗瑛突然伸手揽了他后背，讲："这边是下站门。"她话音刚落，地铁门霍地打开，耳边净是乘客进进出出的声音。

急促的关门提示声响起，地铁又要往前开，宗瑛抓住他的手借一点支撑，盛清让犹记得她昨晚就一直这样握着他的手，没有过分用力，但也牢牢抓着了。

他讲："你没有讲胡话，也没有做不恰当的事，你睡得很安稳，宗小姐。"

宗瑛抬眸，短促地反问："是吗？"

盛清让略心虚地答："是。"

宗瑛不再出声，地铁平稳行驶着，可她也没有松手。

一路到静安寺站，盛清让只记得她手心传来的温度和地铁高速行驶时掠过的巨幅广告，除去品牌LOGO，广告上只写了八个字"见证历史，把握未来"①，伞尖不再往下滴水了。

从地铁口出来，阵雨也停了。

去往699号公寓的路上，宗瑛问他："今天怎么会在那个地方？"

他嗓音里藏了疲惫："阿九病了，我去给他买药。"

病了？宗瑛闷头走到公寓门口，刷开电子门禁，拉开门问："怎么病了？"

盛清让神色愈黯然："那孩子本来底子就不好，可能是受凉，也可能是感染，一直发热，吃不下东西，喘咳得厉害。"

通廊里的声控灯忽地亮起，宗瑛按下电梯，问他："去过医院吗？"

---

① 欧米茄（OMEGA）广告标语之一。

他无可奈何地说："还没有。现在租界的医疗资源也十分紧缺，我的医生朋友上个月也在一次空袭里遇难了。"

那孩子是她一手带到世上来的，宗瑛听他这样束手无策地讲，难免生出几分心焦。

电梯门打开，她却不进去，抬头同他说："你先上去洗个澡处理一下，免得着凉，我出去一趟马上回来。"说完将盛清让推进电梯，闷着头走出大门。

电梯上行，宗瑛快步去了医院，在休息室找到盛秋实。

她开门见山："帮我开个药。"

盛秋实一脸讶异："怎么了？早上的药有问题？"

宗瑛摇头："不，可能是小儿肺炎，你帮我找人开点药。"

盛秋实说："小儿肺炎最好入院治疗……"

"我知道，但情况比较特殊。"她语气恳切，"拜托。"

盛秋实刚打完盹醒来，脑子不太清爽，迷迷糊糊帮了忙，迷迷糊糊送她走，到最后也没来得及问到底是谁病了，这个病例又特殊在哪里。

他只确定一件事，宗瑛似乎越来越可疑了。

盛清让洗完澡、换好衣服，宗瑛回来了。

她坐在餐桌前逐一写好药品使用说明，连同早上从药店买来的药一起装好，最后又收拾了个医药包出来，盛清让就坐在对面看她整理。

末了，她低头看一眼表，都要过凌晨了。

宗瑛担心早上起不来，遂将医药包先交给盛清让："从阿九的症状来看很可能是小儿肺炎，相关的药品我放进去了，叫清蕙按照上面的剂量使用。包里还有一些应急医药品，或许你用得到，有什么问题，回来就同我讲。"

　　她想了想，从包里翻出那部新手机递过去："给你办了一张新卡，里面存了我的号码，你回来这边就可以拨给我，记得定时充电，不用的时候关机。"

　　宗瑛大概对他的领悟能力有绝对的自信，一口气交代完，也不加示范，径直起身去洗了澡。

　　她很累了，躺到床上闭上眼的那一刻，脑子里先是一张张闪过严曼和他人的那些合照，之后就开始吃力地消化分解今天遇到的人和事。

　　吕谦明在她减持的当口大量从二级市场买入，同时好像又和宗瑜妈妈保持着不同寻常的关系，他的目的是争夺新希的控制权和话语权吗？

　　宗瑛不知道自己是什么时候睡着的，但凌晨五点五十六分时，一个突如其来的电话将她吵醒了。

　　那厢是完全陌生的声音，问题亦相当突兀："宗女士，请问你前一段时间大量减持新希股份的原因，是不是和新希制药参与了新药的临床数据造假有关？"

　　数据造假？

　　宗瑛整个云里雾里，她下意识地往后捋额发，下了床往外走，同时挂掉了电话。

　　她甫打开门，就见盛清让整装朝这边走过来。

　　他一手提着医药包，一手举着手机，同她说："宗小姐，有你的电话，刚刚打来的，是章律师。"

　　宗瑛拿过手机，章律师问她："看新闻了没有？你知道新希临床数据造假的事情吗？"

　　"什么时候的消息？"

　　"就刚才。"

宗瑛垂下手，几缕额发立刻耷下来，她放缓声音："我大概知道了，过会回电话给你。"

她挂掉电话，另一部手机却又振动起来。

似打开闸门一般，信息电话接连涌来，入侵这个本该清净的早晨。

宗瑛犹豫数秒，火速关掉手机，握住盛清让的手——

她说："我去看一眼阿九。"

手表秒针咔嗒移过了十二那一格。

3

从八月到现在，宗瑛已有几十天没回过一九三七年的699号公寓。

公寓里的变化是显而易见的，餐桌不复整洁，上面堆满了孩子用的物品，沙发上丢着衣服和书本，茶几上摆了一只空奶瓶，白瓷碗支离破碎地躺在地板上，洒落的米汤还没来得及清理。

看来清蕙在照顾孩子这件事上，并不得心应手。

想到这一点，宗瑛才猛地意识到清蕙和孩子们此时都在公寓里，而她贸然出现在盛清让的卧室门口，一只手还紧紧握着对方，实在太可疑。

她触电般松开手。楼上乍然响起孩子的哭声，清蕙倚着扶手朝下看，见到宗瑛还以为自己眼花了，连忙抱着阿九匆匆忙忙跑下楼，在几步远的地方停住，盯着宗瑛疑惑地问道："宗小姐你不是……出国了吗？"

宗瑛双手揣进裤兜，低头迅速整理了情绪和思路，正要开口，盛清让却侧过身先道："宗小姐出国遇到一些阻碍，所以暂时会在上海留两天。"

宗瑛认为他的说辞没什么问题，清蕙却生了疑。

她问："宗小姐是什么时候过来的？"

宗瑛此时就站在盛清让卧室门口，穿着T恤和宽松家居裤，露着的一截脚踝被蚊子叮出两个红疙瘩，头发是睡醒后特有的凌乱，显然是在这里过夜了。

盛清让迅速看一眼宗瑛，又佯作淡定地回清蕙："我昨晚出去的时候，宗小姐刚好过来，就在这里借宿了一晚。"

"我肯定是睡死了，都没有听到动静。"清蕙这两天因为阿九都没能好好休息，昨天傍晚上了楼就累得睡着了，连盛清让哪个辰光出去的都不晓得。

她一副精神不振的样子，看看衣着齐整的盛清让，问："三哥哥是刚回来的吗？"

"是。"盛清让刚要将医药包递过去，清蕙怀里的阿九这时哭着哭着又喘起来。

宗瑛上前，伸手探了探，小儿呼吸节律很快，但明显不畅，口唇颜色甚至发紫，不是好征兆。

"先上楼。"她说着一把拿过盛清让手里的医药包，另一只手轻揽了一下清蕙的后背，催促她抱孩子回楼上房间。

那厢两双脚噔噔噔地上了楼，西边客房里探出一个小小脑瓜——是刚睡醒的阿莱。

他看到盛清让，先小心翼翼地唤了声"先生早"，紧接着就走到客厅，帮盛清让收拾餐桌及沙发上的杂物。

楼上那间宗瑛睡过的客房，眼下变成了清蕙和阿九的卧室，因为疏于整理，杂乱感扑面而来。

宗瑛重新给阿九量了体温，仔细听了肺音，又问旁边手足无措的清蕙："烧了多久？"

清蕙答说："蛮久了，奶喂不进去，精神也很差。"

宗瑛察觉到她语声中的焦虑，直起身道："你不要慌。"言罢拆开医药包，翻出退热贴和药水，又递了一盒酒精纸和滴管给清蕙："给滴管消个毒。"

清蕙依言照做，其间又探头看一眼那些稀奇古怪的包装盒，越发觉得宗瑛神秘，但同时她又莫名地觉得一阵安心，仿佛寻到了能倚靠的权威，慌张也顿时少了。

她将消过毒的滴管递过去，只见宗瑛从药瓶里吸出药水，俯身喂阿九。

她好奇地探头看，宗瑛却突然停住动作。

宗瑛本打算自己动手，但突然想到这可能是清蕙必须学习的部分，最终起身将滴管给了清蕙："还是你来。"

清蕙乍然显出不自信，宗瑛垂眸看她："不是难事，慢慢给药，我教你控制节奏。"

受到鼓励，清蕙浅吸口气，紧张地握握拳，这才接过滴管小心谨慎地给阿九喂药。

宗瑛显然是个耐心的好老师，清蕙喂完药，终于直起身舒一口气，问宗瑛："喂了这个药就好了吗？"

宗瑛却回了声"还没有"，她拿过药盒里附的小量杯："每顿该喂的剂量我写在字条上了，你用这个来量，不要给多。"又指了退热贴讲，"这是物理降温用的，你留意一下他的体温，烧得厉害的时候可以贴。"

宗瑛说完又习惯性抿唇，托起一只小小的输液袋。

清蕙见她不吭声，问："怎么了？"

宗瑛却放下输液袋，快步走出门。

到楼梯口时，在客厅里忙碌的盛清让抬头看她，问她："需要帮忙吗？"

"上个月我给你的医药包，在这里还是在盛公馆？"

"在公馆，需要吗？我现在去取。"

宗瑛讲："阿九需要输液，但我忘了拿输液器。之前那个包里我多放了一些，应该还有。"

盛清让语气稳妥又平静："我知道了，我现在就去取。"

他说完就去打电话叫车，宗瑛说："还需要拿一些药，我同你一起去。"

她眼神里是不容拒绝的坚决，盛清让想了想，只说："衣服还在老地方。"

卧室靠门的五斗柜，最后一层。宗瑛记得很清楚。

她顺利地翻出衣服换好，出去时见盛清让正关照阿莱留意锅里的粥："等它沸了就关掉煤气，记住了吗？"

阿莱认真地点点头，他直起身转向宗瑛："可以走了。"

宗瑛便同他一道出门下楼，到服务处，叶先生坐在高台后面看报纸，听到动静抬头起身，一见宗瑛，黯淡脸色倏地一亮："宗小姐回来了呀！哪个辰光来的？"

现在不是闲聊的时候，盛清让回他："我们有些急事，先走了。"

叶先生识趣地坐回去，宗瑛顺手抽过信报箱里的报纸。

盛清让大概好几天没取了，报纸也攒出一小沓，中文、英文都有。

宗瑛单手举着报纸，低头一边走一边看，到门口时凉风扑面，抬头只有阴沉沉的云，寻不到半点太阳的踪迹。

盛清让展开一直搭在小臂上的短夹克，极迅速地给她披上，只讲一句"温度有点降了"，即走到出租车旁拉开车门，请她先进。

宗瑛倏地回神，单手压紧领口坐进车内，仍是低头看报纸。

新闻、社论、公告、广告，版面与战前并没有什么不同，内容也没有大篇幅地倾向这一场战争。

这是区别本土的、属于租界的报纸，大家关心九月份足球协会的换届，在意百货商店推出的新品，非常默契地将上海割裂成两个部分——华界和租界，战区和非战区。

铺天盖地的日常琐碎，是用来包裹战火的外衣。

宗瑛没能看完，抬起头看窗外。

车子顺利地驶出法租界，一路开向公共租界的盛家公馆，途经南京路时，一栋熟悉的建筑就从宗瑛眼前掠过——她曾经住过、被轰炸过的华懋饭店，重新开张了。

那天下午两颗炸弹从天而降，爆炸声震耳欲聋，楼道里一片血肉模糊。

但仅隔一个月之后，它便恢复营业迎客，好像轰炸从未波及这里。

"什么时候开张的？"宗瑛不禁坐直了身体，目光仍在窗外。

"就这两天。"盛清让顺着她的视线看出去，又讲，"那天一同被炸的大世界剧院也开张了，最近还有新的电影上映。"

他语气里透出一种无可奈何的忧虑，百米外对岸阵地的炮火是真切响着的：那边是地狱，这里也绝不可能是天堂。

街上越来越多的外国驻军昭示着粉饰太平下的恐慌与焦虑，巡捕房的警察四处抓捕可疑人物和暴乱难民，公共租界卫生处已经是第三次发布霍乱的疫情报告……竭力维持的秩序像脆弱的玻璃一样，一击即碎。

汽车抵达盛公馆时，一众人正因一个孩子焦头烂额。

盛清让同门房讲明来意，姚叔皱着眉说："现下家里一团糟，先生最好快点取了东西就走。"

宗瑛注意到姚叔对盛清让的态度不再是一味地拒之门外，竟然多了几分善意。

她不在的这些天，发生了些什么事？

盛清让向他打探情况："怎么回事？"

姚叔便道："昨天小少爷跟姑爷一起出去，也不晓得怎么就自己溜了，一直找到宵禁都没找到，还是今天一大早被警察送回来的！送回来按说能松一口气了吧？结果一回来突然就上吐下泻，情况严重得不得了，二小姐就同姑爷吵起来了！"

宗瑛听他讲完，明白他口中的小少爷就是二姐家那个孩子。

她问："是从哪里找回来的？"

姚叔道："说他都已经到西边难民点了，要不是家里同巡捕房再三地打招呼，哪里还有可能找得回来呀！"

盛清让轻蹙眉，冷静地同宗瑛说："那边在闹霍乱。"

宗瑛下意识地抿了抿唇，没吭声。

盛清让又讲："我进去拿了医药包就出来，你在这里等我。"

宗瑛站在潮湿的凉风里看他大步往小楼走，不自觉地握紧了拳。

盛清让甫到门口，便听得客厅里吵翻天，一边是二姐的责骂声，一边是二姐夫的撇清与辩解，质疑无非是讲"带小孩出去怎么不看好，是不是又同哪个戏子鬼混去了？到底是哪个人把你迷得这样七荤八素，连儿子都没心思看了"云云，二姐夫便说"我要真心去瞎搞，怎么还会带小孩出去？你稍微动动脑子好哦？家里的钱都是你在管，我哪里有闲钱出去同人鬼混"等等。

总就那几个话题翻来覆去地吵，简直没完没了。

盛清让本打算绕过他们上楼去取医药包，刚上了两级台阶，却突然就被二姐叫住："你回来怎么一声招呼也不打？这样悄无声息是要吓死人吗?！"

盛清让停住步子，转过身下了楼梯，正色道："盛清萍，迁怒我没有意义，我想你现在应该做的最紧要的事情不是争是非——而是立即送阿晖去医院。"

他说完即重新转身上楼，二姐夫这时也顺着他的话头讲二姐："阿晖现在这个样子当然是要送去医院，你在这里胡搅蛮缠有没有意思？"

二姐气却更盛："姓周的你不要妄图转移话题！"

盛清让步子又顿住，他讲："西区闹霍乱，阿晖从那里回来就上吐下泻，希望你对阿晖负责，也对这个楼里的其他人负责。"

"老三你什么意思?！"

盛清让提醒都说尽，实在没什么可以再讲的了。

他置若罔闻地快步上楼，二姐朝楼上喊："你在咒阿晖吗?！你到底什么意思?！"

"霍乱高度疑似病例，必须马上隔离的意思。"

二姐闻声倏地扭过头，只看到门口站了一个熟悉的、久违的身影。

她看着对方发愣，下意识反问："你再讲一遍？"

宗瑛寡着一张脸，所有态度都在一双冷冰冰的眼睛里："我说马上。"

4

二姐心里一撮火被宗瑛这句话一扑，起码熄了一大半，鼻翼翕动，只剩满脸无处可撒的气。

盛清让闻言反身，看向门口的宗瑛，显然未料到她会进来："宗小姐？"

宗瑛进楼，除了担心盛清让又同家里揪扯不清外，还出于一种身为医者潜意识里的提醒义务，结果刚到门口就听见二姐在与丈夫争执，对盛清让的一番好意提醒更是丝毫不领情——这时候罔顾主次，对孩子、对自己，甚至对他人都是很不负责任的行为。

宗瑛接着讲："上吐下泻不一定是霍乱，但从疫区回来出现典型的霍乱症状必须谨慎处理。如果真是霍乱而置之不理，阿晖可能会因为严重吐泻脱水、休克，甚至死亡，这栋楼里的人也都面临被传染的风险。"

语声不高不低，却透着权威感，整栋房子里仿佛只有她的声音。

二姐只晓得外面闹疫病，但一贯认定那是难民区的事情，哪里同自己扯得上半点关系，当然不肯承认霍乱离自己这样近，遂抬手指着宗瑛道："你……你危言耸听！"

宗瑛走过去，将报纸递到她面前，只道："看过之后再下结论，也不迟。"

租界报纸的社会新闻版面，其中夹了一条卫生处的公告，说明疫情现状的同时，提醒租界居民警惕，并要求一旦出现疑似症状立即前往租界专设的霍乱医院进行隔离治疗。

二姐英文虽不是极好，但这一则公告好歹也看得明白，未及她回神，二姐夫一把夺过报纸，快速扫几眼，语气举止立刻添了焦虑："赶紧赶紧，叫姚叔马上送阿晖去医院，那个专门治疗霍乱的医院在哪里？"

"送去什么霍乱医院？！"二姐的气焰顿时又熊熊燃起，语调明显拔高，"那种医院本身就是个瘟疫区！送去了没病都要得病！"

声音刺耳，宗瑛耳膜都仿佛被震得疼了一下，她下意识地皱了眉，讲："疫病医院会有专业的消毒与隔离措施——"

话还没说完，二姐就打断她反驳道："你去过？"

"我去过。"盛清让说完快步下了楼，走到宗瑛身前，隔开她与二姐，"如宗小姐所言，他们的确有专业的处理流程，我也有朋友已经痊愈出院。霍乱应是越早治疗越稳妥，所以不宜再耽误时间。"他说着即刻转向二姐夫："尽快送医为好。"

二姐夫虽然与他有一些过节，此时却与他同心，马上叫住用人："快点带阿晖下来，叫姚叔去准备车子，我们马上去医院。"

"哪个敢？！"二姐只身拦阻，直接挡住楼梯不让用人上去，她眸光中分明写满恐慌，却又下意识地抵抗，声音越发歇斯底里，"就算是霍乱也不能去医院！叫医生到家里来治！"

"这种时候整个上海最缺的就是医生，哪个医生有工夫到你家里来？"二姐夫的声音陡然高上去，斥道，"盛清萍你讲讲道理！"

"她不就是现成的？！"

二姐急红眼，抬手直指宗瑛，盛清让立刻驳道："宗小姐是客人，请你不要呼来喝去。"

他说完转过头，正打算让宗瑛先出去，楼上突然传来用人的急呼："小少爷吐得都快要昏过去了！"

二姐慌忙上楼，二姐夫也立马跟上，木质楼梯一阵咚咚急响，哪个还顾得到宗瑛在后面的提醒。

她讲的是"等一等，不要直接接触病室里的排泄物"，但只有盛清让听到了。

盛清让转头对上她的目光，只见她问："医药包在哪？"

"我去取。"盛清让说完就要上楼，宗瑛却拉住他，"我同你一起。"

两人快步到二楼书房，盛清让拉开顶柜取出医药包递到宗瑛面前，她哗啦一声拉开，麻利地从中找出消毒液、手套、口罩及抗菌药若干："霍乱是肠道传染病，避免排泄物接触很重要，他们那样贸然进去太危险了，得马上知会他们传染的风险。"

她说完迅速蒙上口罩，甫抬头，突然觉得盛清让神色微变，蓦地一转头，循他视线看过去，这才发现坐在角落里的大哥。

大哥坐在一辆轮椅里，垂下来的裤腿空空荡荡，脸色发白，看到宗瑛时却又突然涨红了脸，声音几近咆哮："是不是你锯了我的腿？！"

宗瑛蒙了一瞬，在他"为什么要锯我的腿？""我叫你锯了吗？""凭什么不问过我？！"等接二连三的质问声中，盛清让道："我说过当时的情况——"

大哥粗暴地打断盛清让："我要她讲！"

宗瑛伸手拦了一下盛清让，转向大哥，声音稳而冷静："我的确是参与你截肢手术的医生，你下肢毁损非常严重，盲目保肢除了引起并发症和更麻烦的感染，对保命毫无益处，还要继续往下讲吗？"

她一张脸被口罩遮去大半，露着的一双眼也辨不出情绪。

气氛僵持片刻，她最终转过身，埋头迅速整理了医药包就要出门。

术后心理疏导不是宗瑛擅长的部分，但临到门口，她突然又停住脚步，短促地叹一口气，背对着大哥道："盛先生，遭遇事故既成事实，能做的只有向前看。"

盛清让察觉到她讲这话时，明显是深有体会的语气，仿佛自己也经历过类似的意外。

然而他走到她身旁，她却提着医药包先出去了。

只这么稍稍一耽误，外面的事态就完全变了个模样。

二姐夫突变强势，抱起孩子就下楼出门，也不求司机，自己坐上汽车驾驶位就要带阿晖去医院，二姐一路吵一路拦，始终没能拦得住。

宗瑛下楼时，怒气十足的汽车鸣笛声响彻了整个公馆。

她杵在楼梯口，敛回视线，低头看过去，楼梯上、客厅地板上，一路都是零零落落的呕吐物痕迹。

空气一阵窒闷，她转头提醒下楼的盛清让："小心，不要踩到。"

汽车声远去之后，外面只有稀稀拉拉的蝉鸣声。

阴天里惨白无力的光，透过彩色玻璃映入客厅，在地板上留下死气沉沉的色块。

二姐走进来，还没走几步，突然挨着客厅沙发瘫坐下来。

她闹了这一番，旗袍上盘扣散了两颗，一贯打理服帖的小卷发此时也耷下来几缕，眸光黯淡，是与往日嚣张架势全然不同的狼狈。

突如其来的战事将生活弄得更糟——

夫家的产业几乎全毁于战火，家也沦为战区，只能搬回娘家；大哥失了双腿，完全像变了个人；清蕙为了那两个来路不明的孩子甚至不惜与自己决裂；丈夫每天不晓得同谁在鬼混；连阿晖也突然病得这样重。这个平日里天不怕地不怕的跋扈妇人，此刻却瘫坐在地板上，不知所措。

宗瑛打量了一会，走到她面前停下来，突然俯身，讲："伸手。"

二姐不明所以地抬头，看起来像一只被拔光了刺、失去攻击力量的动物。

宗瑛又重复一遍："伸手。"

待她机械地伸出手，宗瑛掰开消毒液瓶盖，挤了几毫升消毒液在她掌心："搓满三分钟，用流水冲洗干净。"随后宗瑛直起身，转向盛清让："虽然孩子已经送去医院了，但家里的病室也必须消毒处理。"

宗瑛考虑得细致、周到，盛清让完完全全地信任她，便安排用人按照她讲的进行清理、消毒工作。

一众人忙完也到了饭点，外面的阴风好像歇了，宗瑛将抗菌药留下来，并托给姚叔分发到人，算是预防性服药，最后她又叮嘱："如果公馆里有其他人出现症状，务必立刻去医院，我们还有要紧的事，先走一步。"

她说完转向盛清让："盛先生，走了。"

姚叔说："先生慢走，宗医生慢走。"

他毕恭毕敬地站着，待他们坐上车，直到出租车驶出街道再也看不见，才重新关上了公馆大门。

车内环境相对密闭，宗瑛偏头挨着车窗假寐。

一大早被新希药物临床数据造假的消息吵醒，紧接着又遇到盛公馆里的突发事件，此刻她的额头不停地往外渗虚汗，大概是有些发烧。

盛清让这时恍然记起她还没吃早饭，便在公文包里摸索半天，只寻到一小包饼干，且饼干已经碎了。

他犹豫着要不要给她时，宗瑛忽然坐正，手一伸，拿过饼干袋，指头一捏撕开来，毫不嫌弃地吃了一半，余下的递给他："我不吃独食。"说完又挨向冷硬车窗，合目养神。

车子里先是安静了片刻，过了一会才偶然响起些许包装纸互相碰擦的声音，小心翼翼，生怕扰到人。

他吃东西几乎没什么声音，宗瑛闭目听着，又听他打开公文包，似乎是取了什么文件出来。

她下意识地微抬眼睑，视线悄无声息地落在他手中的公文上——

那是一份资源委员会的提案，仍是关于上海工厂迁移内陆的经费问题。这一次，提案明确说到目前大批工厂因为资金短缺无法完成内迁，因此请求财政部对重点工厂进行拨款补助，其中甚至包括商务、中华等印刷厂。

宗瑛依稀记得战前那天他们从盛家到迁移委员会，又去虹口送船票，最后在夜深人静返回699号公寓的路上，他讲"偌大一个上海，五千家工厂，毁于战火或落入敌手，对实业界都是雪上加霜的打击"时的样子。

她突然问："你这几个月一直在忙这些事吗？"

盛清让听她乍然发问，先是一愣，立刻又点点头。

宗瑛想了想，又问："我不是很了解这一部分的历史，想冒昧地问一句，现在进展得怎样，迁出了多少？"

盛清让将文件收进公文包，紧锁着眉，只竖起两根手指。

宗瑛反问："百分之二十？"

"不，只有百分之二。"他面色沉重，略带哑意的声音里，藏着一份"无可奈何的局势下也要拼尽全力"的决心——该做的，能做的，都已经做了，尽管他非常清楚，上海大大小小五千家工厂中，其实绝大多数早已经失去了内迁的可能。

宗瑛不再往下问了，她讲："如果你有事就去忙，公寓那里有我和清蕙照料，不会出什么大问题。"

尽管她这样说，盛清让却仍是将她送到了公寓门口，看她上了楼，这才重新坐进车里，出门办事。

宗瑛站在公寓外阳台上看汽车一路驶远，不知驶向何方，心中竟生出隐约的别离感。

屋内孩子的哭声将她拽回神，她转身快步走进客厅，用酒精纸擦完手，从医药包里捞出输液器匆匆上楼，给阿九输液。

她忙碌的同时，清蕙说下楼去煮一些面条当午饭吃，底下很快就锅碗瓢盆地热闹了起来。

哄完阿九，宗瑛打算下去给清蕙打打下手，刚到楼梯口，便听得电铃声响。

清蕙正忙，宗瑛便去开门。

叶先生站在门外，递来一张电报纸："刚刚有人送到服务台的，我就直接给送上来了，麻烦宗小姐转交给盛先生，我就先下去啦。"

"好的，谢谢。"宗瑛接过来，低头草草瞄了一眼，上面用字一点也没有电报的节省作风，写着——

"经半月共同努力，器材人员今日终抵汉口，荆棘载途，一路风雨，实在不易，亦感谢兄之亲力协助。数日前镇江一别，不知何日再见，沪上现今危险重重，望兄保重"，落款则是某某钢铁厂，某某人。

这大概就是成功迁出去的那百分之二中的一个了，宗瑛想。

她将电报纸放入玄关柜，清蕙端着面碗走进客厅，问："是谁呀？"

宗瑛答："叶先生送电报来。"

清蕙又问："谁的电报？"

宗瑛关上抽屉，转过身回她："好像是什么钢铁厂？"

清蕙将碗往餐桌上一搁："哦，我晓得那个，是不是到汉口啦？"

宗瑛问："你怎么晓得？"

清蕙拉开椅子坐下："这个钢铁厂十分厉害的，二姐上次讲要是这个厂能顺利迁走，那么就同意三哥哥迁盛家的机器厂。"她略不屑地讲，"大厂都接二连三地迁走了，大趋势如此，她总不能看着盛家的厂子被轰炸吧？可她自己又没有办法的，到头来还是只能指望三哥哥。她那样讲，其实也就是挣点面子，心里早巴望着了。"

清蕙讲到这里，宗瑛才想通盛家上至二姐下至姚叔，为什么对盛清让的态度都发生了微妙变化。

这时清蕙催她："快吃啊，时间久了面会烂掉的。"

宗瑛坐下来吃面，公寓里一派岁月静好的模样，但她知道这些都是暂时的。

战争才刚刚开始，所有人的前路都不明朗。清蕙和孩子们将去往哪里，盛家的工厂是不是能顺利迁走，盛家其他人是否会随工厂一起离开……当然还有盛清让，他会继续留在上海直到战争结束吗？

宗瑛在距晚十点还有十几分钟时等到了他。

太晚了，清蕙和孩子们都已经入睡，宗瑛在沙发上也睡了好几个钟头——她下午就一直浑浑噩噩，且呼吸道的炎症反应非常明显，她咳嗽了。

"怎么了？"盛清让发觉状况马上询问，黑暗中却唯有一只手伸过来，握住他的手。

"别说话，就这样待一会。"

第11章

1

刚醒后的低哑嗓音里，透着些许疲惫，呼吸声也滞慢。

一片黢黑中，盛清让发觉那只手凉凉的，似乎比平时要柔软一些。只有在她指腹薄茧紧贴他掌心时，他才感受到往日里她一贯传达的力量。

客厅里只有走钟声，盛清让坐下来，公文包搭在膝盖上，一直紧绷的肩膀也稍稍放松，就陪她这样安静待着。

一待待到十点整，座钟鸣响的刹那，一切就都变了模样。

耳畔响起的是二〇一五年晚十点的打钟声，即便闭着眼，宗瑛也很清楚自己回来了。

待最后一声钟鸣结束，宗瑛倏地松开手坐起来，两手撑住额头道："盛先生，麻烦开下灯。"

她蓦地抽手，盛清让还未回神，听得她吩咐，立刻起身去按亮客厅的灯，又返回沙发询问："宗小姐，你现在感觉怎么样？"

室内转瞬亮起来，宗瑛移开撑额的双手，抬头道："没什么要紧的。"她声音仍低闷，"有点发烧，上呼吸道有些炎症，可能昨晚受凉了，小事情。"

她说完下意识地伸手摸过茶几上的烟盒，指头一勾，只抽出来一截过滤嘴，突然她又将烟塞回去，起身走向储物间。

盛清让只见她从储物间推出一个输液架，又见她从柜子里翻出药液袋和一只药盘，紧接着撕开输液器包装，将一端针头扎进输液袋，动作麻利地将它挂到输液架上。

她挨柜门站着,扎紧止血带,有条不紊地消毒、排气,对着顶上灯光,将输液器的另一端针头推入手背静脉。

自始至终她都低着头,直到固定好针头,她才抬头看向墨菲氏管。

透明药液有条不紊地往下滴,她推着输液架走进厨房烧开水。

一整日窗户没关,数十只小虫子围着暖光灯泡团团飞,一只蚊子肆无忌惮地趴在宗瑛的小臂上吸血,等宗瑛察觉到,它早吸了个心满意足,并以最快速度逃离了现场。

发烧了,人的反应力也下降,宗瑛不计较皮肤上迅速鼓起的红疙瘩,扭头看向窗外。

夏末凉风涌进来,夜不太亮,竟有几分寂寂的滋味。

与壶中声响一起热闹起来的,还有屋外久违的虫鸣声,在宗瑛记忆中,那还是幼年时候才能听到的声响,或许后来也有,但她都没有再注意到。

她走神之际,盛清让走过来,伸手关上十六格窗。

晚上降温了,风既潮又凉,这样吹无疑不利于恢复。他关好窗,又将开水倒入玻璃杯中,给她凉着。

宗瑛瞥一眼茶杯,推着输液架走到沙发上坐下,拿过遥控器打开电视,随手找了个频道,屏幕上男播音员正襟危坐,播送的是夜间新闻。

盛清让将水杯放到她面前,宗瑛说:"坐。"

盛清让在她身旁坐下,见她拆开药盒,从铝箔药板里瓣出两粒胶囊,以为她要服药,没想到她却突然扭过头,盯着自己道:"张嘴。"

他一愣,但还是依言张开嘴,宗瑛将两颗胶囊喂给他,递去水杯,这才解释:"抗菌药,做个预防。"又说, "口服的霍乱疫苗不太方便买，但我想你应该有服用的必要，等我有空再去吧。"

盛清让看着她，就着还有些烫的水，将两颗胶囊吞咽了下去。

她又掰开铝箔纸，往自己嘴里塞了两颗药，接过他手中水杯，迅速饮一口，察觉到烫迅速皱了下眉，囫囵吞咽，放下水杯闭上眼。

客厅电视的音量不高不低，字正腔圆的男声不急不忙地读新闻，宗瑛的呼吸也逐渐慢下来。

盛清让抬头看输液架上的透明袋，药液安安静静地流入她的静脉，而她背挨沙发正坐着，风平浪静的脸上写满疲倦。

有那么一瞬间，他突然想轻揽她的头，借出肩膀给她枕。

意识到自己忽然萌生的念头，盛清让连忙揉了揉睛明穴醒神，但才揉了不到十秒，他右肩就倏地一沉——宗瑛头挨着他，紧闭着眼一声不吭，像是睡着了。

她头顶发丝柔软，隐约有洗发水的气味，衣服上则是消毒水的味道。

盛清让一颗心骤然紧绷，但很快放松下来，他垂眸看过去，她细密睫毛纹丝不动地耷着，鼻翼几不可察地轻轻翕动，唇仍是抿得很紧。

他心中油然生出一种踏实与慰藉，甚至贪心地希望时间能走得慢一些。

然而输液袋里的药液终究会淌尽，电视里的新闻也在同一时刻走到尾声——得喊醒她了。

没想到他还没来得及开口，宗瑛却突然自己坐正，哗啦一下撕掉手背上的胶布，拿过酒精棉球压紧，干脆、利落地拔了针。

她处理掉垃圾一扭头，对上盛清让的目光，一秒尴尬，一秒粉饰，最后若无其事地说："不早了，洗漱完就睡，阿九的状况需要随时盯着，你明早走之前喊我起来。"

宗瑛说完，就避开他的视线去浴室洗澡。

刚才她并没有完全睡着，意识半昧半醒，知道自己在做什么，但她还是放任自己靠了过去——一种深受潜意识力量驱使、离奇的自我放任。

从七月遇见到现在，短短时间并不足以彻底了解一个人。

但意外的是，虽然聚少离多，却总有被打动的瞬间——可在目前这种情况下，这实在谈不上是好事还是坏事。

七十几年前的上海，灾难还在继续。

闸北的轰炸与战斗更为激烈，作物成熟季节，大片的田地却因战火无法顺利收割，可以预见的是粮食供应的危机，居住在这一区域内的民众，生活将更加艰难。

三天之后，九月十九日，是一九三七年的中秋节。

这一天，清蕙一大早就出去买米，空手去空手归，齐整短发竟然有些许凌乱，话语里难免有抱怨："米一上来就全被抢空了，我根本抢不过，还有人揪我头发，太过分了。"见宗瑛正在给阿九做检查，又定定神问，"阿九怎样了？"

宗瑛拿掉听诊器，说："逐步好转，比较稳定。"

清蕙陡松一口气，讲："家里还有半袋面粉，省着点吃还能撑一阵子。"

她将钥匙搁在玄关柜上，抬头看到日历簿，又叹口气道："都中秋了，按说今天要开学的，大概也开不成了。回来的路上遇到我中学同学，讲复旦、大同今天也没能开学，好像说是要联合迁校……唉，什么都往内陆迁，内陆应该不会打起来吧？"

她说着转身看向宗瑛，宗瑛却未给她回应，她便又自我安慰式地说："应该只是暂缓之计，早晚都要迁回来的，宗小姐你讲是不是？"

宗瑛不置可否，犹豫片刻最后只问："这场战争可能不会太早结束，清蕙，你现在有离开上海的打算吗？"

清蕙沉默，显然不愿作答，她的人生从小就被安排得妥妥当当，现在独自收养两个孩子已经是了不得的叛离路线，离开上海？那好像是比收养孩子更可怕、更陌生的事情。

想了老半天，她抬头讲："三哥哥去哪里我就去哪里，我跟着三哥哥。"

她骨子里仍对他人存有依赖，因为太年轻，缺乏与世事独自交锋的经验与能力，这是再正常不过的反应。

宗瑛不再问了。

她突然从小包里翻出几张票来："三哥哥昨天给了我几张票，说今晚工部局音乐队要在南京大剧院开慈善音乐会，我要在家里看小孩就不去了，还是你和三哥哥去吧。"

她似乎非常乐得促成宗瑛和盛清让，又讲："其实蛮可惜的，要是往常的中秋，肯定很热闹的，今年很多活动都取消掉了，不然三哥哥说不定还能带你去看烟火的！可惜现在没有烟火，只有炮火了。"

战时的节日，庆贺也只能是象征性的，三三两两，冷清得像荒漠里开出的花。

清蕙和孩子们不去音乐会，便只有盛清让和宗瑛去。他办完事在傍晚时分赶回家，因为出租车难叫，时间又紧张，便从服务处那里借来一辆自行车。

他一脚稳稳撑地，另一只脚踩在踏板上，请宗瑛上车。

宗瑛打量他两眼，二话没说就坐上后座，在他脚离地踩动踏板的刹那，伸出右臂紧紧地揽住了他的腰。

隔着衬衫传递的体温，仿佛更安全。

空气里是隐隐约约的硝烟味，车轴滚动的轻细声音在安静的道路上听得格外清晰，从巷子里骑出来，一回头，就见月光落了满巷。

他衬衣后背上一点忽明忽灭的光亮，宗瑛仔细一看，原来是夏末最后一点萤火，它安静地栖着，努力蓄着亮光。

音乐会的上座率并不乐观，特殊时期的节日里，大部分人还是选择了不出门。

尽管如此，工部局乐团仍尽心尽力完成了这一场表演，以此来募集善款。

因为宵禁，音乐会结束得不算晚，九点多便谢了幕，熟人们彼此打过招呼，便匆匆出了剧院，各自返家。

人群散去，宗瑛站在角落里喝一瓶汽水，这是七十多年前的配方，味道与现在有些细微的差别，但还是甜丝丝的，大量的气泡令人愉悦。

她低头看表，九点五十分了，而不远处的盛清让仍被工部局一位同僚拉着闲谈。

又过去一分钟，盛清让终于摆脱了那名同僚，推着车朝她走来。

街上已经十分冷清，依稀可听得遥远的地方传来几声枪响，可能是小规模的冲突。

宗瑛坐上车，一手揽住他的腰，另一只手握紧汽水瓶。

前行中夜色变幻，但始终暗淡，电力紧缺，只有月光还算奢侈；然而骑着骑着，突然周遭亮堂起来，甚至城市的气味都在瞬间被置换。

远处的东方明珠在夜空里亮着灯，与一九三七年的满月不同的是，二○一五年的这一天，月亮才显了细细一弧弯钩，在满城热闹的灯火里，毫不起眼。

世事在弹指一挥间，改头换面。

风凉却柔，机动车道上是来来往往的汽车，他们不慌不忙地骑在旁边窄道上，超越深夜散步的行人，偶尔被几辆飞驰而过的电动车甩在后边。

宗瑛的目光掠过不远处一栋亮灯的建筑，突然喊了停。

盛清让骤地停车，顺着宗瑛的视线看过去。

一栋大楼顶上挂着一个巨大灯牌LOGO，标着——

"SINCERE 新希制药"。

饱满的英文字体，每个字母都闪闪发光。

Sincere，这个代表新希初创人信念与态度的单词，在被曝药物数据造假的此刻，讽刺得刺目。

宗瑛的眸光里，闪过一瞬黯然。

2

盛清让很清楚宗瑛与新希的关系。

不论是从那则曝光她与宗庆霖父女关系的新闻里，还是从那份关乎严曼生平的剪报上，其中零零碎碎的信息捞一捞、拼一拼，也就基本能勾画出其中的前因后果了。

看到新希这个英文名，盛清让记起剪报中一则严曼的访谈，里面表达了她对自主研发的理想与决心，新希似乎凝结了所有的努力与诚心，真是一个恰当的好名字。

"Sincere。"盛清让情不自禁地念了一遍，"寓意很好。"

"是我学的第一个英文单词，比Yes和No还要早。"宗瑛挨着自行车后座说。她感冒没有痊愈，讲话仍带点鼻音，"这个英文名，是我妈妈起的。"

她这样大方地谈起严曼，令盛清让有些许讶异，又令他感受到一点惊喜，觉得好像离她更近了一步。

她又讲："据说当时几个合伙人一致通过了这个名字，之后才有了音译的新希。"说着说着，语气渐缓，又带点叹息，"创立新希的时候，大家都很年轻，理想也都一样，只想诚心做好药，可人的忘性也许真的可怕，谋权夺利久了，初衷也就忘了。"

宗瑛难得多话，说完了看向新希大楼，久不吭声，盛清让便安静地陪她站着。

这时盛清让的手机突然响起来，他一愣，慌忙打开公文包，亮起的屏幕上只有一串电话号码——哪怕没有添加到通讯录，他也一眼认出来电的是薛选青。

之前在公寓与薛选青第一次交锋时，他就记下了她的号码。

这几天每次一到这边，他都能接到薛选青的电话，但因为宗瑛不在身边，他担心薛选青这个鲁莽的朋友会做出什么出格的事情，便索性不接。

屏幕一直亮，默认的手机铃声响得异常嚣张。

他将手机递给宗瑛，宗瑛犹豫了三秒，三根手指一拈，接过手机迅速解锁屏幕，还没来得及放到耳边，那边就传来久违的声音："老天，你还晓得接电话?!"

猛一听怒气冲冲，然而语气里每一个变音和颤声，都是久拨不通后累积起来的担心与慌张。

因此，紧接着的一句话就是："把我吓死了，谢天谢地，你还活着。"

宗瑛说："是，我活着，你在哪？"

薛选青调高耳机音量："从殡仪馆出来不久，小郑回队里了，我本来打算回家，不过我现在决定去找你，发个定位给我。"

"找我什么事情？"

"宗小姐，"她突然学起盛清让用的这个称呼，"请问你还记得几天之前你给我发的信息吗？我可是有求必应的人。"

宗瑛想起自己的确是给薛选青发过一条信息。

她拜托对方调一下当年严曼高坠案的卷宗，但那天她并没有得到回应。

"卷宗吗？"

"当然。"

宗瑛迅速点开地图软件想发定位，一想这是她给盛清让的手机便又作罢。

最后她从口袋里掏出自己的手机，长按开机键，数秒过后，铺天盖地的信息就汹涌地推入——她和这个世界失联太久了。

来不及一一查看信息，她先发了个定位给薛选青，薛选青同时发了个定位过来，显示她们之间的距离还剩三公里不到，很近了。

宗瑛将手机塞回口袋，盛清让问她："我需不需要回避？"

宗瑛说："不必。"顿了顿又补充道，"她知道你的事了，很抱歉，没有提前同你说。"

盛清让忙说："没有关系，你那位朋友似乎猜疑心很重，知道原委或许反而是好事。"

他讲得不无道理，薛选青自从晓得这件离奇事情之后，就再也没有随随便便地进行试探和干扰。

何况，薛选青的优点之一就是对该保守的秘密守口如瓶，也不用担心她会四处宣扬。

夜愈深，东方明珠的灯也熄了。

一辆车在路边停下来，按响了喇叭。

宗瑛与盛清让循声看过去，只见薛选青下了车，快步朝这边走来。

在两步开外，她倏地停下步子，打量一下那辆古董自行车，又打量一下盛清让，最后反反复复打量宗瑛："你们真行啊，大半夜在街上骑自行车？那车能骑得快吗？你这身衣服——"

她往前一大步，捏住宗瑛的衬衫衣料搓了搓，忍不住问："一九三七年的？难道你失踪这阵子一直待在那边？！"

宗瑛抬眸对上她的眼，如实答："是。"

尽管早做好了心理建设，薛选青脸上却仍浮现出了难以置信的表情。她垂眸看到宗瑛握在手里还剩一半可乐的玻璃瓶，鬼使神差地拿过来，对路灯看了半天："你喝了？"

宗瑛答："我喝了。"

薛选青看着那瓶子有片刻犹豫，最后忍不住好奇还是喝了一口。

气泡已经没了，只剩甜腻腻的滋味，像搁久了的糖水，有种年代久远的味道。

喝完她才讲："册那，我一定是疯了。"

这件事上薛选青反射弧长得可怕。机场找人那天，她自责的同时还要替宗瑛分担焦虑，根本没空想太多，事后很久，恐慌的情绪才涨潮般漫上来。好在那个被她故意带去浦东的不知名先生安然无恙，她便不由得松了口气。

将人推入险境，的确很不厚道，薛选青收敛了之前的敌意，抬头看向盛清让，坦坦荡荡道："上次的事情对不起了，今天我做东请你吃饭，算赔个不是，希望你接受。"

盛清让却说："我听宗小姐的。"

宗瑛说："现在吃饭是不是太晚了？"

薛选青不服气："怎么会？满上海的夜宵等你吃，还能边吃边聊正事，快走了！"

她饿得两眼放光，一看就是忙了整天却没好好吃饭的样子。宗瑛深有体会，也体谅她的辛苦，便同意了。

两个人搭薛选青的车去吃饭，自行车的安置便成了问题。薛选青大概有些嫌弃，说："这种车停街上也没人要吧？"

她的意思是就这么放着。

宗瑛看她一眼，她却又立即改口："那塞车里好了。"

盛清让拎起车，将车放进去，宗瑛坐副驾，他便只能一个人坐后面。

车子开到一家火锅店附近停下来，石库门建筑，一看就是有些历史的老房子了。

一盏昏灯照亮店招牌，大堂里维持着二十世纪初的复古风情，有人坐在挨墙的钢琴前弹肖邦。上了楼梯，右手边墙上挂满油画，走在前面的薛选青扭头瞅一眼盛清让说："这个地方你还满意哦？"

盛清让又将话语权抛给宗瑛："宗小姐觉得呢？"

宗瑛言简意赅："合适。"

三人进了包房，薛选青迫不及待地点完菜，就开始了盘问。

"你是官员、学者还是从商？""从法国回来的说辞是真还是假？""你是哪一年出生的？一九〇五年？"

接二连三的疑问抛出来，盛清让根本来不及回答。

戴着白手套给客人斟酱油的服务生听到这里，下意识地手抖了一下。

宗瑛说："麻烦你离开一会，我们自己来就可以。"

包房服务生怀疑地打量一眼她和盛清让，悄无声息地退了出去。

待房门关上，盛清让才逐一回答薛选青的提问："职业是律师，我在东吴大学兼职教课，从法国回来的说辞是真的，我的确出生于一九〇五年。"

薛选青听完低头猛喝了一口气泡水："我的天，一九〇五年，你出生到现在都过去整整一百年了。所以你的名字到底是什么？"

盛清让微笑："我说过这不重要。"

汤在锅里耐心地等着沸腾，宗瑛无意插话，取出手机，低头回翻信息。

夹杂在一堆广告和通知当中的一串陌生号码，赫然跳了出来。

对方发了一条彩信给她，只写了一句话："我是'7·23'隧道事故之后联系过你的一位记者，我刚刚得到了一条线索。"

文字后面紧跟着附了一张邮件截图。

宗瑛点击放大，这是一封匿名邮件，标题是："你以为新希今天才开始造假吗？"

正文内容也十分简短："严曼出事当天，离开旧办公楼去新办公楼，紧跟着她车子一起开出去的，还有另一辆车。"

最后留下了一个"沪A"开头的车牌号。

宗瑛不由得拧眉抿唇，薛选青骤然凑过来："你发什么呆呢？"

宗瑛霍地抬头，还没来得及收起手机，薛选青已经一把夺了过去，她迅速扫过屏幕，面色陡沉，将手机还给宗瑛，问："你觉得是恶作剧还是真线索？"

宗瑛想起"7·23"隧道事故发生不久后接到的那个陌生电话，是那个人吗？这封匿名邮件又是谁发给她的？

邮件标题直指新希造假，正文内容却是关于严曼死亡谜题的一桩旧案。

新希造假和严曼死亡有什么关系？

薛选青见她只顾沉思，一言不发，索性说："管它真假，先查了再说。"

她拿出电话，麻利地发了条信息，一时等不到回应，又迅速拨了个号码出去，"嘟嘟嘟"的等待声过后，她讲："帮我查一个车牌号，号码发你手机上了。"

汤锅开始沸腾，热气氤氲中，没有人往里下菜，薛选青的电话乍然振动起来。

她几乎在瞬间接起电话，听对方讲完车牌持有人的信息，默不作声地放下了手机。

包房里只剩"咕咚咕咚"声，三个人面面相觑，宗瑛拿起面前酒杯喝了口气泡水，抬首道："是谁的车牌号？"

薛选青看一眼盛清让，最后将视线移向宗瑛，声音有点冷："是已经死掉的邢学义。"

3

线索最终指向了一个死人。

席间顿时无言，只剩沸腾汤锅闹个不停。

薛选青打破沉默，讲："从邮件来看，如果这条线索是真的，这个提供者很可能是新希的老员工，他甚至直接目击了两辆车的外出，可他邮件写了什么标题来着——'你以为新希今天才开始造假？'什么意思？新希早年就有数据造假？这数据造假难道还和两辆车外出扯上关系了？"

"他是这个意思。"宗瑛半天不吭声，终于接她的话道，"所以这条线索的重点在于新希早年是不是真的存在造假，这件事和我妈妈的事故又存在哪些联系。"

薛选青拧起眉来，屈指叩着覆了台布的桌板，想了半晌问："我问几个问题。"

宗瑛抬眸："讲。"

"第一，你妈妈当时是新希研发部门的掌门人，她应该很清楚整个药物的研发过程，当然也包括数据，你觉得她是会造假的人吗？

"第二，假设早期真有数据造假，这个药上市这么多年，一点问题也没有？监管部门查不出来？

"第三，就算那天邢学义的车和你妈妈的车一起出去，那又能证明什么？邢学义目击了你妈妈的事故？可是说不定他们一出门就分道走了呢？"

疑问一个接一个地端上桌，拿起筷子，却不知何从下箸。

"所以线索是有，但这个线索很可能没什么用处。"薛选青见她不出声，迅速给了结论，"发这个给你的记者看到这条线索大概也是一头雾水，所以直接发给你，摆明了就是……那个词叫什么来着？"

"抛砖引玉。"盛清让出声。

"对。"薛选青略惊喜地应了一声，视线转向盛清让，只见他有条不紊地往锅里下菜。

"别动了——"她立刻阻止他继续往里下菜，"你今天是客，就不要亲自动手了。"

薛选青说完起身去喊服务生，盛清让放下手中餐具，看向满脸心事的宗瑛，没有出声安慰，只起身为她重新倒了一杯气泡水。

宗瑛骤然回神，道了声谢，将手机收进口袋。

服务生重新进入包房，新鲜食材依次涮入奶白菌菇汤里，热气升腾，满室食物香气。

深夜里美食诱人，宗瑛食欲却寡，盛清让也很配合地没有多吃。薛选青抬头看看他们两个，晓得这顿饭已经被那条匿名线索给搅得索然无味了。

可点了这么多，菜价还不便宜，本着不能浪费的原则，只能埋头猛吃，她便毫无意外地吃撑了。

薛选青吃光碗里的杨枝甘露，嘴也没擦，拿起手机就转发了一封邮件给宗瑛。

宗瑛的手机过了好半天，嗡地响起一声邮件提示音，但她没有理会。

薛选青放下手机："你妈妈案子的资料，我扫了一封电子版，刚转发给你了，查收一下。"

宗瑛立刻摸出手机，点开邮件下载附件。

文件还未下载完成，薛选青便在一旁讲："扫描的时候我大概看了一下，现场提取到的足迹很杂乱，判断应该是施工的工人留下的。血迹虽然有被破坏的痕迹，但据报案人说他当时发现尸体很慌张，所以血迹应该是他为了辨认尸体不小心碰到的，当时拍的照片都在里面，你可以仔细看看。"

宗瑛打开附件，一张张地往下翻，手指有些不自觉地微颤。

她出过很多案子，见识过惨烈数倍的现场，但这是她第一次接触到严曼的事故现场照，翻着翻着，一种久违的害怕就缓慢地漫上来，和多年前在漆黑垃圾桶旁边听着变调的生日快乐歌，是一样的感受。

这里面的严曼，狼狈、血肉模糊，不是她记忆中那个腰板挺直、眼眸清亮的严曼。

她用力抿唇，又听薛选青道："虽然现场有少许人为破坏的痕迹，但坠落的起终点清晰，从坠落路径看应该也不存在外推力，虽然坊间有这样那样的传闻，但鉴定意见并没有明确写自杀，是排除他杀的意外或主动坠楼，我个人觉得……这个判断没有什么大问题。"

宗瑛滑动屏幕的手指这时停下来，屏幕上有一行字是这样写的——

"因缺乏他杀证据，不予立案。"

之后这场事故，就没有继续往下调查。

服务生这时不合时宜地问："请问还需要别的餐后甜点吗？"

薛选青翻出银行卡递过去："不用了，结账。"

出了包间下楼，大堂里的客人只剩寥寥几个，钢琴声也停了，走出门，风大了一些。

薛选青去取了车，坚持要送宗瑛回去，又抬头看一眼盛清让："盛先生回哪里？"

盛清让回："我同宗小姐一起。"

薛选青闻言哑口，但她想起宗瑛给他的那把公寓钥匙，也只能无可奈何地接受"他与宗瑛同住699号公寓"的现实。

汽车拐进复兴中路，开往699号公寓，抵达时刚过零点。

薛选青先下车，盛清让紧跟着下车替宗瑛打开车门，同她道："风大，先上去吧。"

薛选青这时打开后备厢，睨了他们一眼，喊道："盛先生，把你的自行车搬下来好吗？"

盛清让快步过去取车，只听薛选青压低了声音讲："我不希望宗瑛因为你卷入危险和意外，至于别的，我也没什么可讲，再会。"

她说完瞪他一眼，大力关上后备厢，快步回到车里，发动汽车迅速驶离。

冷清街道上，只剩盛清让及他从叶先生那里借来的自行车。

盛清让进门时，才发觉宗瑛一直站在昏昧的宽廊里等他。

他说"等等"，随后将车推到宽廊一隅停好，自言自语般说了一句："叶先生喜欢放在那个位置。"

但如今公寓里哪还有什么叶先生？这个服务处不知名先生的人生走向，公寓里其他人的未来，几乎都没有被记载过，便也无人知晓。

电梯好像出了故障，只能走楼梯。

楼道里寂寂阴冷，一点声息也没有，仿佛整栋楼都是空的。

两个人很默契地保持沉默，回到公寓，也是各自忙事情。

宗瑛洗完澡吃了药便去休息，盛清让最后熄了廊灯上楼。

没有人睡得着。

宗瑛侧卧着翻看资料里的照片，外面路灯透过十六格窗照进来，交叉的格子暗影将她切割成数块。

她坐起来，握着手机起身走向客厅，刚在沙发上坐下，突然听到楼上传来打字机声——机械的、按动字母按键的声音。

宗瑛安安静静地听了一会儿，倒了杯水悄无声息地上了楼。

一低头，即可见微光从门缝里溜出来。

她抬手敲门，打字机声倏地停止，盛清让一愣："请进。"

宗瑛压下门把手进屋，只见他坐在床边一张小桌前，桌上亮了盏台灯，台灯旁摆了打字机，纸上是密密麻麻的字母。

宗瑛走过去，将水杯搁在台灯旁，随口问了一句："还不睡吗？"

盛清让讲："赶一个工部局需要的文件。"说罢抬头看她，谨慎开口，"宗小姐是因为那个案子睡不着吗？"

宗瑛并不避讳："是。"

盛清让又问："因为那条线索？"

宗瑛说："那条线索很含糊，却又搅出很多猜测。"

盛清让回忆起餐桌上薛选青的一系列提问，道："薛小姐说你母亲是研发部门的负责人，那么你认为她会容许造假的发生吗？"

严曼会容许造假吗？

不会。

这是宗瑛的答案，她私心里对严曼有绝对的信任，但她没开口。

盛清让这时却忽然摊开手记本，旋开钢笔笔帽，握着笔迟疑两秒，道："那么先假设严女士不容许造假——"

说完唰唰下笔，写道：

前提：严女士不容许造假。

新希早年数据造假？→否→与线索相悖。

新希早年数据造假？→是→严女士知情？→否→与线索相悖。

新希早年数据造假？→是→严女士知情？→是→严女士是否阻止？→否→与前提相悖。

新希早年数据造假？→是→严女士知情？→是→严女士是否阻止？→是→阻止是否成功？→是→未造假→与线索相悖。

他写到这里突然停顿，昏黄的台灯映亮手记本上的字迹和他手里的钢笔。

他接着往下写：

阻止是否成功？→否→阻止失败→失败结果是否等于事故发生？事故性质？邢学义是否参与其中？他在事故中扮演的角色？动机？

宗瑛俯身去看，下意识地敛眸，这是和薛选青式提问不同的思路，并不一定严密，但她看到了一条还算完整的路径。

就在宗瑛入神刹那，盛清让开口道："排除自杀，如果你认为线索还算可信且值得一探，那么有可能是你母亲知情并阻止了造假的发生，且因此遭遇了不幸，而这位邢学义必然是一个突破口，哪怕他已经去世。"

他旋好笔帽，搁下钢笔："人说去世的人会将秘密带进坟墓，但邢学义这样猝然离世的人，遗物却往往能保留生前全貌，因为来不及处理那些想要销毁的秘密。"

他忽然转头，与她目光相接，声音带着深夜特有的平稳："宗小姐，你是法医，你比我更清楚这些。"

4

他转头时，宗瑛压根没留意他讲了什么，距离太近，能明确感受到的只有暗光里的气息。

有些气息，令人下意识地想去追逐捕捉。然而两人对视三秒之后的瞬间，宗瑛直起身，盛清让也错开脸，低头旋开笔帽又若无其事地往下写。

他说道："如果将邢学义作为突破口，能够追溯的线索应该是两条，一条是当年你母亲的事故，另一条是他自己遭遇的事故。

"既然当年他的车和你母亲的车一起出去，那么可以查一查他那辆车回来的时间，以及当天他去做了哪些事情——这些可从昔日熟人身上入手。

"至于他自己的事故，我想警察也正在调查，撇开事故原因不谈，如果只查遗物的话，大致也有这么几个方向……"

他在本子上唰唰唰地写，宗瑛垂首看。

他先写"事故当天留下的重要物证"，宗瑛立即想到事故现场发现的那袋未开封的毒品，按常理讲，没有人会长时间随身携带一整袋毒品，这意味着它很可能是事故发生不久前才到邢学义手里的，因此邢学义那段时间内接触过的人就相当可疑。这个毒品提供者和事故有没有联系，是什么来历，都是警方正在调查的部分，宗瑛能做的只有等待。

他又写"日程安排记录"，宗瑛抿唇。

邢学义的做事习惯她不了解，但他秘书手里必定有相关的日程安排表，想打探这一点，必须得去一趟新希。

他最后写"邢学义主动藏匿的物品"，宗瑛轻蹙起眉。

他道："一般来讲，如果有不想让别人知道的秘密，就会主动藏起来，但探究这部分已经是入侵隐私的范畴，对没有遗物处置权力的人来讲，难度很高。以上仅是我的猜测，讲这些也许能给你一些思路，具体怎样去找，你比我更专业。当然——"

盛清让转过身道："如果你需要帮助，我定当效劳。"

宗瑛敛回神，却不吭声，低头走了几步，最后在床边躺椅里坐下。

盛清让不知她要做什么，但他要讲的话已经讲完，两人各自坐着都不出声，房间里便陷入沉滞状态，只听得到呼吸声和窗外寥寥汽车飞驰而过的声音。

宗瑛一直安静地坐着，丝毫没有要起身离开的意思。

盛清让意识到宗瑛此刻是需要陪伴的，但他手里的工作还没完成，打字机的声音又可能扰到她，便说："我还有一些事情没有做完，如果你不介意打字机吵，那么先休息一会。"他顿了顿，"我就在这里陪着你。"

宗瑛点点头。

她说："如果我不小心睡着了，走之前请喊醒我。"

盛清让不解地看向她。

她垂首又抬头："我不希望每次一醒来，你就已经不在了。"稍顿又道，"连告别的机会也没有。"

盛清让闻言，搭在本子上的一只手无意识地握了起来。

他说："好。"

宗瑛往后躺去，盛清让刚要起身给她拿毛毯，她却又突然起身，径直走到他桌旁，拿过正在充电的手机，解锁屏幕打开应用商店，下载了一个定位器，又花两分钟完成注册和关联设置，最后将手机递还给盛清让，讲："如果你要找我，点开它可以查找到我的位置，我对你开了权限。"

盛清让看着屏幕道："你也可以看到我的位置？"

宗瑛答："对。"

她说完重回躺椅上坐下，打开自己的手机，点开应用，地图上显示设备位置的两个点此时正紧紧挨在一起。

屋子里又重新响起打字机的声音，间或停顿，莫名地令人感到安心。宗瑛放下手机，伴着打字机工作的声音，不知不觉睡着了。

醒来时天已经亮了，宗瑛坐起来，房间里没有其他人。

她以为盛清让已经走了，但一看时间，距离早六点还有几分钟，又乍然听得房间外传来脚步声，转眼便见盛清让端着餐盘进来。

他将餐盘搁在小桌上："顺手做了早饭，趁热吃。"说着拿过公文包道别，"我得走了。"

宗瑛说："保重。"

盛清让应一声"好"，低头看一眼手表，在打钟声响起之前，匆匆忙忙下了楼。

待钟声鸣起时，宗瑛拿起手机重新打开应用，地图上的两个点只剩一个在线，另一个下线消失了。

这座城市一到白天，就成了她一个人的战场。

吃了早饭，将家里收拾妥当，宗瑛出门去新希。

大楼的LOGO灯已经熄灭，阳光映在建筑外墙的玻璃窗上，亮得刺目。

因被曝光涉嫌隐瞒弃用实验数据等问题，新希这几天已经疲于应付前来质询的媒体，前台对来访者更是充满敌意，何况宗瑛点名道姓要找的是药物研究院院长秘书。

作为新希核心部门，继"7·23"邢学义涉毒案之后，药物研究院本季度第二次被推上风口浪尖，理所当然就成了新希的敏感话题。

前台不认识宗瑛，打官腔地问她："请问你有预约吗？"

"没有。"

"那请你预约了再来。"

宗瑛拿起电话，正要拨给新希的一个熟人，这时却突然有人喊她："小瑛？你怎么过来了？"

宗瑛收起手机看向来人，喊了一声："陈叔叔。"

陈叔叔在新希工作多年，目前已经是人事部门的负责人之一，他招呼宗瑛："上去坐坐？"

凡事总要有个突破口，就算暂时见不到邢学义的秘书，能从侧面打探一些消息也算没有白来。

宗瑛应了声"好"，随即跟他走向电梯。

大理石地面明亮光洁，昔日的血污痕迹早就没了。

宗瑛不由得抬头，楼上环形走廊外装妥防护栏，现在就算想要往下跳也得费好大的劲。

陈叔叔回头，正见她朝楼上看，只念她是触景生情，便说："你妈妈离开也好多年了啊。"

宗瑛敛回视线，点点头。

到电梯口，陈叔叔又问："听说你前阵子减持了股份？"

宗瑛应道："拿在手里也没什么用处，想处理掉就处理了。"

她既这样答，对方也就没什么可往下问的。

电梯门打开，宗瑛请他先进，随后跟进去按下关门钮，问："您还在原来的办公室？"

陈叔叔答："对。"

宗瑛按到相应楼层。

她如果没记错，邢学义在新希的办公室也在同一楼层。

两人走出电梯，沿走廊去往陈叔叔的办公室，途中路过邢学义的办公室，门上牌子还没有摘。

宗瑛问："这个办公室现在是谁在用？"

"暂时没有人用，老邢的东西刚刚清出来，昨天晚上他家人才过来搬走。"

陈叔叔说着带宗瑛进了隔壁办公室，吩咐助理去泡茶，请宗瑛坐。

宗瑛坐进皮沙发，陈叔叔又问她："你今天来找谁的？"

宗瑛回："我刚好路过，过来看看。"

她这个说辞显然可信度不高。

陈叔叔笑说："你不像是有这个闲心的人啊，是想问什么才来吧？"

助理这时将茶送进来，宗瑛接过茶杯，道："那我就如实问了，我妈妈走的那天，您见过邢叔叔吗？"

对方无意识地拿起一支笔，捏住两头缓慢搓动："见过。"

"在哪里见过？"

"老楼。"

"什么时候？"

"傍晚。"陈叔叔说着往后靠，挨着椅背接着回忆，"那天我下班了，他匆匆忙忙回来，说是加班。因为只是在门口打了个照面，我没有细问。你问这些干什么？老邢和你妈妈的事故有关系？"

宗瑛交握双手："最近听到了一些传闻，很好奇，所以问一问。"

陈叔叔端起茶杯抿一口茶，抬眸朝她看过去："听到什么了？"

宗瑛敷衍道："太多了，感觉没有头绪，不知道怎么讲。"

陈叔叔便说："最近公司里也有不少传言，弄得人心不稳，总感觉有人在故意散播，听听就好，你也不要太当回事。"

这时，台上的座机突然响起，他拎起电话听了十几秒挂掉，抬头同宗瑛说："我还有个会，你是再坐会儿，还是？"

宗瑛起身："不，我还有别的事情，打扰了。"

她说完便和陈叔叔一同离开办公室，路过隔壁房间时，不由得多看了一眼。

邢学义的个人物品已被家人取走？

据宗瑛所知，邢学义的家人仅剩宗瑜妈妈一个，是她搬走了邢学义的遗物？搬去了哪儿，是她家里，还是邢学义家里？

宗瑛边想边拐进洗手间，隔着小门，外面有人小声议论："以前的研发室，现在的药研院，两代领导，都死于非命，也太巧了吧？更巧的是，都在新药要上市之前死了，简直邪门了。"

"听说大老板昨天还为这个事情发飙，在公司里不要乱讲。"

"可都在传啊，又不是我起的头。"水龙头的流水声歇了，那人接着道，"发飙说不定是做了什么缺德事情心虚呢，鬼晓得。"

紧接着是"哗啦哗啦"几下抽纸的声音，那人又讲："无所谓，反正我也打算跳槽了。这次曝光出来的事情，刚好撞上严查期，要是处罚真的下来，新希直接就进黑名单了，很可能三年内的药品申请都不会被受理，很多项目只能耗着，基本等于掐死药研院了。"

新希的前景并不像大楼外体玻璃一样明亮，宗瑛从楼里出来时，云层刚刚掩了太阳，脚下路面覆上一层阴影。

她回了"家"。

十几岁住校后她就基本脱离这个家了，如无必要，从不回来。

在这个家工作了很多年的保姆阿姨见她突然回家，骇了一跳，却还是像小时候那样称呼她："小瑛回来了呀！"

宗瑛走进客厅，保姆阿姨又问她："吃饭了没有呀？想吃什么我给你去做。"

宗瑛往餐桌前一坐，说："吃什么都好。"

保姆阿姨一边系围裙往厨房去，一边说："今天他们都不在家，我只多烧了一口饭，给你炒个饭吧。"

偌大的客厅里只剩了宗瑛一人，阳光从窗户探进来，鱼在透明水缸里摆动尾巴，厨房香气满溢，涌入客厅。

像回到很多年前，严曼忙实验，爸爸忙应酬，就剩她和保姆在家。

以前放了学回来，保姆阿姨炒一碗饭给她，拧开一瓶牛肉酱，挖起满满一勺盖在米饭上，迅速搅开，狼吞虎咽地吃完，还是觉得饿，好像胃里有个黑洞，怎么也填不饱。

熟悉的味道又端上桌，宗瑛却吃得慢吞吞的。

保姆阿姨在旁边小心翼翼地打量她："怎么瘦了这么多？工作再忙也要吃饭的呀。"又说，"今天怎么过来了？"

宗瑛吃完了放下筷子，看着空碗说："想去看看我妈妈的房间。"

保姆阿姨听她这样讲着，心里叹了口气，声音也放缓："去吧。"

宗瑛起身上楼，一路走向顶层阁楼。

这个房间早年作为严曼的工作室，连宗瑛也不能随便进；后来严曼走了，这地方彻底沦为储藏室，只有保姆阿姨还惦记着，偶尔来打扫一下卫生。

宗瑛推开斜顶阁楼的窗户，阳光和风迫不及待地灌进来。

小时候遇上雨天，闭紧这扇窗户，仰面躺在地板上看书，听密集的雨往下落，总以为自己睡在一口井里。

宗瑛低头四处找，希望能找到邢学义的物品，但这些纸箱看起来都非常陈旧，没有一只像是昨天才搬进来的。

这时保姆阿姨端着水果上来，讲："昨天宗瑜妈妈带回来一堆东西，本来以为她要囤在这里的，但今天又全搬走了。你脚下那块地方，昨天特意打扫好腾出来的，看来也白扫了。"

宗瑛直起身反问："搬走了？"

保姆阿姨将果盘递过去，讲："对，上午搬的，也不晓得是什么东西。"

昨天搬入，今早搬出，是邢学义的遗物？

宗瑛伸手接过果盘，保姆阿姨讲："我还有点活要干，先下去了，你在上面歇一会。"

她离开后，宗瑛索性坐下来吃水果，还没吃几口头痛又犯了，翻出随身药盒吞了几颗药，摊开一张躺椅，关上门就睡了。

一觉睡到天黑，宗瑛坐起来，胳膊上有三五个蚊子包。

她起身关了窗，低头看一眼表吓一跳，已经晚上九点多，保姆阿姨竟然也没有上来喊她。

宗瑛小心翼翼地关门下楼，却隐约听见有人在楼梯口压低声音讲话。

"我晓得，所有东西都已经搬到他公寓去了，你们自己处理掉，近期不要再打电话给我。"

语气显露出些许烦躁与焦虑，这个声音属于宗瑜妈妈。

宗瑛等她挂了电话平息下来，这才下了楼。

宗瑜妈妈一转头，看到宗瑛，登时一愣。

保姆并没有来得及同她透露宗瑛回来的消息，她也丝毫没有预料到宗瑛会突然出现在楼梯口，这是极其不合时宜的遇见，因为不确定对方是否听到，也不知道对方听到了多少，心虚得都无余力掩饰，慌张全写在了脸上。

宗瑛若无其事地同她打了声招呼，也没有说明来由，只说"我先走了"就下了楼。

她到玄关匆忙换了鞋，保姆阿姨连忙跑出来说："小瑛要走了呀？快把这个酱带着，你拿回去放冰箱，可以放好多天的。"

"不要了。"宗瑛拒绝了她的好意，径直往外走，前脚才迈出去，迎面就撞上回家的宗庆霖。

宗庆霖显然正在气头上，劈头盖脸地问："今天去公司了？"

宗瑛抬头应："对。"

"持股的时候没见你对公司有兴趣，现在抛光了倒想起去公司？"

"我去确认一些事情。"

"确认谁害死了你妈妈？"

"不是这样。"宗瑛深吸一口气，口袋里的电话却振动起来，她拿起来按下接听，宗庆霖却突然抬手挥掉了她的手机。

"你是不是脑子有病？去公司确认传闻，想要告诉全公司我害死了严曼？！"

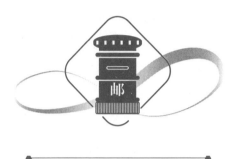

第12章

1

宗庆霖满腔怒火已到了口不择言的地步，说话时手都发抖。

宗瑛扭头看向躺在地上的手机，屏幕挣扎着亮了几秒，最终一片漆黑。她错过了盛清让的来电。

宗瑛抬头，语声仍努力克制着："有话好好说，有摔手机的必要吗？"

她出声质问，宗庆霖气愈急，抬手就朝她挥巴掌——手掌尚未挨到头发丝，宗瑛骤然出手一把握住他手腕，几乎拼尽全力抵抗这种不讲道理的发泄。她盯紧对方，眸色中蓄起不满，咬牙讲："不做亏心事不怕鬼敲门，如果真的问心无愧，传闻又有什么可怕，何至于气成这样？"

她气息转急，面部肌肉纷纷绷紧，言辞中攻击性陡增："我妈妈的案子，既然你当年没有费心去查证，只一口咬定她是自杀，那么现在也不用你劳神——我要不要查、怎么查，都是我的事情，与你无关。"

语气急促，宗瑛甩开他的手，径直走向右手边，弯腰捡起屏幕破碎的手机。

用力长按电源键，想让它重新工作，但它毫无反应。坏了的机器，越发冷冰冰，宗瑛却还是将它装进口袋，快步下了台阶往外走。

她一贯沉默、容忍，小时候听说妈妈意外去世都没哭没闹，眼下的强硬态度和举动是宗庆霖始料未及的，他吃惊之余，更加生气，转身高声勒令她："你给我站住！"

宗瑛收住步子，在茫茫夜色中停顿了两秒，最后也只稍稍侧了头，留下一句"你多保重",就脚步匆匆地走出了大门。

先是股权之争,后是造假丑闻,新希现在风雨飘摇,宗瑛能平心静气同他讲这一声保重,仁至义尽。她抛光了手里的股份,已和新希没什么瓜葛;和这个家闹成这样,以后可能也不会再有什么交集。

迎面驶来的车坐满回家的人,宗瑛却孤身往外走。路灯敷衍地照亮前路,已经走过的路则一片晦暗。

走出来,就是一刀两断吗?

宗瑛站在别墅区僻静狭窄的小路上,一辆一辆归家的车从她眼前驶过,远处闪烁着万家灯火,都跟她毫无关系。

她长叹口气,想打电话,手机坏了;想回公寓,别墅区却不好打车。

一路往外走,走着走着浑身疲惫,不知道要去哪里,只有饥饿与初秋的晚风相伴。

宗瑛在路边坐下来。

救护车鸣拉鸣拉地在主路上疾驰,对面的一排小店稀稀拉拉地亮着灯,不远处的广场里有人在跳舞,三三两两的行人于夜色中散步,甚至有调皮小囡好奇地打量她,仰头问身边长辈:"那个阿姨坐在地上好奇怪哦,是乞丐吗?"长辈就低斥:"小宁①勿要乱讲!"

坐了大概十几分钟,一辆出租车突然刹车在她面前停下来。

刚刚停稳,副驾的车门就被推开,盛清让急急忙忙地下了车,俯身问她:"宗小姐,怎么了?"

宗瑛抬头看他,路灯仍然只能照亮他一半的脸,她却能看出他满脸的焦急与不安。

---

① 方言,指小孩子。

她突然平静了很多，语声也和缓："怎么找到我的？"

盛清让拿出手机，语气犹急："我看你不在家，就打开它查看你的位置，但后来打电话给你，只听到一两声争执，电话就突然断了，我担心——"他讲到这里霍地顿住，复问道，"你怎么样？还好吗？要不要紧？"

宗瑛其实不在乎他解释的内容，但看他这样不停地讲话，令她觉得这个夜晚好像有了一点恰到好处的人情味，不再那么茫然苦闷了。

她宽心地叹口气，素来寡淡的脸上浮起难得的笑容，虽浅却发自肺腑。

她由衷地讲："我没事，没事了。"

盛清让松口气，她将手伸给他："吃饭了吗？去吃饭吧。"

盛清让握着的拳又松开，抓紧对方的手拉她起来，应道："好。"

两人重新坐上出租车，驶向还在营业的饭店。

深夜里，只有食物热气腾腾，对来客一视同仁。

宗瑛饭量极好，两个人点了三人份的食物，最后吃得干干净净。

等到吃完，饭店也要打烊了。

身后的灯牌接连灭掉，宗瑛站在门口等出租车，她理理思路，转头同盛清让讲："我等会儿要去个地方，你在家好好休息，不用担心我。"

她的行踪是个人隐私，本不好打探，盛清让却无法放心她深夜出门，犹豫片刻还是问："要去哪里？"

宗瑛抬头看马路斜对面的交通灯："邢学义的家。"

"去翻查他的遗物？"

"对。"

宗瑛回得干脆利落。

宗瑜妈妈在楼梯口打电话时说的那句"所有东西都已经搬到他公寓去了，你们自己处理掉"，她记得十分清楚。

这话意味着邢学义的遗物已经搬去了他的住处，且有人想尽快处理掉这些遗物。

哪怕是非法擅闯，宗瑛也必须尽快去一趟。

"我同你一起去。"

宗瑛扭头看他："你需要休息，盛先生。"

他伸手拦下一辆出租车，拉开后车门转身同她道："不，宗小姐，我不能让你独自冒险。"

宗瑛看他数秒，弯腰坐进车内，同时做了决定："先回699号公寓，我要去取个东西。"

十五分钟后，汽车在699号公寓楼下停住，宗瑛下了车，隔着车窗对副驾上的盛清让讲："在这里等我，我上去一趟，马上下来。"

言罢她快步进门上楼，盛清让只见顶楼那扇窗户迅速亮起又很快黑下去，一分钟之后又见她换了身衣服从公寓大门出来，手里多了一只勘验箱和一把雨伞。

晚上的空气愈发潮湿，连续晴朗了数日的上海，可能又要迎来一番降雨。

出租车在湿润的夜色里飞驰，两个人穿越大半个城市去往邢学义家。

邢学义虽然身为上市公司核心部门的负责人，但平时除了药研院就是家，很少外出应酬，连房子也买在郊区，隐约有些避世的作风。

汽车行驶途中，宗瑛发现盛清让一直在留意手机地图上的行进轨迹。

她知道这个郊区在七十多年前的上海还是战区，而现在距早六点只剩四五个小时，让盛清让再次落到战区，那是万万不行的。

因此她开口向他保证："一会我们尽早回市区，不要担心。"

没想到盛清让却说："不要紧。"他放下手机，继续道，"如果来不及，我刚好可以有别的安排，宗小姐，你不要担心我。"

别的安排？宗瑛不解。

他便解释："盛家机器厂已确定搬迁，各项计划筹备也在进行，预计会与下一批工厂同迁。除经费、人员安排等事宜外，通行证也是亟须解决的问题。

"我们手中现有的租界及京沪警备司令部的通行证，没法一路畅通，遇到驻军就不管用了，须另向驻军申领通行证[1]。

"就算今天不来这里，过两天我还是要过来领通行证，今天这样反而免去来时路险，所以请你放宽心。"

宗瑛理解的同时，也深深感受到内迁之路的麻烦与危险。

她不再多言，汽车也终于在一栋小别墅前停下来。

因为不再着急赶回去，宗瑛也没叫出租车多停，付了车费，出租车便掉转车头迅速驶离。

为避开监控，宗瑛撑起伞，盛清让马上领会，接过伞柄替她撑着，只见她迅速打开勘验箱，蒙好口罩戴上手套，又听她讲："只有门前一个监控，避开那个就可以。"

---

[1] 颜耀秋述、李宝森记的《抗战期间上海民营工厂内迁纪略》中提到，"由于国民党政府没有颁发统一的通行证，所以军队就在其驻防地区自发通行证，这就给迁厂设置了重重关卡"。

她说罢提箱走到门前，伸手轻轻上滑门锁盖，密码键盘立刻显露出来。

宗瑛从勘验箱里取出刷子和碳粉罐，蹲在密码键盘前抬手耐心地刷扫。

盛清让手持手电筒给她照明，另一只手撑着伞躲避监控摄像头，视线一直盯着密码键盘。

常按的四个数字从上到下依次显现——

1，4，9，0。

宗瑛握着磁性刷的手，突然顿在了空中。

额颅处薄薄一层细汗，她整个人愣在密码键盘前，满脸写着意料之外的惊愕，还未及回神，只见盛清让伸手去按了四个数字——

0，9，1，4。

电子密码器独有的解锁声顺利响起，盛清让和她对视了一眼。

0914，她母亲去世的那一天。

都不需要排列组合一个个去试验，就是0，9，1，4。

且从密码键盘上汗液油脂的分布来看，这个密码很可能一次也没有改过。

邢学义用这个密码，无论如何也不会是巧合。

"宗小姐？"盛清让小心地唤了她一声。

宗瑛倏地收起满心疑问，迅速清除密码键盘上的碳粉，起身推开已经解锁的大门。

薄薄月光抢着进门，为他们探路。

宗瑛关上门，客厅里冷冷清清，顶高、家具少，甚至显出空旷感来。手电灯扫过去，看得见空气中浮尘涌动，近两个月无人打理的家，很多地方都蒙了尘。

宗瑛环视四周，一楼并没有任何囤积的箱子，手电筒往上扫，倒是楼梯上一路痕迹——灰尘被擦掉或被无意蹂踩过。

她讲："上楼。"

盛清让紧随其后，循痕迹前行，最后见它止于二楼书房入口。

两个人在门口停住，宗瑛伸手推开门，手电筒一扫，靠西侧墙边堆了几只纸箱，纸箱上还打着新希标志，可见是从新希搬回来的物品。

应该就是这里没错了。

箱子全用透明胶带封了，想拆箱不留下痕迹基本不可能。

宗瑛想了想，突然张嘴咬住手电筒，俯身抱起箱子将它翻了个身，蹲下来翻出刀片，从底部小心翼翼地拆了箱。

箱子里多数是码放整齐的文件夹，宗瑛大致翻了几个，都是近期的工作文件。

她要调查的不是药物研究院，而是邢学义本人，优先关注的应该是私人物品和记录。

一个箱子一个箱子地筛找，时间越走越快、越走越快，不能开灯、不能开窗，密闭空间给人强烈的紧张和压迫感。

宗瑛耐着性子寻，额头渗出密密一层汗，额侧发丝都潮了。

手电筒突然灭了，宗瑛换上备用电池，抬手看一眼表，担心时间不够，转头同盛清让讲："盛先生，这里我来找，你去看看他的抽屉和书柜。"

盛清让察觉到她的焦虑，安慰她一声"不要慌，慢慢来"，便径直走向书柜。

强光手电筒一层一层扫过去，聚光灯似的光束，突然在一个木头相框上停住。

相框里被光束安静笼罩的老照片，是和宗瑛家里那张一样的毕业合照——里面有严曼、邢学义和宗庆霖。

区别在于这张做了放大处理，相框也要大得多。

照片里的邢学义戴了副样式呆板的眼镜，身板瘦弱，站在严曼侧后方，身边紧挨着的是高他小半个头的宗庆霖。

盛清让打开玻璃柜，小心翼翼地移开相框，想看看后面放了些什么书——二〇一〇年版全套三部《中国药典》，精装硬质红皮封，摆得整整齐齐。

他正要将相框放回，却下意识地停顿，手指沿书籍顶部探进去，摸到一本册子。

那册子横放着，藏在药典与书柜内壁之间，且较药典的高度矮了一截，身高不够或不仔细看，根本发现不了。

盛清让手指一捏，稳稳地抽出册子。

封皮干干净净，一个字也没有标，但册子中间鼓两边薄——典型的剪贴本。

另一边的宗瑛寻到一摞笔记本。

拿起一本，随手翻开一页——

左边写的是："二〇一一年九月十七日，刮北风，多云天气，有阵雨，天不冷不热，你好吗？"

右边页面写："二〇一一年九月十八日，降了温，仍然刮北风，天阴了很久，但一滴雨也没下，你好吗？"

宗瑛飞快地往后翻——

日记一天不落，只记录天气，最后一句永远都是："你好吗？"

是问谁好，这些天气又是记录给谁看？

宗瑛脸色愈来愈沉，额上汗都冷透了。

因为同样有记录天气习惯的，还有她母亲。

"宗小姐。"盛清让忽然喊她，将她猛地拽回神。

她合上手中笔记本，只见盛清让朝她走来，到她面前，又伸手递来一本册子。

他讲："应该是邢学义做的剪报，你看一眼。"

宗瑛迅速打开，一页页往后翻，越翻越迟缓，同样是关于严曼的剪报，邢学义做的甚至比宗瑛自己做的还要细致、全面，其中有些剪报宗瑛看都没看过。

他为什么要做这些？

他有什么资格做这些？

宗瑛胸腔里蹿上来一撮无名火，愤怒的淡蓝火苗里藏的却是迷茫的恐惧。

"还有这个。"盛清让说着递去一盒药，白蓝相接的药片盒上印着"草酸艾斯西酞普兰片"字样。

"药片吃了将近一半。"他讲，"我看说明书上对应的症状是重度抑郁和——"

"我知道。"宗瑛伸手接过药盒，想起去年有次碰见邢学义，他那时就瘦得简直可怕，笑容迟缓且机械。

这样的一个人，和严曼的案子脱不掉干系，但到底——是什么样的干系？

杀人者？还是……

沉郁的压迫感忽然就覆下来，宗瑛将盒子和册子都还给盛清让，她有些吃力地短促叹口气，语声低缓："时间不早了，整理一下吧。"

今晚发现的这些虽然超出了她的预料，但都不是证据，因此一件也不值得带回，只需要物归原处。

纸箱里的物品尽量按原样放回去，箱底用透明胶带仔仔细细地重新封好，一只一只摆回原位，乍一看确实没有动过。

两人忙完，外面天已经蒙蒙亮。

宗瑛看一眼时间，提起勘验箱道："下楼吧，还有五分钟。"

然而还没来得及走到门口，她突然顿住，抬手示意盛清让别出声。开门声和脚步声自下而上地传来，宗瑛的神经都绷紧——从脚步声判断，至少有两个人。

盛清让一把抓过她，飞快地将她带进书柜侧旁的窗前，拉上厚重的窗帘。

宗瑛一手提着勘验箱，另一只手被他紧握在手心里。脚步声上了楼，亦是走到二楼书房门口停住。一只手搭上门把手，轻轻往里一推，进来小半边身体。黑暗中看不清人脸，暗蓝晨光穿过窗帘中央的细窄缝隙斜入屋内，落在他皮鞋上——鞋面锃亮，非常体面。

信息推入，盛清让的手机突然轻振了一下。

只这轻细动静，引得门外骤然响起一声警觉短促的轻"嘘"，紧接着是更敏锐的判断——

"有人。"

宗瑛动也不动，盛清让单手握紧她，垂首看表，下颌就抵在她耳侧。

表盘上的指针一格一格地朝六点整移动，身体紧贴着对方，能清晰感受到彼此越发紧张的心脏搏动声，最后连呼吸的节奏也趋于一致。

宗瑛扭头，看向窗外。

暗淡晨光里停着一辆眼熟的汽车。

2

这辆汽车宗瑛几天前刚刚坐过。

九月十五日那天晚上下大雨，她就是坐着这辆车离开了佘山脚下的别墅，开车的是——沈秘书。

她走神的刹那，猛地一个下沉，就完全换了天地。

脚下起初还感受到一块木板的支撑，然而未及站稳，木板直接塌了，坠落的瞬间，有人猛地将她拉入怀，最后两人一起陷进潮湿的草堆里。

宗瑛吃痛地睁开眼，手里紧紧抓着的不是稻草，是盛清让的衬衫。

他显然摔得不轻，面部绷紧的肌肉是对疼痛的忍耐，睁眼却询问宗瑛："疼吗？要不要紧？"

宗瑛倏地松开手，坐起来揉揉肩膀，捋了下头发，短促地回了声"没事"便抬头往上看。

典型的二十世纪的农户住宅，可能还算比较体面的房子了。

然而屋顶早被炸飞，一块搭阁楼用的木板摇摇欲坠，他们恰好落在那块不结实的木板上，紧接着就从二楼坠落，幸运的是，灶台旁一堆囤积的稻草提供了缓冲。

屋子里一片狼藉，地面泥泞——下过雨。

天还没有大亮，被暴雨冲刷过的上海郊区，每一寸空气都异常潮湿。宗瑛愣神之际，盛清让起身将她拉起来，忍痛道："如果地图没错，师部的营地应该就在附近。"

宗瑛醒醒神，深吸一口气问："现在过去？"

盛清让打算出门去探一探情况，步子还没迈出门槛，枪声响了——

骤雨般密集的枪声，撕开天际的暗蓝幕布，太阳从东方跃了出来。

盛清让步子一顿，扭头同宗瑛讲了一句"不要出来"，便继续往外走。

枪声愈发激烈时，盛清让折了回来。

宗瑛沉住气问他："我们在沦陷区？"

"不。"盛清让说着突然摊开她的手，在其掌心画了一条竖线，飞快解释道，"这条河以西是日军占领的村庄，往东是国军营地，我们在这里——"他指尖点的位置在交战线边上，是东侧。

"在交战区？"

"对。"他仍低着头，继续道，"国军反攻需要过这条河，日军在河对岸架了机枪防守，枪声应该就是来自那里。"

"我们要往哪里去？"

他手指一画，语气非常笃定："往东，前线指挥部，不远。"

清晨战火刚起，谁也不知战事会如何发展，在更危险的空袭开始之前尽快转移，或许才是明智选择。

盛清让说着突然往她手里塞了一把锃亮的手枪："以防万一。"

沉甸甸的冰冷金属紧贴掌心，匆忙之中宗瑛低头看了一眼，立刻认出它——勃朗宁M1911。

阳光还没来得及将积水蒸干，道路泥泞不堪，走得急慌，宗瑛几度从烂泥里拔出脚，要不是身边还有支撑可借，指不定要摔多少次。

枪声就在身后，虽越发激烈，但越往前走声音听起来便越是遥远，只有空气里弥漫的硝烟味和间或响起的大口径炮弹声提示着危险和战况的紧张。

宗瑛偏头，视线掠过盛清让侧脸。

他抿唇不言，神情里是颇有经验的沉着。意识到宗瑛在看自己，他忽然扭头，问："怎么了？"

"没什么，快走。"明明是无暇他顾的紧张时候，宗瑛却想起他脸上的流弹伤，想起生日那晚他浑身的硝烟味——

即便生活在租界，也不是军人，战区对他来说，却不是陌生领域。

晨风凉爽，宗瑛衬衣后背却湿透，心率因缺觉过速，快得难以负荷。前线指挥部近在眼前，越过战壕就能抵达，敌机轰鸣声却骤然响起。

宗瑛抬头，只见两架战机自西飞来，很快盘踞在指挥部上空，其中一架突然掉转机头，她还没来得及看它往哪里飞，脑后忽然就搭上来一只手，紧接着就被按倒在地——

几秒后，地颤耳鸣，炮弹在数米外爆炸，湿泥和碎石子溅了满身。

盛清让的手臂横在她脑后，手则紧捂住了她的耳朵及侧脸。

炮弹毫无规则地掉落，轰炸还在继续，震得耳朵几乎聋了，宗瑛压根听不见盛清让在讲什么。

一路惊险混乱。

有士兵朝他们吼，历经摔倒、被拖拽，最后终于抵达指挥部时，浑身狼狈。

进入防空壕，外面的轰鸣声变得闷沉，像戴了耳罩似的。

宗瑛捂住耳朵，指腹按压附近穴位，期望尽快恢复听力，下意识地抬头，只见盛清让向士兵出示了证件。

那士兵打量他们几眼，警觉地反问："迁移委员会的人？找谁？干什么？"

盛清让答道："我来之前已经通过迁移委员会与你们师部负责人通过气，我们需要申领一批通行证件，请帮我打电话通报。"

外面炮声还在继续，讲话还是得靠吼，那士兵大声道："师长不在指挥部！等今天这仗打完了才能给你通报！"

谁也不能预料这仗什么时候能结束，盛清让讲："那么请先帮我通报第七十九团三营营长盛清和。"

士兵马上回："盛营长半夜就带人往东边包抄去了，也不在指挥部，你只能等他回来！"

接连被拒，前路一时难行，只有外面炮声连天，盛清让垂手，将证件和相关文件收进公文包。

宗瑛这时候才留意到他的手——

手背血污一片。

如果没这只手挡着，受伤的就是她的脸。

"怎么了？"盛清让察觉到她的目光，又循她的视线看一眼自己的手，火辣辣的灼痛感后知后觉地侵袭神经，他讲，"清理一下就好了。"

他话音刚落，宗瑛一把握过他手腕，抬起他的手仔细查看。

外面烈日升空战况激烈，防空壕里阴沉湿闷，发报员抱着电台跪在泥泞地面上焦急地敲电报，田鼠肆无忌惮地同人一起进出，宗瑛蹲下来迅速打开勘验箱，翻出乳胶手套和小号镊子。

她指了一块石头叫盛清让坐下，一手托握他的手，一手拿起镊子清除嵌入皮肤内的小石子。

头顶只有一盏昏灯，随外面的轰炸颤动着，时亮时灭。

盛清让垂眸，她领口被污泥染脏，额侧头发湿透，分明狼狈，神情却是罔顾外界一切动荡的专注。

疼痛不那么尖锐，焦虑紧张的神经顷刻间松弛下来，阴湿昏暗的防空壕里，仿佛也有短暂温情与片刻安宁。

一切都是暂时的。

外面敌机轰鸣声歇了，一群人急匆匆地闯进来，领头那个甩了帽子怒气冲冲地骂道："八十三团都干什么吃的？老子带人守了一个晚上，被拖死一半！老子的人死了一半！一半！"

他几乎红了眼，军装上全是泥土，血顺着左手袖子往下滴，因为气愤和疼痛，整个人都在发抖。

宗瑛抬头，盛清让也侧过身去看，两人都认出他，他却根本没有察觉到，只转身对抬担架的士兵吼道："愣在这里干什么?！快去叫军医来取子弹！"

旁边另一个士兵双腿一拢，高声回道："报告营长！伤员太多，人手紧张，现在都要等！"

盛清和一脚朝土墙踢过去："人都要死了，等个屁！"既痛又怒时，他眼角余光一瞥，终于看到七八米开外的盛清让和宗瑛。

他先是一愣，即刻发问："你们怎么在这里？"

不待对方回复，老四马上像看到救星一样冲了过去，一把抓过宗瑛便道："来得好，快帮我救个人！"

他步子极快，拦都拦不住，宗瑛用力甩开他的手时，已经被他带到了担架前。

资源紧缺的情况下，一切都优先向等级高的人倾斜，医疗资源更不例外，而脏兮兮的担架上，躺着的不过是个最低等级的步兵——

年纪很小，如果生在和平年代，他可能还在接受义务教育。

老四浑身怒气由焦虑替代，语气也急："子弹在肩膀下面，一定能救回来的，你快点帮他把子弹取出来！"

宗瑛俯身检查——锁骨往下心脏往上，子弹穿出的空腔里虽已经塞满纱布，但血仍不停地往外渗，年轻稚嫩的面孔上毫无血色，脉搏虚弱，近乎休克。

这种情况必须急救，送去军区医院根本来不及。

她沉默片刻，收回手，讲："抱歉，我做不了。"

"不过是取一颗子弹！"

"不只是取子弹的问题。"

一个因为突然失去太多部下，抱着弥补心态想拼命救下团里年纪最小的孩子，一个则表现出反常的强硬和抗拒。

总之都红了眼。

宗瑛彻夜未眠，眼白血丝愈显密集，她深吸一口气，抬眸讲道："没有检查设备，不确定子弹具体位置，也不清楚损伤程度，这里手术条件非常差，何况我……"

说到这里她短促地闭了下眼，再睁开时眼里疲意更重："我只给死人取过子弹。"

"只给死人取过又怎样？还不是一个道理?!"

宗瑛复闭上眼。

她从医数年，从没有接触过枪伤患者，转考法医之后，也只接触过一例枪伤案，而被害者已经死亡。解剖尸体和给活人取子弹，不是一码事。

抛开缺少经验不谈，她真的很久没有给人动过手术了。从放弃手术台的那一天开始就再也没有亲自动过手，哪怕上次给盛家大哥截肢，她也不过是给了实习医生一点指导，从头到尾，甚至都没有碰过手术刀。

"我把他抬回来，就是想要让他活的！"盛清和语气更急。

宗瑛睁开眼。

有人唤了她一声："宗小姐。"再熟悉不过的语气，她循声看过去，盛清让正站在担架另一边看着自己。

她看向他，讲："我真的……做不了。"

防空壕里仍有人进出，外面复响起轰炸声，顶上泥灰簌簌往下掉。

昏昧的电灯闪烁不停，盛清让的视线全落在她右手上。他想起她曾经含糊提到过的某次事故，猜她心中可能有某种预设的畏惧关卡，但目光上移，他分明从她脸上捕捉到了身为医者面对病患时的不忍心。

因为察觉到她的自我矛盾和斗争，他便同她说："宗小姐，不论你做什么决定，我都站在你这一边。"

老四正着急，简直受不了他们这样慢吞吞的作风，刚要出声打断，却遭盛清让伸手阻止。

宗瑛右手手指止不住轻颤，她倏地握起拳，拼尽力气般握紧，反反复复好几次，最后她抬头，讲："我试一试。"

这话刚落，老四立刻喊旁边的士兵转移，又吩咐道："无论如何叫他们分器械和护士给我们！我三营走了这么多弟兄，不能连个孩子都保不住！"

手术台是临时搭建的，野战医院只剩两个医生，都忙得抽不开身，仅有的几个护士，破天荒地分了一个过来给宗瑛当帮手。

来不及进行严格的消毒，没有无影灯，更别提无菌手术服和监护仪，子弹位置的判断、空腔的清理、组织的分离及缝合，所有事完完全全只能靠宗瑛一个人。甚至连手术场所也不得安静，远处榴弹炮声间或响起，新一轮的反攻开始了。

太阳从东方缓慢地移到正中，宗瑛眼皮直跳，汗沿着脸颊往下淌，浸湿衬衫领口，她打起十二分精神，每一步都处理得极其谨慎。

心中一根弦紧绷到一触即断的地步，注意力高度集中的状态下，过往那些经常在梦中惊扰她的失误片段，此时却连一帧画面也没有浮现。

完成最后一层缝合，她眼一闭，差点失力般站不住，压在床板上的手，却稳稳当当。

隔着白布帘子，盛清让一直在等她，看她放下器械，他才小心翼翼地松了口气。

这口气刚松下来，却有通信员来报，说好不容易接通师部电话，那边指示要带他离开前线指挥部去师部取通行证件。

正事不能耽误，但他还是等到了宗瑛出来。

两人对视，一时间竟彼此无言，盛清让只从口袋里摸出一块素色手帕，像第一次见面时那样递过去：“没有用过，干净的。”

叠得整齐，有些难以避免的褶皱，带了些战火气，带了些体温，但上面没有尘，也没有血，看起来真的干干净净。

宗瑛将手帕握在手里，听他讲：“我需要现在去一趟师部，路上危险，你在这里等我。”

宗瑛点点头。

通信员这时又催促了一遍，盛清让这才转身走出去。

宗瑛也跟了出去，只见他坐上一辆吉普车，车子在泥泞的道路上摇摇晃晃地远去，日头稍稍往西斜了斜，这时炮声也暂歇了。

不远处突然传来老四和副官的声音，副官一边走一边劝，语气亦急得不行："我跟你讲，看完小坤你也处理包扎一下！不要不当回事！万一感染就麻烦了！"

老四直奔宗瑛而来，到她身边匆忙地道了声"谢谢"，然后越过她往里走，撩开帘子去看团里最小的伤兵。

可惜他还没待满一分钟，就被护士给轰了出来。

他脱掉帽子抓抓头发，狼狈又有几分邋遢，与宗瑛第一次见他时的模样全然不同。

宗瑛抬眸打量他，问："不打算处理一下头上和肩膀的伤吗？"

他讲："反正都是皮外伤，痛过头就不痛了。"

语气里显露出一种"自我惩罚式"的心态，因为失血发白的脸上，布满低落情绪。经历过恶战，失去了很多战友，老四潜意识里觉得自己没有资格处理伤口。

凶悍的护士却偏偏不遂他愿，拿了只铁盘走出来，冷冰冰地命令他："进来包扎。"

宗瑛看他一眼："去吧。"

老四起身进去，宗瑛走到外面。

潮湿的后脊背被凉风一撩，皮肤上激起一层鸡皮疙瘩，宗瑛觉得有点冷，恍惚的感觉也终于被吹散。

就在刚才，她的确做了一台完整的手术，手没有抖，病人也没有死在手术台上。

不晓得在外面站了多久，她回神一转头，就见包扎妥当的老四从里面走了出来。

那护士大概同他有宿怨，包扎得蛮横粗糙，脑袋上一圈尤其裹得敷衍，看起来十分可笑。

没镜子可照，他自己对此一无所知，默不作声地从制服口袋里摸出火柴盒及香烟，叼了一支烟点燃，吸了一口看向远处。

亟须提神的宗瑛伸出手："能不能给我一支？"

他也她一眼，重新摸出烟盒跟火柴递给她。

烟盒里还剩寥寥几支烟，一看就是自己卷的，粗糙非常，烟丝都仿佛要掉出来。

宗瑛抽出一支，利落地划亮火柴，垂眸点燃，皱眉吸了一口。

然而烟气刚刚下沉，肺就开始抵抗。

宗瑛一阵猛咳，老四"嗤"了一声，站在一旁讲风凉话："不能抽还逞什么能？抽烟又不是好事情。"

宗瑛干看着烟雾升腾，不再为难自己的肺，哑着嗓子道："我很久没抽了。"

老四手一停顿，偏头看她侧脸："为我三哥戒的？"

宗瑛沉默片刻，不置可否："也许吧。"

她任由指间的香烟燃尽，手伸进口袋里打算摸出手帕来擦汗，却摸到了早上盛清让给她的手枪。

勃朗宁小巧精致，却有致命的杀伤力。

老四看她拿在手里翻来覆去地看，吐了个烟圈讲："三哥还真是会借花献佛。"

宗瑛闻言反问："这把枪是你给的吗？"

"那是当然，他那种书生平时哪里用得到枪？"他索性侧过身，一只手揣进裤兜里，抬颌问宗瑛，语气颇有几分挑衅的意味，"要不要教你怎么用、往哪里打？免得子弹在里面待久了发霉。"

他得意扬扬的话刚讲完，没想到宗瑛却在刹那间上膛举枪，黑洞洞的枪口就对准了他。

"哪里最致命，我比你清楚。"她声音平稳，目光却冷。

意识到宗瑛不喜欢被挑衅，老四挑挑眉："有话好好讲，不要动不动就上膛骇人嘛。"

宗瑛卸下弹匣，取出膛内子弹，一步步拆卸，又装了回去。老四在旁边看着讲："你好像对手枪很熟嘛，喜欢吗？"

宗瑛说："不喜欢。"

这时副官又匆匆忙忙赶过来，朝老四递过去一只搪瓷缸，顺便发表不满："粮食缺得实在厉害！上面光派援军过来，不及时发补给，这不是存心叫人喝西北风吗？"

老四接过来，随手就递给了宗瑛："没什么可吃的，你暂时将就下吧，反正也不会在战区待太久。"

宗瑛打开盖子，里面装了满满的米汤，一只勺子埋在汤里，捏起来一搅，也翻不出多少米。

她问："你不喝？"

盛清和摇摇头，只一根接一根地抽烟，视线看向不远处的援军。

他们刚抵达不久，因为疲劳，缺少该有的斗志，年轻面孔里尽是茫然。

"临时整编，长途跋涉，毫无经验，装备一时也跟不上。"盛清和说，"就是送他们去死。"

他抽着烟，竭力去轻描淡写，嘴唇和面部肌肉却轻颤。一种除了坚持别无办法的无望，伴着劣质烟丝燃起来的烟雾蒙了他的脸。

宗瑛喝光了搪瓷缸里的米汤，找了个地方休息。

老四离开了野战医院，回营处理事情。

盛清让则在傍晚时分回到了前线指挥部。

指挥部临时占用了村庄附近的道观，这座香火旺盛多年、却在乱世被废弃的道观，在早秋风中显出时过境迁的无奈。

盛清让谢过通信员，下车走了一段恰好遇到老四。

还隔着近两米的距离，老四扔了一套衣服给他："不是给你的，给宗医生，从护士那里借来的，应该合身。"

盛清让稳稳接住，道了声"谢谢"，便继续往指挥部里面走。

进了大门一路走到后面，老四指指最西面一间小柴房，同盛清让道："我看她很累了，现在应该就在那里面歇着呢。"

盛清让再次道了声"谢谢"，往前走几步，打算敲门进去。

"三哥哥。"老四却突然喊住他。

盛清让转身看他，只见他头上被滑稽地包了厚厚一圈，肩头也缠紧纱布，衬衫领口有些松垮，鞋子、裤腿上全是泥和血。

"怎么了？"

"你的人很厉害啊。"老四弯起唇，没头没尾地讲了这么一句。

盛清让对上他的目光："所以呢？"

老四想了想，略歪了下脑袋，道："虽然对家对国，我们的立场和观念都不太一样，但我们看人的眼光倒是很像——"

盛清让一手提着公文包，一手横在胸前揽着那套干净衣服，下意识地握起拳，语气平稳地逐个问道："对家对国，不一样在哪里？看人的眼光像，那又如何？"

老四脸上几不可察地浮起一丝无奈的笑容："对那个家，我丝毫不想忍，而你赶都赶不走；对国，我在前线，你忙的是后方；看人的眼光一致，那么或许会争抢一番？"

盛清让耐心地听他讲完，不急不忙地说："争抢吗？可宗小姐不是物品。"

老四脸上笑意加深，他试图让自己的笑看起来更真实，语气也立刻变了："三哥哥，话不要说得那么死嘛。要不是我在前线朝不保夕的，不管结果怎么样，我也是要争一争、抢一抢的。"

老四心里非常清楚，宗瑛再怎样也不会跟自己扯上什么关系，但他自小就一直与盛清让比较，习惯了放豪言而已。

更何况，他今天是打心眼里觉得，这种局势下的自己，可能已经失去了追求爱人的资格——因为给不了未来，尽管这个未来仅仅是，活着。

盛清让听懂了他话里的"朝不保夕"四个字，沉默一会，只讲了声："战况愈烈，你多保重。"

老四闻言，脸上会心一笑，半天不吭声，最后扬起下颌讲："那是当然，你这样费心费力地将上海的工厂迁到内陆去，我倒要看看最后——值不值得，有没有意义！"

盛清让答："会有的。"

"是吗？"老四突然紧了紧领口风纪扣，敛了笑转身，"但愿我能活到那个时候。"

他说完戴上帽子就往外走，晚风拂过他肩头的白纱布头。

他随晚风回了一下头，看到盛清让的背影，早年累积起来的成见早已敛了大半，如果这个人是投机牟利，又怎么肯为内迁这种吃力不讨好的事，甘愿在战火中来去？

血红夕阳无可阻挡地下沉，早就睡醒的宗瑛听完门外的交谈，起身推开北面破旧的木头窗。

她闭眼又睁开，忽然又伸出手掌，在眼前晃了一下——

她复视了。

3

慌张是暂时的，症状也是暂时的。

宗瑛转过身看向门口，盛清让却似乎怕扰到她睡眠，不急于敲门进来。

她松一口气，挨着窗歇了一会，在西风落日中感受到——上海的秋天真的到了。

盛清让在门外站了大概半个钟头，宗瑛主动去开了门，只见他一手提着公文包，一手抱着两件衣服，衣服上的湿泥都干了，洗过脸，但脸上倦色更浓。

她问："事情办妥了？"

盛清让额首应"是"，将手中衣服递过去，宗瑛却抬手看一眼表道："还有几个钟头，就不换了。"

此时下午六点，距晚十点还有四个小时。

两个人都长期缺乏睡眠，眼下得了一刻平静，无多余精力讲话，默契地选择了争分夺秒地休息。

战区破破烂烂的指挥所，门窗都闭不紧，风携夜间潮气涌入，没有灯、没有床，晦暗中只有几捆枯草和地上几块残破雨布，墙灰一碰即掉。

盛清让挨墙睡，宗瑛便挨着盛清让睡。夜幕彻底落下来时，温度陡降，夜风愈急，在这瞬息万变的战区里，能睡上片刻已是非常难得，何况身边还有值得信任的可靠彼此。

盛清让呼吸平稳，宗瑛则做了一个长梦，梦从她上手术台开始，到下手术台结束，病例复杂，但最终还是成功了。

两人睡得正沉，老四过来送晚饭。他伸手推门，才开了小半，即见到墙角挨在一起睡着的两个人，月光探入内，往二人身上铺了柔柔一层，显出别样静谧。

他看了数秒，最终关上门，只将晚饭放在了门口。

中秋过后缺损愈加严重的月亮，逐渐移至中天，老四忙完布防再来，却见晚饭仍放在门口没有动过。

他霍地开门，打算通知他们可以趁夜离开，视线往里一探，竟发觉墙边不再有那两个身影了。

老四一愣，往里走几步，只见草堆上放着他从护士那里借来的衣服——宗瑛并没有换。

衣服旁边则放了一张字条，干净的白纸上吝啬地写了两个字——"谢谢"。

衣服留下了，但人去了哪里？

他俯身拿起衣服就往外走，碰上迎面走来的副官便问："见那两人走了吗？什么时候走的？怎么走的？！"

面对一连串的疑问，副官满脸困惑，摘下帽子只讲："我不晓得呀。"

消失的两人重回二〇一五年，即将结束的这一天，是联合国55/282

号决议中确立的"国际和平日"。

风暖月明，两人站在马路旁，红绿灯按部就班地交替，白天所经历的一切如梦似幻。

郊区夜间行人寥寥，方圆百米之内见不到一个路人，远处亮着灯的别墅区是他们清晨离开的地方——邢学义的住所。

两人穿过马路抵达别墅区，门外停着的那辆车早就不见了，从外面看过去，房子里的每扇窗都漆黑一片，里面应该是没有人的。

宗瑛挡了脸戴上手套，重新走到门前滑开密码锁盖，输入0、9、1、4，电子锁却响起冷冰冰的错误提示声——密码改了。

她打开强光手电仔细扫了一遍，输入面板上的指纹也被清除得干干净净。

对方很谨慎。

宗瑛滑下锁盖，抬头看向二楼书房，落地窗窗帘被拉开四五十厘米，应该是早晨他们为了检查墙角是否藏了人才拉开的。

来人是沈秘书吗？同他一起来的又是谁？难道是吕谦明？

吕谦明是为处理邢学义的遗物而来？他要找什么？

宗瑛蹙眉想了片刻，一时理不出头绪，又不得入屋门，便只好退出监控范围，对盛清让提议："我们先回去，你手上的伤还要处理。"

两人走到主路上打车，好不容易拦下来一辆，借着路灯，出租车司机打量他们好几眼，谨慎地问："你们从哪边过来啊？衣服上怎么这个样子呀？"

宗瑛面不改色地编理由："从乡下回来的路上出了交通事故。"

出租车司机半信半疑，直到宗瑛出示了身份证件，这才同意载他们。

车子于夜色中奔驰，一路通行无阻，抵达699号公寓时将近晚上十二点。

下车进楼，保安看到两人衣服上的血污也是一惊一乍，盛清让用同样的借口搪塞了过去。

电梯上行，两人都保持沉默。

他们第一次同坐电梯也是在699号公寓，七十几年前的公寓电梯，沉重又缓慢，那时战争还没有打响，阳光明媚，花园里孩子嬉闹，街道上车水马龙，霎时间一切都不再。

两人接连去洗了澡，换上干净衣服坐在客厅里，电视机播放着夜间新闻，反而衬出一种诡异的安静。

宗瑛起身拿来药箱，搬了把藤椅坐在盛清让对面，抬首命令："手。"

盛清让抬起手，宗瑛对着头顶灯光，手持夹了酒精棉的镊子仔细替他消毒。

酒精给新鲜伤口带来的密集刺激，令盛清让不由得蹙起眉。

宗瑛抬眸，看一眼他眉心，又侧过身取药粉："伤得不轻，得注意护理，药你随身带着，每天换一次。"

盛清让此时却突然问她："宗小姐，刚才你到了门口，却没有进去的理由是什么？"

宗瑛如实答："密码换了。"

"是早晨来的那两个人换的吗？"

宗瑛手稍稍一顿，将棉签投入脚边垃圾桶："不出意外应该是。"

"认识那两个人吗？"

宗瑛想起沈秘书和吕谦明那两张脸，道："其中一个同我妈妈一样是新希元老，不过他离开新希多年，现在有自己的生意，只是一直持有新希股份，并且还占了大头。"

她换了一支棉签棒接着给他上药，听盛清让讲："他与邢学义关系怎样？"

宗瑛想想，道："私交一般，应该是在离开新希之后就很少联络了。"

"很少联络，又突然出现——"盛清让沉吟道，"他的目标或许和我们一样，都是为了邢学义的遗物？"

那两个人上楼直奔书房，路径明确，目标显而易见。

这样看来，宗瑜妈妈站在楼道里接的那通电话，很有可能就是沈秘书打来的。

正是她的通知，才引他们在那个时候进了邢学义的家。

那么他们的目的是"处理"遗物？可邢学义那里不过是些工作资料和日记，又有什么是值得被"处理"的呢？

宗瑛于是回道："也可能不一样。我们是去找证据，他却可能是为了掩盖证据，动机不同。"

"他要掩盖什么？和你母亲的案子有关，还是和邢学义的案子有关？"盛清让问完又说，"邢学义死后，他是不是找过你？"

宗瑛霍地抬眸："你怎么知道？"

盛清让道："突然的约见，往往都有原因，很少会是心血来潮的巧合。他找你，有没有可能是为了探虚实呢？"

宗瑛回想起那日的谈话细节，只有两个关键点。

一是吕谦明问她邢学义的案子有没有结，二是他认为严曼不是自杀。

第一点宗瑛没有上心，第二点反而让当时的宗瑛有一种莫名的被认同感，甚至有那么一瞬间生出一点感激。

现在想起来实在太奇怪了，他表现得那么友好，却分明从头到尾都在试探她的口风。

宗瑛眉头陡蹙，陷入一种后怕与疑惑交织的混沌当中。

盛清让察觉到她思路的停顿，不再问了，只道："你不要急，既然他也去找遗物，那么至少说明我们的方向没有错。关键点，仍在邢学义的遗物上。"

宗瑛敛回神，侧身拿过药盒里的纱布，握过他的手开始包扎，同时问道："你觉得邢学义做的那些事情古怪吗？"

盛清让反问："你是指密码、日记还是剪报？"

"都是。"

"密码用0914，说明你妈妈去世那天对他而言很重要；日记内容单一却执着，每天问候指向也不明朗；至于剪报——"他说着抬起头，对上宗瑛的视线，"虽然每个人收集的动机各异，但如果换作是我，如此妥帖地收藏一个人的信息，那么她只可能是我爱的人。"

宗瑛手一顿。

盛清让接着说下去："排除邢学义有特殊癖好的可能，综上只能表明他对你妈妈有很深的感情。"

他的意思很明确了，邢学义极有可能对严曼存有私情，但这却是宗瑛最不乐意听到的答案。

因为一旦掺和私情，就更不利于分辨邢学义在整个事件中到底扮演了什么角色。他做的这些事，是因为做错事而愧疚，还是单纯因为对亡者的怀念？

地方台的夜间新闻将至尾声了，电视上的男主播用一贯平稳的腔调说道："下面插播一则快讯，今晚十点半左右，宝山区某别墅区发生火灾，消防工作正在进行，暂无人员伤亡……"

镜头切换到事故画面，宗瑛循着盛清让的视线转头看向电视屏幕，从现场烟雾中认出了那栋失火建筑——邢学义家。

宗瑛忍不住起身，这则短讯却播到了尾声，镜头切回演播室，男主播开始读下一条新闻。

盛清让低头做好手上纱布的最后固定，讲了一句"如果火灾也是意外，就太巧合了"，随后拿过公文包，翻出一本年代久远的工作簿，抬头看向宗瑛后背，讲："一整天都没有空和你说，早上你决定要走的时候，我找到了这个——"

宗瑛转身垂首，那本工作簿封皮上印着的，正是严曼去世的年份。

盛清让接着道："因为突然有人上来，我也没能来得及放回原位，去师部的路上我才有空打开来看了看——"

他说着翻到某一页，将本子转个向，递给宗瑛。

那一页写着："九月十四日，这一天，我吃掉了自己的良心。"

第13章

1

这句话之后是纸面的大片空白，宗瑛俯身飞快地往后翻了几页，皆是白纸横线，一个字也没有。

她的手停在空中，听盛清让讲："后面我看过，没有内容了，像是从那天开始，这本工作簿就被弃用了。"

吃掉良心、弃用工作簿——联系之前那封匿名邮件中透露出的线索，足以排除严曼自杀的可能，并且基本能确定事故发生时邢学义就在现场。

他是出于什么动机保持了沉默，又为什么自责？现场还有没有其他人？

猜测逐步清晰，却仍然缺少证据。

宗瑛放下工作簿，直起身重新看向电视屏幕。

夜间新闻走到尾声，洗发液的广告跳出来，盛清让仍坐在沙发上，仰头看她背影，道："邢学义的别墅失火，如果是有人故意为之，那么只有一种可能——他们没有找到想要的东西，因为心虚，索性纵火烧了全部。"

关键的证据，要么已经化为灰烬，要么压根不在那里。

宗瑛蹙起眉，又听他说："追寻多年前的真相，有进展已属难得，遭遇阻碍更是常事，不必太苦恼，我会陪你找，现在要做的是好好休息。"

盛清让说着起身，从冰箱里取出牛奶盒，倒了一杯放进微波炉热好，拿出来搁在茶几上："喝完了早些睡。"

他收回手，宗瑛的目光从他包裹着纱布的手上移到他脸上，应了一声："好。"

盛清让得她回应转过身，在原地停顿数秒，终于还是独自上了楼。

关上房门，他打开公文包整理文件，听楼下依次传来脚步声、清洗杯子的流水声、关灯声、关门声……最终一片沉寂。

小桌上的灯悄悄亮着，北面的窗紧挨着阔大的法国梧桐叶，夜色静美，是短暂的和平。

一九三七年的次日清晨，上海又下起雨。

盛清让在公寓书房里继续忙工作，宗瑛在客厅给阿九做检查，盛清蕙和阿莱在厨房煮粥。

清蕙边忙边问："宗小姐你这两天去了哪里？我以为你不回来了呢。"

宗瑛摘下听诊器，回："我去见了个朋友处理点事情，忙完就回来了。"

半个小时前，盛清让下楼打算离开公寓，却见宗瑛早就收拾好在客厅等他了。

她给的理由很充分，阿九的肺炎是她诊断并治疗的，有始便该有终，她得去收个尾。

因此顺利地回了一九三七年。

六点三十九分，书房里传出有节奏的打字机声，清蕙又问宗瑛："那你如今是打算留在上海，还是要出国？"

宗瑛将孩子放进摇篮，直起身回她："现在还不确定。"

清蕙不再问了，将洗好的碗筷递给阿莱，叫他去摆餐桌。

阿莱摆好餐具，清蕙将煮粥的锅端过去，看一眼书房那边喊道："三哥哥吃早饭了。"

书房里传来的回复却是："你们先吃，不必管我。"

清蕙便喊宗瑛一块坐下，同时感谢她带来的一袋米和一些速食罐头："阿九生病，家里缺粮，要不是你帮忙，我肯定束手无策了。真是雪中送炭，谢谢你宗小姐。"

宗瑛便说："不用谢我，是盛先生准备的。"

清蕙听她这样讲，又看了眼书房，压低声音说："家里的厂子确定要迁了，三哥哥就更忙，夜里都不回来的，也不晓得有没有好好休息。今天下大雨，说不定能在家歇歇吧。"

宗瑛接话讲了一声"但愿吧"便不再多言。

餐桌上碗筷起落，屋外大雨滂沱。

夏秋交替，阑风长雨，上海的战事仍在继续，只是头顶的战机轰鸣声暂时歇了——

浓云笼罩大雨挥洒的天气，不利于飞行。

这一日难得清净，阿九喝了牛奶安稳入睡，清蕙和阿莱忙活家务，通往阳台的门敞着，晨风携着雨招惹窗帘，屋子里满满的潮气，久不使用的留声机又唱起那首《十里洋场》——

"把苏杭比天堂，苏杭哪现在也平常，上海哪个更在天堂上……"

冷清庭院里传来一两声鸟鸣，楼下某太太高声抱怨家人浪费煤气，远处饭店的窗户里隐隐约约还亮着灯，马路上有汽车奔驰，飞速带起连片积水。

空气被雨水大力洗刷，仅剩的一点硝烟味也没了踪迹。

雨中一切日常，都似战前般安逸。

清蕙洗了碗，又将锅里的余粥热了热，盛了一碗递给宗瑛，同时递去的还有一个眼神。

宗瑛了然，端了碗起身送去书房。

盛清让手头工作尚未做完，宗瑛将粥碗搁在他手边，他抬头道了声"谢谢"，又讲："你如果困便去睡一会。"

宗瑛答："我不困。"

他便转过头指了书柜旁的藤椅道："那你随意坐。"

宗瑛回头看看藤椅却不打算坐，反而走到书柜前，想找一本书看。

书架里几乎全是法律专业书籍，一排排找过去，宗瑛才在角落里看到一册吴半农译版的《资本论》，出版社是上海商务印书馆。

她还记得数日前在盛清让手上看到的那份请增内迁经费提案，商务印书馆亦在内迁名单当中。

如果没记错，这家标志着中国现代出版业开端的印书馆，在战时同样历经风雨，重新迁回上海时，已是一九四六年，而现在才一九三七年。

接下来的数年风雨，盛清让有没有自己的计划？

打字机的声音终于告一段落，盛清让整理手边文件，宗瑛拿着几年前的一期《上海律师公会报告书》翻看，其中一篇《上海律师公费暂行会则》对律师收费的最高额进行了限定，包括咨询收费、阅卷收费、不同类型案件的出庭收费等。宗瑛看到"诉讼标的五万以上的，一审二审为标的额的百分之三……"[①]时，盛清让将文件收进公文包，屋子里"咔嗒"一声响——暗扣搭好了。

盛清让转过头看她，在他的目光中，宗瑛合起报告书，将其塞回

---

① 《上海律师公费暂行会则》，《上海律师公会报告书》1928 年第 23 期。

书架。

她突然发觉自己对盛清让其实了解甚少，他知道她的生日，知道她面对的难题，甚至知道她母亲的过去……而她对他的认识，却十分模糊。

宗瑛只晓得他的身世并不如意，家庭也不和睦，现在每天花大把时间在工厂内迁上，至于他对现在生活的态度、对未来的计划，宗瑛一无所知。

他未主动讲过，她也没有开口探询。

外面雨声愈嚣，宗瑛鬼使神差地问："战前你也是这样整天忙碌吗？"

"也忙，只是忙的内容不同。"盛清让并不反感她的打探，反而好像很乐意同她讲自己的生活，"那时学界、商界的应酬很多，业务也多。现在国难当头，少了许多非必要的应酬，业务也骤减，这两个月里除了工部局例会，便只忙迁移委员会的事情。"

"之后呢？"宗瑛问，"等内迁的事告一段落，你有什么打算？"

两个人心知肚明，等到十一月上海沦陷，租界也将成为孤岛，届时何去何从，是必须要考量的问题——继续留在上海，还是去别处？

她的问题抛出来，却只有雨声作答。

惨白天光从窗子铺进来，书桌上的一碗粥已经凉了。

沉默半晌，宗瑛浅吸一口气，又问："盛先生，你有没有想过是什么促使你每天在这两个时空穿梭？"

盛清让显然是认真想过的，他抿唇想了数秒，道："七月十二日，是我到你时代的第一天，那天与平日并没有什么不同，除了一件事。"

"是什么？"

"那天廊灯坏了，我换了一盏灯。"

"廊灯？"

"是的。"

宗瑛想起那盏灯来，她第一次到一九三七年的699号公寓时就认出了它，盛清让当时对她讲："这盏灯照亮我的路，也照亮宗小姐你的路，是一种难得的缘分。"

所以这盏照亮他的路也照亮她的路、历经岁月变迁、几易灯泡却始终稳稳悬挂在那里的廊灯，是玄机所在吗？

"你的意思是，那盏灯导致你穿梭于两个时代？"

"我不确定。"

"那盏灯是什么来历？"

"是在一个犹太人的商店里买的，具体来历我不清楚。"

"如果把它换下来会怎样？"宗瑛的神经愈绷愈紧。

"我试过。"他风平浪静地讲，"然而一切照旧，我还是会到你的时代。"

宗瑛提上来的一颗心，霎时间落了回去。

她踱步走到门口朝外看，又走回来，外面劈进来一道夸张的闪电，紧接着一阵震耳欲聋的雷声。

等一切都歇了，宗瑛又转头看向盛清让，缓缓问道："虽然无法确定到底为什么开始，但是你有没有想过，哪一天这种穿梭就突然结束了呢？"

不再往返于两个时空，与未来彻底断了联系，永远留在一九三七年，循着时代该有的轨道继续往前。

盛清让想过，但他没法回答。

霎时，电话铃声大作，清蕙抱着孩子在外面喊："三哥哥，应该是你的电话。"

盛清让匆促起身去接了电话，谈话也就此中止。

待他接完电话再回到书房，便只剩道别了："我需要去工厂核对一些账目，请你放心，我一定会在十点前回来。"他提起公文包，甚至贴心地同她讲，"你如果嫌这个书柜里的书枯燥，可以拿那个书柜里的书，比较有趣。"

宗瑛还没从刚才的话题里彻底抽回神，面对告别，她什么也没讲，只从口袋里翻出几颗锡纸包的黑巧克力，上前一步，拉开他的公文包塞了进去。

盛清让出了门，雨更大了。

乌云面目狰狞地从天际翻滚而来，整个上海都被泡在雨里。

四个小时后，清蕙接到一个电话——是盛公馆里的大嫂打来的。

在整座申城风雨飘摇之际，大嫂为了照顾在轰炸中失去了双腿的大哥，为了保全这个家，带着孩子从江苏老家回了上海。

她同样担心清蕙，因此打来这个电话，叫清蕙带着孩子回去。

清蕙在电话里反驳道："二姐不会让我回去的。"

大嫂便不急不忙地说："你轻易做这样大的决定，她当然反对，但说到底还是怕你负不起这个担子。她性子冲，你偏偏要硬碰硬地同她对着干，只会火上添油。清蕙，离家出走不是解决问题的办法。"

清蕙有些底气不足了："可……可是我也没有别的办法了呀，她固执得很呢！说要断绝联系，那么只能断绝联系了！"

大嫂缓声道："眼下国难当头，一家人却还要四分五裂，你说这样对吗？"

清蕙彻底答不上来了，那厢大嫂接着说："已经让司机去接你了，你整理好，带上孩子回来。你三哥哥那里我今晚会同他讲，至于你二姐那里，也不必担心，你相信我，这个家里我还是说得上话的。"

大嫂讲话素来有一种不慌不急的稳妥架势，清蕙偃旗息鼓，只能垂首应道："好吧。"

她挂掉电话，转过身看向宗瑛："宗小姐，我可能要回家去了。"

宗瑛略感意外，但听她复述完盛家大嫂的话，便清楚了其中原委。

如果大嫂的话在家中真有分量，那么清蕙回家无疑是更稳妥的选择——以她自己的经济和生活能力，实在不足以独立抚养两个孩子。

这个大麻烦是宗瑛带给她的，宗瑛自然不可能置身事外。

宗瑛先问："那你愿不愿意回去？"

清蕙咬唇皱眉思量片刻，她最大的顾虑一直是二姐的反对，只要大嫂首肯，那么她也并不排斥回家。

宗瑛见她点了点头，即俯身开始帮她收拾沙发上的衣物，讲："好，我陪你回去。"

雨天出行不便，汽车也姗姗来迟。

阿莱走在最前面，清蕙抱着阿九紧随其后，宗瑛提了两只藤条箱行在最后。

服务处的叶先生帮忙撑伞，将他们一一送上车。

雨雾迷蒙，雷电断断续续，清蕙消瘦的脸贴着车窗，手有一下没一下地轻拍着怀里的孩子，视线移向车外。路边商店的雨棚下面，多的是蜷缩身体避雨的难民——天已经转凉，那些孩子仍着单衣，眼巴巴地望着漫天雨帘，等这一场不知要下多久的雨结束。

清蕙突然察觉到前所未有的不自在，她记忆中的上海早秋，从没有这样冷过。

到盛公馆，已是下午。

一家人用过午饭不久，除了孩子们，没人去午睡。

小楼外的浓绿树荫被雨水连续不断地拍击，无可避免地显出颓势。进楼入口湿漉漉一片，地毯上是杂沓的脚印，还没来得及清理，几把伞搁在门内，地上汇了一摊水。

受天色影响，客厅里一片晦暗，所有人都坐在沙发上等清蕙回来，气氛是不同寻常的沉寂。

宗瑛将藤条箱拎到门口，却见清蕙迟迟不进门，直到用人朝里面喊了一声："五小姐回来啦。"她才抬脚迈进了门。

清蕙进门的瞬间，怀里的阿九乍然大哭，沙发上的二姐最先皱眉，二姐夫事不关己地坐着，大哥坐在轮椅里咳嗽，只有大嫂起了身，吩咐一旁的奶妈："张妈，先带孩子去休息，我们有事要谈。"

奶妈赶紧上前，想从清蕙怀里接过孩子，清蕙犹豫半天，在她反复强调"五小姐就放心吧，你还是我带大的呢"之后，才肯将孩子递给她。

大嫂又看一眼门外的宗瑛，谦逊有礼地询问："请问你是？"

还不待宗瑛回答，二姐已经先一步开口："给大哥截肢的医生。"

大嫂略怔，但马上又讲："外面落雨，太潮了，快请进。"

宗瑛进屋，用人立刻上前从她手里接过藤条箱，大嫂也请她坐。

宗瑛却站在清蕙一边，暗中握了握她的手，清蕙鼓起勇气说："贸然离家出走是我的错。但我已经成年，有权自己做决定，不容商量粗暴地赶我出门，甚至言语侮辱两个无辜的孩子，这是不对的。"

二姐一听这矛头对准自己，立马指了她讲："你还来劲了——"

"盛清萍。"大嫂只喊了这一声，二姐立刻打住，一口气憋回去，两手交握，手肘挨向沙发椅的扶手。

显然在清蕙到来之前，大嫂就已经说服了二姐。因此就算她再有不满，也只能忍着。

但大嫂仍是训了清蕙，给了二姐台阶可下："收养两个孩子不是小事，以你目前的能力并不能养活他们。离开这个家去你三哥哥那里，也并不是独立，你还是在依靠别人，对不对？"

清蕙略略耷下脑袋，服气地应道："对。"

"以后万事要商量，不要再为争一时之气闹到这样的地步，一家人该有一家人的样子。"大嫂说着又看向二姐，"对老三，也不要太刻薄。他一颗真心总被冷对，迟早都是要凉的。"

二姐别过脸，虽有些碍于面子的不服气，但嚣张气焰已完全不比以前，为照顾生病的儿子，一张瘦削的脸，在暗光中竟也显出几分憔悴来。

大嫂的话讲完，屋外的雨仍顺畅地往下倾倒。

用人这时却慌急慌忙地跑下楼，语气异样的急促："阿晖少爷突然发起烧来了！"

算起来，距发病已经过去六天，阿晖被送去霍乱医院后，二姐生怕他在医院被传上更麻烦的病，一见好转，便不顾阻拦地将他接回了家。

今天早上看起来都快痊愈了，没想到这时候又突然发烧，二姐急得要命，马上起身上楼，走到宗瑛身边却又请求道："宗医生，你同我上去看看吧？"

清蕙甚反感她这样的姿态，但人命关天她不好拦着，只能提醒宗瑛："宗小姐你小心点。"

宗瑛二话不说地上楼，问了阿晖的体温度数，又问了这几天的恢复状况，只进去稍微检查了一下，便走出来洗手。

一家人这时几乎都上了楼，只看到宗瑛弯着腰，对着水龙头默不作声地清洗双手。

二姐焦急地问："你怎么不讲话呀？"

宗瑛伸手拧紧水龙头，四平八稳地回道："霍乱患者尤其是儿童，在痊愈前会经历一个反应期，体温升高很正常，一到三天会自行退烧，不用担心。"

二姐又追问："真的吗？"

宗瑛转过身看向她："我确定。"

二姐陡松一口气，马上反身进屋，但到门口又突然停住，犹豫半天，不太自然地同宗瑛讲了一声："多谢你。"

宗瑛洗完手习惯性地举着双手，水顺着手腕往肘部淌，一滴一滴全落到了地板上，她没来得及回应。

大嫂这时候也走过来，递了毛巾给她。

宗瑛的职业习惯导致她不喜欢用毛巾擦手，但她还是从大嫂手里接了过来。

大嫂等她擦干，才开口："外子一向很傲，失去双腿一时间也难接受，但我明白，这已经是最好的结果。他对你可能有冲撞，还请你谅解。最后谢谢你，帮他保住这一条命。"

宗瑛想给点回应，但她太不擅长这些。

用人突然噔噔噔地上楼来，语气十分焦急："太太，工厂打来的电话，说是闸北的工厂遇到轰炸，厂房后面一栋办公楼全塌了！"

大嫂下意识地握紧拳，语气仍努力稳住："老三今天去工厂了是吗？"

用人狠命点头："他们讲三少爷就在那栋楼里！"

大厅被突然劈进来的一道闪电照亮，又在瞬间暗下去。

一向平稳的大嫂语气也突然急起来："赶紧叫姚叔去工厂看看！"

她话音刚落，就见宗瑛冲了下去。

2

这个雨天太糟糕了。

明明不利于飞行，却还是有战机拼了命地起飞，盲目地往下投炸弹。

宗瑛冲下楼时，姚叔还不晓得发生了什么事情，直到用人跑过来跟他讲："闸北工厂被炸了，三少爷就在塌掉的那栋楼里！太太叫你赶紧过去找人！"姚叔才猛地回神，无头苍蝇一样奔去后院找汽车。

天色愈沉，雨水越倒越慷慨，汽车发动了好久。

临出门时，大嫂从小楼里出来，给车里的宗瑛递过去一把雨伞。

她虽未听人讲过宗瑛和盛清让之间的关系，但看眼下宗瑛的反应，也猜到一二，于是俯身安慰："你不要慌，会找到的。"

汽车亮起的车灯打在盛公馆的铁门上，姚叔拼命地按喇叭："快点开门呀！"

用人赶紧上前把大门拉开，快速转动的车轮带起连片积水，"哗——啦——哗——啦"声被雨声埋没，只听得到雨点砸在车顶上的声音，闷沉沉，似冰雹落下来。

一路险途，愈急愈难到达。

风雨将道旁的树袭倒，挡了去路，只能退回去绕道行。

出了公共租界的铁门，穿过苏州河往火车北站的方向开，随处可见的废墟与荒芜，天地间鲜有行人，撤去雨声，只剩可怕的寂静。

姚叔看着前路慌得额头冒汗，一边开一边兀自念叨："上个月还不是这样子，还不是这样子……但路应该是对的，应该是往这边开，对……"

直到天彻底黑透，汽车才终于开进了工厂大门。

门塌了半边，轰炸带来的烟雾早已经被雨水浇灭，没有现代路灯提供照明，更没有月光探路，只有车灯扫过的地方姑且看得清楚。

里面一个人看见灯光跌跌撞撞地跑出来，拍打车窗，声嘶力竭地讲："你们总算来了，三少爷找不到，找不到了……"

宗瑛顾不得撑伞，下车就问："哪栋楼？"

那人在雨里吃力地喘着气，指了西北方向的废墟讲："我只记得三少爷吃过午饭就去楼里核对账目，没有出来过。"

雨铺天盖地地覆下来，宗瑛二话不说奔向废墟。

她也曾出过坍塌现场，经验告诉她这种情况下生还的可能性微乎其微，但这种时候经验与理智完全被抛光，只剩本能的寻找。

电闪雷鸣，爆裂的水管汩汩地往外涌水，柱子横七竖八交错躺着，木头被火灼得焦黑，哪怕雨水不停地冲刷，难闻的气味仍在不停地往鼻腔里窜。

宗瑛徒手去翻，湿冷又滑，雨水顺着头发往下淌，一路灌进领口，将她整个人都浇透。

指腹摸到布料纤维，再探，一只裸露的残臂，几乎被碾成了烂泥——

宗瑛手颤了一下，恐惧似电流般从心脏窜入四肢百骸，指尖是缺氧的麻木和冷。

不可能——

他分明说会在晚上十点之前回公寓，可现在天都黢黑，满目废墟里，却只有根本无法辨别的遗骸。

耳畔是姚叔"这要怎么找啊？这雨大得糊眼睛，根本看不清楚啊"的急躁抱怨，还有厂房工人对同伴不停的呼喊声。

不知翻找了多久，宗瑛分不清脸上是汗还是雨，弯腰低头翻找的过程中，头脑不可避免地充血，精疲力竭到心慌腿抖，只为一个期盼——

她希望他活着，已经不仅仅是因为担心自己就此回不到二〇一五年，而是单纯、迫切地希望他，活着。

老天不悯，频频设阻。

温度降得厉害，连风也愈嚣张，雨水糊眼，雷在耳边炸开，宗瑛直起身，一阵天旋地转，脑子里持续嗡鸣，睁开眼面前一片漆黑。

她隐约听到呼喊声，那声音愈近，但她无法分辨它从哪里来，更听不清呼喊的内容。

急促的脚步踏过积水和废墟而来，到她身后，那声音才清晰："宗小姐！"

伴着这一声潮湿、疲倦又焦虑的呼喊一起到来的，是她熟悉的气味。宗瑛后知后觉地转过身，闪电照亮对方大半张脸，转瞬又被黑暗笼罩——

雷声轰鸣中，她本能地伸出手去摸，几乎在触及他手腕内侧皮肤的瞬间，她抬手抱住了对方。

想问究竟，脑子却混沌一片，声音到喉咙口也遭遇堵截，满腔的紧张和无措惊慌无处可释放，逼得身体发抖。

盛清让回抱她，她脖颈脸侧湿漉漉的，紧紧攀在他后颈的手指根根冰冷，鼻尖抵着他喉结，急促、失序的呼吸就覆上他的皮肤——他这才感受到半缕活气、几分温度。

他腾出手来拂开她额前潮湿的发丝，下颌紧抵着她额头，安抚她的紧张情绪："没事了，我没事的，我就在这里。"

累积了数小时的过度焦虑，一时间难以平复，盛清让松开手，她却将他抱得更紧，本能地想借此让理智恢复正常。

头顶是雨，身边是风，远处是姚叔和工人们仍在寻找幸存工友的呼喊声。不晓得过了多久，宗瑛垂下手，脱力地叹了口气，几乎要瘫下去。

姚叔这时候跑过来，认出盛清让先是瞪眼惊呼："三少爷？！你不是——"

盛清让一时来不及和他解释，弯腰抱起宗瑛，同姚叔讲："去开车门。"

姚叔陡然回神，赶紧跑去拉开车门，只见盛清让将宗瑛放进后座，紧接着自己也坐了进去："回法租界的公寓。"

姚叔还没从心慌紧张的状态里缓过来，一双湿手握住方向盘，车大灯轰地亮起，不晓得试了几次，才成功地掉转车头，在泥泞道路中摇摇晃晃地开出去。

等他稳住神厘清思路，才问："这……这到底怎么回事？"

盛清让竭力稳声道："下午一点半，迁委会打电话找到我处理一件急事，我便出去了一趟。从迁委会出来，又顺道回了一趟公馆，大嫂告诉我，你们已经出了门。"

他稍作停顿，雨水顺着他雪白的袖口往下滴，之前受伤的手背上，血渗出了纱布："是我的错，走得突然，没有及时同工厂经理打招呼。"

轰炸时间是下午两点钟，他离开不久，工厂就被盲目投下来的炮弹炸毁了一整栋楼，没有人料到这种天气会有轰炸。

他这话是讲给姚叔听，更是讲给宗瑛听。

车往前开，宗瑛的情绪逐渐稳定，不晓得是悲是喜还是庆幸，她只沉默地伸手，紧紧握住了盛清让的左手。

两只手相握，体表温度缓慢回升，车外风雨也就无可畏了。

租界里一片晦暗，抵达公寓，服务处的叶先生裹了件毛衫坐在高台后面打瞌睡，台子上一根白蜡烛快要燃尽，虚弱的火苗摇摇晃晃，好像一不留神就会被不稳定的气流闹灭。

恶劣的天气导致公寓停电了，盛清让摸黑寻到一支蜡烛，划亮火柴，火苗舔上蜡烛灯芯，室内便得到一团光亮。

伸手拧开水龙头，管道里流出水来，真是幸运，自来水还能正常使用。

他手持蜡烛走到沙发前，将烛台搁在茶几上，反身回卧室，翻出干净袍子回到客厅，浑身湿透的宗瑛仍站在玄关处。

盛清让拿着袍子走进浴室，在里面也点起一支蜡烛，又取了条毛巾出来，走到宗瑛跟前，将毛巾覆在她湿答答的头发上。

他掌心轻拢，隔着柔软毛巾搓了搓她的湿发，垂首哑声道："会着凉的，去换衣服。"

宗瑛抬头想看清他的脸，但光线实在太暗，再好的视力也派不上用场，只能够感知气息和声音。

直到他松手，往后退了半步，宗瑛才默不作声地进了浴室。

待浴室门关上，盛清让回卧室也换下湿衣服，烧了一壶水，坐回沙发上。

静下来，画面一帧帧在脑海里回放，一种莫名情绪从心底腾起来——从没有人这样在意过他的生死。

他下意识地转过头，宗瑛恰好打开门从浴室出来。

客厅里只有茶几上一处光源，宗瑛走到沙发前坐下，瘦削的身体在黑绸长袍里仍然冷。

蜡烛火苗轻柔跃动，两人坐在沙发上守着这微弱光亮，一时间无话可讲，也不必讲。

盛清让给她递去一杯热水，拿过身旁一条毛毯，上身侧倾，右手越过她后肩想给她披上，宗瑛偏头，两张脸便近在咫尺。

暗光里不仅气息可捕捉，连脸部肌肉的微妙变化都尽收眼底。盛清让的睫毛不自觉地轻颤了一下，鼻尖相触，近得眼前只剩模糊昏黄一片，唇瓣碰及彼此的刹那，盛清让忽然错开脸，手亦收回。

宗瑛捧着茶杯的手紧了一下又松，指头稍稍颤了一下，肩部绷起的肌肉倏地松弛。

他刻意避开她的目光，稳声道："还剩两个小时，你先去休息一会，到时我会叫你。"

宗瑛闻言坐了半分钟，裹紧肩上的毛毯，最终应了一声，捧起茶杯上了楼。

这样长度的一支蜡烛，燃烧时间差不多是六十几分钟，盛清让沉默地坐在沙发上看灯芯燃尽，又点起一支，等第二支蜡烛燃尽的时候，他起身上楼。

屈指敲门，没有回应。他又试着敲了一次，仍无回应。

一种不好的预感猛蹿上来，盛清让立刻推开房门，一遍遍呼喊"宗小姐"，然而宗瑛却似昏迷了一般毫无反应。

客厅里的座钟慢条斯理地运转，但终归愈来愈靠近十点整。

盛清让额头急出汗，打钟声响起的一刹那，他抱起宗瑛下了楼，按亮的是二○一五年的公寓廊灯开关。

他不确定这个时代的救护车电话，拎起座机听筒，拨出去的是薛选青的手机号。

"喂，宗瑛？什么事情？"薛选青明显感到意外，又"喂"了一声，听到的果然是别人的声音。

"薛小姐，很抱歉深夜打扰，宗瑛突然昏迷，我现在送她去医院，但我对她的病情不了解，也没有权力替她决定，想通知她的亲人或者朋友，但我手里只有你的联系方式，所以我请求你帮忙联系她的亲友，或者请你来一趟医院。"

他语气急促，但仍有条理。

薛选青听完，按捺下心中不安，霍地拿起桌上车钥匙："你送最近的医院，我马上到。"

盛清让挂断电话，从玄关柜里翻出仅剩的一点现金，抱起宗瑛下楼。

他头一回觉得现代电梯下行速度也迟缓，显示屏上每一个数字变化都慢得揪心。

飞快出了公寓大门，恰好一辆出租车停在门口下客，在它即将掉转车头离开的瞬间，盛清让拦住了它。

出租车司机瞪眼一瞧，意识到人命关天，甚至下车来帮忙开车门。

汽车行驶在干燥的马路上，道旁有路灯，头顶有朗月，医院的灯牌在夜色里不倦地亮着。

气喘吁吁地跑到医院急诊，进抢救室，接监护仪，盛清让完全被隔离在外。一通急忙下来，衬衫后背湿透，整个人精疲力竭。

脑外科会诊医生匆忙赶到，检查完毕，又出来找家属询问，他走到盛清让跟前，低着头在板子上唰唰地填表，讲："还好送得及时，要耽误就不得了了，你是宗瑛什么人？"

他说着抬头，看到盛清让的脸。

后边一个护士喊："盛医生，你赶快过来一下！"

盛秋实双眸瞳孔骤缩，握笔的手顿在空中："你是谁？"

3

太像了。

医院超市里那个用宗瑛信用卡结算的男人，家中老照片里的那个男人，都和眼前这个人像到极点。

这种像不是区区眉眼的相似，而是整体的。

盛秋实甚至没想过会再遇到他，但现在这个人就站在自己对面，距离——一米不到。

急诊大厅的惨白顶灯照在盛秋实脸上，更显出他的吃惊。

盛清让对他的惊愕不明所以，谨慎作答："我是宗瑛的朋友。"并立刻询问，"请问她现在的情况如何？"

盛秋实立刻敛神回道："目前状况还可以，但有些事情须进一步同亲属沟通。"并问，"填这张表需要你的信息，请问姓名？"

盛清让听到宗瑛状况尚可，稍松一口气，但他对这个时代的人一向保持警惕，除了宗瑛，他一律不向任何人透露身份，包括名字。

他对上盛秋实的目光，随即视线又移向盛秋实手中的表格，抬眸总结："好像并不需要填我的信息。"

盛秋实收起病历板，飞快地调整了表情，讲："你看起来很眼熟，我之前似乎见过你，我是宗瑛的师兄，你好——"

他说着友好地伸出手，盛清让则将他的神态变化都收进眼底，又瞥一眼他的胸牌，反问："是在医院的商店里见过吗？那么你记性很好，盛医生。"

盛秋实没料到对方也记得，且还莫名得了夸赞，差点让他不知道怎样回应，但他仍努力继续这个话题："那天你结账用的信用卡是宗瑛的，我就多看了几眼。"

他讲到这里，盛清让已经猜到一些端倪，某晚有个不速之客来699号公寓，那时自己在洗澡，宗瑛接待了这个客人。

如果他推断得没错，这个客人应该就是眼前的盛秋实。

那天他们甚至提到了清蕙，原话是："你问盛小姐吗？她是我祖父的养母。"

所以这个人是清蕙收养的孩子的后代？

一种奇妙的时空延续感涌上心头，盛清让立刻打住，伸出手非常客气地同对方握了一下。

盛秋实收手垂眸，留意到盛清让的脚，他穿的是一双42或43码的德比鞋——是那天晚上他在宗瑛家玄关处看到的那双。

　　两人关系亲密到这种地步，这个不知名先生到底是宗瑛的什么人？

　　就在盛秋实想进一步打探时，护士走过来再次催促他去看片子，薛选青也火急火燎地赶到了。

　　她认得盛秋实，开口就问："现在什么情况？宗瑛在哪里？"

　　盛秋实拿一套官腔回她："送来得及时，我个人认为应该不会有什么大问题，但具体情况还要等会诊结果，毕竟……"

　　薛选青哪有耐心听他婆婆妈妈地讲，霍地一把从他手里拿过病历板从头看到尾，一个字也不肯放过。

　　她看完忍着一口气，将病历板递给盛秋实，转过身恨不得找个沙袋猛揍一顿，最后却只抬手狠狠拍在了墙边排椅上，震得坐在排椅最边上的一个小孩子哇呜一声哭了出来。

　　薛选青掌心拍得通红，既痛又怒，整整两个月，她一直蒙在鼓里，生病这种事情为什么要一个人扛？到底是怎么扛过来的？！

　　小孩子哭得撕心裂肺，急诊室里人来人往，家长匆匆忙忙跑过来将孩子抱走，长椅上顿时空空荡荡。

　　薛选青一屁股坐上去，看着对面白墙发愣。她大概是从单位赶来，身上制服都没来得及换下，一头短发看起来有两三天没洗了，眼底藏着青黑疲意，双眸失焦，过了好久才回过神，下意识地从口袋里摸出一盒烟。

　　护士这时又来催了一遍盛秋实，等盛秋实走了，又紧接着转向薛选青，警告道："警察同志，这里不能抽烟，要抽去外面抽。"

　　薛选青连忙将烟盒塞回口袋，一抬头，看到盛清让，努力平复焦虑情绪地问道："来了多久？"

　　盛清让连忙回道："大概半个小时。"顿了顿，他问："宗小姐有没有什么亲人可以联系到？"

薛选青毫不犹豫地回了六个字："有，但等于没有。"

宗家那一拨人向来不在意宗瑛过得怎么样，至于她妈妈那边的亲戚，远在千里之外，也不是紧急联系人的上佳选择。

这几年，宗瑛的紧急联系人栏里只有一个人——薛选青。

盛清让眸光黯了黯。

这时护士朝他们喊道："请宗瑛的亲属过来办个手续。"

盛清让闻声转头，薛选青却已经起身走向护士站。

盛清让只能远远看着薛选青在柜台前出示证件、填表付费，而他在这个时代没有身份、没有人脉、没有足够的钱，几乎不能为宗瑛做任何事。

后背的汗这时渐渐冷了，无力感从身后一点点地攀上来。

薛选青办妥手续就站在走廊里等，直到护士同她讲"会诊出结果没有这么快的，你不要站在这里等，会挡住通道的"，她这才转过身，走向盛清让。

盛清让见她过来，立刻问："还要等多久？"

薛选青边讲边往外走："过会儿要转去神经外科，讲到时候会通知。"她头也不回，只顾往前走，到门外时，碰到一辆救护车鸣拉鸣拉地朝门口驶来，它倏地停住，在接连的"让一让、让一让"催促声中，人来人往的急诊入口让出通道来，迎接新的急救病人。

薛选青和盛清让也避到一旁，等声音歇下来，门口重新恢复秩序，薛选青往后一靠，背挨着墙，摸出烟盒与打火机，拇指一按，啪嗒一声响，暗蓝夜色里亮起一星火苗。

她点了烟，低头深吸一口，烟雾在肺里下沉，又缓慢地从鼻腔里溢出。

"几年前我也带宗瑛来过急诊。"她突然开口，烟雾被夜色扯得稀薄一片，"日子过得太快了。"

盛清让察觉到她语气中微妙的情绪变化，侧头看她一眼："因为什么？"

"因为一起事故。"薛选青紧紧蹙眉，用力抿起唇，唇瓣却不自觉地轻颤了颤，为压制这种回忆带来的不安，于是又低头抽了一口烟。

事故？盛清让陡然想起宗瑛生日那晚他们聊到的某个话题。

那时他问她为什么不再是医生了，她的回答是："发生了一些事故。"

他又问她喜欢什么样的运动，她说："攀岩。"

联想起宗瑛回答时难辨的神色变化，盛清让眉目中多了几分忧虑，问薛选青："是因为攀岩发生的事故吗？"

薛选青愕然抬头看他一眼："你知道？"

盛清让摇头："不，我只是猜测。"他抿唇稍顿，皱眉问，"所以是——宗小姐在攀岩过程中伤了手，无法上手术台才转了行？"

薛选青听他讲完，迅速低头连吸几口烟，动作里藏满焦虑与懊恼。

她接连反驳："不……不是……"说着突然抬了下头，努力克制自己的情绪，接着道："那天是宗瑛最后一次和队里一起出去，说爬完这一次就不爬了，因为攀岩对指关节的压力很大，很费手。

"外科手术对手的稳定性和耐力要求非常高，神经外科医生的手尤其金贵。

"她从心底里喜欢神经外科，这种取舍也许是必要的。"

薛选青一路铺垫，说完又低头抽两口烟，才接着往下讲："那天天气很好，我记得。才下过雨，空气也特别干净，我们选了一条常规路线。那条路线难度等级合适，我爬过很多遍，非常熟悉，每一个难点我都很清楚。"

她言辞已经出现些许失序："因为太熟悉，大家又起哄，所以就去掉了保护，但不巧的是我小腿抽筋了，虽然岩壁上打了挂片——"

薛选青的脸被烟雾笼罩，长久停顿之后，烟雾都散去，她的声音委顿下来："宗瑛救了我，但是伤了手。"

盛清让听到这里，想起宗瑛讲"一些事故"时的模样，心不由得一紧。

薛选青短促地叹了一口气："损伤很严重，但当时她对恢复很乐观，努力恢复了很长时间，等到各项检查都正常，她上了一台手术。那个病例很复杂，手术风险很高，方案准备了好几套，但最后还是失败了，那时闹得很大，也不晓得病人家属从哪里知道她曾经受过伤的事情，拿这个来攻击她和医院，质问为什么要让这样的医生上台——

"她把自己关了一个月，一个月之后我去找她，她桌上一摞书，说要考试，还跟我讲'没有走不下去的路，只要想，总有办法'。"

薛选青说着重新点起一支烟，感觉无法继续讲时，盛清让替她做了总结："所以她与你成了同事。"

"对。"全部讲完，薛选青的声音平静了一些，只有夹烟的手指止不住颤抖，"她很聪明，舍得吃苦，领悟能力很好，做事稳妥、专心，有些方面她比我们更专业。"

盛清让被她的话带进回忆，脑海里却不住浮现出宗瑛专注工作的模样，到最后出现的一格画面，则是她站在阳台里抽烟的落寞侧影。

看起来无所不能的表象之下，是独自吞咽的艰辛。她一路咬牙前行的时光，或许从更早前就开始了。

盛清让回想起公寓墙上宗瑛鲜露微笑的照片，叹声问道："宗小姐是什么时候开始抽烟的？"

薛选青屈指轻弹烟灰，讲："她第一次出现场就遇到高度腐败的尸体，味道太重了，而且那次连续工作了很长时间，衣服也来不及换，再加上倒班的疲劳，就开始抽烟。几年下来，多少有一些烟瘾，但我最近不怎么见她抽了，好像是要戒了。"

讲到这里，薛选青想起刚才看过的病历板："大概是因为生病戒的吧。"

盛清让马上问："宗瑛的病况到底如何？"

薛选青转过身，语声中的疲态越发明显，无奈并叹息："你自己问她吧。"

话音刚落，她的手机铃声响起——急诊护士站打来的电话。

护士讲："神经外科过来收病人了，马上转过去，你来一下。"

薛选青挂掉电话火速折回去，盛清让紧跟其后。

从急诊楼转入神经外科的病区，宗瑛仍在沉睡。

等全部安顿好，病区走廊里的挂钟已经跳过了零点，红彤彤的数字显示"00:00:05"，病房外的万家灯火，也逐渐要熄灭了。

夜一点点深了，到凌晨五点多的时候，薛选青突然接到单位的电话，因此出了病房，而这时守在病床边的盛清让突然察觉宗瑛动了一动，连忙直起身按亮了灯。

宗瑛睁开眼，看到的是医院病房的天花板，她的视线移向右侧方，又看到盛清让的脸，片刻恍惚之后她大概想明白了——她应该是昏迷之后，被送到了医院。而送她来医院的人，是盛清让。

盛清让克制焦急情绪，俯身询问："宗小姐，能听到我说话吗？"

宗瑛先是隔着氧气面罩回应他，最后索性抬起手摘掉了面罩，哑着声讲："我听得到……我想坐起来。"

心急反乱，盛清让不知道怎样才能调整护理床的角度，一时手足无措。

宗瑛说："扶我坐起来就可以。"言罢转头看一眼病房门口，隔着一块玻璃看到站在走廊里打电话的薛选青："选青也来了吗？"

盛清让这才扶她坐起，又拿过垫子给她靠着，解释道："是我打电话请她来的。"

宗瑛抬手想看时间，手腕上却只松松垮垮地套了个住院手环。

盛清让连忙给她递去水杯，默契地告诉她时间："现在五点半了。"

她接过杯子，节制缓慢地饮水。

盛清让目不转睛地看她喝水，宗瑛被他看得不自在。

"怎么了？"

"我很担心，我想知道——"他眸光在她脸上停留，"你到底怎么了。"

宗瑛侧身放下水杯，回应他焦急探询的目光："简单说就是——"她指指自己的脑袋，"这里埋了一颗不定时的炸弹。"

盛清让喉咙口骤紧，又急于求证，脱口道："可以治疗，对吗？"

暗光中，宗瑛看着他的眼睛沉默数秒，缓声回道："对。"她语声低哑，坦然承认，"但我的情况比较复杂，所以要承担更高的风险。"

所以想在这之前立遗嘱，想在这之前解开严曼猝然离世的谜团。

而他能帮的实在太少，他甚至没法陪在她身边。已经五点三十四分，再过二十六分钟，他就将再次从这个时代消失。盛清让右手下意识地想握紧宗瑛的手，想给她一点安慰，然而指尖将触的刹那，门外突然传来薛选青的声音："你来干什么？"

那语气中充满敌意，盛清让收回手，和宗瑛循声看向门口，只见薛选青正与来者对峙。

紧接着宗瑛大姑的声音乍然响起："我是她大姑，我为什么不能来？我倒要问，你是哪个？"

薛选青毫不退让："宗瑛现在在休息，要探病你挑个好时间行哦？"

"听说她昏迷了我才来的！"大姑趁薛选青不备，一把推开病房门，看到宗瑛坐着而不是躺着，松一口气讲，"不是已经醒了嘛！"她不顾阻拦往里走，看到盛清让又问："你又是哪个？请让一让好哦？"

盛清让刚起身，大姑就霍地往椅子里一坐，抓住宗瑛的手道："我刚刚在楼上听护士讲你昏迷被送进来了，急得要命就下来看看，你醒来就好，醒来就好。"

宗瑛不吭声。

大姑讲："你还在生上次那件事的气呀？上次是我不对，我不该对你外婆讲那些。"

她语气难得和缓，表情里甚至堆出来几分真诚，又问："你现在觉得好一点没有？"

宗瑛仍旧不吭声。

盛清让意识到宗瑛并不欢迎这个来访者，便替她回："她刚醒来，需要休息，你改日再来？"

他讲完，外面突然响起杂沓的脚步声，转头看过去，只见盛秋实和一个护士走了进来。

盛秋实说："醒了怎么也不讲一声？"随后瞥一眼监护仪，目光掠过大姑看向宗瑛，警告的同时又安慰她："越拖越危险，我们会尽快定手术方案，虽然情况复杂，但你乐观一点，放宽心。"

大姑扭头关切地问道："手术危险吗？成功率怎么样？"

盛秋实冷着脸回她："手术成功率对个体病例来讲只有参考意义，没有实际意义。"说完叮嘱宗瑛，"好好休息。"又指了输液管喊护士："你帮她调一下输液速度。"

他讲完往外走，到门口拉过薛选青对她说："宗瑛现在情绪不能有大波动，她大姑讲话没分寸，你注意一下。"

薛选青讲"知道了，你去忙吧"，折回门内，只见宗瑛盯住大姑讲："我现在不想谈这些，请你出去。"

第14章

1

薛选青只错过一两分钟的谈话,顿时不明所以。

她不晓得在拉下脸逐客之前,宗瑛就已经好脾气地劝说过大姑离开。

那会大姑刚被盛秋实的话噎了一下,一时间不晓得说什么,宗瑛便同她讲:"已经这个时候了,回去休息吧,这里不需要人守着。"

大姑紧接着却说:"我这种辰光还待在这个地方,又不止为你,昨天夜里宗瑜又被下了病危通知书,到现在还不晓得情况怎么样。"

她脸上布满忧愁,蹙眉叹道:"你讲我家怎么这样子倒霉啊,宗瑜病危,你也住院,接下来还要做手术!我听护士讲你这个病还蛮危险的,怪不得你前阵子急急忙忙处理股份,是不是担心手术出什么意外呀?"

她说着又去拉宗瑛的手,接着叹道:"你要是那个辰光就讲清楚,那么那天也不至于为这个事情吵了呀!你们这些做小辈的,一个比一个不让人省心,宗瑜现在也越来越不懂事,听说非要填什么遗体器官捐献申请,还讲阿姐能填为什么他不能填?"骤顿,又问,"你以前读医学院的时候不会真的填过吧?"

大姑看向宗瑛的目光里藏满欲盖弥彰的探询。

宗瑛再不谙人情世故,也读得懂她漫长、自以为聪明的铺垫之后,最后那一句话的意图。

千言万语,不过是想试探——你签过遗体器官捐献协议没有?

万一你手术失败，那么也不至于浪费一颗心脏。

宗瑛握起拳逐她出门，然而在这声"请你出去"之后，是大姑拒绝离开的辩解："你勿要多想，我没有其他意思，就想你好好养病，顺便有空的时候上去劝劝宗瑜，叫他不要填那个什么申请，他年纪还小，许多事情根本拎不清——"

话没讲完，大姑突然觉得后边有人抓住她手臂，猛地将她揪起来，一阵连推带搡竟然出了门，还不及反应，病房门就砰地关了，里面彻底锁死。

大姑回过神，隔着小小一块玻璃，看到薛选青的脸，手指着她质问道："你算个什么角色，插手我家的事情？！"

薛选青毫不客气地回瞪她一眼，一言不发却紧紧握拳，颈侧血管根根凸起。

大姑一向欺软怕硬，薛选青凶起来却是浑身上下一股煞气。大姑避开她视线又叨叨了两句，最后还是悻悻转个身走了。

"我就不该让她进来。"薛选青转过身看一眼宗瑛，"她刚刚又搅了什么是非？"

宗瑛紧紧握拳，愤怒到了一定程度，根本不晓得怎么开口。薛选青见她不吭声，走过去一把拉过盛清让出门，甫关上门就问："到底什么情况？"

盛清让几乎一字不漏地同她复述了大姑的原话，说完视线转向门内——宗瑛现在努力克制的风平浪静，反而更令人担心。

薛选青听完就一拳砸在防撞扶手上，压着一口气骂道："老缺西！就她那个侄子的命重要！是不是只要宗瑛签过捐献协议，他们还要为了一颗心脏串通搞谋杀？歹毒得简直——"

薛选青语气急促得差点一口气上不来，咬牙又朝墙捶一拳，等她循着盛清让的目光看向室内，顶灯白光与屋外蒙蒙亮起的晨光交织中，宗瑛捏皱了床头柜上的纸杯。

盛清让急忙推门进入，却被薛选青一拦。

她抬头瞥一眼医院过道里的电子钟，冷声警告盛清让："如果不打算在这个地方消失，那么你现在该走了。"

时间不早了，神经外科病区楼层太高，在这里消失或许意味着高坠丧命。

盛清让深吸一口气，薛选青握紧门把手催促他道："宗瑛的事就是我的事，你不要操心，赶快走！"

因此六点整，盛清让顺利地消失在了医院对面的烤肉店门口。

宗瑛站在病房窗前目睹了他的离开，天际初亮，街道上店铺未开、行人寥寥，他像幻影一样凭空消失，路上一切依旧，就像他从没有存在过。

她忽然闻声转头，薛选青来给她送早饭。

薛选青关上门，将饭盒搁在床头柜上，讲："你不在，最近队里事情又多，领导死活不肯给批假，有个急事我要去处理一下，下班我就马上过来。"顿了顿，又叮嘱她："那个老缺西要是再来骚扰你，你马上打电话给我。"

宗瑛叫她不要担心，吃了早饭，送她离开，等查房结束，宗瑛在走廊里来来回回地逛，最后穿着病服披了一件开衫下了楼。

迫切想抽烟时，身上一支烟也没有，宗瑛又去戏剧学院和医院之间的那个小店买烟。

老板讲："Black Devil缺货，你拿这个先应付着吧。"遂扔给她一包别的烟，暗蓝包装上，印了小小的一只银色和平鸽。

宗瑛借了火，站在柜台外抽烟。

接连抽了三支，最后一支快抽完时，老板瞥一眼她的住院手环讲："你住院还抽这么多，不太好啊。"

宗瑛闻言抬头，天气好得离奇，不热不冷，年轻养眼的学生们三三两两地从校区里走出来，每个人都生机勃勃，她心中却是难以言说的苦闷——心想要划清界限，却得来如此"关心"。

在他们眼里，她只不过是一个盛放心脏的容器。

尽管遗体器官捐献不能指定被捐献人——她死了，宗瑜也未必就能如愿得到那颗心脏——但他们仍然对此充满了"期待"。

宗瑛没有再抽，将余下的烟收进口袋，回头看一眼店内的挂钟，剩下的都是无所事事的时间——工作暂停，严曼的案子陷入停滞，手术要等，一九三七年的事情不用她插手，她彻头彻尾成了一个闲人。

薛选青来得很晚，风尘仆仆赶到医院时，已经是晚十点半，直奔病区瞥了眼宗瑛，见她在睡觉，陡然松口气，身体一软，转个身在走廊排椅里坐下来。

一身疲惫，一身味道，头发也油腻腻的，但她累得不想起身去洗。突然有人在她身边坐下来，薛选青扭头一看，正是盛清让。

她转回头，看着空气问："从哪过来的？"

盛清让一身潮气，显然一九三七年还在下雨，他答："公寓。"

一问一答，陷入沉默。

过了好半天，薛选青突然坐正："宗家那帮人急起来什么事情都做得出，宗瑛心又善，万一以前真签过捐献协议，搞不好那帮人还会串通医生故意让她手术失败，一定要拦着宗瑛，等她醒了我要好好劝劝。"

盛清让听完，想了数秒，却回道："就算如此，或许也没有用。"

薛选青一愣，扭头看他。

只见他从公文包里取出薄薄的小小的一本册子——白皮，上印国徽和出版社名称，中间一行红字"人体器官移植条例"。

"这是从宗小姐书柜里找到的，如果这是现行条例，其中第八条——"盛清让说着翻到那一页，指出相关条例，"公民生前未表示不同意捐献其人体器官的，该公民死亡后，其配偶、成年子女、父母可以以书面形式共同表示同意捐献该公民人体器官的意愿。"

他手指重点划过"未表示不同意"，同时讲："这意味着，即便宗小姐没有签捐献协议，但只要她没有明确表示不同意，她的父亲都有权利同意捐献她的器官。"

说到这里，他不自觉地抿紧唇，脸部肌肉也愈僵硬。

薛选青一把夺过册子，埋头逐字读过去，霍地一合往膝盖上一拍："只要她爸爸同意，不签也要捐？这要被那个老缺西知道还得了？！"

"不过——"盛清让开口接着往下讲，"只要明确表示不同意，比如以书面形式拒绝，那么谁也没有权利捐献、摘取器官。"

薛选青霍地起身，伸手就问盛清让："有纸笔没有？等宗瑛醒了我马上叫她写。"

不待盛清让找出笔，她却立刻转念道："还是不了，以我对宗瑛的了解，她不肯写的。我不用干涉她的意愿，我只要让那个老缺西一家断了这个歹毒念头。"

累了数日的薛选青此刻来了精神，她想这件事越快办妥越好，也不同盛清让多费口舌，只叮嘱他"你好好陪宗瑛"便奔向电梯，匆匆忙忙出了医院。

夜色茫茫，盛清让在病房中守着沉睡的宗瑛，看向窗外星星点点的灯火，听到楼下间或响起的急救车声，忽然觉得和平年代的人同样经历着各种各样的"战争"，偌大的都市是"舞台"也是"战场"。

薛选青奔波忙碌了一个晚上，终于在夜幕将撤前回了医院。她一口气跑上来，向盛清让递去一份书面声明，心不静气不稳地问："怎么样？是不是同宗瑛的字迹一模一样？"

盛清让怕吵醒熟睡的宗瑛，拿着说明起身走到门外。

这份说明充分表达了"本人不同意捐献"的意愿，每个字都到了以假乱真的地步，签名更是像到极点。

薛选青明显迫不及待了："这个声明反正就只是做给宗家那帮人看，让他们现在断了歹念，保证宗瑛的手术没有猫腻。如果万一手术最后真的……真的不顺利——"

她暗自咬咬牙："等真到了那一步，那么一切还是遵从她自己的意愿，这份说明也就当不存在。"

她说着拿回说明，往前走了两步，迎面撞上盛秋实，连忙问："今天宗瑛大姑来了没有？"

盛秋实回道："宗瑜还在危险期，他们家的人没事就在楼上守着，刚刚我还在电梯里碰到宗瑜妈妈的。"

薛选青闻言直奔电梯，门快合上的刹那，盛清让突然伸手拦了一下，进电梯抬手按下顶楼楼层，跟她一起上楼。

电梯快速上行，薛选青捏紧手里薄薄的一张纸，酝酿着怒气。

出了电梯，先到宗瑜病房，除了护工没有别人。

护工见薛选青一身制服，被她一问，便实话说道："刚才医生过来，她们两个就跟去诊室谈话了。"

她们两个？薛选青立马想到宗瑜妈妈和大姑，倏地转身，快步走向诊室。

门紧紧闭着，却隐约能听到里面传来交谈声。

医生讲："情况越来越差，没有匹配的心脏，你们要做好等不到的准备。"

宗瑜妈妈语声憔悴："没有别的办法？"

医生讲："宗太太，该讲的我都讲过了，很抱歉。"

紧接着是大姑的声音："不是还没到山穷水尽的地步吗？说不定柳暗花明！"

医生问："什么柳暗花明？"

盛清让深吸一口气，手背青筋纷纷凸起。

薛选青听到这里忍无可忍，抬手"咚咚咚"猛敲门，在医生讲"请进"的瞬间推门而入。

在三个人一并投来的目光中，薛选青径直走到大姑面前，竭力让自己看起来理智："好一个柳暗花明啊。难怪你大早上特意去问宗瑛有没有签捐献协议，原来是这里有人急着换心脏？那么我告诉你——不用那么拐弯抹角地费心思了。"

她说着，"啪"一声将薄薄的纸张拍在医生桌子上，一字不落地背出条例："公民生前表示不同意捐献其人体器官的，任何组织或者个人不得捐献、摘取该公民的人体器官。公民生前表示不同意捐献其人体器官而摘取其尸体器官的，构成犯罪的，依法追究刑事责任[①]。所以你睁大眼仔细看看，白纸黑字，清清楚楚，打宗瑛的主意？想都不要想！你们心里那点龌龊念头赶紧断了！"

---

① 引自《人体器官移植条例》，该条例自 2007 年 5 月 1 日起施行。

大姑明显一愣，但马上急跳脚了反驳："老来掺和我们家的事情，你算老几?!"

薛选青胸膛起伏不定，盯着她一字一顿地回道："我哪怕什么都不算，宗瑛在我眼里好歹是个活生生的人，在你眼里呢? 在你眼里是什么?! 一颗会跳的心脏?"

她说完转过身，目光冷冷地扫过宗瑜妈妈的脸："退一万步讲，就算宗瑛真那么不走运，我薛选青拼上这条命，也不会允许你们动她分毫。"

医生坐在办公桌后屏气不出声，大姑眸光闪烁，手忙脚乱地抓过桌上那张纸，急忙忙要撕。

薛选青便底气十足道："你撕，我还留了复印件，你要不相信这是真的，尽管拿去做笔迹鉴定。"她讲完低头看一眼表，快步走几步，摔门离开。

时间已过六点，走廊里早就不见了盛清让的身影。

而诊室内，此刻则是死一样的沉寂。

宗瑜妈妈从大姑手里一把夺过宗瑛的声明，一贯柔弱无害的脸上层层怒气上涌，逼得面色惨白如蜡，一张纸在瞬间被她揉成一团。

她瞪向大姑，将纸团掷过去，情绪几近失控："你多什么嘴，为什么要去问?!"

2

宗瑜妈妈说话用尽力气，血液急速上涌，四肢末端一阵缺氧的麻木，头重脚轻地晃了一下。

大姑被纸团砸到，迎面又接了宗瑜妈妈这一句，简直委屈到极点，瞪眼怒驳："我怎么了？我难道是为自己？你朝我发什么火？！"

宗瑜妈妈回过神，抬手整理耳侧掉下来的头发，轻颤的冰冷手指急促地重复了三四遍，才将碎发全部别到耳后。她竭力恢复理智，胸膛却仍不住起伏，声音压下来，掩饰自己的怒气与焦虑："我的意思是……宗瑛生病了你为什么还要去打扰？"

到这句，她面色已有几分缓和，语气更是恢复到往常一贯的平和状态。

大姑既生气又自觉憋屈，她早年离婚，儿子判给男方，男方移居国外重组家庭，一别二十来年，只有寥寥联系，去年儿子成家，连婚礼也没请她去。人到中年，脾气又坏，朋友都是为利来。不必工作，无事可念，就干脆将弟弟家的事当自己的事。

哪晓得再操心，在人家眼里她也不过是个"做什么都不落好"的外人。

她气急了便罔顾场合，反问道："你这话讲得真有意思，好像只有我是坏人！你敢讲自己就没存半点心思？！"

宗瑜妈妈略慌张地瞥一眼办公桌后始终缄默的医生，往前走几步捡起纸团，同大姑说"不要再讲了"，就握紧纸团匆匆出了门。

她往外走时，薛选青仍在门口守着。

她抬头，薛选青垂眸，两人目光相撞，一个慌，一个狠。

薛选青看一眼她手中紧攥的纸团，想起刚才她在里面那句歇斯底里的"你多什么嘴，为什么要去问"，冷笑一声，别有意味地讲："'兔子'逼急了咬人？我不过是给你看个声明，就把你急成这个样子？是不是砸你如意算盘了？"

薛选青语声不高，却句句带刺。

宗瑜妈妈故作镇定，低头捋发："你让一让。"

薛选青不再拦她去路，宗瑜妈妈便快步走向病房。

大姑紧接着从诊室里出来，薛选青站在距她几步远的地方，冷笑道："心眼太坏会遭报应的，你当心点活。"

大姑见识了薛选青的蛮气，自觉对着干只会吃亏，闻声愤愤一扭头，一声也不吭，径直快步走向电梯。

九月末的天，六点钟才刚刚日出，多云天气，天亮得就更迟，薛选青回到宗瑛病房时，拉开窗帘，外面还是一片阴灰。

她双手插在裤兜里，出神地望着底下人来来往往，忽听得宗瑛出声："刚从楼上下来？"

薛选青乍然敛神，扭头看宗瑛："你什么时候醒的？吓我一跳。"又问，"你怎么晓得我上楼去了？"

宗瑛调整坐姿抬眸望向她，回道："刚才盛秋实来查房，讲你问他有没有见到大姑。"

薛选青心想盛秋实真是多嘴，同宗瑛解释说："我就上去警告她一下，不要老是来烦你。"

她脸色因为长期熬夜看起来一片黯淡，头发更油腻了，宗瑛抬头看她半天，最后讲："选青，谢谢。"

"干吗突然这样见外？怪吓人的。"薛选青说着走到床旁，按灭灯，伸手拿过不锈钢热水壶，取了纸杯倒了满满一杯，边喝水边道，"他们嘴脸也太难看了，不是自己的东西也惦记，尤其你那个大姑，操那么多心干什么？她自己小孩不理她，就来烦别人家，什么人啊这是！"

抱怨完，水也饮尽，薛选青搁下纸杯："真是可气。"说完手机突然来电，她快步走出去接电话："对，那个案子是我在跟……"

经薛选青这么一提，宗瑛想起严曼去世后他们争夺遗产的嘴脸，"不是自己的东西也惦记"这种情形，她原来早就见识过了。

如果那时是深感厌恶，现在就只剩寒心了。

薛选青挂了电话折回来，临走前快语道："我有点活要干，去去就回，你这段时间就当休假补觉，放宽心休息，再有人来烦你，我就去揍他。"

她事情紧急，却还不忘宽慰宗瑛。这世上逢场作戏、各取所需的过路朋友多的是，真心为你考虑、盼你好的人却寥寥无几。

宗瑛很珍惜如此缘分，见她关上门，默不作声看了一会儿，随后视线又移向案头一支开得正好的向日葵——是盛清让昨晚带来的。

日子一天天过，医院住久了，隐约像回到作为住院医生那时候，每天呼吸的空气总有消毒水的味道，外面救护车的声音总是刚歇又起。

九月末的上海一派悲秋模样，好在有国庆长假可盼，连日雨天也就没有那么可憎了。

而七十多年前的上海，战事愈惨烈，码头车站连遭轰炸，内迁之路越发难走，但为免工厂资敌，仍得硬着头皮走下去。

盛清让频繁奔波于码头和市郊工厂，琐务缠身，早在几天前的某个深夜，宗瑛担心他往返路远耽误工夫，便讲："你不必天天过来，我在医院十分安全。"

果然，那晚之后，宗瑛就再没有见过他，只有床头柜上用旧报纸包了的向日葵花，始终都很新鲜。

是日清晨，来送药的早班护士看着床头柜上的花说："你这个向日葵不插水里也不会枯的呀。"

旁边一个实习医生立刻讲："哪里不枯啊，那个老派先生每天半夜都要来换，有时候三点钟，有时候四五点钟，送完了还总要到诊室去问问情况，光我亲自遇到的就有三次了。"

宗瑛仰头吞了药，看向那个实习医生："问完就走了吗？"

"对，感觉好像每次都很匆忙，你不晓得呀？也难怪，他来的时候，你都已经睡着了。"实习医生讲完又八卦道，"他是你什么人呀？"

宗瑛伸手拿过那支向日葵，打开用来包裹花茎的报纸一角，看到报头和日期——

NORTH-CHINA DAILY NEWS.（字林西报）

Shanghai, Wednesday, September 29, 1937.（上海，星期三，一九三七年九月二十九日）

是他那边昨天的日期。

月末上海连绵阴雨，连向日葵也带上了潮气，尽管如此，花瓣却仍然饱满明丽，成为灰白天气里始终新鲜的一抹生机。

宗瑛重新用报纸包好向日葵，回答道："很重要的人。"

九月最后一天，上海还在下雨，到傍晚，雨也没停。

长假即将开始，城内的堵车比起往日更严重，窗外霓虹灯被雨水糊得一片红一片绿，宗瑛拉上窗帘，披了件开衫走出病房。

她问盛秋实借了台连接外网的电脑，登录邮箱，下载了薛选青数日前发给她的那封关于严曼高坠案的资料，打印出一沓来准备再细细看一遍。

病房走廊里有饭菜加热的味道，宗瑛拿着资料边走边看，忽然有人从后面拍了下她的肩——宗瑛霍地转头，只看到一个穿护工服的中年女人，有一点眼熟，好像在哪里见过。

她轻蹙眉，对方讲："你还记得我哦？我是宗瑜病房里那个护工。"

宗瑛警觉转身："请问……什么事情？"

护工道："那个孩子想见你。"

"想见我？"

"对，他还特意关照我，叫我趁病房没别人的时候再来叫你。"

宗瑜提出要见她已经不是第一次，但这次额外"关照"的部分却显出些许不一样。

护工见宗瑛有片刻愣神，提醒她道："现在楼上没有人的，他妈妈刚刚回去了，一个钟头内都不会回来。"

宗瑛想了想，将资料卷成一卷握在手里，决定上楼一次。

一路上护工同她讲宗瑜的病况，说："前几天都差点救不回来了，今天稍微好点，但还是要靠机器撑着的，讲不了多少话。"

医院的灯，好像哪里都是白光，没有一丝一毫的温情，到特需病房，按亮床头一盏小灯，才有一点点的暖光。

宗瑛坐下来，病房内便只有她和宗瑜。

少年的脸色比之前还要苍白，透明的氧气面罩里一呼一吸，胸膛起伏吃力迟缓。

病房窗帘没拉，外面的雨停了，宗瑛打算起身去拉上窗帘时，宗瑜睁开了眼。

眼皮似有千钧重，费力地完全睁开，一双眼却眸光黯淡，他隔着氧气面罩讲话，声音沉闷干瘪："姐。"

宗瑛看一眼监护仪显示屏，数据稍有波动但还算稳定，她倒了一点温水，问他："要不要喝水？"

宗瑜视线从杯子转移到她脸上，最后摇摇头。

太久不见，平时鲜有沟通，两个人之间缺少交流的经验与模式。

最后还是宗瑜先开口："你也住院了。"他讲得很慢，吐字也很含糊，"你也要做手术。"

宗瑛应道："对。"

一来一往，又是沉默。

宗瑜微微闭眼，很久又睁开，嘴唇开合，始终未出声。

他留置针头的手背毫无血色，指头忽然动了动，探进薄薄被子里似乎想寻找什么。宗瑛垂首去看，只见他半天摸出一部手机——

屏幕已经裂了，应该是从"7·23"隧道车祸现场捡回来的手机，好在没有完全损坏，他指头移到开机键长按一会，手机屏就顺利地亮起来。

宗瑛见他摸索着找到"语音备忘录"，指腹接连戳试了两次，它才响应跳出页面。

屏幕上依次往下是录制界面、录音文件列表，最新一条"新录音28"，显示日期"2015年9月19日"，录音时长一分十五秒。

宗瑜将手机递给她。

宗瑛接过手机，点开那条录音，将手机放到耳边，听到并不太清晰的对话，似乎隔着门，讲话的是一男一女。

其中女性的声音她很熟悉了，是宗瑜妈妈。男声她也不陌生，至少在不同场合听到过四次——一次在电话里、一次在佘山别墅、一次在车里、一次在邢学义的书房。

宗瑛抿唇辨听，只听到沈秘书讲："先生说了，比起大海捞针地满世界找，近在眼前的不是更方便？""哗啦"翻动纸张的声音过后，紧接着便是："这是宗瑛七月份的一份检查报告，以她这种情况必须接受手术，不论手术成功与否，她的心脏都是宗瑜的，配型很完美，你要做的，只是等。"

对面一台加湿器嚣张地吞云吐雾，宗瑛只觉扑面地凉。

她突然放下手机，身体前倾，伸手关掉加湿器，握紧了手里关于严曼的鉴定报告。

室内安静得只剩医疗机器运转时发出的轻细声响，宗瑛这一刻可以听到自己剧烈的心跳声。

忽有一只凉凉的手握住她手指，在她回过神的刹那，那手又倏地缩回去，连一直看向她的目光，也移向靠窗的矮柜。

宗瑛循他视线看过去，又听他艰难开口："书包。"

她起身走向矮柜，顺便拉上窗帘，弯腰打开柜子，里面摆了好几只行李包，看样子宗瑜妈妈这段时间几乎一直住在这里。

宗瑛从一堆行李包里翻出宗瑜的书包，那只包上染了些许血迹，同样是从车祸现场捡回来的。

她走到病床边，本要将书包递给他，宗瑜却摇摇头，痛苦地哑着声重复："打开、打开……"

宗瑛手指移到一侧拉链扣，吱吱声后，两侧链牙顺利分开——书包里是成沓的试卷，还有一本数学书、一本物理书。

宗瑜这时朝她伸出手，宗瑛依次将两本书递给他，但他都没接，直到她将整沓试卷递过去，他才接了。

他试图坐起来更方便地去翻试卷，但身体状况不允许他这样做，因此越翻越着急，旁边的监护仪数字不安地变化着。

宗瑛留意着监护仪，问他："你要找什么？我帮你。"

然而她话音刚落，宗瑜终于从试卷里翻出几张略泛黄的纸，手微微抖着将它抽了出来——

纸张被血染了大片，而那血迹因年代久远，已经彻底变了颜色。

纸面上印着实验数据和报告，白纸黑字、图表模型之间，有少量严曼的字迹——她画了圈，在旁边用小字写了质疑意见。

宗瑛捏着这几张纸，想起严曼鉴定报告中"现场血迹有破坏痕迹"的记录，仿佛能嗅到纸面上那血的气味——

它们来自高坠现场，但在报案前就已经被捡走。

严曼的死因是高坠导致的失血过多，如果在坠落当时就送急救，说不定还有一线希望。

然而他们细致到捡走这报告，却不肯打一个120电话。

门开了。

3

推门声乍响，宗瑛顿时心跳增速，脊背紧绷。

她手忙脚乱地收拾病床上铺开的卷子和带血文件，身后突然传来一声："你是哪位？"

宗瑛闻声转头，看清来者是查房医生，高高悬起的一颗心才骤然落地，然而面色因突如其来的惊吓仍旧煞白，薄薄的嘴唇毫无血色，收书包的手几不可察地轻颤。

宗瑛将手机塞回被窝，却遭遇到另一只手的抵抗。

她回查房医生："我是他姐姐。"

医生瞥一眼监护仪，蹙起眉看向穿病服的宗瑛，迅速回想起之前发生在诊室里的那场冲突，讲："你就是他姐姐？刚刚聊了什么让他激动成这样？"他说着重新看向监护仪，略有不满地责怪道，"他现在要静养，怎么能让他有这么大的情绪波动呢？"

宗瑛点头应了声"我晓得了"，这时候宗瑜仍将手机往外推，竭力示意宗瑛将手机带走。

宗瑜呼吸愈困难，视线却始终停留在宗瑛手里的书包上，隔着氧气面罩，他口形吃力地变化着，只重复讲两个字："拿——走。"

宗瑛转头看他，监护仪嘀嘀嘀地骤然响起警报声，医生立刻推开宗瑛，外面两个护士收到警报也很快赶来，其中一个更是直接将宗瑛推出了门。

门内生死忙碌，门外的宗瑛一手提着沉甸甸的书包，一手握着电量将尽的碎屏手机。

特需病区走廊里是诡异的清静，尽头传来"嗒嗒嗒"的匆促脚步声，护工闻讯赶来，但她也什么忙都帮不上，也只能站在门外等。

宗瑛抬头望了望走廊电子挂钟——晚七点半，距她进来已经过去四十几分钟。

她沉默地紧盯被关闭的病房门，十分钟后医生仍没有出来，护工转头看向她，好意地提醒了一句："他妈妈应该快回来了。"

宗瑛略焦虑地握紧手机，犹豫片刻最终快步走向电梯，至电梯门口，只见楼层提示数字自十四一路升到十九，就在电梯将至二十楼的瞬间，她转身拐进了楼梯间。

五秒之后，宗瑜妈妈出了电梯门。

宗瑛提着书包从安全通道一路往下走，整整二十层，快步走到底层的时候呼吸急促，脑子感觉缺氧，手里的书包仿佛更沉了。

走出门，路灯已经全部点亮，骤雨初歇后的早秋夜晚，风大得嚣张。

宗瑛回了公寓。

数日未有人至，公寓窗户一直没开，打开门，一阵封闭久了的气味扑面而来。

接连按亮几盏灯，又推开通往阳台的窗，室内才总算有些通畅感。

宗瑛从书柜里取下严曼生前使用的最后一本日程记录，又翻出之前从邢学义别墅中拿来的那本工作簿，走到沙发前坐下来，连同书包里那几张带血迹的报告、宗瑜的手机，一并摆到茶几上。

屋外秋风肆虐，屋内仅有"嘀嗒嘀嗒"时针走动的声音。

宗瑛交握双手在沙发上坐了片刻，平复情绪，伸手重新打开手机，点开那条录音，再次听到"先生说了……不论手术成功与否……你要做的，只是等"的对话。

讲这话的人是沈秘书，他口中的先生指的正是身陷新希股权之争的吕谦明。

联系之前网络上被删除的传言、峨眉山景区门票和护身符，足见吕谦明和宗瑜妈妈之间存在某种联系。

继续往下听，沈秘书讲了一句很值得回味的话："宗瑜的手术你放心，先生一向守信，宗庆霖不肯冒险的事情，先生只要答应下来就一定会帮你办到。"最后他询问了"邢学义手里百分之二点六股份的处理进展"，并嘱咐宗瑜妈妈："你尽快整理一下邢学义的遗物，先生想尽快处理掉。"

从沈秘书后半段的话来看，吕谦明和宗瑜妈妈之间的关系，更像一种交易。

吕谦明的筹码是帮宗瑜找到合适的心脏，交换条件是邢学义的股份及遗物。

此事存在两个疑点：第一，宗瑜的手术，宗瑜妈妈为什么要找一个外人插手？第二，吕谦明除了索要股份外，为什么还要邢学义的遗物？

宗瑜亟须移植，却迟迟等不到合适的心脏，这种紧急情况下，宗瑜妈妈是否会想通过"非法渠道"来获得器官？

沈秘书所言"比起大海捞针地满世界找，近在眼前的不是更方便"，说明他们在打她心脏主意之前，或许就已经试图从其他途径寻找过合适的器官。

而他提到的"宗庆霖不肯冒险的事情"，是不是因为宗庆霖拒绝了"通过非法渠道获取心脏"的想法，宗瑜妈妈才转而求助于吕谦明？

求助有偿，吕谦明因此顺理成章地提出自己的条件——要邢学义的股份和遗物。

如果说要股份是为了在新希股权之争中占得优势，那么要遗物极有可能就是为了销毁证据。

不论是那次在邢学义住处的狭路相逢，还是后来邢学义别墅被烧，都证明一点——邢学义遗物中有吕谦明亟须寻找的东西，且他找这个东西是为了销毁。

他要找的会是这个吗？

宗瑛拿起桌上那几张报告纸，一张张逐字看过去。

这几张纸应该只是一份报告中的一部分，从结构看并不完整，内容关乎新药上市的安全性评价试验，当年严曼看过之后表示存疑并写了意见，其中一行小字表示："这份报告的数据为何与我所掌握的实际数据有出入？"

她圈了少部分数字，最后留下一句："请谨记：故意篡改不论大小，性质都是造假。"

报告最后一页打了日期——正好是严曼去世的前一天，九月十三日。

报告整理人：邢学义；第一审阅人：吕谦明。

昏光照耀下的大片血迹，提示这些报告曾出现在严曼坠楼现场。

为什么严曼会带着报告跳楼？和她在一起的，除了邢学义，应还有第三个人——吕谦明。

三个人因为这份报告见面？因为这份报告起了争执？最后因为争执导致严曼坠了楼？

报告跟严曼一起掉了下去，由于担心留下相关物证，所以邢、吕二人捡走了这份带血的报告。

宗瑛脑海里不断浮现出现场拍摄的照片。

严曼的尸体、大片的血迹，那个场景越来越清晰，甚至有了声音和气味——她坠落下来的瞬间，抓在手里的报告纷纷散开，缓沉至地面，挨着严曼的纸张迅速被浸染。

楼上两个人或许惊慌失措，或许预谋得逞而格外沉着，总之他们匆匆下了楼，罔顾还存有一缕气息的严曼，只捡走了地上的纸。

有没有主谋，如果有，会是谁，吕谦明还是邢学义？

宗瑛抬手撑住额头，闭眼调整思路和情绪。

半晌，她伸手翻开茶几上那本邢学义的工作簿，九月十四日那页只写了"这一天，我吃掉了自己的良心"，虽未记录更多信息，但字里行间多少流露出一些懊恼。

邢学义自那之后似乎一直深陷自责当中，对比吕谦明不择手段地妄图销毁证据，直觉告诉宗瑛，吕谦明很可能才是事件的主导者。

后来吕谦明和邢学义的关系如何，邢学义的死——和吕谦明有关吗？

"7·23"隧道案，真的是意外？车上发现的那袋毒品会是谁给的呢？有没有可能是吕谦明？

宗瑛想到这里霍地起身，快步走回卧室，从斗柜里找出吕谦明寄给她的包裹。

她打开木盒，取出信封，倒出一沓照片，小心翼翼地拿起一张，对着光观察——光面材质的照片上，散落着两三个完整的指纹。

她正打算将其装进物证袋，家里座机铃声乍响，将紧绷的神经哗啦切断。

宗瑛下意识地揉揉太阳穴，疾步走过去接起电话，那厢传来薛选青急促的声音："喂？"

宗瑛应了一声："我在。"

薛选青大舒口气："果然在家，吓死我了。你手机什么时候去修一下，老是联系不上你，总提心吊胆的。"

她顿了顿，又问："怎么突然回家去了？"

宗瑛反问："你现在有空吗？"

薛选青一捋额发："当然！"

宗瑛瞥向茶几上的物证："过来一趟，我有些东西要拿给你。"

薛选青来得很快，十五分钟后，她气喘吁吁地敲开宗瑛的房门。

"外面风好大！"她抱怨着看向宗瑛的脸，急促气息骤敛，"你脸色怎么这么差？又出了什么幺蛾子，那老缺西又来烦你了？"

"不。"宗瑛转过身走回沙发旁，沉默着坐下来。

薛选青紧跟着过去，还没来得及坐，就注意到了茶几上的物证袋。

她还愣着，宗瑛就递了支烟过来。

薛选青接过烟却不急着抽，指着物证袋问："这都什么？"

宗瑛只顾低头抽烟，抽到第三口就扭头一阵猛咳，脸也被逼得泛红，过了好一会儿她才缓过来："你坐，我给你慢慢讲。"

薛选青垂眸警告道："把烟掐了。"

宗瑛便当真灭了烟，将余下的小半支投入垃圾桶，心中的愤懑不平和难过攀至顶峰，反而呈现出一种离奇的平静。

她依次给薛选青解释物证的来源和她的推论时，语声冷静得连她自己都觉得诧异。

末了播放沈秘书和宗瑜妈妈的录音时，薛选青差点气炸："果然早就存了心思！歹毒成这样，怎么养得出这样心善的儿子？！"

她揉碎手里的香烟，以此来平复怒气，又问："宗瑜突然给你这些，是不是暗示他想说些什么？"

先前宗瑜接受警方调查时，一直以"受伤导致暂时性失忆"来回应，但他现在抛出这些物证，是当真记起来了，还是瞒到今天突然良心发现？

何况，他怎么会有这些物证？

尤其那个报告，应该是在邢学义那里才对，怎么会在他书包里？

薛选青咬唇思索，宗瑛递给她最后一个物证袋。

"我记得'7·23'隧道案现场发现的毒品袋上曾提取到完整指纹,这里的照片是吕谦明寄给我的,你可以去比对一下指纹是否一致。"

"我晓得了。"薛选青接过来,俯身收拾所有物证装箱,"我会尽快搞定这个事情。"

宗瑛坐在一旁看着,目光有片刻恍惚,她忽然道:"我妈妈的案子、'7·23'事故,在这之后也许会得出一个最终的结果,但我不能确定到时候我是不是还活着……"

"瞎讲什么?"薛选青马上打断她,扭头盯着她眼睛讲,"这是你妈妈的事情,将来水落石出,要你亲自拿着结果去墓地告诉她,我绝不可能代劳。"

"我也希望这样,我也希望这样。"她低声重复了两遍,移开了视线。

座钟指针指向晚九点四十分。

这夜很凉,一九三七年的上海却闷热得出奇。

盛家工厂的最后一批机器设备全部装箱运妥当,趁夜通过苏州河伪装运出,却于码头遭遇轰炸。

敌机轰鸣,不长眼睛的炮弹间或下落,装运妥当的船拼命划进茂密芦苇丛躲避,还未及上船的工人连遭轰炸,面对当场死去的同伴也只能咬牙洒泪、冒着危险继续往船上抬机器。

最后一批了,等到了镇江,就可以换江轮,沿长江直抵暂时安全的内陆。

一枚炮弹在数十米处炸开,半分钟后,和盛清让一起过来的工厂经理一抹脸上的灰和泪,抱着装船清单转头朝盛清让吼:"三少爷!这里太危险了！你——"

烟雾灰尘纷纷落定，他却没能再找到盛清让。

薛选青走后，宗瑛昏昏沉沉地睡了一觉。

一夜做了许多冗长错杂的梦，醒来时，玄关那盏廊灯静悄悄地亮着，她从沙发上起来，径直走向外阳台。

第二十一号台风"杜鹃"带来的影响还在继续，将近早晨，潮湿天地间是肃杀的冷。

满目阴灰中，她垂眸看到一个身影，久违的身影。

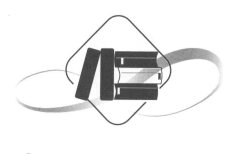

第15章

1

心有灵犀似的，盛清让抬起头，也看到了宗瑛。

一个在未明天色里，迎面就是细雨；一个站在阳台上，身后是屋内昏光。

隔着将近三十米的高度，盛清让从包里取出手机，低头拨了一个电话出去。

家里座机铃声骤响，宗瑛敛神快步返回室内接电话，外阳台便只剩纱帘与台风纠缠。

宗瑛拎起电话"喂"了一声。

盛清让抬头看一眼那空空荡荡的阳台，应道："是我。"

宗瑛听到熟悉的声音，说："我看到你了。"

"我知道。"他说，"外面风大，不要着凉。"

宗瑛转头看向阳台，风挟着纱帘起舞，的确有些冷，他用这样的方式叫她进了屋。

她收回视线，问："怎么这个时候回来？"

他进门，穿过宽廊上了电梯，信号有些许不稳定："我去医院没见到你，因此回家来看看。"

电梯上行，他问："你还好吗？"

宗瑛想起昨晚，实话实说："不太好。"

他略急却稳声问："是身体不好，还是遇到了什么事情？"

宗瑛避重就轻地回："身体还好，每天都按时服药，休息得也算不错。"她停了停，反问："你怎么样？"

盛清让此时并不体面，衣服全潮，头发也是湿的，台风并没能刮散他身上火药与尘土的味道。

他走出电梯，讲："我也不太好，你看到我不要觉得过于狼狈。"言罢他在公寓门口停住，抬手敲响门板，"我到了。"

宗瑛挂掉电话匆匆走去玄关，廊灯照亮入口，打开门，灯光就照亮他的脸。

盛清让低头看一眼手表，抬头同她说："我们还有一分钟。"

一分钟能够做什么？宗瑛什么也没有做，只盯着他的上衣领一动不动。

盛清让垂首审视自己的衣着，疑惑又略尴尬地问道："我这样子……吓到你了吗？"

然而他话音刚落，宗瑛却忽然走出来，身后的门也被带上，紧接着"咔嗒"的闭锁声响起，她松开把手，很自然地，往前半步，伸臂抱了他。

鼻尖抵上肩窝，宗瑛嗅到潮湿的硝烟味，略低的体温隔着薄薄衬衣传递，可以听到心跳声。

盛清让先是肩头紧张绷起，随后亦腾出一只手来抱对方，理智提醒他时间还剩"十几秒"，但他此时却没法决然地推开宗瑛。

宗瑛似乎并不排斥回到那个年代。

这里有人对她起了杀心，他们也很快会知道她和宗瑜的接触，在一切事情水落石出之前，她潜意识里甚至希望暂时避开这个旋涡。

时间指向六点整，重回一九三七年不可避免。

走道里弥漫着米粥味，收音机里响着无线电新闻广播，声音断断续续，一个太太坐在门口，斜望着电梯，忽将视线移向盛清让家门口，被突然出现的两个人吓了一跳，眼皮上翻轻咳一声，马上扭头叫自己家小孩："回屋里去。"

抱在一起的两人听到动静，这才倏地松手放开彼此。

宗瑛站到一旁，盛清让取出钥匙。

上一分钟还是她开门，这一刻轮到他来开这扇门。

打开廊灯，昏黄光线笼罩的家具地板还是老样子，空气有些闷，大概是久不开窗的缘故。

盛清让请她进了屋，关好门放下公文包，快步走向电话机，拎起听筒拨出去一个电话。

等了很久，电话才接通。

宗瑛坐进沙发，只听他说——

"是的，我没事。""船后来开走了吗？""大哥那里我来讲。""船到了镇江再联系。好，好的，辛苦了，务必保重。"

自始至终，他脸上始终没有露出如释重负的神色，最后挂掉电话兀自沉默半分钟，他又拨了一个电话。

大概是打去家里的，用人很快接起电话，之后又是等待。

过了不到一分钟，他唤了一声："大嫂。"

还没待他讲，那厢大嫂哑着声音说道："昨晚的事情，他们已经同我讲了。不管怎么样，好歹厂子搬出去了，也没有落到日本人手里，就已是很不容易。"

她长叹，又道："听你声音也很累了，工厂那边的善后事宜，我来解决。你不用操心，今天在公寓好好休息，搬家的事情等明天你来公馆再谈。"

随后大嫂挂了电话，盛清让搁下听筒转过身。

宗瑛抬头问他："今天有什么安排？"

他破天荒地回："没有安排。"

从来都只见他忙忙碌碌，手上有做不完的事情，今天这样真是头一遭。

宗瑛打量他的倦容，起身道："我去煮些吃的，你去洗澡。"

她径直走向厨房，打开柜子翻找上次带来的速食品。盛清让站在客厅愣愣看了她一会，回过神快步走进浴室。

宗瑛拧开热水龙头，一滴水也没有——看来热水管道系统再度罢工，盛清让只能洗冷水澡了。

她烧水煮面，又开了两罐鲮鱼罐头，伸手将窗帘拉开小半，外面太阳照常升起，天色愈明亮——这是一九三七年的十月一日，对上海民众来说，这一天与"国庆"和"长假"还扯不上半点关系，只有前线阵地被日军突破的消息不断传来，令人更加不安。

面煮好后，浴室里水声还没歇。

宗瑛关掉煤气，拿了钥匙下楼，打算去取牛奶和早报。

叶先生仍坐在服务处台子后面，只冒出来半个脑袋。他头发未如往常一样抹油，有点毛躁，好像多了些白头发，显得有点憔悴。

宗瑛拿了报纸，没有看见牛奶瓶，便问他："现在不送牛奶了吗？"

叶先生闻声起身，语气却不同往日般热情："听说连郊区的奶牛都吓得逃了！哪里还能正常供应鲜奶的呀？"他连连叹气，又道，"宗小姐，你是不是也快离开上海了？是要同盛家人一起搬去内陆？"

宗瑛抬眸回看他，反问："去内陆？"

叶先生讲："昨天盛家五小姐过来拿东西，她讲盛家厂子都搬去内陆了，因此家里人也要跟着搬过去，我想你同盛先生关系那样好，大概也是要一起走的，原来你不去的呀？"

宗瑛听他说完，只敷衍应道："我不晓得这件事，我先上去了。"

她沿楼梯一路往上，初秋阳光从狭窄的玻璃窗探进来，铺了半边台阶。

她边走边想，盛家即将离开上海，那么盛清让呢，也要一起走吗？他刚刚在电话里讲的，就是关于盛家工厂搬迁的事吗？

上了顶楼，她放缓脚步，摸出钥匙打开门，室内速食面的香气已经冷了，浴室水声也停了，屋子里安静得令人诧异。

宗瑛小心地关上门，走几步便看到在沙发上侧躺着的盛清让。

他洗好澡，换了身睡衣，头发还未彻底擦干，倒头就在沙发上睡着了。

宗瑛走到他跟前，俯身想喊他起来，但她连唤几声"盛先生吃饭了"，盛清让的眼皮却始终牢着，呼吸很沉。

他太累了，睫毛上压着重负，一只手握成拳收在胸前，另一只手搭在沙发上，手背的伤还没有痊愈。

宗瑛没有再喊他，给他盖了毯子，又拿过搭在扶手上的毛巾，小心翼翼地替他擦了擦头发，手指无意碰到他的脸，只觉得他的皮肤好凉。

太阳越升越高，秋风也烈。

这时公共租界的盛公馆里，一家人围坐在餐桌前，连一顿早饭也吃不安生。

从工厂搬迁那天开始，大嫂就通知了家里人随厂撤离上海的决定。也正因为这个决定，打破了这个家短暂的和平表象。

为举家搬迁闹不愉快，除了钱的事，便只剩迁移目的地了。

二姐死活不同意去内陆，她讲："上海遭难，内陆难道就是保险箱？反正我是不会去的，我要带阿晖去香港，我也不会让清蕙跟你们去。"

大嫂对此也并不强求："你不想去，我也不会强求，但清蕙一定要跟我们走。毕竟她还带了两个孩子，你们到了香港，恐怕很难有精力去照顾。"

二姐瞪眼："谁说要带那两个小孩？！清蕙收养他们不过是一时兴起，你们竟然当真！她带两个拖油瓶，将来怎么嫁人？何况她现在书还没有读完！上海的大学现在也不能读了，她跟我们去香港读书最好不过。"

大嫂回："我已经安排好了。清蕙到内陆后，孩子由我们照顾，老三能够帮她联系学校，她仍可以读书，将来想结婚仍可以结婚。"

都是为老幺考虑，却硬是生出分歧。

你一言我一句地针锋相对，最后连大嫂都有了怒气。

一直闷头吃饭的清蕙，霍地抬头赌气道："你们能不能不要替我做决定？我哪里也不想去，我就要留在上海，我只想留在上海！"她说完拍下筷子，起身匆匆上了楼。

客厅里安静了片刻，却马上又起争执，只不过这回还多了二姐夫和大哥的加入。

男人们闷头抽烟，餐桌上弥漫的烟味，顿时盖过了饭菜的香味，室内一片乌烟瘴气。

大嫂起身整了整衣裳，肃声道："我现在去工厂善后，希望家里不要再生事。"

她走出这烟雾，喊姚叔开车去工厂，大门开，大门关，汽车声音远去，客厅里的男人们接连散去，孩子们也被用人带走，只剩二姐在餐桌前坐着。

这时奶妈快步走过来，同她讲："阿晖小少爷还是没有胃口，这可怎么办呀？"

阿晖上次得了霍乱，好不容易撑过来，眼下大病初愈，身体虚得很，正是要补的时候，他却一点胃口也没有，整日有气无力地卧床待着，问他也难得讲一句话。

二姐脸上现出明显的焦虑，她拢拢披肩起身上了楼。到自己孩子面前，她才将带刺的外壳卸掉，看孩子一脸苍白病容既心疼又自责，最后低头柔声问阿晖："告诉妈妈，你想吃什么？"

阿晖想了好半天，才低低讲了一句："我想吃……想吃奶油蛋糕。"

二姐答应下来："好，妈妈马上给你去买。"

她叮嘱奶妈给阿晖喂点米汤，自己则回房间换了身衣服。

去年做的衣服穿在身上，腰身明显宽松了一圈，对镜子照照，下颌尖尖的，头发也有好一阵子没去修剪了。

她叹口气，拿上小皮包下了楼，跟用人说："叫姚叔去开车。"

用人回她："姚叔刚刚开车送太太去工厂了呀。"

她这才想起大嫂刚刚出去了，只好说："那帮我去喊个人力车。"

用人很快帮她叫来一辆车，秋风飒飒，即便有太阳照着，也是有点凉了，车夫倒还是露着胳膊卖力拉车。

一路奔至霞飞路，阿晖钟爱的那家西饼店却紧闭着门，二姐下车反复确认，门锁落在外面，玻璃橱窗里边空空荡荡，看来有阵子不营业了。

车夫问她："太太你要买什么呀？"

二姐皱着眉不耐烦地回说："奶油蛋糕。"又抱怨，"又不是战区，关什么门停什么业?!"

车夫便讲："要买奶油蛋糕啊？新垃圾桥附近有家店开着的呀。"

二姐一听，急忙忙又坐上车："快点带我去！"

人力车载着她在秋风里奔驰，苏州河里浮着尸体，北岸的炮声间或响起，租界和战区的交界，藏着零星冲突。

太阳移到了当空，又不慌不忙地往西斜，盛公馆里最后一点蝉鸣声疲倦地歇下来，午睡的人早就醒了，孩子们在花园里捉迷藏，清蕙坐在客厅里看书，一直听用人嘀咕"二小姐去买个蛋糕怎么还不回来"。

她听得烦了，搁下书，客厅里的座钟铛铛地打了五下。

清蕙起身去小花园里喊孩子回来，待他们都到了楼上，她一个人在门口踱了会，想了半晌，快步走回室内打了个电话出去。

"丁零零——丁零零——"电话声乍响，坐在餐桌前翻看旧书的宗瑛霍地站起来，下意识地接起了电话。

"喂？"那边是清蕙急切的声音。

"清蕙？"宗瑛反问，又应，"是我。"

"宗小姐！我三哥哥呢？"

宗瑛刚讲"你三哥哥在睡觉，有事吗"，就有人从她身后伸手接过了听筒。

盛清让比宗瑛高了大半个头，宗瑛错愕侧身，视线刚及他下颌，只见他喉结轻轻滑动，声音仿佛透过薄薄的颈间皮肤传出来："好的，知道了，我马上打电话给巡捕房。"

2

盛清让说完挂了电话，另一只手越过宗瑛腰侧，拨动号码盘，联系工部局巡捕房。

几经转接，他同负责人讲明二姐的情况，恳请对方帮忙留意，如有消息望第一时间告知。

宗瑛从他叙述中得知，二姐一大早出门说去买蛋糕，但到日暮了仍一点消息也没有，清蕙觉得心慌，便打电话给盛清让，请他帮忙找一找。

按说一个成年人出门办事，晚点回来也没什么大不了的，可如今是战时，一切不比往常，清蕙的担心和焦虑并不多余。

盛清让搁下听筒，垂眸对上宗瑛的目光："怎么了？"

宗瑛不答，仍侧着身抬头看他——身着睡衣，头发显出难得的蓬松凌乱，刚睡醒的脸上少了维持距离的客套，看起来反而更具真实感。

盛清让意识到她在打量自己，倏地避开视线，侧头看了眼座钟。

下午五点十七分，这意味着他在沙发上睡了将近十二个小时，而宗瑛就这么看着他睡了一整个白天。

他顿觉尴尬，连忙转过身，讲："我去洗漱。"

宗瑛看他快步走向浴室，重回餐桌捡起那本在读的旧书，又往后翻了两页，却怎么也没心思读下去了。

她走进盛清让的卧室，拉开斗柜，从老位置找出自己的那套衣服。

刚刚换好，洗漱完毕的盛清让就迎面走进来，她拿着换下的病服避到一边，不待他开口，便替他带上门，站到外面去等。

夕阳入室，一派静谧。

如果不必出门，也无外事扰，这个公寓倒真是风平浪静，令人心安。

盛清让还会在这里住多久？住到租约到期，还是住到打算离开上海的那一天？他会和盛家人一起离开上海吗？

宗瑛想着想着，就听到卧室房门开的声音。她转过身，只见他头发梳理妥当，衣衫整洁，手提公文包，一副要出门的架势。

果然，他讲："现在我需要去一趟公馆。"

宗瑛颔首，回道："一起。"

盛清让刚才见她换了衣服，便猜到她打算跟着出门。

也好，留她独自在这里，他也放心不下。

宗瑛见他没反对，端起餐桌上的茶杯走过去递给他，叮嘱"喝点水"，随即又反身进厨房，从橱柜里找出一盒饼干。

她拿了饼干走去玄关换鞋，盛清让伸手取下架子上的风衣。

她打开门，只觉身后披上来一件外套，走出门转身，也只见盛清让低头锁门，并没有同她讲什么多余的话。

他锁好门，单手提包，另一手象征性地轻揽了下她后背："走这边。"

从服务处取出自行车，在叶先生的探询目光关注下，两人出了门。

白天热气将尽，风已经转凉。天际云霞铺叠，一片金光。

宗瑛穿好风衣，卷起略长的袖子，坐上自行车后座。

晚风拂面过，她拆开饼干盒问盛清让："饿不饿？我带了一盒饼干。"

骑着车的盛清让腾出左手，伸向后方，从她手里接过一块饼干，巧克力夹心，甜腻腻的。

饥肠辘辘的胃腹有了一点食物的填补，终得片刻慰藉，将暮前路似乎也没那么晦暗了。

赶在公共租界入口关闭前回到盛公馆，这时大嫂也刚刚回来。

大门敞着，姚叔正在停车，看到他们两个，熄火下车问："三少爷怎么来了？"

盛清让回："我与大哥、大嫂谈些事情。"

他说完伸手拉过宗瑛，径直走向公馆小楼。

太阳落尽，院子里的梧桐树叶簌簌下落，又被风挟着往前翻滚，最终被拦在小楼入口的门槛外面。

客厅里只亮了一盏灯，几乎所有人都在，唯独见不到二姐。

孩子们眼巴巴地望着厨房的方向，期望能尽快吃到晚饭，但因人未到齐，便没人往餐桌上摆餐具和食物。

盛清让和宗瑛进去时，用人从厨房出来，问大嫂："太太，可以开饭了吗？"

大嫂刚回来就听清蕙说了二姐的事，多少也有些担心，便同用人说："不，再等等。"

她说着转向盛清让和宗瑛："你们也来了？坐。"

盛清让应一声，随即拉开一把椅子，请宗瑛坐。

大嫂又嘱咐用人："晚饭再多准备一些。"

用人得话折回厨房，盛清让从公文包中取出一只牛皮纸文件袋，递给大嫂道："都在里面，你核对一下。"

文件袋里装的是离开上海必需的通行证、车船票——盛清让已经全部替他们办妥。

大嫂除了道谢也没旁的可说，这个家欠他的，一时还不清，到最后她也只补了一句："有劳你了。"

她说完又看向门外，叹息一样说道："清萍还没有回来。"

天色愈沉，大门一直开着，门口却始终不见人影。

二姐夫坐不住了，说："一定是去霞飞路买蛋糕，又被姚太太拉去打麻将了，我去找她回来！"

他语音刚落，外套也不及穿，找了辆自行车便飞快出了门。

清蕙坐在沙发里对着暗光翻读手里的书，但其实早就读不下去了。

大嫂转头问奶妈："阿晖那孩子后来吃饭了吗？"

奶妈愁眉苦脸地摇摇头："说没有胃口，一定要等妈妈回来才吃。"

坐在轮椅里的大哥闻言发话："怎能由得一个小孩子胡闹，他说不吃就不吃，难道打算饿死？叫他下来吃饭。"

奶妈一脸为难，大嫂便说："给他盛碗汤送上去。"

其他孩子一听阿晖能吃晚饭了，更觉得饿，然而大嫂不发话，便只好借着廊灯看外面风卷落叶，听屋外秋虫鸣。

天彻底黑了，二姐、二姐夫迟迟不回，屋子里连小心翼翼的谈话声也歇了。

最后孩子们饿得脸都耷下来了，大嫂才说："让孩子们先吃吧，我们等清萍回来再说。"

宗瑛坐在盛清让身旁，昏昏欲睡，听到大嫂说话，猛地敛神，从口袋里摸出药盒，倒出一次量，正打算一口吞，盛清让却忽然伸手拦了她："你等等，我给你倒杯水。"

他起身去倒水，还没走到厨房，小楼里电话铃声乍响。

用人匆匆忙忙跑去接起电话，听了两句茫然转头，对盛清让道："洋人打来的，听不明白。"

屋里人倏地一愣，盛清让说："也许是租界巡捕房。"

他快步走过去，从用人手里接过听筒，电话那边听到他的声音，惋惜地开口："Sheng，I feel so sorry."

一盆冷水浇下来，从头淋到脚，他的脊背蹿起一阵寒意。

那边慢吞吞地推测事情经过，讲事情结果，讲现在该做些什么，盛清让一直听他说，自始至终话少得可怜。

所有人都屏息等他结果。

盛清让咔嗒一声搁下听筒，沉默片刻，缓慢地转过身。

屋子里静得吓人，客厅里的座钟不慌不忙地敲了八下。

"铛，铛，铛，铛，铛，铛，铛，铛……"

"二姐走了。"他说。

清蕙怔着；大嫂下意识张嘴，想问却一时又不知如何开口；宗瑛握着一把药片，一言不发地看向他。

盛清让说："今天新垃圾桥那里发生了小规模的枪战冲突，误伤了二姐，等送去急救，已经迟了。"

大哥怒拍轮椅反问："她买个蛋糕怎么买到新垃圾桥去？她到底想干什么？！"

他声嘶力竭，骂得红了眼，孩子们被吓得呆住，客厅里死一般地沉寂，连进来送晚饭的用人，也没有敢再往前一步。

清蕙握紧了手里的书，大嫂双肩垂塌叹了口气，宗瑛看向黑黢黢的大门口。

再也不会有人扯着嗓门整天教训这个、管教那个了。

早上还在和大嫂起争执、快言快语讲话的一个人，走出那扇门，便如孤舟入汪洋，在风浪里悄无声息地打了个卷，现在只剩一片白茫茫。

眨眼间说没就没了。

战争所及，粗暴冷酷得可怕。清蕙突然失声哭起来，年幼的孩子也哇地放声大哭。

屋内失控之际，盛清让却只能镇定地走向宗瑛，拿起桌上的公文包，同大嫂说："我现在就去巡捕房。"宗瑛跟他走，他转过身贴着她耳侧道："马上宵禁了，外面危险，你要不要留在公馆？"

宗瑛摇头："你去哪里，我去哪里。"

他对上宗瑛的视线，二话不说立刻握紧她的手，转身带她出了门。

姚叔开车送他们去租界巡捕房，之后又辗转去医院，最后在太平间找到二姐。

宗瑛还记得她耀武扬威的样子，但现在她的小皮包已经没了，身上的贵重首饰也不知去向，熨烫服帖的贴额小卷发死气沉沉地耷着，一张脸毫无血色，腰身宽松的墨绿旗袍上，晕开一大片血迹。

盛清让沉默，宗瑛叹了口气。

盛清让办妥手续，打算返回公馆，却已近晚十点。

再过几分钟，他就要离开这个时代，今天的事肯定办不完了。

这时宗瑛却坐进车内，看一眼时间，抬首对他说："我带二姐回公馆，你去忙。"

姚叔不解地问："三少爷这个辰光还有什么事情要办？"

宗瑛替他捏造理由："应该是工部局的急事，明早应该就能回来吧？"她说着看向盛清让，言下之意是叫他"现在就走，明天早上回公馆"。

不待盛清让给出答复,她将仅剩的半盒饼干递给他,果断地伸手拉上了汽车门,对姚叔说:"走吧。"

盛清让站在原地看车子远去,宗瑛转过身拨开帘子看他,就在十点到来时——他凭空消失在了昏暗的街道上。

汽车在夜色里穿梭,宗瑛看着空无一人的街道,胸膛里仿佛也空空荡荡。

战时连丧事也从简,在报纸上登了讣告,叫来家里人一聚,简简单单就将一个人彻底送走了。

二姐遭遇的意外,反而更坚定了一家人离开上海的决心。清蕙不再执意要留,同意跟随大哥大嫂去往内陆,二姐夫带阿晖坐船去香港,只有盛清让仍旧留在上海。

临出发的这一天,家里的客厅已经放满行李。

所有人忙这忙那,只有清蕙郁郁地站在门口,等照相馆的人过来。

她一向喜欢照相,眼下要离开上海了,她想留个念想。

就在她走神之际,忽然有辆吉普在大门口停下,一个着军装的青年下了车,大步朝小楼走来。

清蕙好半天才反应过来,难以置信地喊道:"四哥哥!"

她并不是特别喜欢老四,但现下看到从前线回来的亲人,莫名的庆幸和感激便涌上心头。

老四一身狼狈,脸上还挂着彩,不知道从哪里赶来。他走到入口处,垂眸瞥一眼清蕙:"小矮子。"说罢拍拍身上的灰,在清蕙"你怎么回来了,是看到报纸了吗"的追问中,他随口答了一句:"去汇报,顺路过来看一眼,马上就走。"

他说着越过清蕙，看向屋内的行李箱："要走了啊？"

清蕙不太开心地"嗯"了一声。

老四并不在意她声音里的难过，他走到客厅墙壁上悬挂的那张全家福前，脱下了军帽。

清蕙说："二姐不在了。"

老四默不作声，想起二姐嘲笑他小时候鞋带都不会系的样子，重新戴上军帽，讲："她没机会笑话我了。"

气氛一阵凝滞，外面用人喊道："五小姐，拍照片的来了！"

清蕙转身往外走去，那人问要在哪里拍、要怎么拍，清蕙一一同他说明妥当，便亲自去喊家里人出来拍照。

大大小小的孩子们、二姐夫、大嫂、大哥、老四，还有在二楼谈事情的盛清让、宗瑛。

清蕙安排位置，她说"三哥哥就站在最中间吧"，谁也没有异议。

她想叫宗瑛站在盛清让身边，宗瑛却避开道："你们拍，我还是不参与了。"

她说着往后倒退几步，视野中的画面熟悉得令她不禁握起了拳——

这幅画面，正是她在盛秋实手机里看到的那两张合影之一。

她那时只晓得是张全家福，却不知是一家人各奔东西之前留作纪念的照片。

此时她终于知道为什么会有那张合影，明白盛清让为什么站在正中，也明白了为什么在那张照片里，没有看见二姐的身影。

战时的每一次分别，都可能成为永别。

而眼前这张全家福，也许是这些人的人生当中与彼此的最后一张合影。

3

画面定格声响起，拍照的人头一歪，问道："还要再来一张哦？"

清蕙讲："好呀。"

老四却脱了帽子道："不拍了，我要走了。"

他言罢阔步走出相机取景范围，低头迅速点起一支烟，猛吸几口，突然觉得身后有人，转过身便看到盛清让。

老四屈指弹了弹烟灰，在烟雾中眯了眼道："你对这个家倒真是不离不弃，难怪爹走之前心心念念要见你，看来他也晓得你最有良心。"

盛父去世的时候，盛清让人在巴黎。隔着千山万水，消息也滞后，盛清让收到信时，盛父已经离世数月。那封盛父给他唯一的，也是最后的信上写道："我此生两错，一对不起你母亲，二对不起你，均无可弥补。你愿意回，就回家来；不愿回来，我托法国的朋友照应你。"

盛清让第一次收盛父的信，也第一次听盛父讲这种话。

后来学成，他也曾犹豫是否要留在巴黎，但"回家来"三个字始终盘桓心间，因此最终回了上海。

"他要早知道你这样能干，当年也不会舍得将你送去大伯家。"老四接着抽一口烟，叹道，"临走前还写信把你从巴黎叫回来，可惜那时候家里谁也不待见你，连拍合照都不叫你。"

他说着转头看一眼还在摆姿势拍照的家人，问盛清让："现在他们照相却叫你站中间，做了那么多事情得来这样一个认可，觉得值吗？"

盛清让想起早些年的事，本以为会有万千感慨，实际心中却掀不起一点波澜了。

凡事求个问心无愧，他讲："能被理解认可自然是好，但我做这些，是因为想做，不是为求理解或认可才做，所以谈不上值不值得。"

两人谈话时，大嫂走过来。

老四对大嫂多少有几分敬重，刚刚急于拍照未打招呼，此时也转过身，唤了一声"大嫂"。

大嫂抬头对他说："你能平安回来，我们很高兴。"

老四却回："我马上就走了，或许以后再也回不来，家里还是和以前一样，当没我这个人吧。"

大嫂晓得他不喜欢这个家，也晓得他向来嘴硬逞强，可看他这一身的伤，想他马上又要回到前线去，她终归担心。

她望着他道："有国才有家，你虽离开这个家，却守着上海，守着国土，便是在守着我们的家。我将你大哥的话也托给你，他叫你好好活着，活到将敌人赶出国门，到时候再回家来，我们给你备最好的酒。"

老四手中的烟即将燃尽，门外的军用吉普车拼命地响起喇叭声，似军号般催促他离开。

他深深皱眉，干燥的、带劣质烟味的唇紧紧抿起，内心各种情绪交织，眼眶酸得发胀。手指将烟头摁灭，帽子往脑袋上一扣，老四沉默地转过身大步走向门口，临上车，他却忽然转过身，朝里大声喊道："我走了！你们一路保重，改日再见！"

车子启动，清蕙拔腿追出去，然而她气喘吁吁到门口，那辆军绿色吉普已经飞驰至道路尽头，拐个弯立刻不见踪影，只剩了恣扬尘土和道旁翩跹的落叶。

上海的秋天真的到了。

自古逢秋悲寂寥，添上别离则愁绪更浓。

宗瑛又在公馆陪清蕙和孩子们住了一晚，盛家人要离开上海的这天，她早早地就被清蕙吵醒了。

清蕙辗转反侧了一夜，天没亮便起来清点行李——去途漫漫，不便携带太多家当，必须有取舍，可东西扔在这里，说不定将来就再也见不到了。

最后连同孩子的物品，一共塞满两只大箱，外加一只手提小箱子。

家里的用人们大多发了工钱遣散了，只有姚叔留在公馆看门。临行前，姚叔掬泪替他们叫车，搬运行李，最后将他们送出门，说道："三少爷打电话来，说已在码头等着了。"

一行人各自登车，关上车门，汽车发动，缓缓驶离静安寺路上的盛家公馆。

清蕙拨开帘子隔着玻璃朝后看，只见姚叔老泪纵横地关上铁门，最后落上了锁。车内的孩子们虽不知前路意味着什么，但马上要离开他们熟悉的城市，对目的地的好奇全被莫名的恐慌感覆盖。

阿莱紧张地抱着弟弟阿九，大嫂的孩子们挨在一块心不在焉地共看一本书，二姐的孩子阿晖则始终攥着他爸爸的衣服不吭声——意识到是自己"想吃蛋糕"这句话令妈妈再也回不来，他害怕极了，好像担心再开口，会把爸爸也弄丢了。

到码头，宗瑛终于见到盛清让。

她问他昨晚睡在哪里，他答："在公寓。但不知为什么，怎么也睡不着。你睡得怎么样？"

宗瑛说："我很好。"

要紧事在前，两个人之间也只够说这一两句问候。

已过午时，秋日当空。

因船票稀缺，码头上十分嘈乱，军队控制着码头，警察持枪维持秩序，但在天天听枪炮声的战时，如此震慑能起的作用也非常有限。

好不容易熬到登船时间，又是一阵人潮拥挤。

清蕙和孩子们排在队伍后面，她抱着阿九，宗瑛替她提着藤条箱。

前面的大嫂提醒清蕙："跟紧了，看好孩子，马上要登船了。"

人头攒动，摩肩接踵，大家都往一个方向走。离船越来越近，清蕙才真真切切意识到——要离开了。

她学校在这里，同学在这里，朋友在这里，自小熟悉的一切都在这里，她只认识上海。从她出生起，一切记忆都只有上海作为布景。

歌里唱"洋场十里，好呀好风光，坐汽车，住洋房，比苏杭更在天堂上"，可现在上海，再不是天堂了。

她转身看向宗瑛，眸光里尽是依依不舍，对宗瑛，更是对这座城市。

阿九在她怀里安静地睡，阿莱紧紧跟在她身侧，临上船了，宗瑛将藤条箱递给她。

她慨然开口道："宗小姐，我从没有想过，有一天我会离开上海。但我现在，真的要走了。"

语声里有无奈，也有深深的留恋。

宗瑛不知要怎样安慰她，清蕙却已经侧头叮嘱身旁的孩子："阿莱，票拿出来，记得跟紧我。"

她说完便转过身检票登船，最后转头踮脚看一眼宗瑛，隔着七八个人头喊道："你和三哥哥要保重啊！"

宗瑛只觉有人从她身边挤过去，人群的力量将她不断往前推，但她与这艘即将起航的船无关，也与这个时代无关，她只能逆着人群往回走。

一只手突然伸过来，干燥温暖，紧握她冰冷的手指，大拇指指腹压在她指关节上。

宗瑛只看到他的背影。

盛清让带着宗瑛走了好长的一段路，远离了码头人群，转过身极目远眺，能看见起航的那艘船，上海低矮的天际线也尽收眼底。

此时盛清让突然想起中学国文课本里的一首诗，是杜甫的，他记得那首诗里写道："明日隔山岳，世事两茫茫。"[①]

乱离时代，各奔东西，不知哪日才能重逢。送走所有家人，偌大的上海，仿佛只剩他自己。

回去途经静安路上的盛公馆，也只剩紧闭的两扇铁门，和院子里高过围墙的几棵法国梧桐——阔叶几乎落尽，尖利的枝丫戳着一轮红彤彤的落日。

两人回到699号公寓时已是傍晚，服务处静悄悄地燃着一支蜡烛，意味着又断电了。

到楼上，发现煤气也不能用，金属水龙头里更是拧不出一滴水。

在这种战争局势下，公共服务设施系统崩溃，城市的劣处便体现出来。

借着天边仅存的一丝暗光，宗瑛翻遍橱柜，只寻到一瓶酒和两只罐头。

她犹豫片刻，拿了酒和罐头走到阳台，将它们搁在小桌上，正要回去找开瓶器，盛清让却递了过来。

① 引自杜甫《赠卫八处士》。

他同时递来的还有蜡烛与火柴。

宗瑛打开火柴盒，里面只剩下一根火柴。

天幕彻底覆下，刺啦一声擦燃火柴，宗瑛小心翼翼地凑过去点亮烛芯，火苗在夜色中静静烧着，偶有微风，它便晃动。

与此同时，盛清让打开了酒瓶，倒了半杯酒给她。

两把藤椅并排挨着，可俯瞰半个上海，停电的城市陷入黑暗的沉寂，白日里的喧嚷与拥挤、枪声与哭号，反而似梦。

宗瑛仰头饮一口酒，沉默半晌说："我妈妈的案子，还有'7·23'隧道案，或许已经有结果了。"

盛清让道："我前日碰到薛小姐，她同我提过这件事，也问了你的情况，我已如实同她讲了。昨晚还有一位律师找过你，他打到我的手机上，问遗嘱相关的事情，我请他再联系你。"

宗瑛远离那个时代数日，今晚终于要回去迎接一切是是非非。

她将杯中余酒饮尽，楼下传来打锣声，望下去却是黑沉沉一片，看不见半个人影。

"会停电、断水很长时间吗？"她忽然问。

"以前没有停过太久，这次不清楚。"盛清让说，"不过若明早八点前仍是这样，我也没机会知道是什么时候来的水电了。"

"你的意思是——"

"昨天收到紧急通知，明早八点，我要离开上海去办一些事。"

宗瑛一怔，看向盛清让："去多久？"

盛清让回道："可能十来天，也可能更久。"他语气里充满不确定，仿佛是去赴一段险途，最后顿了顿看向宗瑛道："我们也许会有很长一段时间无法再见面，不过也许等你手术结束，我就回来了。"

他讲话时，宗瑛一直看着他。借着烛光仔细看，才发现他发间多出来的数根白发。

宗瑛忽觉一阵心酸，移开视线，放下空酒杯，手探进口袋摸出一只烟盒。

她决心抽完这盒就不再抽烟，现在皱巴巴的蓝色烟盒里，只剩了一支烟。

和之前通体漆黑的Black Devil（黑魔鬼）不同的是，这支烟烟身几乎全白，只在蓝色分割线以上印了只和平鸽。

宗瑛挨近蜡烛，借着跃动的火苗，点燃了这最后一支烟。

烟丝迅速地在空气里燃烧，烟草味里夹杂着梅子和奶油的味道。她低头摊开那只空烟盒，盒子正面同样印着和平鸽，它嘴里衔着三根橄榄枝，左右侧分别印着两个单词。

她情不自禁地读了右侧单词——"Peace（和平）"。

盛清让则顺着她读出了左侧单词——"Infinity（无限）"。

远处的苏州河响起炮声，起风了。

夜里秋风煞人，无情地吹灭桌上白烛，黑暗中只剩烟丝明灭，到最后，连烟也燃尽了。

"Peace""Infinity"这两个单词多好啊！

若没有这一场战争，何至于令整座城市都担惊受怕，何至于令成千上万的人流离失所，又何至于令一个而立青年，在短短数月内生了白发？

夜色中面目难辨，气息却好认。

两人不约而同地侧过头，彼此呼吸近在咫尺，唇瓣蜻蜓点水般相触。他下意识地要避，宗瑛带着烟草味的手指却探过去，轻轻揽了他侧脸。

夜风撩起的头发拂到对方脸上，宗瑛轻启唇瓣，将混着酒香的梅子味和奶油味，一并分享给他。

一个将回现代面对真相和手术，一个将赴未知险途不知何日是归期，露天阳台里的两个人，在一九三七年十月六日的夜色里——

继续曾经错过的那个吻。

4

黑暗中睫毛颤动，唇齿相依的亲密，却不太关乎情欲。

宗瑛头一次发觉盛清让的脸这么烫，她睁开眼，手指仍搭在他下颌，唇往后稍退了半寸。

额头相抵，鼻息交融，片刻之后，盛清让带伤的手搭上她侧脸，缓慢慎重地继续，并加深了这个吻。

直到楼下某位太太厉声训斥："小赤佬！脑子坏掉啦！哪个叫你把火柴盒丢池子里的？我蜡烛都点不起来了！快叫你爸爸到叶先生那边借盒火柴！"这气氛才倏地被打破，亲吻中止，重回人间。

空气里酒香若隐若现，瘪的Peace烟盒仍躺在酒杯旁边，一片黑黢黢中，谁也看不清对方面部神色的变化。

宗瑛松开手，若无其事地摸到酒瓶，将一盎司的小甜酒杯倒满，浅饮了一口，冰冷的液体顺食道入胃，给予人片刻镇定。

夜风愈大，盛清让起身折回屋内，摸黑从沙发上取了条毯子，径直走向阳台，准确地将毯子披上宗瑛的肩，随即重新在旁边藤椅上坐下，微哑着声同她说："少喝一些。"

宗瑛拢共不过喝了两口，但听他劝说，果真放下玻璃酒杯，展开毛毯，抓住一角递过去。

盛清让这次破天荒地未推辞，于是顺理成章地分享了同一条毛毯。

缺少照明的夜晚，人如困兽，哪里也不方便去，坐着看夜景，视野一片黑寂，城市也如困兽。距回到那个亮堂年代还有近四个小时，总要聊些什么。

过了半晌，宗瑛问他："你初到我所在的那个年代时，有没有什么特别感慨的瞬间？"

盛清让想了片刻，反问道："记不记得我第一次借的那本字典？"

宗瑛想起他留在玄关柜里的那本簿册子，上面第一条记录着："取用书柜中《新华字典》一部，当日已归还。"

她遂答："《新华字典》。"

"一九九八年修订本，出版社是商务印书馆。"他不急不忙地说着，看向远方，"它还活着。"

内迁名单上的商务印书馆，历经战火毁损，几度搬迁，最终还是活了下来。

他在她公寓中，看到字典上这几个熟悉字眼时，心中涌起的不仅是时代的延续感，更是一种不灭的希望。

宗瑛说："不只是商务印书馆，还有很多东西活了下来。"

战争尽管漫长残酷，但终归无法摧毁所有信念与努力。

楼下突然响起小囡"有电啦！"的欢呼声，随即视野里一盏盏灯在黑幕前亮起，星星点点，多少为这沉寂可怖的夜晚添了光亮。

盛清让起身去开灯，宗瑛收拾了桌子。

紧接着两人将桌椅搬回屋内，锁上了通向外阳台的门——公寓的主人即将远行，这里可能很久无人至，不知哪天会有风雨降临，因此必须锁紧门窗。

盛清让简单收拾了行李，在客厅暗光里坐着，最后环视整间公寓，生出莫名的别离情绪。

他数年前回国，搬出来独居，这间公寓中大小家具陈设全由他一人添置，久居于此，偶尔也会有住到天荒地老的错觉，好像这间公寓会永远保持这个模样。

然而实际上，这间公寓却在几十年后，迎来翻天覆地的变化。

他亲自添置的这些家具陈设不知所终，取而代之的是其他住客的物品，关于他的一切痕迹几乎都被抹除，只留下一盏廊灯灯罩。

这几十年间会发生什么？

他自己会在何时、因为何种理由离开这间公寓？

盛清让侧头看向矮几上立着的座钟。

座钟嘀嗒嘀嗒地响，廊灯昏昏照亮前路。

宗瑛垂首看一眼手表，距晚十点越来越近，她征询他的意见："把灯关掉吧，免得浪费。"

盛清让点点头。

宗瑛走向玄关，关掉了那盏廊灯。

室内重回黑暗，门窗闭锁，空气仿佛也停止了流动。

盛清让起身，提起藤条箱子和公文包走向宗瑛，腾出一只手，握起她的手，两人一起等待敲钟声的响起。

钟声过后，宗瑛伸手摸到熟悉的廊灯开关，啪嗒一声响，头顶光源倾覆而下。

现代灯光稳定明亮，盛清让抬头又垂眸，对上宗瑛的视线，听她问："你是打算歇一晚明天回去再出发，还是今晚赶夜路？"

他还没来得及开口，宗瑛低头看一眼他随身带的行李箱，便猜到他是决定赶夜路，遂道："走吧，我送你一程。"

她松开手，侧身从玄关柜里翻出一串钥匙，推开门往外走，一回头却见盛清让仍站在那里。

他同她说："太晚了，你需要休息，不必送的。"

宗瑛看着他的脸，半晌回道："比起睡觉，我更想送你一程。"

这话中暗藏了对分别的不舍，与其独自失眠，倒不如一起待到天明。

盛清让闻言握紧箱子提手，走出了门。

进电梯，看楼层数一格一格地下降，至一楼，宗瑛快步走出电梯，出门取车。

她将车开到公寓楼门口，盛清让就站在那里等她。

她探出头，指指车后座："放后面。"盛清让默契地拉开后车门，将手提箱放进去，关上车门，又绕到前面坐进副驾，系好安全带。

两人都坐进车里，宗瑛才问他："第一程要去哪里？"

他答："先到南京。"

又要上沪宁高速，宗瑛单手扶着方向盘，打开车载导航，输入目的地。

导航提示音响起，宗瑛掉头驶出街道往南开。

阴了一整天的上海，乌云密布，空气潮湿，像要下雨，汽车穿行在夜色中，只有霓虹灯和寥寥车辆相伴，有些冷清。

开了半小时，汽车驶入加油站。

加完油，宗瑛又走去便利店买了些食物，她折回车内，将装满食物的袋子放到后座，又翻出钱夹，将其中大钞全递给了盛清让。

屡受接济，盛清让这次拒绝道："我还有一些现金，不用了。"

宗瑛默不作声地收回钞票，继续上路。

这是黄金周回程高峰期的前一天夜晚，路上多的是回家的车辆，而他们奔行而去的，却是座陌生城市。

深夜高速，一路快速掠过路牌和树木，视野中的道路标线不断被车轮吞没，远方仍然一片漆黑。

下高速时已近黎明，云层叠压，天际线格外低。

进入市内，天边才真正现出光亮，宗瑛瞥了眼导航仪上的时间，将车停到了路边。

汽车临近早已经停运的南京西站，循车窗看出去，仍能看到那座改造过数次的老火车站，这也正是盛清让下一程的出发点——始建于一九〇五年的南京下关站。

送君千里，终须一别。

眼看着六点整逼近，除了抓紧时间道别，什么也做不了。

宗瑛一手扶着方向盘，另一只手掩唇沉默，忽然叹口气，转身伸手，捞过后座上的手提箱和塑料购物袋，全都塞给盛清让。

盛清让将行李搁在脚边，望向宗瑛。

还剩两分钟，且秒针越走越嚣张，宗瑛看他数秒，终于开口："我希望你好好活着，平安地回来。"

盛清让回望她，声音低哑却坚定诚挚："也希望你手术成功，好好地活下去，我会回来。"

尽管各怀顾虑，即将各奔东西也没有相守的可能，但在昨夜那个瞬间，隔着大半个世纪的两颗心，曾紧挨在一起，并不约而同地奢望过——不分离。

盛清让言罢伸臂，宗瑛亦倾身回抱了他。

临别拥抱也以秒计，眸光里再多渴切，于分离的刹那，都只能收敛强忍，彼此触碰的手，也只能松开。

盛清让拿了行李，同她道别："那么，再见。"

宗瑛眼角余光再次瞥见导航屏上的时间，三秒，两秒，一秒——

"再见。"她说。

副驾位在顷刻间空空荡荡。

不远处的南京西站显出落寞，它在二十世纪三十年代却是南北交通枢纽，沪宁铁路线的起终点。

盛清让整理行李准备进站，才发现塑料购物袋里塞着一只装满现金的钱夹，他转过身回看着落的位置，仿佛宗瑛的车还停在那里。然而哪里还有宗瑛呢？三两旅客匆促走过，一辆自行车骨碌碌地轧过，最后一辆福特T型车在那儿停住，下来两位衣着考究的政客。

这边阴云密布，宗瑛那边天气亦不如意。

她在车里坐了一会儿，重新发动汽车，掉转车头，逆着惨白晨光返回上海。

黄金周最后一天的这个清晨，上海下起了小雨，因假期耽搁了几日的调查进入确认阶段。

医院特需病房区的电梯门打开，出来三位穿制服的警察，前面两个是"7·23"事故调查组的，后面跟着薛选青。

走在最前面的蒋警官抬手敲了两下门。

病床旁连夜失眠的宗瑜妈妈闻声去开门，迎面只见浅蓝色制服的颜色。

蒋警官向她出示证件，并说明来意："我们得到一些关于'7·23'事故的新证据，今天来做一下确认。"

她抬头，满脸的反感与警觉："之前不是已经来过了吗？宗瑜他什么都不记得了，不信你们可以去询问医师。"

蒋警官略略蹙眉，薛选青的声音在身后响起："不，他记得。"

她言罢伸手，一部装在透明物证袋里的手机出现在宗瑜妈妈视野中。

第16章

1

宗瑜妈妈一眼认出物证袋里的手机。这手机屏幕碎了，铝框保护壳也瘪进去一些，薛选青按亮屏幕，锁屏界面是一张全黑壁纸。

然而她却明知故问："这是什么？"

蒋警官道："刚才已经说了，是新证据。"

宗瑜妈妈如临大敌般质问道："哪里来的新证据？和宗瑜有什么关系？你们来问话带相关文件了吗？"

蒋警官垂眸迅速打量她，道："邢女士，不用紧张，我们今天只是来做个询问笔录，时间也不会太久。关于宗瑜的身体状况，我们也已经事先联系过主治医生，以他目前的状态，是可以接受询问的。"

宗瑜妈妈抬着头，视线一不小心就撞上薛选青。

她被薛选青盯得发慌，只身挡在病房门口，手忙脚乱地从外套里翻出手机，冷冰冰的手指迅速在屏幕上滑动，本打算拨给律师，却阴差阳错地打给了沈秘书。

将错就错，电话那端却传来罕见的提示音："对不起，您拨打的电话已关机。"

宗瑜妈妈将屏幕移到眼前，再次确认屏幕上的号码——沈秘书，关机了。

他一贯周全细致，从没出现过关机的情况，猝不及防地单方面切断联系，实在诡异。

她先是愣神，随后瞳孔骤缩，一种强烈的不安感瞬间就席卷上来。

薛选青冷眼看着，蒋警官则让身边拎设备的同事先进病房。

宗瑜妈妈恍然回神，张开双臂试图阻拦："你们不能进去！"

"邢女士，我国法律规定公民有作证的义务，请你让一让。"蒋警官说完出示公安机关出具的询问文件，宗瑜妈妈一把抓过去，还没来得及看完，另一位警官已经绕过她进了病房。

躺在病床上的宗瑜这时睁开了眼，看向朝他走来的警官，床侧监护仪上的数字开始猛跳。

那警官取出笔记本电脑及便携打印机，就搁他病床旁的柜子上。

宗瑜吃力地呼吸，手下是紧紧攥起的床单。

那警官连接好设备，看他一眼道："不用害怕，只是简单询问你一些事情，如果不方便开口，你点头或者摇头就可以。"

话音刚落，宗瑜妈妈反身回到病房内，一声不吭地上前关掉电脑屏，就在她要关打印机时，那位警官立即拦住她并警告道："邢女士，请不要干涉我们执行公务！"

宗瑜妈妈深吸一口气，仰头做出让步："询问可以，但我要求在场。"

警官回她："询问内容不便透露，请你马上回避。"他说完便要带宗瑜妈妈离开，宗瑜妈妈扭头看向宗瑜，宗瑜却移开了视线，仿佛完全不愿见她。

宗瑜妈妈情绪一下子被逼到某个顶点，急促反复地质问："我是他的监护人，我为什么不能在现场？！"然而她势单力薄又心虚，面对警方程序正当的询问，此举不过是困兽之斗，枉费工夫。

这时蒋警官示意那位警官："你先带邢女士出去坐一会。"

宗瑜妈妈负隅顽抗，薛选青此时忽然上前，和那位警官一起将她带了出去。

待室内重归清静，那位警官从门外返回。

蒋警官再次打开笔记本电脑，向宗瑜出示了证件，并向他陈述相关法律义务及责任，正式开始了询问。

外面的争执声很快消停了下去，室内仅剩医疗仪器工作的声音及蒋警官的讲话声。

他拿出装手机的透明物证袋问："这部手机认识吗？"

宗瑜看着裂开的屏幕，点点头。

他又问："经我们核实，这部手机及内置电话卡的拥有者是你舅舅邢学义，七月二十三日清理车祸现场时，我们并未在现场找到这部手机，当时是不是你带走了这部手机？"

宗瑜点头。

他又问："这部手机于二〇一五年九月三十日晚由你转交给了宗瑛，是不是？"

宗瑜点头。

另一位警官噼里啪啦在旁边打字记录，蒋警官低头从证物袋中取出手机并打开，切换到语音备忘录APP，点开七月二十三日的一段录音播放。

这段音频记录了一个中年男人的声音，从语气等各方面判断，他录音时的状态已极度虚弱，说话间隙不断有沉重的呼吸声。

录音在安静环境中不急不忙地播放，蒋警官留意着宗瑜的变化。

回忆是痛苦的，宗瑜仍紧攥着床单不放，呼吸面罩里一呼一吸的频率也愈快。

蒋警官问："这段录音与'7·23'事故发生的时间一致，被录音者是邢学义，是他本人在临终前录的这一段吗？"

宗瑜抿紧唇，呼吸面罩里有一瞬的停滞，最后缓慢地点了点头。

蒋警官又问："是不是他授意你带走这部手机？"

宗瑜还是点头。

蒋警官点开手机里最新的一条录音："我们在检查这部手机内容时，发现一条九月十九日的录音。因这段录音对话中涉嫌人体器官交易，所以现在向你核实这段录音的参与人及录音位置。"他问，"这条录音是不是由你录制？"

宗瑜不吭声，直到录音整条都播完，他才迟滞地点点头。

蒋警官又问："录音中参与对话的两个人，是不是你母亲邢学淑及明运集团董事长秘书沈楷？录音地点是不是在医院？"

宗瑜沉默良久，蒋警官便耐心地等他，旁边的键盘敲击声也停了。

病室内刹那间静得出奇，病室外却是焦躁不安得快要丧失理智的宗瑜妈妈邢学淑。

邢学淑屡次想要进门，却回回都被薛选青挡了去路。

两人在门外对峙，薛选青居高临下地看着她道："虽然我不知道你为什么竭力阻止宗瑜开口，但宗瑜是因'7·23'那场事故才病情加重，你对事故本身就一点也不好奇吗？"

邢学淑握紧拳抬头，薛选青接着往下说："在汽车无故障，驾车者本人意识清醒的情况下，方向盘怎么会突然失控？这不是很奇怪吗？"

邢学淑咬牙尽力克制，半晌回道："我哥哥有抑郁症。"

"有抑郁症，所以就该是自杀。"薛选青顺着她说下去，却又拧眉反问，"怎么这么笃定啊，尸检报告没有看吗？还是在你们眼里只要有抑郁症，死亡原因就只会是自杀？当年宗瑛的妈妈去世，你们认为她是自杀；现在轮到邢学义，你们还是这个样子，也不想想他那样疼宗瑜，如果真是自己想不开，怎么会拖上外甥一起死？"

这话刚说完，邢学淑用力握着的手机突然振动起来。

薛选青垂眸，邢学淑亦低头看了一眼屏幕，她只犹豫了片刻没接，那边就挂了。

薛选青陡然意识到她变得越发不安，冷声问道："邢女士，你在心虚什么？"

邢学淑闭口不答，病室内的宗瑜却有了回应。

面对蒋警官求证"录音参与人及录音位置"的询问，他最终虚弱模糊地应了一声："是……"

键盘噼里啪啦声紧跟着响起，快速记录完毕，又歇下去。

蒋警官将手机重新装回物证袋，侧头留意了会儿监护仪上的数据，继续问道："现在需要向你询问七月二十三日当天发生的事情，你如果记得清楚，请点点头。"

他语气忽然变得更为郑重，仿佛询问终于切入了正题。

宗瑜夹着血氧探头的手指突然颤了下。蒋警官发觉监护仪数据不太稳定，谨慎起见，他起身打算按呼叫铃，却在手指刚刚碰及时，觉察到宗瑜突然抓住了自己另一只手。

宗瑜迟缓地发声，嘴形在氧气面罩下变化："我……知道。"

蒋警官先是一愣，随即走向门口，喊薛选青："小薛，你进来一下。"

薛选青转头给了个手势，又同邢学淑道："你不想讲也无所谓，真相总会浮出水面，不论你愿不愿意。"她说完转身进屋，将邢学淑锁在了门外。

薛选青走到床边，俯身看笔记本屏幕上的笔录，又抬头看监护仪，最后看向宗瑜。

蒋警官小声同她道："我担心他情绪激动加重病情，你随时盯着。"

薛选青点点头。

蒋警官从包里取出另一只透明物证袋，里面装着那份带血的陈年报告。

蒋警官问："这份报告也是于九月三十日由你转交给宗瑛的，七月二十三日的事故，和这份报告是不是存在关联？"

宗瑜合上沉甸甸的眼皮，吃力地点点头。

蒋警官问："这份报告为什么会在你书包里？"

宗瑜不答。

蒋警官又问："那天你和邢学义为什么会半夜出门？车里当时发生了什么？方向盘为什么突然失控？"

宗瑜仍旧不答，呼吸却愈显急促，这时他竟抬手想要移除呼吸面罩。

薛选青阻止了他，俯身同他讲："你慢慢说，不急。"

他吃力地张嘴想要说明，却终归太难。薛选青将手机调到打字界面递给他，他抬起手指缓慢地触碰虚拟键盘，一个字母一个字母费劲地输入。

所有人都在安静地等，手机按键音呈现出一种笨拙的断续感。

大概过了很久，那声音停了。薛选青拿回手机，直起身盯着屏幕逐字阅读完毕，却迟迟未将手机递给做询问记录的警官。

她看向病床上的那个少年，那少年也对上她的目光。

氧气面罩下，他的呼吸骤然急促，眼泪在眼眶里转了又转，最后顺着眼尾，懊恼地流进了外耳郭。

他打在手机上的最后一行字是："我错了。"

2

薛选青握着手机沉默。

蒋警官见薛选青抿唇不言，从她手里拿过手机，盯着屏幕看了半晌，叹一声，将手机递给旁边做记录的警官。

那警官逐字录入，最后问蒋警官还有没有其他要询问的，蒋警官对他摇摇头，他便连接上便携打印机，点了打印。

便携打印机咔嚓咔嚓声停止，蒋警官起身拿过询问笔录过目，最终递给宗瑜："现在请你仔细阅读这份笔录，你看一下是否与事实相符，如果没有异议，请在这里签字并捺印指纹。"

宗瑜眼泪决堤般往外涌，枕头上一片潮湿，监护仪上的数据已逼近报警值，蒋警官握着笔录，手停在半空中，等他接。

异于室内心平气和的等待，病房外的等待显得尤为焦躁不安。

邢学淑联系了律师之后，一遍又一遍地打给吕谦明，但怎样也打不通。

沈秘书关机，吕谦明失联，将她的恐慌逼至顶点——除了坚持不懈地继续拨吕谦明的号码，无计可施。打了不下二十次，所有耐心都将耗尽时，电话那端终于响起一声寡淡冰冷的"喂"。

邢学淑累积起来的慌张顿时寻到出口，面白手抖，急切地质问：

"警察现在就在小瑜病房里，他们为什么又来了？我怎么联系不上沈楷？你们是不是做了什么事情被发现了？"

电话那头的吕谦明语气明显不悦，反过来质问她："宗太太，你是不是搞错了？引警察去的，是你儿子。我有没有警告过你，不要让他有机会接近宗瑛？本来只要安心等就能解决的事情，现在一团糟，你满意了？"

邢学淑一听这话，心中的慌乱霎时化为愤怒，脸部肌肉剧颤，口不择言地威胁道："你反过来怪我?!要不是你信誓旦旦地讲不管怎样她的心脏都会是小瑜的，我现在怎么会束手无策到这样子?!事情已经到了这地步，姓吕的我告诉你，如果小瑜最后不能手术，那我们谁都不要想好过！你们做过哪些事情，最好心里有数。"

她咬牙切齿拼着一口气讲完，心慌气促，脸色煞白，耳侧散发垂下大片。

那端倏地挂断电话，只剩急促的"嘟嘟嘟"声。

邢学淑抬手掩唇，意欲压制自己的情绪，稍作缓和，一抬头，猛地看到站在数米开外的宗庆霖。她瞳仁放大，下意识地往后退了小半步，握紧手机。

宗庆霖朝她走来，最后停在她跟前，脸色难看到了极点。他居高临下地问她："你在和谁通话？"语气不带情绪，却充斥着压迫感。

邢学淑眼神躲闪，无意识地抬手撩耳边碎发，故作镇定地回："没有和谁通电话。"

她一紧张心虚就压碎头发，这是多年养成的习惯。

宗庆霖伸手，示意她交出手机。

邢学淑手往后收，宗庆霖一把握住她手腕，就在他打算强行夺她手机的刹那，主治医生带着两名护士急匆匆地从远程监控室赶来，罔顾他们两人，抬手就猛敲病房门："快把门打开！"

邢学淑、宗庆霖二人不明所以地一齐看过去，屋内的薛选青快步走来开了门。

"你们待得太久了，病人现在状况非常不好，请你们立刻离开！"主治医生说完将薛选青拽出门，在屋内"嘀嘀嘀"的报警声中，护士将另外两名警察也"请"出了门。

病房门再度被关，里面一阵忙乱，外面则波涛暗涌。

薛选青警惕又厌恶地盯着他们二人，另外两名警察则为这份未完成的笔录发愁，接到律师电话赶来的宗庆霖阴着一张脸，视线移向蒋警官手里的询问笔录。邢学淑还未从刚才的情绪中缓过来，却又陷入对宗瑜病情担心的恐慌中，和宗庆霖一样，她也关心那份笔录中，到底问出了什么。

走道里的电子挂钟显示上午十点十一分，宗瑛也抵达医院。

她停好车，撑起那把印有"9.14"和莫比乌斯环的雨伞，穿过迷蒙阴雨，走进住院部大厅。

收伞进电梯，她本打算先去找盛秋实，却鬼使神差地按了二十楼。

从一到二十，不断有人进出，到顶层时只剩她一人，电梯门打开，走出门，数双眼睛朝她看过来。

宗瑛显然未料到会遭遇如此阵仗。她单手提着雨伞站在原地，身后的电梯门重新关闭，只有薛选青快步朝她走去。

数日未见，无法联系，薛选青默不作声地给了她一个拥抱，三秒之后，薛选青在她耳侧小声道："做好心理准备，不过别怕，我会陪你。"

宗瑛闻言，抬眸看向病房门口。

这时门被打开，主治医生走出来，他刚摘下口罩，邢学淑便迎上去问："怎么样?!"

主治医生沉着脸回道："很不稳定，很不乐观。"

邢学淑顿觉头脑缺氧，蒋警官则问："那大概什么时候能够允许探视?"

不等主治医生回答，邢学淑扭头怒斥蒋警官："探视什么?!都这个样子了你们却只关心什么时候可以再去问！今天要不是你们来，小瑜也不至于会这样！"她几近失控，伸手就去夺蒋警官手中的询问笔录，却被身后的宗庆霖一把揽住。

蒋警官往后退一步，将询问笔录递给另一位警官："收好。"

主治医生回蒋警官："什么时候能探视还不好说，如果你们急，可以去会议室等一会。"

他说完重新折回病室，门也再度被关上。

走廊里三三两两的护士走过，蒋警官看一眼时间，想想笔录只差最后确认，便决定去会议室等，他转头问薛选青："小薛，你是先走还是留一会?"

薛选青说："不走，除非有紧急任务。"她说着伸手揽过宗瑛的后背，"去坐会。"

宗瑛顺薛选青的意往会议室走，路过病房门口时，她察觉到邢学淑投来的目光，是不加掩饰的愤恨与觊觎。

会议室比起走道更为封闭。

大家各自坐了，那位做记录的警官一边整理物证及笔录，一边颇为可惜地叹道："看着心里真不是滋味，为什么拖到现在才讲呢?"

蒋警官道："十几岁的孩子，心里藏这么大的事情，忍到现在也是可怜。换成你，你也不敢说。"他说着拿过笔录，看向宗瑛，问她："你要看吗？"

宗瑛开了一整夜的车，面上疲意无可遮掩。

她渴望真相，但真相在眼前时，又难免心生怯意。

这份从一个病危孩子口中掏挖出来的笔录，鲜血淋漓。

宗瑛一言不发地从口袋里摸出药盒，倒出药片，仰头吞咽，直到喉咙口的异物感消失，她才转头看薛选青："讲吧。"

薛选青心中也是百般滋味，她起身问蒋警官要来那部物证袋里的手机，打开语音备忘录，道："你漏听了一条，邢学义在车祸发生之后，打电话报了警，之后留了这一段录音。"

她说着点开七月二十三日那条语音备忘，调高音量，室内响起邢学义的声音。

他呼吸艰难，语气却非常确定："我活不了了。"又说，"有些话，再不讲就迟了，小瑜——

"我猜你刚才听到，也看到了。那位叔叔今天晚上，是为了好些年前的事找来的，他最近知道我留了这个——"

短暂的纸张窸窣声之后，是深深的叹息："这份报告，是我写的。报告上这个药，我们投入了太多，如果为临床上一点点数据推翻了重来，就损失太大了。

"我们笃定……只改一点点不会有什么问题，但这报告……还是被打了回来。

"那天，严曼去新大楼看实验室，我和那位叔叔也一起去，后来为这报告起了争执，她掉了下去。

"这报告跟着她落地，我把它们捡走了，没有救她。"

语声越发吃力，到这时已夹杂着难抑的哭声："错了就是错了，篡改就是造假……"

薛选青按下停止键："当年的事情大概就是这样，至于他们为什么半夜上高速，宗瑜说，是因为那晚看到吕谦明的秘书拿了一袋毒品给舅舅，他很着急，闹着半夜回家想告诉妈妈，但在路上看舅舅状态不对，就忍不住问了，舅舅否认，所以他去翻舅舅放在副驾上的包——

"邢学义当天的确没有吸毒，那袋毒品也是刚刚拿到手，但可能心虚，不想让孩子知道，就腾出手去阻拦他。

"方向盘失控，后果就是我们知道的那样。"

天际灰蒙蒙的，雨无休无止。

门窗封闭的会议室里空气窒闷，外面间或响起杂沓的脚步声，最后都归于沉寂。

薛选青叹口气，打开手机浏览器，调出浏览记录。

她说："在检查手机内容的时候，我们发现了这些。"

这个病危少年，曾在意识清醒的时候打开手机浏览器，努力搜寻"7·23"事故的新闻，白底黑字之间铺满遇难者、幸存者的照片——

当场死亡的丈夫、妻子及其腹中即将出生的孩子，最后还有个形单影只的孤儿，缠着绷带坐在轮椅上，两只眼睛里是不合年纪的空洞与茫然。

他被惨烈的后果吓倒，不知这一切该如何归因，最后全算到了自己头上。他想到那对夫妇本可以安然无恙地抵家，本可以和家中等待的小儿团聚，舅舅原本也能将他送回家之后，再安全地返回郊区的别墅……但，没有机会了。

已经发生的事，无法倒退重来。

就像当年严曼在争执中坠落，在现场的另外两个人，为了避免嫌疑，罔顾尚有一丝气息的严曼，迅速逃离现场，放任她孤独无助地死去，也是无可挽回的既成事实。

从开始战战兢兢的沉默和遮掩，到此时把一切都剖开。

无奈的是，严曼不会再回来，"7·23"事故中丧生的人也不会死而复生。

追悔无济于事，桌上的手机电量耗尽，屏幕彻底漆黑一片。

外面起了风，裹挟密集雨丝扑向玻璃窗。

宗瑛坐着一动不动，握紧了拳，又松开。

薛选青想安慰她一两句，却见她忽然起身，拉开了会议室的门。

其他人循声看过去，只见门口站着邢学淑和宗庆霖。

3

谁也不知他们听了多久。

邢学淑消瘦的身体摇摇晃晃，几乎就要倒下去。宗庆霖单手用力扶住邢学淑的肩，目光移向打开门的宗瑛。

自那日在别墅不欢而散后，这对父女再没讲过一句话，此种状况下面对面，各自心中翻着骇浪，表面绷着的一张薄纸眼看着将被巨浪撕破时，宗瑛先开了口。

她说："你只需要告诉我，妈妈的死，和你有没有关系？"

一字一顿，声音在通畅安静的走廊里显得格外冷。

宗庆霖握紧拳，呼吸明显加快，鼻翼不断翕动，几次欲言又止，最后讲话时牙根都在发颤："她的死同我有什么关系？我不是叫你不要查了吗?！"

他一向笃定严曼是精神有问题才会去死，数年过去，即便也心生过怀疑，但比起真相，自杀的猜测到底更容易令人接受。如今录音摆到面前，要承认的不仅是严曼非自杀的事实，更是要承认他一直以来为了心安理得地活下去在自欺欺人——"她有病，她的死是她咎由自取，跟我无关，我也不想追查"。

宗瑛紧盯他，将他每一个神情变化尽收眼底，一分钟之后，她黯然垂眸。

数年来坚信的猜测被推翻，他先是惊愕，紧随而至是愤怒，之后是逃避与否认……却唯独没有懊恼。

他和高坠案无关，对此也不知情，但严曼不告而别的真相被揭开，他既无恻隐更无痛心，只有怒火包裹下的拒绝接受和自我撇清，真正的无情无义。

没什么可问的了，宗瑛侧过身，却又回头："数据篡改，也与你无关吗？"

宗庆霖被戳痛脚，怒斥："你懂什么?！"

"我确实不懂。"宗瑛转头凉凉地看他一眼，"但我至少明白，如果不是你们为利造假，妈妈也不至于死。"

薛选青这时走过来关门，她将宗瑛挡在身后，目光扫过喃喃自语的邢学淑。

在其"不是真的，不是这样……"的恍惚否认声中，薛选青道："要不是吕谦明给的那袋毒品，宗瑜也不会着急确认，'7·23'事故就不会发生，邢学义也不必死，可你却一直相信吕谦明能帮你，甚至不惜拱手让出股份和邢学义的遗物，真是遗憾。"

她接着抬眸告知宗庆霖："建议你查一查这位宗夫人和吕谦明的关系，再救子心切也不能歹毒到算计活人心脏吧。"

说完，薛选青伸手关上会议室的门。

宗庆霖和吕谦明不和多年，宗庆霖之前听到邢学淑通电话就已经有了怀疑，本还想压制着回家再算，可被薛选青这话一激，在门关上的刹那，他夺过邢学淑的手机，迅速翻找记录，数十秒后红了眼怒斥道："你都干了些什么？"

邢学淑没了人扶，无力瘫坐在走廊里，抬头哭着驳道："小瑜这个样子，你又做了什么？！你什么都不管！我有什么办法？我有什么办法……"

门内四个人，无人开口，只听外面争执起、争执歇，很快听得手机啪地摔到了地上，紧接着一阵脚步声，最后只剩了低低的抽噎声——宗庆霖扔了手机，罔顾哭得几乎丧失理智的邢学淑，头也不回地走了。

蒋警官叹了口气，但这毕竟是宗瑛的家事，当着她的面也不好评论，只起身去倒了杯水给她："喝点水吧。"

屋外哭声不歇，宗瑛看着那扇门，一动不动。

薛选青替她接过那杯水，正琢磨如何开口妥当，手机却突然振动起来。屏幕上显示来电人是"小郑"，薛选青接起电话，那边小郑一口气讲完，薛选青只在最后应道"晓得了，你继续关注"就挂了电话。

蒋警官问："局里的事情？"

薛选青点头道："沈楷被拘留了。"

宗瑛转头看她："沈楷？"

薛选青答道："毒品袋和照片上的指纹比对过了，一致，但都不是吕谦明的，而是他那个秘书沈楷的。"她收起电话抿唇想了想，又道："现在吕谦明那边有一些小动作，可能是想让沈楷替他顶罪。不过弃卒保车，也要看卒子弃不弃得掉，沈楷看起来也不是一般角色，就算他真愿意替吕谦明担责、纵火、涉毒、器官交易、你妈妈的案子，这么多桩只要有一项证据到位，姓吕的都逃不掉。何况邢学淑现在已经和他闹翻了，狗咬狗也是一场好戏。"

蒋警官嫌闷，起身去开了窗。

潮湿阴凉的风尽情地灌入室内，将桌上的笔录刮得哗哗响。

薛选青的手机再度来电，她瞥了一眼，想摁掉，但还是接起来，那边催她出一个现场，她讲："我现在有些事情，能不能叫小崔替我？"

那边说："小崔也出去了，你尽快到位，地址马上发你。"

薛选青这时当然不愿走开，然而紧急任务在身，却又不得不走。

她挂掉电话，皱眉垂首，捋捋额发，正想怎么开口，宗瑛却同她说："去吧。"

薛选青抬头望向宗瑛的脸，疲倦面容将内心一切波澜遮掩，这种时候越是强忍着平静，可能越是难过。她没什么安慰的话好讲，只伸手用力握了握宗瑛的手："早点回去休息，有事找我。"

薛选青走了，门外的邢学淑也不知被哪个护士带离，蒋警官又等了半个钟头，最后还是决定先撤。

会议室里只剩宗瑛一个人，十分钟后，陆陆续续有医生和护士捧着盒饭进来吃饭，满室饭菜香中，她起身走出门，路过宗瑜病房，她停顿片刻，面对"禁止探视"的牌子，她最终垂首提着雨伞，走向电梯。

浓云压城，还未入暮，天光却暗淡。

雨点密集击打漆黑伞面，清晰得仿佛直接落在了鼓膜上。

黄金周最后一天，因为下雨出了事故，道路更加拥堵，出租车司机不耐烦地按喇叭，公交车庞大的身躯被堵在道中进退维谷，医院救护车呜啦呜啦地示意让道，只有路边非机动车碾着雨水飞驰而过。

宗瑛不记得自己开了多久，才到699号公寓。

门口法国梧桐叶落满地，等枯褐枝丫全部裸露出来，它也将悄无声息地沉寂一整个冬季。

进门仍是扑面阴冷，电梯门口摆着正在维修的牌子，只能走楼梯。

狭窄窗户放进来的光线不足以照亮楼梯间，逼仄空间里满是阴湿尘味。

宗瑛闷着头一口气爬到顶楼，挨着重新粉刷过的白墙，心怦怦地跳，呼吸却非常节制。

她年幼时，公寓电梯还未换新的，时常无法工作，就只能爬楼梯，吭哧吭哧爬到顶楼，赖在家门口喘气，她便会朝里面诉苦："妈妈，电梯又坏了，我爬上来累坏啦！"

严曼打开门，看她气喘吁吁的模样就会说："爬楼梯就累成这样是不行的，平常叫你多锻炼有没有道理？"

诉苦不成反被教育，虽然也会小小地不开心，可毕竟门一开，妈妈就会出来。

她从口袋里摸出钥匙，又握紧，最后目光呆滞地看过去——现在再怎样要赖、再怎样诉苦，迎接她的都只剩紧闭的家门了。

孤零零地过了这么多年，到这个瞬间所有痛感蜂拥而至，令人胸腔窒闷，眼眶发胀，鼻尖泛红。

陈旧地板上响起细碎的脚步声，头顶过道灯霎时亮起，隔壁小囡走到她身侧，将手里提着的糕饼礼盒递过去："姐姐你终于回来啦，给其他家的都发完了呢，就剩你了！我今天过十岁生日，这个是我姆妈叫我给你的！"

她的声音清亮稚嫩，全是过生日的喜悦，丝毫没有意识到宗瑛的反常，只自顾自地说："盒子里有个草莓的小蛋糕特别好吃，但是我姆妈讲这个容易坏的，你要赶快吃掉才好。"她说完又抬头看宗瑛，瞪着一双大眼问："姐姐你生日是什么时候的呀？"

走廊里的灯倏地熄灭，宗瑛回应她的却只有沉默。小囡借暗光仔细去看，却只见宗瑛低着头，即便紧捂着嘴，仍有竭力克制的哽咽声。

地板上落了眼泪，风将过道里的旧窗吹得哐哐响。

这一天的中部某城市，同样下着雨。

晚十点零六分，盛清让坐在一家便利店里打开手机，用仅剩百分之七的电量打电话给宗瑛。

然而她的手机提示关机，座机无人接。他想起她摔坏的那部手机，心道她应该是还没来得及去修，而这个时候她大概也已经住进医院，家里电话自然也没有人接。

于是他关掉手机，视线移向便利店墙上挂着的快递标牌。

他转头问值班店员："现在从这里寄到上海，最快多少天能到？"

店员正忙着报废食品，头也不抬，轻描淡写地回说："到上海啊？最快隔天吧。"

隔天到。

盛清让迅速打开公文包，取出纸笔，低头写信。

值班店员完成手上工作朝他看去，这个看起来老派的知识分子埋头写好书信，一丝不苟地叠好装进快递信封，在面单上写了收件人信息，最后将信封郑重交到自己手上："麻烦了，请一定尽快寄出。"

他付了钱，店员好心地替他勾了签收短信提醒。外面大雨歇了，路灯照亮的城市，安静清美，室内则满是食物在汤锅里煮沸的味道。

悬在墙上的电视机播着夜间新闻，镜头快速切换间，他看到了那个熟悉的建筑Logo——

Sincere。

4

此次通报涉嫌临床数据造假的七家企业十一个药品中，新希制药赫然在列。

面对质疑与追责，新希通过官网发出的公告中称："临床试验环节的数据是由第三方机构提供的，公司正在进行调查，现在还无法确定责任方。"

典型的事后推诿。

镜头又切回直播室，在新闻评论员"临床试验作为检验药物安全性和有效性的唯一标准，目前却普遍存在擅自修改、瞒报数据等不完整、不规范行为，除了企业盲目追求不合理的成本……"的说话声中，盛清让走出了便利店。

尽管新希一再推脱责任，该来的调查和惩罚还是逃不掉。

除企业形象严重受损外，根据新政策中关于"临床研究资料弄虚作假，申请人新提出的药品注册申请三年内不予受理^①"的意见，新希未来三年内将无法进行药品注册申报。

此外，网络上陆续出现多条关于新希早年数据造假的爆料，甚至有好事者透露："新希早期研发部门负责人严曼就是因此而死。据说当年新希内部权职争夺非常厉害，严曼死之前，基本已经失去了对研发部门的控制权，前不久死于'7·23'事故的邢学义，同样如此。"

传闻林林总总，到底真相如何，也许只有当事人最清楚。

然而当事人不是锒铛入狱，就是已经永别人间，在距离"7·23"事故发生近三个月之后的这天，警方重新公布调查结果。相比事故发生时的热议状况，人们对结果的关注却多少显得有些冷清。

三个月够久了，足以让热点冷却。

上海也冷了，气温降到二十摄氏度以下，连日晴天也终于被淅淅沥沥的秋雨替代。

宗瑛患了严重感冒，状况极差，在医院一住数日。薛选青送检验报告来时，她刚挂完最后一袋点滴醒来。睁开眼，顶灯静静地亮着，外面天光惨白，雨雾迷蒙。

薛选青将严曼高坠案的物证鉴定书递过去，宗瑛接过来放在膝盖上，却迟迟不打开看。

薛选青问她："想去看你妈妈吗？"

宗瑛沉默片刻，点点头。

穿上外套出门，风雨扑面，薛选青冒着雨匆匆去取车，宗瑛上了车，收起手中雨伞。

---

① 引自《国家食品药品监督管理总局关于征求加快解决药品注册申请积压问题的若干政策意见的公告》（2015 年第 140 号），该公告于 2015 年 7 月 31 日发布。

薛选青瞥一眼黑色伞面上印着的数字和莫比乌斯环："还在用啊。"

两年前某个朋友的礼品店开张，请他们去捧场，那天下雨，宗瑛在店里印了把伞，起初薛选青以为"9.14"只是她生日，现在想来，当时她印这个，是因为严曼吧。

汽车轧着积水驶向公墓，到墓地时雨势转小，空气潮润，天际露了一缕晴光。

雨天墓园冷冷清清，视野中矗着密密麻麻的墓碑，常青矮松柏默不作声伴在一旁，两人走到严曼墓碑前驻足，宗瑛看看墓碑，又低头仔细抚平手中的鉴定书。

当初这个事故因缺少他杀证据不予立案，严曼因此遭受各种恶意揣测，而争执中推她坠楼、并放任她死去的人却一直逍遥法外。现在一切终于有了结果，却并没有拨开云雾见天日的痛快。

毕竟天人永隔，再也无法见了。

如果可以，她甚至希望这一切没有发生——九月十四，夜幕降临，家门打开，月光挟秋风入室，屋外响起汽车刹车声，严曼拿着生日礼物下车，步伐匆忙地走进来，对等在奶油蛋糕和蜡烛前快要睡着的自己说："我回来晚了。"

是回来晚了，不是再也回不来了。

宗瑛弯下腰，将鉴定书和白花放到墓碑前，雨滴啪嗒啪嗒地下落，很快打湿纸面，花瓣载着雨水，枝叶愈鲜绿。

尘归尘，土归土，既然真的回不来，那么就放在心底吧。

雨一直下到第二天，这天也是手术前的最后一天。

手术方案做得十分细致，并由她曾经的老师徐主任主刀，所有人都叫宗瑛放宽心，但她还是约了章律师，书面确认遗嘱内容。

确认前，章律师问她："除了财产处理外还要跟你确认一件事，你读医学院的时候签过一份器官捐献志愿书，需要取消掉吗？"

宗瑛想起上个月在宗瑜病房听到的那段手机录音，沉默半晌，抬头回说："不用。"

章律师将遗嘱递给她，签好字，外面天已经黑了。

十月下旬，天光渐短。

病房里的加湿器密集地往外喷雾，床头柜上空空荡荡，已经许久没有出现用新鲜报纸包裹的向日葵，这意味着盛清让很可能还没回到上海。

其实暂时不回来也好，再过十几天，一九三七年的上海即将沦陷，租界也将彻底成为孤岛，这时回来是最危险的。

宗瑛默默地想着，想起静安寺路上那一家子人吵闹生活的样子；想起小楼外落叶满地的景色；想起法租界里那间老公寓；想起服务处头发油光发亮的叶先生；想起被阳光铺满的楼梯间，想起晴日早晨煮沸的奶茶、带着油墨香的《字林西报》、咿咿呀呀唱"洋场十里好呀好风光"的手摇留声机……

又想起提篮桥铜匠公所剑拔弩张的那场内迁会议；想起日薄西山时血红的黄浦江；想起被人群推挤着渡过外白渡桥后血淋淋的一双脚；想起华懋饭店一楼墙面上被炸弹气流压平的小囡尸体；想起载满撤离妇女和儿童的英国驱逐舰；想起天棚下被秋雨冻得瑟瑟发抖的难民；想起老四满是血污的脸、浑身冰冷再无声息的二姐，以及无可奈何却必须离开上海的清蕙。

宗瑛神情黯然地走了神，护士忽然拿来好几份知情书、同意书让她签。

她低头逐一签完，护士讲："你明天最早一台手术，现在开始不要喝水了啊。"

宗瑛说："知道了。"

护士走后，病房里只剩宗瑛一个人，她转头怔怔地看向窗外，敛神下了床，披上外套在走廊里晃了会，决定回一趟公寓。

路上行人寥寥，到公寓门口时抬头一望，窗子大多亮着，只有二楼两间和她住的那一间，漆黑一片。

刷卡进门，坐上电梯到顶层，打开房门，按亮廊灯。

那廊灯忽然闪了闪，数秒后才恢复稳定。宗瑛移开视线，径直走向书房，俯身拧亮台灯，暖光霎时铺满桌面。

她坐下来，取过纸笔想了半天，最后低头写道："盛先生：我无法确定你何时会回到上海、回到这间公寓，也不确定你是否能看到这封信，我明天手术。"

金属笔尖在光滑纸面上滑动，她写着写着忽然停下来，抬起头，闭眼深呼吸，埋头又写道："我希望，我们还能再见。"

还未来得及落款，忽闻敲门声。

这么晚会是谁？宗瑛搁下笔起身，看一眼时间，晚九点多，绝不会是盛清让。

她打开门，外面站着公寓的保安。

保安递了一沓快递信封过去，道："这个是你的快件吧？积了好多天了呀。这个上面的电话打不通，我们就代你收了，但你一直不回来，也没法拿给你，刚看你这边灯亮了，就赶紧给你送过来。你快点看看，好像都是同一个人寄的。"

宗瑛低头查看面单信息，一眼认出是盛清让的字迹，快件揽收日期几乎是从他离开南京那天开始的。

她快速地拆开快件，从里面抽出薄薄的信笺，一张又一张，记录行程，报平安的同时又表达了问候。

宗小姐，我已抵汉口，这里下大雨，天气预报显示你那里也在下雨，天凉了，注意保暖。

宗小姐，我已抵武昌，月朗风清，又是良夜。你何时做手术？望一切顺利。

宗小姐，我将回上海，但回上海的路已不太通畅，须从扬州至泰州，转道坐船抵沪，望你平安。

电话铃声乍响。

宗瑛陡然回神，握着那一沓信笺快步走向座机。

越洋电话，那厢是小舅舅的声音，他讲："小瑛，没有打扰到你休息吧？"

宗瑛说："我还没睡，怎么了？"

小舅舅说："你外婆手术很成功，恢复得也不错，今天下床活动没什么大碍，她才肯给你打电话报平安。"

宗瑛松了口气。

小舅舅又讲："她想你下次休假能来我们这里住一段时间。"他顿了顿，仿佛带了笑般接下去说道，"还说希望你来的时候不是一个人。"

宗瑛"嗯"了一声。

小舅舅讲："我听她讲你交了男朋友，她给我看过藏在手机里的照片，看起来很不错的一个人，有点像——"

宗瑛眉头忽然皱起。

他接着道："像二十世纪三十年代的一位律师。"

宗瑛骤然屏息，又问："哪一位律师？"

小舅舅回说："姓盛，在巴黎修的法学博士，回国后也在我们家那间公寓住过，应该是最早的一批住户，没住几年，就去世了。应该是死于沪战期间，具体日子不太记得，天妒英才，可惜了。"

宗瑛怔在案几旁。

电话那边的讲话却仍在继续："怎么和你说起这个了？你一个人住，工作又忙，多注意身体，有空来看外婆。"

也不知电话是何时挂的，宗瑛回过神，骤地翻到最后一张信笺，上面只留了寥寥数语：

宗小姐，我明日回沪，望你万事顺遂，我很想念你。

宗瑛手脚发冷，反身回书房，打开电脑进入搜索页，打出"盛清让"三个字，敲下一直没敢按的搜索键。

黑白照跳出来，点开履历，一个人的生平，也只有短短的半页，对于乱世中茫茫众生里的一员而言，这半页记载已经够奢侈了。都不必拖动页面，便能一眼见得一个人的死期——一九三七年十月二十七日。

宗瑛连呼吸都暂停了，视线移向电脑任务栏，日期显示：十月二十六日。

他将死在一九三七年的明天。

5

宗瑛重回搜索页寻找蛛丝马迹，但连翻数页，也没能找到任何有关盛清让死因的记录。

她曾替许多人辨查过死因，关于盛清让的死，她知道的，却只有一个日期。前所未有的心慌涌上来，凉爽秋夜里，额头却冷汗直冒，宗瑛啪地合上电脑屏，短暂闭眼冷静了会，随即拉开抽屉拿起盛清让送给她的那块OMEGA手表，指针指向九点四十九分，距他来到这个时代还有十一分钟，而距他再次离开这个时代还剩八小时十一分。

可他现在在哪儿？她不知道。

电话铃声在寂静屋子里乍然响起，惊得宗瑛打了个寒战，她连忙起身，几乎是跑去客厅接了电话，那边传来薛选青的声音。

薛选青看着空荡荡的病床问她："明天早上就手术了，你这么晚不在医院休息，回家干什么？"

宗瑛回道："帮我个忙。"

薛选青听她语气异常焦虑，用余光瞥了一眼身旁的护士，问："什么事情？"

宗瑛闭眼道："床头柜第一层抽屉拉开，里面有个手机。"

薛选青依言照做，果真在抽屉里发现那部碎了屏幕的手机，单手抄起长按电源键："要手机干吗？都已经坏了。"

宗瑛不予解释，只说："拿来给我。"

薛选青麻利地将手机揣进裤袋，转过身就往外走，护士连忙追着她讲："一定要带她回来，明天一大早的手术！"

"知道了。"薛选青敷衍一声，快步走出医院，去往699号公寓。

深夜汽车寥寥，公寓大楼门口孤零零地亮着一盏路灯，附近戏剧学院的学生们三三两两地从门口晃过，对面小店仅有一家还在营业。

薛选青停好车，大步进门上楼，甫出电梯，就见宗瑛家房门敞着，里面透出昏黄灯光。

薛选青略觉诧异，三两步走进去，只见宗瑛站在老式座钟前，盯着快速旋转的指针愣神。

听得动静，宗瑛倏地敛回视线转头看她："现在哪里可以修手机？"

薛选青疑惑地问道："前段时间叫你去修你不去修，现在大半夜突然想起修手机，到底什么情况？"

她转过身："我找个人。"

薛选青说："打电话找啊。"

此时已过晚十点，薛选青来之前，宗瑛用座机接连打了三次盛清让的电话，所得回应均是：您拨打的电话已关机。

她摇摇头，薛选青隐约猜出一些端倪，问："是不是找那个盛先生？出了什么事情？"

宗瑛克制着焦虑情绪，回说："重要的事情。"

薛选青心中只有宗瑛的手术才是最重要的，其余一切都可推后，她大步走向宗瑛："到底多重要的事情必须今天晚上办？你明天一早手术，赶紧跟我回医院待着。"然而走到宗瑛跟前，薛选青倏地止步，垂眸瞥见案几上搁着的一张A4纸。

拿起一看，白纸黑字的履历，右侧还印了一张模糊的黑白照片，就是她认识的那位盛先生。

履历上标注着死亡日期，薛选青额颞突跳，她很快意识到宗瑛焦虑的源头——那位屡次被她为难的老派律师，明天就要死了。

一时间，薛选青心中几番犹豫定夺。

她本来心里希望宗瑛不要再涉险，好好待着等手术做完；另一方面，她又非常清楚这位盛先生对宗瑛而言有多重要，什么都不做，放任他在那个时代死去是不可能的，但是能做什么呢？一个即将死在过去的人，难道因为宗瑛的介入，就不死了吗？

踯躅不定之际，她抬头对上宗瑛的目光，下定决心，一咬牙说："穿上外套跟我走。"

两人出门匆忙，宗瑛关门之际，抬头望向顶部廊灯，怔了片刻，手伸进屋"啪嗒"按灭了开关，一片漆黑。

薛选青上车拨了个电话出去，叫醒一个修手机的朋友，寥寥几语之后，约在店里见面。她挂掉电话，拉好安全带发动汽车。

宗瑛半开车窗，风便往里涌，电台广播里放着软绵绵的歌曲，伴着夜行人穿过城市腹地，前往目的地。

薛选青的电话过十分钟响一次，全是医院打来的，她没有接。

汽车最终拐进一条小巷，在道旁香樟树下停好，推开车门，落叶就打着卷地往头上掉。

夜深了，街对面一排维修店，只有一家亮着白灯。

薛选青推门进去，宗瑛紧随其后，柜台后面一个黄毛青年开着一台笔记本打游戏，听到进门声，扭头朝她们看过来。

薛选青从口袋里摸出手机往柜台玻璃面上一放，对面黄毛瞥一眼，伸臂一摸，拿到手里翻转几次，嘀咕"都坏得不能开机啦"的同时，拧开修理台的灯。

拆机，分析故障，替换零件，黄毛修得不紧不慢。

宗瑛抬手看表，时间过得飞快，已快接近十二点，还剩六小时。

薛选青皱眉敲台子："能不能快点？"

黄毛慢悠悠地说："急什么呀，慢工才出细活啊！"

任薛选青催促，他仍我行我素，最后拧好两颗螺丝，大拇指紧按电源键，脑袋转向柜台外："猜开不开得了机？"

话音刚落，屏幕亮起，手机搜索到信号，各种推送蜂拥而至，黄毛说："这有多久没开机了？震得我手都麻了！要知道——"他话还没完，薛选青探身越过柜台从他手里夺过手机，递给宗瑛。

屏幕映亮宗瑛的脸，她面色极差，一来是禁食禁水致血糖低的缘故，二来也实在太着急。

她飞快地在推送中寻找关于盛清让的消息，但除了少量的短信提示，一无所获。

在薛选青"有什么收获没"的询问声中，她沉住气，打开设备定位APP，地图显现出来，然而整张地图上，却只孤零零地显示她一个设备。

这时已过晚十二点，另一个红点却迟迟未上线。

到底是没电关机，还是已经——遭遇了意外？

战争年代的死亡时间记录未必准确，也许记录的日期比实际更晚，宗瑛眸光倏黯，薛选青在一旁蹙眉抿唇，狭小的一间屋子里，霎时只听得到沉重的呼吸声。

黄毛突然开口打断这沉默："刚刚那么着急，现在修好了怎么反而没动静了？我还得回家呢，你们……"

薛选青拉过宗瑛，转头对黄毛讲了声"上线给我留个言，钱我转给你"就匆匆出了门。

两个人在车里坐了几分钟，最后薛选青拉好安全带做了决定："不管怎么样先回医院，有情况再说。"

她说完便发动汽车往医院开，这时的夜色更加寂寞，连东方明珠塔都熄了灯，路上只有夜班出租车快速掠过，整座城市几乎都睡了。宗瑛始终盯着屏幕上的红点，一直到医院，地图上仍只显示她一个，好像盛清让从来没有出现过。

护士见她回来终于松一口气，埋怨两句，赶紧督促她去休息。

宗瑛神色黯然地躺好，薛选青知她难过，在旁边坐着陪了她一会，口袋里手机振动，她悄无声息地起身走出去，顺便关掉了病室的灯。

黑暗铺天盖地覆下来，一切都安静了，宗瑛甚至能听到自己的心跳声。

药物的作用令她思路迟钝，但无论如何也是睡不着的，半夜走廊里的每一次脚步声，她都听得清清楚楚。

不知到了几时，黑暗中手机屏伴着极轻微的振动乍然亮起。

宗瑛几乎是在瞬间拿起它，点开定位APP的推送，另一个红点赫然出现在了地图上——来不及多做思考，只本能地放大地图定位寻找另一部手机的位置，才刚刚看清地点，甚至来不及截屏，那个红点就倏地暗了下去，再打盛清让的电话，还是关机。

宗瑛怔了两秒，连外套也来不及穿，抄起床头柜上的车钥匙就出了病房。

护士站里一个护士，见她头也不回地往楼梯间跑，回过神去追时，她已经没了踪影。

待护士打电话通知薛选青时，宗瑛已经开车驶离了医院。正在对面便利店里吃夜宵的薛选青挂了电话连忙出门，路上空空荡荡，她迅速打给宗瑛，但一直占线，遂只能打向别处："我的车好像被偷了，帮我定位下位置，车牌号沪B……"

一个小时后，夜幕将撤，黎明迫不及待要登场，宗瑛抵达定位点。

街上的人少得可怜，宗瑛放缓速度寻找，两边迎面走来的人中却没有一个是盛清让。

她无法通知他待在原地别动，距定位出现已经过去一小时，他很可能已经移动到别处，很可能——来不及找到了。

时间飞逝，天际光线愈亮，焦虑就累得愈多。宗瑛将视线移向车窗外，一路寻找道旁的便利店，就在六点将近时，忽然一个急刹车，宗瑛身体前倾差点伏在方向盘上。她定定神，抬眸，那熟悉身影就在她车前止了步。

恐惧、焦急、惊诧、庆幸在此刻全化作本能——下车快步走向对方，用发抖的手紧握住他的手，仅仅讲一句："没有时间解释了。"

她不知他死在哪里，为什么而死，更不知如何避免，唯一有可能做出一点改变的——就只有跟着回到那个时代。

一秒，两秒，三秒，天地全换。

而另一边火急火燎赶到现场的薛选青，迎接她的却只剩一辆空车。

薛选青愣了片刻，打了个电话回去："车找到了，谢谢。"随后坐进车里，看到宗瑛那部手机，再按它，已经没电了。

她在车里呆坐了会，最后转头驶回医院，通知手术主刀徐主任。

回到一九三七年的两个人，体会到的是另一重人间。

这一日拂晓，日军侵占闸北并纵火，而他们所在的位置，不偏不倚，就在闸北。

满目疮痍，到处插满太阳旗，仅很远处的四行仓库仍在坚守。

远处零星枪声之后，是激烈的交战声，战机在空中来来去去，整个闸北充斥着灼烧的呛人气味。盛清让霎时拽过宗瑛，两人避至一堵砖墙后面，视野所及处皆断壁残垣。

盛清让双手抚平宗瑛散乱的头发，最后掌心贴着她双颊，觉得冷极了，他还注意到她穿着病服，手上住院手环还未摘掉，这意味着她是从医院里跑出来的，且一定离开得非常匆忙。

他喃喃不安地说道："太危险了，为什么这样做？"

宗瑛还没从寻人的焦虑中缓过来，过了半晌才讲："我担心不来，就再也见不到你了。"

枪炮声虽不在近处，但仍令人神经高度紧绷，两个人的呼吸节律和心率都非常快。

盛清让因她这句话久久不知说什么，回过神快速脱下风衣，将身着单衣的宗瑛裹起来。

宗瑛抬头问他："你什么时候回的上海？"

盛清让一边帮她穿风衣，一边："昨天晚上。"

他快速替她系好纽扣，又解释匆忙赶回上海的理由："工厂内迁的凭证单据都放在银行的保险箱里，必须尽快取出来转交给调查处的人复核，所以我回了上海，但昨天到上海时已经很晚，本想直接去银行的位置，没来得及。你呢，还没有做手术吗？"

宗瑛这期间遇到了太多事，能讲的事其实一大堆，但时机、场景都不对，也只能说："我的事暂时不重要，现在的问题是怎么才能离开这里？"

此地距离公共租界并不算太远，然而想越过日军防线却是难事。

盛清让深深皱眉，他公文包中携带的许多文件都与内迁有关，如被日军搜查出来，后果不堪设想。

宗瑛察觉到他的担心与不安，握过他的手，竭力让自己冷静。

她否定自己刚才的提问，讲："不，试图离开这里也许会有更多麻烦。"在敌占区，任何将自己暴露的行为都十分危险，如果能找到合适的藏身处，不如等到天黑再做打算。

一架战机从他们头顶轰隆隆飞过，径直飞往四行仓库的方向。

仍有日军在纵火，闸北各地升起来的烟柱直冲云天，空气里的烧灼气味更重了。

宗瑛迅速打量四周，不由分说地拽过盛清让就往西边走——多数民宅在之前的轰炸中已经支离破碎，只剩少量还剩下墙壁，穿行在废墟里，想找一处隐蔽场所并不容易。

忽然盛清让拉住她，指向左手边的宅子。

那宅子屋顶没了，门槛尚在，跨进去转向左侧又是一进门，再往里搁着一张八仙桌，凳子散乱地倒在地上，旁边有些粗糙的碎瓷片，里屋的门还在，墙壁坚实，门后是个很好的藏身所。

留在这个地方，是继续将盛清让推向不归途，还是带他避开意外，宗瑛心中毫无把握。

因为不知他会在哪里遭遇不幸，所以也不知自己的决定是错还是对。

远处枪炮声一直在继续，按方位判断应该在火车北站的位置，谁也不知道这一战会打到何时，宗瑛不时看表，直到十点十五分，才迎来短暂的安静。

这安静令人不知所措，被困此地什么也做不了，唯一能做的只有等。

两人挨墙角而坐，缺水缺食物，为保存体力，尽可能地连话也少说，艰难地熬着时间。

大概至下午一点四十五分，外面烧得愈厉害，能明显感觉到肺里被焦灼气味填满，一呼一吸之间，没有干净的空气。

四行仓库方向突然传来炮声，火力持续时间不久，很快歇了，周遭再度陷入诡异的安静中。

五分钟后，屋外突然响起动静。

脚步声起，脚步声歇，间或夹杂着一两句日语，以及用刺刀翻找东西的声音。

来者一共两个人。

宗瑛咬紧牙，为了忍着不咳嗽，已经憋红了脸。她侧头看一眼盛清让，盛清让也看向她，两人不约而同地握住对方的手站起来，避在门后等。

脚步声非常近了，隔着门缝，宗瑛看到小太阳旗一闪而过。她屏息靠墙等待，盛清让从公文包里取出上了膛的、还剩两颗子弹的勃朗宁。

两人心率都逼近峰值，虚掩着的木门乍然被推开，刺刀探进来，几乎在刹那间被宗瑛握住枪杆往前一送，持枪人还没来得及抬脚，即被高门槛绊倒。宗瑛一脚踹开那把刺刀，对方回过神瞬时反扑过来，此时另一个日军也闻声冲过来，宗瑛后脑勺撞上门板，吃痛咬牙——

接连三声枪响。

一切又都安静了。

宗瑛头晕目眩地看向盛清让，视野却模糊，只依稀看到血迹。

那支勃朗宁里仅有两颗子弹，三声枪响，至少有一枪不是盛清让开的。

呼吸声越发沉重，眼皮也越来越沉，天地间的气味好似都被血腥味替代，安静得什么也听不见了。

宗瑛眼皮彻底奄下去之前仅剩一个念头——

盛清让中枪了，而她也将丧失意识。

死于战时也不一定是轰轰烈烈，多少人在这场战争里，悄无声息地丧了命。

死前没有多壮烈，死后也无人知晓他们是如何死的。

四行仓库的守卫战再次打响，日军火力聚集到四行仓库外部攻打，中国守军给予勇猛反击，双方你攻我守，战事愈烈，似闸北这一场大火一样，越烧越旺。

而在这座缺了屋顶的民宅里，一双带血的手费力地将宗瑛从门板前拖起来，重新带回了墙角。

盛清让将昏迷的宗瑛安置在里侧，这才看向自己的左腿。一枪正中左侧小腿，血安静地往外流。他吃力地撕开衬衣下摆，往伤口里填塞布料止血，但很快布料就被染红。

一个人的等待比两个人的等待更为漫长。

听着远处的激战声，仰头看天，仅仅可见一方狭小天空，烟尘涌动，蓝天仿佛都被染成黑红色。

时间消逝，体内的血液也一点点流失。

疼痛慢慢转为麻木，肢体能感受到的只有冷——因为失血和饥饿带来的冷。

四行仓库的炮声密集程度由高转低，头顶天空彻底转为黑红色，浓烟呛人，这火却无法温暖人的身体。

时间过得格外缓慢，好几次，盛清让都感觉自己撑不下去了。

体温下降得太快，他冷得浑身发抖，唇色早已发白，意识也濒于崩溃边缘——人的身体被逼至绝境时，难免冒出将要命丧于此的念头，比起坚持活下去，闭上眼是更简单的事。

然而，如果他不坚持活下去，宗瑛大概也就无法回去了。

他转头看向里侧的宗瑛，摸索着握住她的手腕，感受到她微弱的脉搏。

为了将宗瑛送回她的时代，他只能且必须撑下去。

以防万一，他拖过公文包，指头探进去抓到钢笔，又抓到他收在包里的那只空烟盒——

拆开铺平的烟盒，正面印着Peace Infinity与和平鸽，背面一片空白。对着暗光，他拧开钢笔盖，拼尽最后一点力气，颤着手写下了宗瑛住院的医院地址，以及薛选青的手机号，最后写道："请将我们送至此医院，或联系此号码，万谢。"

二〇一五年的上海，这天迎来阴历九月的满月。

月亮高高悬着，不屑与满城霓虹灯决高下，只将月光奢侈地洒满小巷。

晚十点零四分，一个小囡捧着一个石榴从旧小区楼梯间跑出来，后面大人追着喊："没有灯你慢点啊！"

小囡走两步突然停住，手里的石榴啪嗒一声掉到地上，扭头马上号啕大哭："姆妈，有人死我家门口啦！"

深更半夜，救护车、围观人群、急匆匆赶来的媒体，让一个冷清的老小区突然热闹起来。

救护车鸣啦鸣啦地疾驰至医院，急诊绿色通道开启，护士站一个电话打到神经外科，盛秋实接了电话。

徐主任一直在医院等，听到消息搁下手中病历，立刻吩咐准备手术。

急诊手术室里，另一台抢救手术也即将开始。

手术灯牌齐齐亮起，其中一盏熄灭时，另一盏仍然亮着。盛清让被推出手术室，却仍处于昏迷状态，等他醒来，视野中仅有病室里的惨白顶灯，看不太真切。

外面走廊已经热闹起来，脚步声纷繁杂乱，有人快步朝他走来，给他调了一下输液速度，又帮他按下呼叫铃。

盛清让想开口问，喉咙却是干哑的。

护士俯身，说道："和你一起来的那位手术刚刚结束了，很顺利，你安心再睡会吧。"

他瞥向监护仪，上面时间跳动，从05:59:59跳到06:00:00——

又从06:00:00跳到06:00:01、06:00:02、06:00:03……等他回过神，已经到了06:01:00。

他躺在医院病床上。

而留在一九三七年闸北的，仅剩一只公文包。

– 全文终 –

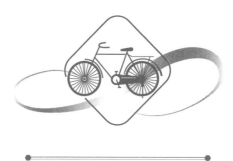

尾 声

※一九〇五年十二月二十四日　十六点三十分　上海公共租界　爱文义路广仁医院

盛清让出生。

护士将新生儿包好，递到产床旁给他生母看了一眼，随即将其转交给盛家来的用人。

冬日天光短，用人带着他回到静安寺路盛公馆时，暮色已将小楼彻底吞没。

大门外电铃响，盛父坐在沙发里身体前倾抖落烟灰，盛夫人静坐在藤椅里眉眼上挑，二楼的孩子们拉开窗帘往外瞅，看用人抱着一个陌生婴儿穿过寒冬夜风走进来。

※一九八七年九月十四日　六点二十四分　上海市静安区　长乐路第一妇婴保健院

宗瑛出生。

晨曦穿透玻璃照亮走廊，方女士彻夜未眠，听护士说严曼生了，从长椅上起身，打电话通知宗庆霖。

———— ∞ ————

※一九一二年十二月十三日　上海　虹口　盛清让大伯家

这一年溥仪退位，国父提出辞呈，盛清让在大伯家寄住已经是第五年。

他七岁，从记事起，家里便只有缭绕烟雾和日复一日的麻将声，下了学也无人管饭，口袋里无分文，只得躲进厨房吃中午剩的饭菜。

踩着凳子小心翼翼地从纱橱里端出瓷碗，烟味和香水味却骤然逼近，一个耳光挥过来，头先是撞了纱橱门，随后脚一崴，跌下凳子，脑袋就着了地。

盛饭的瓷碗摔得支离破碎，米饭全喂了冰冷的砖地。

大伯母气势汹汹骂他："贼骨头！哪个准你吃?！"骂完便又将他揪起来揍。

五年战战兢兢的生活逼出了察言观色的本事，只看大伯母的脸色，他便晓得今天麻将是赢是输，便能猜到今天要不要挨打，也因此敏感内向，不敢还嘴，更无力还手，挣扎也只是徒劳。

忍无可忍时他哭着跑出门，站在寒风萧瑟、空空荡荡的大街上茫然四顾，可却哪里也去不了。

※一九九〇年十二月十三日 上海 699号公寓

这一年民主德国和联帮德国合并，第十一届亚运会召开，上海地铁一号线正式开工建设，三岁的宗瑛还没上幼儿园。

家里录音机唱着"情缘亦远亦近，将交错一生①……"，宗瑛蹲在一旁拆了整整五盒磁带，被方女士抓了个现行。

方女士说："你妈妈马上就要来教训你了。"

她吓得赶紧把磁带都塞到纸盒子里，严曼从书房里走出来，拿着一沓论文问她："上面这只乌龟谁涂的?"

她指指趴在地毯上玩水彩笔的猫，严曼正色，她便连忙补充说："不是它！"

严曼哭笑不得，只能重新打印，又教她以后不能撒谎，不能不分轻重给别人添麻烦。宗瑛似懂非懂地点点头，花了好久的工夫，最后把扯

---

① 引自关淑怡演唱歌曲《难得有情人》。

出来的磁带，又都卷了回去。

———— ∞ ————

※一九一七年九月十四日 上海

这一年，张勋复辟失败，第一次世界大战还没有结束，上海特别市成立，大世界落成，先施公司开张，盛清让读中学。

※一九九五年九月十四日 上海

这一年，世贸组织成立，国家开始推行双休制，Windows 95发行，宗瑛读小学。

生日这天，她永远失去了严曼。

———— ∞ ————

※一九一九年八月二十日 上海

这一年，一战结束，巴黎和会召开，盛清让备考东吴大学法学院。

十四岁的少年，已经学会不动声色地处理伤口，在承受与忍耐之外，还学会了积蓄力量。

夏风翻动桌上书页，窗外海棠树上栖着栗毛雀，它停留了一会儿，最后振翅一跃，便飞出了这一方小小庭院。

※一九九七年八月二十日 上海

这一年，香港回归，宗瑛申请跳级。

———— ∞ ————

※一九二三年十二月二十四日 巴黎

法国人准备大餐迎接平安夜，盛清让因无力支付房租，被房东扫地出门。

提着行李从不到十平方米的房间里出来，迎接他的是巴黎夜晚的寒风和空旷的大街。

※二〇〇一年十二月二十四日　上海

平安夜同学纷纷回家，整个上海充斥着迷醉的气息。

住校的宗瑛在宿舍泡了一碗面，拧亮台灯，翻开桌上的题册。

———— ∞ ————

※一九二五年九月八日　巴黎

盛清让打工结束回到住处，通宵准备论文。

※二〇〇三年九月八日　上海

宗瑛办理入学手续，正式入读医学院。

———— ∞ ————

※一九三〇年九月二十一日　上海

盛清让取得上海律师公会会员证书。

※二〇〇八年九月二十一日　上海

宗瑛参加二〇〇八年医师资格考试医学综合笔试。

———— ∞ ————

※一九三二年十月七日　上海

盛清让为被欠薪的工人辩护，耗时一个月后的这一天，终获胜诉。

※二〇一〇年十月七日　上海

宗瑛参与人生中第一台神经外科手术，顺利完成。

———— ∞ ————

※一九三七年七月十一日　二十一点二十分　上海　699号公寓

盛清让结束学界的一个应酬回到家，开廊灯，换鞋，烧开水，洗澡，坐在沙发上走神。

十点整，廊灯忽然灭了。

※二〇一五年七月十一日　　二十一点二十分　上海　699号公寓

宗瑛出完现场回家，按亮廊灯，换鞋，烧开水，洗澡，坐在沙发上走神。

十点整，廊灯闪了闪，手机振动，她接了个紧急任务出门。

———— ∞ ————

※二〇一六年三月十一日　十七点三十分　上海　徐汇区湖南路某书店

在上海图书馆待了近乎一整天的盛清让走出大门，没走多久，见一扇黑色铁门，拐进去就是一家花园书店。

这几日南方大幅降温，可即便春寒料峭，还是迎来花开。

从二〇一五年十月二十八日早晨到现在，已经过去一百三十五天，这期间发生许多新鲜事，与之前最不一样的是，他终于能走在大亮的日光底下，打量这个陌生时代。

一切都是新奇的，但想在这里像普通人一样活下去，手续繁复。

不过，解决户口的新政落地，身份问题也不是不可能解决。

书店燃着熏香，背景音乐舒缓，人们或安静读书，或坐着饮咖啡，是和平年代才有的安逸。

他从新书架上看到一本褐色封皮的书，书籍内容关于抗战老兵，他翻开扉页扫过目录，一个熟悉的名字就瞬间从十几个名字中跳出来。

对照页码，迅速翻到一百五十七页，页面上方居中四号宋体字写——

采访对象：盛清和。

盛清让逐字读过去，仿佛听他面对面讲参加过的战役。最后撰书人问到有关他家庭的往事，他也是缓缓道来。

在他讲到"我还有一个三哥，沪战时期忙着往内陆迁厂，因此也死在上海了。那时我在前线打仗，疑他总做无用功，但后来想，保存后方实力支援前线的事，总要有人去做的，他要活到现在，也该九十六岁了"的时候，盛清让不由得将手中书籍握得更紧。

一九三七年十月二十七日晚十点之后，他在那个时代已经"死亡"，不会再见到一九三七年十月二十八日的日出。取而代之的是，他见到的是二〇一五年十月二十八日的曙光，迎接的是这个时代里崭新的一天。

他想起闸北那个漫天火光的夜晚，仍然心有余悸，如果宗瑛不在他身旁，如果不是为了将宗瑛送回她的时代，他很可能坚持不到晚十点，就那样死在闸北的火海里了——

看起来好像是他带宗瑛回到二〇一五年，实际却是宗瑛带他回到了这里。

盛清让继续往后翻，接连看到数张老照片。

有孩提时的独照，有年少参军时的证件照，有和战友的合影，有盛家各奔东西时的留念……到最后一张，照片终于变成彩印，是一大家子的合照，最前面坐着盛清和与他夫人，身后儿女子孙满堂。

该书是再版修订图书，这篇采访的日期是二〇〇一年，那时盛清和已九十五岁高龄，照片里的他白发苍苍，满是皱纹的脸上，有岁月堆砌上去的苦与乐。

盛清让合上书，放回原位。

口袋里的手机突然振动，他拿起一看，是宗瑛发来的消息，说下班了，问他在哪里。

盛清让发了个定位给她。

二十分钟后，宗瑛抵达。

盛清让正站在书堆前，翻一本厚厚的硬皮外文书。

黑色封皮上印着烫金字样：The book of answers（答案之书）。

宗瑛悄无声息地走到他身边，随手拿起一本，抬眸看了一眼书堆上摆着的答案书使用说明——"将书合上放在手中，闭上眼，思考一个封闭式问题，把手置于书的封面与封底，并轻抚书页边缘，若感觉时机已对，翻开书，那一页即是答案"。

她放下书，忽然转头问翻书入神的盛清让："在想什么问题？"

盛清让这才察觉到她已到他身边，他抿唇想了想，回道："几分钟之前已经发给你了。"

宗瑛想起停车时手机的确振动了一下，但她没有及时打开。

她正要拿手机，盛清让却将手里那本答案书递给她："不翻翻看吗？"

宗瑛抬眸对上他的目光，随即又闭上眼，拇指抚过书页边缘，数分钟后，霍地翻开。

整个页面里，除了边框，仅仅印着一个小小的单词——"Yes"。

他微笑垂眸："你看一下手机消息。"

宗瑛点开推送进来的信息，最新一条是："Will you marry me?"

他举着书问她："想重新翻吗？"

宗瑛摇摇头。

—Will you marry me?

—Yes.

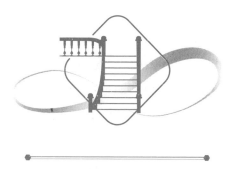

番　外

冬末春初，宗瑛发现一些蛛丝马迹——

盛清让似乎在为出远门做准备。

年初宗瑛恢复工作之后，逐渐忙碌起来。难得按时下班的一个傍晚，两人吃过晚饭，宗瑛窝在沙发里整理资料写论文，隐约听到阳台传来的讲话声。她偏头一瞥，被夜风揪扯的窗帘外，盛清让正挨着栏杆讲电话，他的左臂搁在栏杆上，手腕底下压着记事本，右手握笔不时地写些什么。

屋外已黑透，远处灯火在黑幕前闪烁，从阳台窜进来的空气还有丝丝的冷，外面的温度可能都不到十摄氏度。

盛清让似乎全未觉察到客厅里投来的目光，低着头只专注记录。

宗瑛不晓得他在同谁联系，更不清楚他在做什么计划，只自顾自地敲打键盘写论文摘要，这时盛清让关上了阳台的门，收起电话进屋。

室内涌动着的冷空气顿时停滞下来，宗瑛接着往下写，敲键盘的节奏却明显变慢，视线看似在屏幕上，注意力却随盛清让移向了书房。

他进去待了大概半分钟，很快就拿了一沓书出来，将它们往茶几角落一搁，又去厨房煮了一壶水果茶，甜甜暖暖的味道溢满整个房间。

宗瑛调整了坐姿，上身前倾探看茶几上那一摞书。

最上边一本人教版《汉语拼音——标准中文》，封面绘着几个卡通人物，大概是语文课入门教材。

老古董先生没有学过现代汉语拼音，却又眼红拼音输入法的效率，便只能搬起小学生教材从头学起，按说求学上进是很严肃的事，但宗瑛看几眼封皮，竟隐约觉出几分可爱。

然而没想到幼儿版教材下面，压着一本《汉语拼音经典方案选评》，看样子是讲汉语拼音发展史的，都不用翻便晓得这绝不是满足入门诉求的书籍，不过倒很符合老派先生穷原竟委的作风。

再往下——《芬兰语入门》映入眼帘。

学汉语拼音的动机可以理解，但是芬兰语？

宗瑛微微眯眼，这时他搁在一旁的手机突然推送进一条消息，发信人薛选青，内容是："刚才跟你说的芬兰VR订票攻略[链接]。"紧接着又是一条："不过友情提醒，宗瑛的因私护照不在自己手上，得跟单位打申请。"

宗瑛刚刚看清内容，屏幕就熄了。

盛清让端着玻璃壶从厨房折回，俯身将水果茶倒进杯子里，宗瑛伸手拿了一杯，假装什么也不知道，等他在沙发另一端坐下来，才不经意般提醒说："刚才你手机好像有消息进来。"

盛清让这段时间几乎整日耗在图书馆自习室，手机基本静音，经宗瑛一说立刻拿过手机解锁屏幕，果真看到了薛选青发来的消息。

他稍稍抿唇，宗瑛目光却重新移向电脑屏幕，装作看资料的样子，并惬意地饮了一口水果茶。

芬兰语、订票、护照——

几个关键词一串，宗瑛心中便大约有了数。

只可怜老古董先生低估了现代警察出国手续的严密和繁琐程度，薛选青这句"宗瑛的因私护照不在自己手上"，才让他意识到计划最大的阻碍竟然是他要瞒住的那个人。

瞒不住的就不是惊喜了，盛清让看着手机屏幕陷入为难。

改国内路线？那样只要身份证号即可，事情会变得简单不少。

但宗瑛想去国内哪个地方？他不晓得。他唯一确定宗瑛想去的地方，只有拉普兰德，他见她看过相关的纪录片，也从薛选青口中得知她曾经确有计划要去拉普兰德地区度假，因此在确定宗瑛将有额外几天婚假的消息之后，他便着手开始准备，第一次接触"旅游网站"、接触"订票平台"、接触"攻略"……在接触了诸多新名词和数篇旅行经验之后，他自己甚至也做出一份很不错的计划来。

然而计划再好，无法落实便是纸上谈兵。

他坐在沙发另一端犹豫再三，最终打算将计划透露给宗瑛时，宗瑛却合上笔记本电脑，捧着茶杯问他："你怕冷吗？"

盛清让感觉突然，蓦地抬头，却听宗瑛接着问道："不怕冷的话，我们去北极吧？拉普兰德，想一起去吗？"

猝不及防。

宗瑛侧身将杯子放回茶几，见他不答，反问："难道不想去？"

盛清让这才回过神，晓得她已经是猜到了。

于是去拉普兰德正式摆上日程。

宗瑛还是如常上班，盛清让仍将大部分时间耗在图书馆，偶尔接一些法语翻译工作，余下的时间便用来为旅行做准备。

看他如此操心又乐意琢磨，宗瑛便轻轻松松做了甩手掌柜。她想，对盛清让而言，这可能也是打开并探索这个新世界的一次好机会，当真就一切随他安排，从不过问进度。

因此到机场前一刻，宗瑛对此次旅行的行程安排还一无所知。

去值机柜台办完票，成功托运了行李，宗瑛低头看着登机牌上的目的地，才确定是飞去赫尔辛基没错。

没有晚点，准时登机，一切顺利。

宗瑛挨着舷窗坐好，盛清让坐她旁边，看着屏幕上的航线图，交握双手，悄悄抿唇，是对紧张的一种努力掩饰。

第一次坐现代飞机，就不小心坐了个长途，紧张也是难免的。

宗瑛扣好安全带，说："没关系，我不常出门，也很久没坐过飞机了。"

她难得的安慰听起来生疏笨拙，很显然，这话并不能有效缓解盛清让的焦虑情绪，起飞的刹那，宗瑛察觉对方握住了自己的手。

偌大的飞机穿过低矮云层，舷窗外光线逐渐刺眼，因为时差，平白多出六小时，这一天会变得格外漫长。

十个小时的飞行，落地时是芬兰的下午。

机舱内灯光陆续亮起，宗瑛听到耳边有人轻声喊她，便从睡梦中折返，扯下眼罩，陡遇明亮灯光，下意识地又闭了闭眼，紧跟着怀里就被塞了一件松松软软的羽绒服。

起飞时一件薄大衣足够，抵达时外面却是零下的冰雪世界。

"我们到了。"盛清让说。

长时间的飞行让他的声音听起来有些低哑，但语气却透出几分愉悦与兴奋。

宗瑛透过舷窗看出去，阴云盘踞在空中，仿佛还要下雪的样子，身后接连有乘客下机，久睡醒来的宗瑛却迟钝地抱着羽绒服发呆。盛清让侧身解开她的安全带，察觉到她的恍惚，探身低头挨了下她额头温度，确认她没有发烧才松一口气，转而递去一只保温杯。

喝一口温度恰到好处的热水，感官才缓慢苏醒，到了室外，真正踏上这北国土地，迎面扑来的寒冷，才叫人彻底醒了。

风里有雪的气味，冷冽，又锋利。

坐车直奔赫尔辛基中央火车站，盛清让拿着他的手记本，打算按照记录下来的攻略指引去寄存行李，同时征求宗瑛意见："我们去罗瓦涅米的火车是晚上的班次，现在还有几个小时，可以出去吃饭，走一走。"

宗瑛捧着保温杯点头说："我在这里等你。"

盛清让获允，立刻推着行李去寄存，宗瑛转过身看向外面的曼纳海姆大街，想起去年独自在客厅看拉普兰德的纪录片，那晚她与盛清让在家中第一次狭路相逢，没有想到如今自己会真的踏上芬兰去往北极圈，更没有想到这位不速之客会留在这里，努力适应崭新的生活。

出了中央火车站，在街边餐厅吃了饭，两人路过岩石教堂。

宗瑛对它略有耳闻，从整块岩石中开凿出的教堂，外观不过一块高地，内里却别有洞天。

从隧道般的入口进去，直径二十四米的巨大穹顶及支撑它的一百根铜条扩张了整个空间，置身其中，丝毫没有身在地下的压迫感。

临近傍晚，教堂里人已寥寥，起初还有琴声，很快连琴声也停了。

蜡烛静静地燃烧，特殊的设计使得教堂内有一种天然的肃穆感。

天渐渐暗了，两个人在长椅里坐下来，谁也没有说话。

过去的大半年，两人都经历了诸多起伏与变化，人生往前走，但偶尔停下来，过去那些点滴便翻涌而至。

这回忆对于盛清让而言，尤为强烈。去年年末刚出院那会，他站在699号公寓的阳台上也时常会想，七十多年前自己那一屋子的物品后来是由谁去处理、又是如何处理的，清蕙以及家里的那些孩子后来又去了哪里？

诸多关于过去的疑惑不解，现在想来也都是难以查证的遗憾。

公寓楼下的花园不复往日般郁郁葱葱，也无金发女子在周日早晨催促孩子们去教堂，更不会有叶先生跑出来帮忙叫车……神奇的命运眷顾，让他在此时此地登陆，然对他而言，一九三七年的确是再也回不去的彼岸了。

两人坐了半个小时，默契地起身往外走。

一出教堂，宗瑛忽觉脸上一凉，很快就有雪片接二连三地落下来。

没带伞，她缩了缩脖子，转头看盛清让，他穿着一件短羽绒服，戴了一顶帽子，因为散光新配了一副眼镜，这时正低头看手机上保存的地图，模样倒像个学生。

夜雪纷纷，忽然，他将帽子扣到宗瑛头上，一句多余的话也没有，拉过宗瑛的手就往中央火车站的方向走。

快步赶回车站取了行李，不急不忙喝完一杯热饮，就等到了去往北极圈的深夜列车。

宗瑛不晓得他是从哪里租到的Wi-Fi，他甚至熟练地点开手机里存着的二维码检票，对新事物的适应速度快得超出她想象。

上了车，安放妥行李，在温暖的车厢里坐下来，睡意却因为刚才喝的一杯热咖啡而被迫出走，哪怕闭上眼，也迟迟无法入眠。

白绿相间的VR列车在宽轨上疾驰，平稳地驶向极北之地，夜也愈深。

盛清让拿着Kindle看书，宗瑛摘掉眼罩放弃入眠计划。

"怎么了，不舒服？"

"不太睡得着，又不知道该做什么。"

"那我讲个笑话？"

"虾虾（谢谢）吗？"

宗瑛说着扭头看他，目光相触，忆及旧事，两个人不约而同笑了。

去年宗瑛术后住院那阵，腿伤未愈的盛清让每天都去看她，但又不晓得怎么逗她开心，便听从外婆方女士建议，去网上找笑话段子。

他精挑细选了几个，用来打头阵的便是一个关于上海话的笑话，说："一只螃蟹遇到一只虾，打招呼。虾对螃蟹说：蟹蟹。螃蟹对虾说：虾虾（沪语谢谢谐音）！"

宗瑛听得毫无反应，他讲："所以这个螃蟹是个上海螃蟹。"

宗瑛："……"

由于讲笑话天赋欠缺，从此盛清让便不敢轻易提讲笑话的事，今天斗胆重提，还是免不了被调侃。

免去两个时代的来回奔波，免去担惊受怕，两个人朝夕相处，也能逐渐发现对方生动的一面。

车厢里太安静了，低低笑声仿佛都扰了这夜晚，盛清让伸手轻缓揽过宗瑛的头，提供肩膀给她枕靠："接着睡吧，睡醒就到了。"

这声音令人安心，挨在他肩膀上，宗瑛隐约捕捉到不同于香水的温暖气味。

深夜火车穿梭在童话雪国中，几乎整车人都渐渐陷入梦境，车外是隐匿在夜幕中纷飞的大雪，车内是肩头传来的均匀呼吸声和自己的心跳声，盛清让放下Kindle，摘掉眼镜，稍稍偏头，轻挨向对方，闭上眼，想起刚刚在书上看到的——

凡事都若偶然的凑巧，结果却又若宿命的必然。①

拉普兰德还未开春，伊纳里湖仍然冰封。

---

① 引自沈从文《一个传奇的本事》附记。

迎接他们的，是清早白茫茫的罗瓦涅米——传说中圣诞老人的故乡，二战期间几乎被夷为平地的芬兰北部城市。

气温越来越低，衣服也越裹越厚，加上雪路对行李箱滚轮一点也不友好，推着箱子走上一阵便气喘吁吁。

转车再往北走行八公里，就是地处北极圈的圣诞老人村。

不是圣诞节，却处处都是圣诞元素，除了可以跨越北极圈，花钱得到一张"入境"北极的证书，还可以去邮局寄一张定时明信片，它会等到圣诞节的时候，再漂洋过海抵达目的地。

宗瑛从包里翻出笔，洋洋洒洒几乎将整张卡片写满，收件地址写了699号公寓，收件人却是盛清让，最后一句留言是："生日快乐。"

一百多年前，公共租界爱文义路广仁医院出生的盛清让，生日就在圣诞前夜，十二月二十四日。

去年年末兵荒马乱，错过了他的生日，那么从今往后，她都会努力不再错过。

跨越北极圈继续往北的路上，宗瑛留意到盛清让时不时地查看实时极光预报图。

她于是问："今天能看到极光吗？"

盛清让盯着屏幕上的Kp指数摇摇头。

并不是人人都有幸得见极光，但一路往北，对极光的期待自然也愈发强烈。

然而当晚两个人喝着热饮在窗边熬到半夜，也未见极光至。

离开北极圈的最后一晚，夜宿萨利色尔卡玻璃屋，抵达酒店时都已困得不行，累日终遇一落脚点，匆匆吃了饭、洗了澡，便早早歇了。

完全由玻璃组成的房间，躺在床上仰望穹顶，夜空一览无余，仿佛露宿野外雪地。

外面静悄悄的，屋子里温度温暖宜人，拉起半边矮帘，彼此相拥窝在柔软的床上，睡意很快来袭。

将近凌晨一点，盛清让放在枕边的手机，忽然推进来一条信息，将他从睡梦中吵醒。

他拿过手机看了眼屏幕上推送的消息，忽然察觉有些异样，下意识地看向天空——

沉甸甸的单调夜幕像是被人撕开，跳舞的极光迫不及待地涌现，玻璃屋外高耸的雪松在极光窜动中似乎也换了模样。

他轻轻推醒宗瑛，宗瑛睡眼蒙眬地往穹顶上空看，飞快变幻的荧光缎带，宛如精灵们开舞会，越聚越多。

某个瞬间，仿佛置身深海，头顶是曼妙壮丽的光，翻覆涌动幻化，夜空从未如此绚丽多变。

这一夜，两人各自做了梦。

梦里，等待的风景，总会到来。

等待的人，也总会出现。

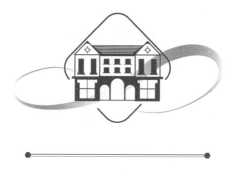

后　记

这个故事最早构思于二〇一三年年底,起初是因为一张二十世纪三十年代的人物照。老旧的背景,服帖的西装,主角端坐,唇角隐约弯起,试图笑但并不明显。具体拍摄时间在淞沪会战之前,至于照片人物的名姓,已然难考,更遑论其之后的人生走向与结局——或许没有熬过战时,或许经历万难活到后来,但大概都失于记载了。

许多人有名有姓,然而人生一旦终结,名姓亦很快随躯体一起消亡,仿佛从未存在过。身为后来人的我们清楚那时他们要面对的残酷年代,而身处洪流中央的他们对此却一无所知,一九三七年战前坐下来拍照的那个人,或许根本未料到自己很快将听见十里洋场上空的炮声。

上海的崛起始于近代,穿过昔日租界里的浓密林荫道,走两步或可遇一旧址旧楼,简单记着建造年份及其变迁。699号公寓便是其中之一——落成于二十世纪三十年代,因地处法租界,免于战火毁损,完好地迎来了和平时代。几十年过去,公寓内部数次易主,却真有一盏廊灯保存了下来,自第一任住户到现在,它昼灭夜亮,看遍了更替。

涉及民国时期的故事,凡说起来,大多是难避年代带来的陌生与隔阂,但因为这样一个时代里的人物,这样的一栋公寓楼,予故事以一种别样的延续感,同样也给了我探索这座城市及讲述故事的动机。

文中两个主角,因一座公寓结缘,一个在战时上海为民族实业内迁辛苦奔走,一个在现代上海为疑案与疾病所累。盛先生在战火纷飞时竭力保全家人、坚持未竟的事业,宗瑛在当下时代面临的纷争与阴谋又何尝不是另一种意义上的"战争"?

双方遇见,在相识过程中互相救赎与支撑,仿如看到黯淡命途中的星辰，夜幕愈黑，星辰愈亮，以至于他们最终握住了彼此的手。

时空交错得来的奇妙缘分是虚构所赐的慷慨，更多的人，最后还是真的那样在历史里悄无声息地被淹没了。

还记得下笔初始反复修改措辞定基调，试图平衡两个时空交错带来的年代跳跃感，后来到行文末，我再站到699号公寓的门口，法国梧桐巨伞般撑在头顶，蝉鸣声起了，夏日将至，陈旧木门打开，好像下一秒，他们真的就走了出来。

感谢友人及编辑们对本文完稿、出版做出的帮助与努力，一晃又是五年过去，未料仍有读者陆续读到这本书，促成了再版的达成，让我有机会弥补初版付梓匆忙造成的一些遗憾，在此一并感谢。

赵熙之

辛丑年夏

魔宙

魔宙 讲好故事